JN224942

SHOOTING COLUMBO

刑事コロンボとピーター・フォーク

その誕生から終幕まで

デイヴィッド・ケーニッヒ 著
DAVID KOENIG
町田暁雄 監修
白須清美 訳

原書房

刑事コロンボとピーター・フォーク

その誕生から終幕まで

本書ではドラマ『刑事コロンボ』の趣向に触れている部分があります。

謝辞

本書の表紙と扉に書かれている著者はひとりだが、実際にはグループによる成果である。この本は、私よりも才能があり、寛大で、人脈に恵まれた人たちの助けなくしては完成しなかった。

最初に、思い出と洞察を語ってくれた、次の人々に感謝を申し上げる。ペニー・アダムス、ジェフリー・ブルーム、エヴァレット・チェンバース、パトリック・カリトン、シェラ・デニス、リチャード・〝ディック〟・デ・ベネディクティス、ボブ・ディシー、チャールズ・〝チャーリー〟・エンゲル、ピーター・S・フィッシャー、バリー・グラッサー、ジェフリー・ハッチャー、シャール・ヘンドリックス、ジャック・ホーガー、ディーン・ハーグローヴ、ルセッタ・カリス、チャールズ・キップス、ミルト・コーガン、ジュディ・ランプー、アラン・J・レヴィ、トッド・ロンドン、ジェロルド・L・〝ジェリー〟・ルドウィッグ、パトリシア・（フォード）・メイヨー、ヴィンセント・マケヴィティ・Jr.、ナンシー・A・マイヤー、ジェフリー・ライナー、マーク・ブルース・ロージン、ロバート・シーマン、デイヴィッド・シモンズ、キャサリン・ウェングリコウスキー。

パンデミック中にこのプロジェクトを完成させなくてはならなかったため、残念ながら、こうした親切な人々のほとんどに会って直接お礼を言うことができなかった。できるだけ早く、この状況を正したいと思っている。

健康への脅威のために、多くの研究機関を訪ねることもできなかった。1年以上にわたりロックダウンが続き、必要な資料を見ることができない状況だった。ところが、奇跡中の奇跡が起こった。必要不可欠な資料を所蔵している施設のほとんどに、少なくともひとりの守護天使がいて、研究の完成を手助けしてくれたのだ。中でも大きな助けとなったのは、ヒラリー・スウェット、ハビエル・バリオス、そしてライターズ・ギルド・ファウンデーションのチーム（セオドア・フリッカー、ジャクソン・ギリス、ロバート・ヴァン・スコイク・コレクション）である。

同じく、ボストン大学ハワード・ゴットリーブ研究所（エヴァレット・チェンバースおよびケン・コルブ・コレクション）のジェーン・パーとアイオワ大学（ロバート・メッツラー・コレクション）のリンゼイ・モーエンは、徹底的に助けになってくれた。

また、米国映画芸術科学アカデミーのマーガレット・ヘリック・ライブラリー（ミラード・カウフマン・ペーパーズ）のルイーズ・ヒルトンとウォーレン・シャーク、アメリカン・フィルム・インスティテュートのルイス・B・メイヤー・ライブラリー（リチャード・レヴィンソン&ウィリアム・リンク・コレクション）のエミリー・ウィッテンベルク、コロンビア・カレッジ・シカゴ（ロバート・エンリエット・コレクション）のハイジ・マーシャル、サイモン・フレイザー大学（ダリル・デューク・コレクション）のデイヴィッド・コレップファーとそのチーム、UCLAライブラリー特別コレクションのスタッフ（ダグラス・ベントン、トゥルー・ボールドマン、ロイド・ボホナー、スーザン・クラーク、アンソニーとナンシー・ローレンス、ニック・スミルノ・ペーパーズ）にも援助をいただいた。

ディーン・カーノハンからは誰よりも貴重な協力をいただき、この上なく感謝している。彼は『刑事コロンボ』に関する自分自身の研究資料を山のように集めている。その中には、いずれ彼が自著で使おうと考えていた、ジェフリー・ハッチャー、チャールズ・キップス、ナンシー・マイヤーへのインタビューも含まれていた。ありがとう、ディーン。

同じくジョージリー・ヒューバイは、ディック・デ・ベネディクティスへのインタビューの引用を許してくれた。これは私自身によるインタビューよりも、はるかに深く切り込んだものだ。

ジムとメロディ・ロンドーは親切にも、どこにも見つからなかった稀少な脚本のコピーを提供してくれた。

チャーリー・クライスト、ランディ・スクレトヴェット、ジョーダン・ヤングには、追加の調査を助けてもらった。

ピーター・マイヤー、ハービー・J・ピラトー、レスリー・シモンズは、素晴らしいインタビュー相手との連絡を取り持ってくれた。

これまでに出会った誰よりも正確な編集者、ヒュー・アリソンに感謝を捧げたい。細かいことも見逃さない彼と一緒に仕事をすることは、天啓を受けるようでもあり、腹立たしくもあった――だがそのおかげで、１００倍素晴らしいプロジェクトとなった。

並ぶもののない表紙イラストとデザインは、究極の才能を持つアーティスト、ケヴィン・ジャクボウスキー（www.kevinjakubowski.com）によるものだ。

愛する家族のローラ、ザック、レベッカ・ケーニッヒは、いつものように驚くほどの支えになってくれた。家族は私に、執筆し、研究し、『刑事コロンボ』を（ときには一緒になって！）見る時間をふんだんに与えてくれた。ロケ地めぐりにまでつき合ってくれたのだ。私は何という幸せ者だろう！

ほかの家族にもお世話になった。ジョー、ポール、メアリアン、そしてとりわけ、母のアン・ケーニッヒに。母はＮＢＣで番組が初放映されたときに、私をこのよれよれの探偵に引き合わせてくれたのだ。

そして何より、主であり救い主イエス・キリストに感謝を捧げたい。これまで与えてくれたもの、これから約束してくれたすべてのものに対して。

序

素晴らしいミステリというのは、本質的に、解決に必要な手がかりをすべて与えながらも、見る者を途方に暮れさせる入り組んだ謎解きである。私が一番好きなミステリドラマは『刑事コロンボ』だ。皮肉なことに、多くの人は『刑事コロンボ』をミステリだと思わない。なぜなら伝統的な解決――殺人者の正体――は通常、最初のコマーシャルの前に明かされるからだ。

私に言わせれば、『刑事コロンボ』のほうが優れている。視聴者を有利なスタートに立たせてくれるからだ。エルキュール・ポワロやジェシカ・フレッチャーは、一見、偽の手がかりを追うのに多大な時間を費やしながら、その思考過程はたいてい、最後に明かされるまで視聴者には秘密にされる。そしてようやく、探偵役はそれぞれの手がかりを特定し、それについて説明するのだ。かたや『刑事コロンボ』ではずっと明かされている。私たちはカンニングペーパーを持ったクレイマー刑事で、コロンボと一緒に行動しながらも、一歩遅れている。私たちはその巧妙さと――ピーター・フォークの人を魅了する人物描写のおかげで――解決に至る面白さに舌を巻く。彼は腕まくりをし、スローモーションで、熟練の手管を見せる魔術師なのだ。

私は常々、ドラマの制作にどんな要素が注ぎ込まれているか考えてきた。この連続ドラマに関する偉大な本としては、1989年初版のマーク・ダウィッドジアク『*The Columbo Phile*』〔邦訳『刑事コロンボ　レインコートの中のすべて』(KADOKAWA)〕が長年にわたり知られてきた。しかし私は、さらに深く、さらに網羅した本が出ることを望んでいた。現にダウィッドジアクは私に、自分の本が〝コロンボ学〟の終わりでなく始まりとして〝継続的な研究〟を促すことを望んでいると打ち明けた。

2006年、フォークは回顧録『*Just One More Thing*』〔邦訳『ピーター・フォーク自伝「刑事コロンボ」の素顔』(東邦出版)〕を出版した。私は真っ先に手に入れた。彼が演じた最も有名なキャラクターにまつわる、さらなる秘密を知りたくてたまらなかったのだ。フォークの名誉のために言うが、この本は素晴らしかった。読んでいると、著者と同じ部屋にいて、本人の声でその人生を聞いている気になる。彼は話を面白くするのが好きで、正確さにはこだわらなかった。フォークにとっては、一番愉快な話になりそうなことが事実なのだ。この本には、誇張だと実証できる箇所が少なからずある。例えば『氷人来たる』は毎晩7時間上演されていたというが、これは真っ赤な嘘だ。レイカーズの試合でジョン・カサヴェテスと初めて会ったという話もそうだ。彼らはその何年も前に、映画で共演している。

後日、フォークのインタビューを脚本や撮影所の記録と照らし合わせ始めた私は、彼が常に事実をおろそかにしていることに気づいた。このドラマの歴史を正確に年代順に記録することになったら、一番の難題はフォークの話から事実とフィクションを見分けることだろうと思った。

幸い、この冒険の扇動者や目撃者の多くが、親切に思い出を語ってくれた。さらに有益だったのは、十数人以上の歴史的人物の私文書に触れることができたことだ。これらはじかに目にしたことの記録であり、先入観に曇らされることもなければ、年月によって色あせることもない。中でも役に立ったのは、1975

年から1977年にかけてNBCでシリーズの連絡役を務めていたボブ・メッツラーの業務日誌だ。メッツラーは制作過程のすべてを文書に記録しており、その評価の誠実さと、出来事や会話の記録の正確さは信頼に値する。メッツラーは何かを売り込もうとも、自分をよく見せようともしていない。彼の記録は、自分が読むためだけのものだった。

きわめて守りの堅いふたりの天才の作品が、抜群の創造性を持ち、抗いがたい愛嬌があり、手に負えないほど気まぐれで、演じるために生まれてきたひとりの俳優に選ばれたときに何が起こったか、私の解説をジェットコースターに乗るように楽しんでいただければ幸いだ。これは真実こそが最高の物語になるという、ひとつの冒険である。

デイヴィッド・ケーニッヒ
2021年5月

1 犯罪

春が来るたびに決まって、ピーター・フォークは猫が鼠をいたぶるようなゲームを始め、ユニバーサル・テレビジョン、『刑事コロンボ』のプロデューサー、番組を放映するテレビネットワークのＮＢＣをおもちゃにする。マスコミのインタビューで、フォークはこの人気シリーズに出演するのは今シーズンが最後だろうとほのめかす。長時間にわたる狂乱的な制作スケジュールは、健康と家庭生活をむしばみつつある。いい脚本も十分にない。そして単純に、映画の仕事の関係で定期契約を結べる時間がない。

背後では、ユニバーサルの重役たちがあきれ顔をしながらも、彼のはったりに開き直る気になっていた。ＮＢＣは事情が違った。万年業界第3位のネットワークは、秋の放送予定に、このアメリカの人気探偵がどうしても必要だった。毎年、ＮＢＣはユニバーサルに対して、たとえネットワークが制作コストの一部を負担することになっても、次のシーズンには新鮮なエピソードを制作する方法を考えてほしいとはっきり告げた。必然的に、常にフォークへの報酬をかなり上げる形で、契約は結ばれた。

しかし、１９７８年の春は違っていた。ＮＢＣは初めて、フォークのつれないそぶりに動じなかった。シリーズの継続に関して、俳優のもとにはユニバーサルからの連絡はほとんどなかった。確かに7シーズンを経て、もはやニールセン視聴率のトップ10には入らなくなったが、ほとんどはトップ20に滑り込んでいるし、1エピソードにつき2000万世帯近くが視聴している『刑事コロンボ』は、NBCの数少ない呼び物だった。よれよれの刑事を、どうして遠ざけることができるだろう?

NBCにとっては、戦闘準備のときだった。同社はABCの編成マン、フレッド・シルヴァーマンを引き抜いたばかりだった。彼は『チャーリーズ・エンジェル』、『ラバーン&シャーリー』、『スリーズ・カンパニー（Three's Company）』などにゴーサインを出し、事実上、一夜にしてABCを第3位から1位へ押し上げた。NBCは若返り、セクシーさを取り入れなくてはならない。つまり、すり切れたレインコートを着て歩き回り、容疑者を2時間もしつこく攻め立てる、よぼよぼの中年探偵の番組を組む余地はほとんどなかった。

コロンボはアメリカを代表する名物として、テレビドラマで引きも切らずに風変わりな探偵が生まれるきっかけとなった。それでもNBCは、この愛すべきキャラクターを捨てることを冒瀆《ぼうとく》とは思わなかった。7年にわたる契約上の駆け引き、スト、途方もない賃金要求、白熱する攻撃、手に負えないほど膨らんだ予算超過の結果、ネットワークはこれをフォークの自業自得だと考えた。シリーズを続けることに、もはや経営的な意味はない。

NBCから見れば、自分たちがシリーズを葬ったのではなかった。彼らにとって、『刑事コロンボ』を殺したのはピーター・フォークだった。

2 立案者

背が高くて痩せたリチャード・レヴィンソンと背が低くてずんぐりしたウィリアム・リンクは、体格こそ正反対だったが、そのほかはほとんど瓜二つだった。8か月違いで生まれた彼らは、1940年代にフィラデルフィアの郊外で、ほぼ同じ中産階級家庭での子供時代を過ごした。コミックをむさぼり読み、奇術のトリックを集め、『サスペンス（Suspense）』や『インナー・サンクタム（Inner Sanctum）』その他のラジオドラマの一言一言に夢中になった。ふたりが初めて会ったのは中学生の頃で、すぐさま切っても切れない友達となり、パートナーとなった。

ウィリアム・リンクはこう回想している。「ミステリ好きで奇術をやる、背の高い男を探せと言われたんだ。そうしたら彼も、ミステリ好きで奇術をやる、ずんぐりした男を探せと言われていた。僕たちはまさに、中学校初日の昼食の時間に出会った。そんなふうにして友達になったんだ。僕たちはこうした趣味を分かち合い、それが友情の土台となった」

貪欲な本の虫だったふたりは、互いに読み終わった本を貸し合った。ほとんどがミステリで、エラリー・クイーンの路線に沿ったものだ。まもなく、彼らは共同で執筆を始め、近隣の人相手に劇を上演し、高校のミュージカルの脚本を書いた。1952年、ペンシルヴェニア大学ウォートン・スクール・オブ・ビジネスに進んだふたりは、家業を継ぐ準備をしているものと思われた――レヴィンソンは自動車部品関連、リンクは繊維関連だ。それでも、執筆上のパートナー関係は続いた。彼らは大学の文芸誌やユーモア誌に寄稿し、『ハイボール』と題した自分たちの新しい学内ユーモア誌を発行し、大学新聞で毎週映画評を書き、ペンシルヴェニア大学のために5つのミュージカルの脚本と歌詞を書いた。大学在学中、『エラリー・クイーンズ・ミステリ・マガジン』に初めて短編が売れた。それでも、次の短編が売れるまでは4年かかった。

卒業の1週間後、リンクは軍に徴兵された。急に共同執筆者を失い、自分への招集も避けられないと思ったレヴィンソンは、半年間の予備役プログラムに志願した。2年後、リンクが除隊すると、彼らはプロの作家を目指してみようと決意する。ふたりは、テレビの脚本を書くため、途方もないチャンスが待っているニューヨークへ移住する。だが、時すでに遅かった。軍に入隊している間に、ニューヨークのテレビ制作会社の大半は西海岸へ移転し、1時間ドラマはほぼ全滅していた。彼らは『プレイボーイ』や『アルフレッド・ヒッチコックス・ミステリ・マガジン』などの刊行物に短編を売り、何とか作家として生計を立てながら、夢をつないでいた。ようやく、トロントの「ゼネラル・モーターズ・プレゼンツ」に初のテレビ台本が売れ、2作目も売れた。だが、この番組はカナダでしか放映されなかったため、知り合いは誰もこの功績を見ることができなかった。

彼らは次の脚本となる『チェーン・オブ・コマンド（Chain of Command）』という軍事ドラマをハリウッドに売り込み、『デシル劇場』に採用された。これに励まされたレヴィンソンとリンクは、1959年夏に荷物をまとめ、カリフォルニアへ向かう。尽きることのないメディアの要求に応えた彼らは、まもなくフォー・スター・テレビジョンのレギュラー作家として採用され、『早撃ちリンゴー』や『名探偵ダイヤモンド』などのシリーズの台本を次々と書いて、週1000ドルを稼いだ。

1960年1月、全米脚本家組合はストに入り、146日間の抗議中、レヴィンソンとリンクは撮影用のテレビ脚本を提供できなくなった。だが、生放送ドラマの脚本は許されていたので、『シェビー・ミステリ・ショー』が夏の間『ダイナ・ショア・ショー』に代わって放映されることになると、自分たちの書いた短編を1時間番組の脚本にすることを思いついた。彼らは『アルフレッド・ヒッチコックス・ミステリ・マガジン』1960年3月号に発表した最新作を売り込み、プロデューサーも乗り気になった。

物語は〝倒叙ミステリ〟で、読者は犯行と犯人を知らされており、作中の探偵は手がかりをつないで真相を解き明かさなくてはならない。謎は昔ながらのフーダニット（誰がやったのか）ではなく、ハウダニット（どうやったのか）ですらない。むしろ〝どう捕まえるか〟だ。レヴィンソンとリンクは、見る者にそれが完全犯罪と映るほど、目の前で崩れ去ったときに強烈な印象と満足感を与えることがわかっていた。

主人公は妻を絞殺したのち、妻に扮した愛人とともに空港へ向かう。ふたりは空港の衆人環視の中で口論し、愛人はその場を立ち去る。彼はひとりで飛行機に乗り、のちに妻の遺体が発見されたときの鉄壁のアリバイを打ち立てる。

レヴィンソンとリンクは、探偵役について斬新なアイデアを持っていた。彼らはロシアのドストエフスキーの名作『罪と罰』に登場する、粘り強く飾り気のない刑事役ペトローヴィチにならったのだ。この小説では、ペトローヴィチは直感的に犯人を突き止め、謙虚さを装って執拗に追い、ついには容疑者を自白に追い込む。

作者たちは最初、この短編に『入ってもいいですか（May I Come in?）』というタイトルをつけた。うるさい刑事が、悪いニュースを携えて犯人のもとへ決定的な訪問をする場面にちなんだのだ。『アルフレッド・ヒッチコックス・ミステリ・マガジン』はタイトルを『愛しい死体（Dear Corpus Delecti）』と変えた。テレビの1時間番組にするに当たって、レヴィンソンとリンクはさらに『イナフ・ロープ（Enough Rope）』とタイトルを変更した。ドラマは元のストーリーにかなり忠実だったが、著者は刑事にもっと華やかな名前をつけたいと考えた。〝フィッシャー〟という個性のない名前の代わりに、〝コロンボ〟が頭に浮かんだ。数十年後、リンクはこの名前を思いついたのは、ビリー・ワイルダーの映画と脚本に感心したからだと気づいた。すなわち、『お熱いのがお好き』の悪役、〝スパッツ〟コロンボだ。

『イナフ・ロープ』は1960年7月31日に放映され、悪役のドクター・フレミングをリチャード・カールソン、刑事役を著名な性格俳優バート・フリードが演じた。フリードはタフガイな刑事役でキャリアを築き、同年にはジョン・カサヴェテスのテレビシリーズ『ジョニー・スタッカート』に巡査部長役で準レギュラー出演している。レヴィンソンとリンクは、ドラマが脚本に忠実に作られていることには感謝したが、お粗末な演出と制作の質の低さに失望した。

彼らは、自分たちの作品はもっとよい扱いを受けていいはずだと考えた。レヴィンソンとリンクは、フォー・スター・テレビジョンとの契約を解消し、ニューヨークへ戻った。搾取的なテレビの世界でなく、小説やブロードウェイの戯曲という、より尊敬される環境での成功を望んだのだ。構想の中には、『イナフ・ロープ』を長編の舞台劇に膨らませるというものもあった。主要なプロットはそのままに、殺人者と刑事との込み入ったやり取りを引き延ばすのは難題だった。ひとつひとつ手がかりを暴いていく刑事と、巧みにかわす容疑者との間の緊張感を保っていなければならない。やり取りを終えて、コロンボが容疑者のアパートメントを出るところまでタイプしたあと、彼らはこの場面が短すぎることに気づいた。コロンボに、容疑者の妻の服装について質問させることもできたが、それでは台本のまる1ページを打ち直さなくてはならない。面倒になった彼らは、代わりに刑事がもう一度玄関口から顔を出して、こう言わせることにした。「もうひとつだけ……」

プロデューサーのポール・グレゴリーが権利を買い取り、題名を『殺人処方箋』とさらに変えた。彼は最終的にブロードウェイで上演することを視野に入れ、有名俳優を集めた。ジョセフ・コットン(『第三の男』)がドクター・ロイ・フレミングを演じ、アグネス・ムーアヘッドがその妻、コットンの実生活での妻パトリシア・メディナが愛人役を務め、トーマス・ミッチェル(『風と共に去りぬ』、『素晴らしき哉、人生!』)がコロンボ警部を演じることとなった。レヴィンソンとリンクは、これほど名の知られた出演者だとは夢にも思わなかった――だがすぐに、大スターと仕事をすることの不利な面に気づくことになる。コットン、ムーアヘッド、ミッチェルはやりにくい相手で、脚本家に対して否定的なのがわかったのだ。しかし、弱冠27歳の新参者であっても、レヴィンソンとリンクは自分たちの脚本を守るという立場を貫き、自分たちが必要だと判断したところしか変更しなかった。

舞台は1962年1月15日、サンフランシスコで幕を開け、4月にはブロードウェイへ進出する予定だった。劇団は、各都市で1日か2日の興行を行い、東へ向かって巡業した。オールスターキャストを謳《うた》ったことで、ほとんどの回が売り切れた。批評家はおおむね俳優の演技を称賛したが、劇の進行の遅さと第3幕の弱さを指摘し、「後ろ向きのミステリ」だと酷評した。レヴィンソンとリンクがのちに語ったところでは、彼らは脚本の欠点を修正しようとしたが、金になる企画を台無しにしたくないプロデューサーのグレゴリーにはぐらかされ、さらに、体調のよくないミッチェルに、新しい台詞《せりふ》を覚えるのを拒まれたという。

だが俳優は、レヴィンソンとリンクを非難した。彼らは冗談で、ふたりを〝レオポルドとローブ〟になぞらえた。レオポルドとローブは悪名高い大学生で、1924年に14歳の子供を誘拐して殺害し、〝完全犯罪〟として逃げ切ることで、自分たちの頭のよさを見せつけようとした。俳優たちは脚本家について「とても若く、脚本を一言たりとも変えようとしなかった」し、自分たちの許可なくほかの脚本家が手を加えるのも許さなかったと言った。

投資家への手紙で、グレゴリーは脚本家に問題があることを認め、「脚本の重大な弱さを改善するための、書き直しの能力が不足している」と嘆いている。そこで、プロデューサーは彼ら抜きで変更を加えた。レヴィンソンとリンクの代理人は、すぐさまグレゴリーに手紙を出し「無許可版を上演した」ことに抗議した。グレゴリーは、ほかに選択肢はなかったと答えている。脚本家は、満足な書き直しができる能力もなく、他者による変更を認めようともしないからだと。2月半ばには、レヴィンソンとリンクはいくつかの修正を提出したが、過剰演技に走りがちなコットンに手かせをかけられているように感じていた。彼らはわざと「切り詰めた台詞」だけにして、過剰な演技を防ごうとした。脚本家は、ペースの遅さはコットンが「わくわくするような興味をかき立てる」ことができなかったためだと考えた。

不満を募らせたグレゴリーは、ブロードウェイで上演できるようになるには秋までかかるだろうと判断した。それでも、評価の低さと構造的な問題を別にすれば、大衆は引き続き劇を楽しんだ。特に、狡猾な刑事役のミッチェルの演技は好評だった。分厚いオーバーを着て、舞台上を歩き回りながら、あちこちで

『殺人処方箋』初演の興行主は、トーマス・ミッチェルが降板し、復帰しないことを十分承知していながら、降板後数か月にわたって彼が刑事役を演じると宣伝した。1962 年 3 月 25 日付の『セントルイス・ポスト・ディスパッチ』に掲載されたダグ・アンダーソンの漫画では、（左から右へ）ミッチェル、アグネス・ムーアヘッド、ジョセフ・コットン、パトリシア・メディナが戯画化されている。

葉巻の灰を落とし、アイルランド人らしい魅力を振りまく。観客は彼に夢中になった。舞台が終わり、ミッチェルがお辞儀をするために進み出ると、人々は大きな喝采を浴びせた。続いて主役であるはずのコットンが出てくると、喝采は弱まった。

『殺人処方箋』は、2月下旬にはついに北東部へ達し、フィラデルフィアで1週間の興行を行った。最初の数日で、ミッチェルの病状が悪化し、これ以上続けられなくなった。彼は急いで病院に運ばれ、手術を受けて、「回復のため」カリフォルニアの自宅へ送られた。実際には、彼は癌で死にかけていた。代役として、実力はあるがカリスマ性に欠けるハワード・ウィーラムがコロンボ役を演じた。だが残りの興行でも、プロデューサーと劇場は、引き続きトーマス・ミッチェル出演として劇を宣伝した。観客は、上演前のアナウンスを聞くか、プログラムに挟み込まれたキャスト変更のお知らせを見るまで、代役であることを知らなかった。

ミッチェル抜きでは、舞台はまったく面白くなかった。評価はさらに低くなった。『デトロイト・フリー・プレス』は、「トーマス・ミッチェルは犯罪を解決する刑事のはずなのに、急性のきまり悪さによる病に見舞われたようだ」と評した。

口コミが広がるとチケットの売上は落ちた。興行はわずか19週間で、5月26日にボストンで終わった。レヴィンソンとリンクは運がよかったと思った。権利を取り戻し、無許可版をブロードウェイで上演せずに済んだからだ。

このときまでには、ふたりは自分たちの仕事の拠点はテレビに――そして、カリフォルニアにあると気づいた。彼らはハリウッドに戻り、熱心にシリーズものの脚本を書いたが、今度はフリーランスとして活動し、『ドクター・キルデア』、『逃亡者』、『0011ナポレオン・ソロ』、『ヒッチコック劇場』などに携わった。短期間で終わったスパイドラマ『ジェリコ』の立ち上げに協力した後、彼ら自身の企画による探偵ものシリーズ『マニックス』を作り上げ、こちらはCBSで8シーズンにわたり放映された。

意欲と野心にあふれたふたりは、疲れを知らず働いた。レヴィンソンはさかんにタイプライターを叩き、ひっきりなしに煙草を吸って、マシンガンのような早口で怒鳴った。リンクもそれに引けを取らず、しきりに部屋を歩き回ったが、口調はもっと静かで、気のきいたことを必要なときだけ言った。彼らは同じ波長で動いているかに見え、言葉のピンポンをしているように反応し合い、しばしば相手の言葉の後を引き取った。ふたりとも、あらゆる細部にこだわった。ロジックに未解決の部分や穴があるのをひどく嫌った。だが、独創的で頑固なふたりは、意見が一致しないことがよくあり、互いに自分の見解を熱心に主張した。しかし、テレビの仕事が次々に舞い込むようになると、議論に生産性がないことに気づいた。彼らは相手の判断を信じ、パートナー関係を保つための協定を結んだ。行き詰まったときには、交互に提案を採用するというものだ。

彼らのシリーズ台本の生産量は並外れていたが、監督やプロデューサーが扱いを誤り、台詞や意図に手を加えることに不満を感じていた。彼らはふたたび、よりよい境遇を熱望するようになった。だが今回は、テレビを見限って文学やブロードウェイ、映画という、より尊敬される場を求めようとはしなかった。逆に、それらのメディアが持つ品質をテレビで実現しようとしたのだ。そこで彼らは、ユニバーサル・テレビジョンの動向を大いに興味深く見ていた。

有名な映画作品は、テレビの視聴率に大きな影響を及ぼしていた。そのため三大ネットワークは、テレビで放映する映画作品を奪い合うようになった。ユニバーサルは、既存作品を売りさばくのではなく、テレビ向けに3本の映画を制作した。NBCがそのうち2本を買い、どちらも大ヒットした。それに注目したCBSは、ワーナー・ブラザースと映画制作の契約を結び、ABCはMGMとの契約書に署名した。そこで、ユニバーサルとその敏腕セールスマン、すなわちハリウッドのエージェントからユニバーサルの専務となったジェニングス・ラングに、NBCと契約するチャンスがめぐってきた。熊のように精力的で、無数のアイデアを持つラングは、ＮＢＣ専門にテレビ用映画（ＴＶムービー）の大量パッケージを制作することを提案した。ラングのアイデアは、それを「ワールドプレミア」と呼ぶことだった。それぞれ2時間の作品で、映画フィルムの品質で撮影し、４人から６人の有名スターを登場させる。だが、撮影にかける時間はわずか3週間で、予算は一作品につき70万ドルから１００万ドルとした。

ＮＢＣは各作品を2度放映することが許され、その後、すべての権利はユニバーサルに戻される。また、すべての作品はパイロット版の役目を果たすので、視聴率が評価に値すると判断されれば、ＮＢＣはシリーズ化の機会を先取りできる。１９６６～１９６７年のテレビシーズンに向けて、ＮＢＣは15本のワールドプレミア映画を発注し、そのうちふたつのシリーズ化を承認した。レイモンド・バーが車椅子の刑事役を演じる『鬼警部アイアンサイド』と、アンソニー・フランシオサが改革的な記者を演じる『死んだ女の住所録』［のちに『ネーム・オブ・ザ・ゲーム』としてシリーズ化］である。ＮＢＣは次のシーズンも、さらに次のシーズンもワールドプレミアを求めた。

ユニバーサルが急激にコンテンツを必要としたことと、ワールドプレミアの制作価値の高さは、レヴィンソンとリンクの興味を引いた。彼らはエージェントに『殺人処方箋』を送った。ユニバーサルは、これは当たると踏んだ。ドン・シーゲル（『ボディ・スナッチャー／恐怖の街』）が監督とプロデュースの契約を結んだ。だが、ほどなくしてシーゲルは企画を降り、リチャード・アーヴィングがそれに代わった。長年ユニバーサルの役員を務め、その傍ら特別企画の監督とプロデュースを手掛けていた人物である。典型的な撮影所の大物とは違い、アーヴィングは純粋に作家を引き込み、制作上の決定に彼らの考えを取り入れようとした。彼は物語の舞台をニューヨークからロサンゼルスに変更するに当たり、レヴィンソンとリンクに許可を取った。また制作準備段階から彼らを参加させ、俳優の選出にも同席させた。コロンボ警部役について、作者のふたりはリー・J・コッブ（『十二人の怒れる男』の怒りっぽい陪審員）を推した。だがコッブは都合がつかなかった。そこでレヴィンソンとリンクはビング・クロスビーを提案した。『喝采』（1954年）での、このクルーナー歌手のシリアスな演技を思い出し、葉巻の代わりにパイプをくわえて、ぶっきらぼうな態度で犯行現場に現れるところを想像したのだ。クロスビーは台本を読んで気に入ったが、出演は断った。彼は仕事量を減らして、もっとゴルフをしたかったのだ。

アーヴィングには別の案があった。彼はピーター・フォークのエージェントから、フォークが誰かのデスクに置いてあった台本を読んで、大いに気に入ったという話を聞いていた。「ピーター・フォークは何が何でも刑事をやりたいと言っている」と、アーヴィングは伝えた。

レヴィンソンとリンクはその案に反発した。39歳のフォークは、トーマス・ミッチェルのコロンボと比べると半分ほどの年齢だった。それに、彼らは駆け出しの頃にニューヨークでフォークと知り合い、彼を好きになっていた——ピーターは誰にでも好かれた——が、この俳優が扱いにくいことを知っていた。気難しい舞台俳優は、すでに脚本家にとって『殺人処方箋』をさんざんなものにしていた。きっと、フォークよりもいい候補がいるに違いない。

3　刑事

ピーター・フォークは俳優を志していたわけではなかった。たまたまこの職業に足を踏み入れたようなものだ。１９２７年に生まれた彼は、ニューヨーク州オシニングで育った。父親はそこで衣料品店を経営し、ピーターは3歳のときに悪性腫瘍によって右目を摘出した。だがその障害は、恩恵と言えたかもしれない。斜視ぎみの義眼をからかわれたことで、早くから他人の言うことを気にしないことを学んだ。彼は優等生となり、3つのスポーツに秀で、地元のビリヤード場での呑み込みも早かった。

高校卒業後、ニューヨーク州北部のハミルトン・カレッジに入学するが、まもなく――退屈して――中退、商船の料理人となる。2年後、ニューヨーク市に戻った彼は、ニュースクール・フォー・ソーシャルリサーチで政治学の学位を取り、続いてシラキュース大学で行政学の修士号を取得する。気晴らしに演劇に手を出し、コネチカット州予算管理局の効率考査官になってからも、ハートフォードの大衆劇団でその趣味を続けた。最初、フォークは自分に俳優の才能がそれほどあるとは思っていなかった。演技は芸術であり、訓練を積んだプロがやるものとみなしていたのだ。自分のやっていることは真似事だと思っていた。また、フォークは優柔不断で有名でもあった。シラキュース大学で同窓だったアリス・メイヨーと結婚するまで、10年間交際していた。また、30歳を目前にして、人生で何がしたいかを決めかねていた。ただ、政府機関で数字の専門家として働くことでないのはわかっていた。

実際には、フォークは何をやらせても驚くほど才能があったが、本人は自信のなさの塊だった。同じように、他人も信じなかった。相手が自らの能力——そして、心から人のためを思っていることを証明しない限りは。それは人生の習い性となっていて、彼は非凡な才能を持つ専門家の指導を必要としていた。そして、エヴァ・ル・ガリエンヌにそれを見出したのである。名女優で演技指導者でもある彼女は、大衆劇団で『リチャード三世』を演じる彼を見て、ハートフォードで何をしているのかと尋ねた。「ここには劇場はないわ」と彼女は断言した。

「私は俳優じゃないんです」フォークはおどおどしながら説明した。

「俳優になるべきよ」ル・ガリエンヌは言った。

フォークは翌日、仕事を辞めた。ニューヨークへ行き、演技のレッスンを受け始めた。ル・ガリエンヌの推薦状のおかげで、彼はすぐにオフ・ブロードウェイで、モリエールの『ドン・ジュアン』の小さな役を手にした。それからまもなく、ユージン・オニールの『氷人来たる』で、中心となるバーテンダー役に抜擢される。これには同じく無名だったジェイソン・ロバーズも出演している。

出番がきわめて多いことに加え、この劇はフォークに素早く決断することを教えた。4時間近い劇は、酒場というひとつのセットで行われ、フォークは常時カウンターの奥にいる。ほかの俳優は、テーブルについてはいるものの、たいていうなだれて自分の独白の番が来るのを待っている。ときには、劇中の設定と同じように、待っている間に本当に寝てしまう。フォークは舞台上でほうきを持つようになった。寝入りそうになった俳優を見つけると、そっちに向かって掃き、彼らをほうきでつついて次の台詞を言わせるのだ。

オフ・ブロードウェイで2年ほど活動した後、フォークはコロンビア・ピクチャーズから映画出演の契約を持ちかけられる。この契約は、社長のハリー・コーンから個人的な許可を得ることを条件としていた。コーンとの面接はうまくいかなかった。彼はフォークの〝欠陥〟を気にしていたからだ。フォークには何のことなのかわからなかった。コーンは「きみの目が心配なんだ」と説明した。フォークにとって、ガラスの義眼はまったく問題なかった。人生のほぼすべてを義眼で暮らしてきたし、そのおかげで一風変わった、印象的な表情になった。だがコーンは、大画面でも変に見えないことを確認するため、スクリーンテストを受けてほしいとフォークに言った。フォークは抵抗した。ふたりは口論になり、コーンは急に話を遮ってこう言った。「きみ、同じ値段で目がふたつある俳優を雇うこともできるんだよ」

フォークはオフ・ブロードウェイに戻り、テレビドラマや低予算映画で端役を得るようになった。最も大きなチャンスが訪れたのは、『殺人会社』（１９６０年）で猟奇的な殺し屋のエイブ・リールスを演じたときで、これによりアカデミー賞にノミネートされ、同じようなギャング役のオファーが大量に舞い込んだ。

フォークは意識的にさまざまな役を演じるようになり、１９６１年に『ディック・パウエル・ショウ』の一編『トマトの値段』で、妊娠した若いヒッチハイカーを拾うギリシャ人のトラック運転手役にめぐり合った。脚本家兼初のプロデュースに挑戦するリチャード・アラン・シモンズは、フォークに常軌を逸した悪党を演じさせるのではなく、彼を感じやすく、人の心を引きつける、粗削りなキャラクターに据えた。この役でフォークは初のエミー賞に輝き、シモンズは生涯フォークを称賛することとなった。

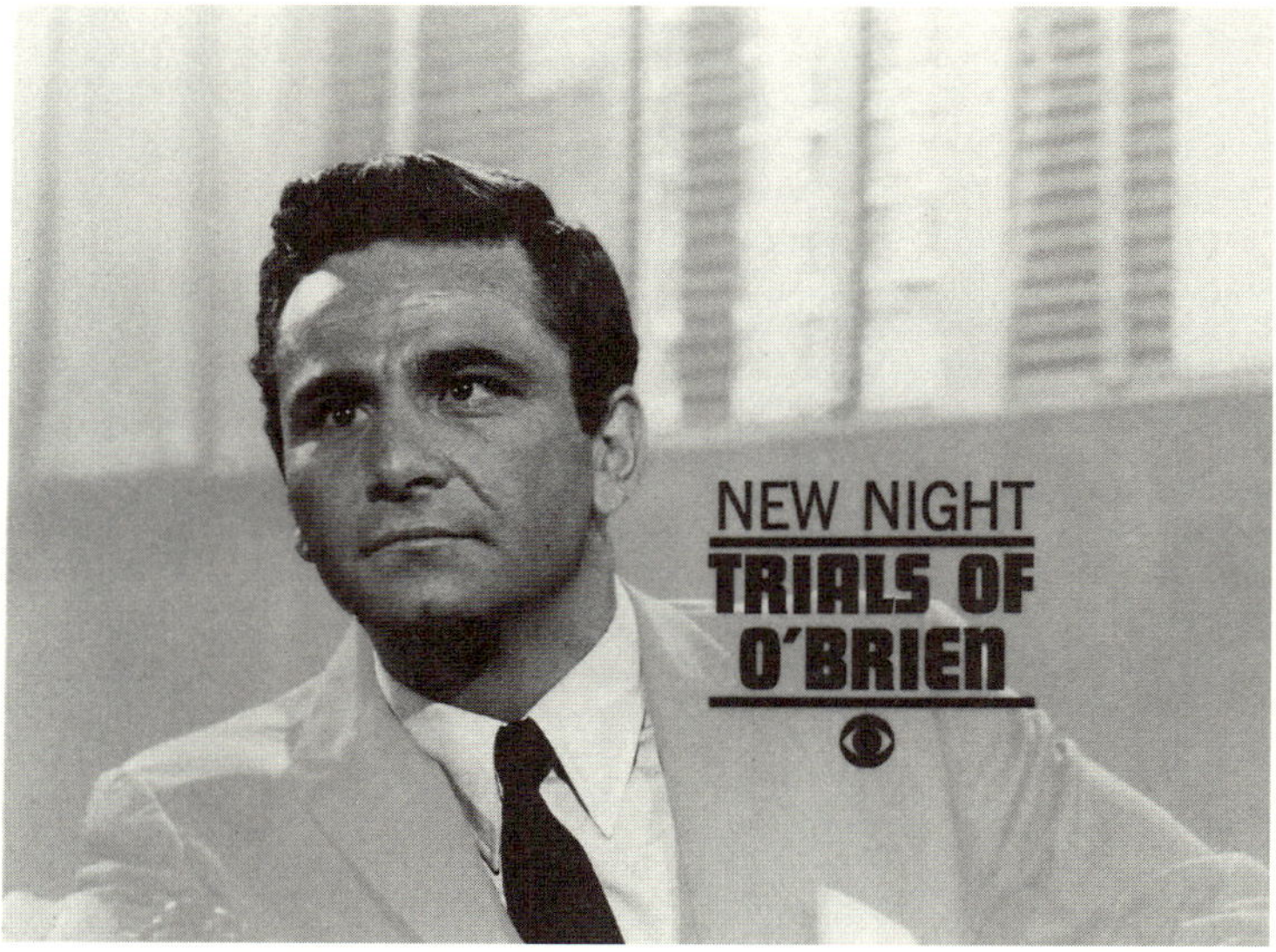

初めての連続テレビドラマの主役として、ピーター・フォークは『オブライエンの裁判』で型破りな弁護士を演じた。コロンボ警部とはまったく違うが、風変わりなところは同じだった。

映画やテレビの注目作の合間に、フォークは1年後、シモンズのためにもう1本『ディック・パウエル・ショウ』に出演するのを承諾し、1965年に毎週の連続ドラマで主役を演じた。『オブライエンの裁判(The Trials of O'Brien)』で、フォークは型破りな弁護士ダニー・オブライエンを演じた。弁舌巧みで、気分屋で、自信過剰で、せっかちで、ときに魅力的な男だ。毎週新しい1時間番組を22週にわたって撮影するというペースは、疲労困憊《こんぱい》するものだった。

批評家はこの番組を気に入ったが、一般大衆はそれほどではなかった。『オブライエンの裁判』は、ニールセン視聴率では102番組中97位だった。フォークはこのお粗末な成績を、土曜の夜に放映されているせいにした。「家にいるのは、『ローレンス・ウェルク・ショウ』の番組を見るような年配者だけだ。われわれの番組を最も楽しめそうなのは16歳から48歳ないしは50歳の人々だが、その多くが土曜の夜には外出している」CBSは番組の放映時間を金曜日の午後10時に変更したが、裏番組には高視聴率の『0011ナポレオン・ソロ』があり、同じような成績だった。フォークが大いに安堵したことに、シリーズは続かなかった。

彼はテレビ番組へのゲスト出演や映画の脇役に逆戻りした。『グレートレース』のおっちょこちょいな腰巾着マックス、ナタリー・ウッドのコメディ『美人泥棒』の警部補、『Luv』でジャック・レモンとエレイン・メイの敵となる策士などだ。

『殺人処方箋』

『Luv』の完成後まもなく、フォークはたまたま『殺人処方箋』のパイロット版の脚本と出会う。刑事役に魅了された彼は、エージェントを通じてユニバーサルと連絡を取った。

「どこかで偶然見つけたんだ――たぶん、誰かのデスクにあったんだろう。そして、登場人物に惚れ込んでしまった」フォークはこう回想している。「本当にこの役がやりたいと思って追いかけた。若すぎてふさわしくないと言われたが、本当にやりたい役なんて、そうあるものじゃない」

ディック・レヴィンソンとビル・リンクは懸念を示したが、その抵抗も時間とともに崩れ、ほかにいい俳優を提案することもできなかった。フォークは役を手に入れた。

ユニバーサルの衣装部は、彼に典型的なテレビの刑事らしい衣装を用意した。くすんだ色のスーツの上着とズボン、プレスしたワイシャツ、黒いネクタイだ。だがフォークには、脚本に書かれていた登場人物のオーバーコートについて考えがあった。彼はそれを〝レインコート〟と誤読し、数年前に暴風雨に遭って、マンハッタン57丁目の店に飛び込んだ時に買った、黄褐色のトレンチコートを思い出したのだ。フォークは家へ帰り、クローゼットからしわくちゃなコートを引っ張り出してきた。

レヴィンソンとリンクによる舞台劇のドラマ化は、きわめてわかりやすいものだった。ドクター・フレミングと妻に扮した愛人との飛行機上の口論など、舞台上では暗に示されていた場面も、実際に画面に映し出された。

最も大きな変更は結末だった。フレミングが犯人だと確信しながらも、動かぬ証拠を持たないコロンボは、殺人者に自ら罪を認めさせる方法を見つけなくてはならない。劇では、コロンボはフレミングの愛人スーザンが自殺したと見せかけ、殺人者の後悔を誘う。スーザンを心から愛していた彼は、その死に打ちのめされ、自白するため警察へ連れて行ってほしいとコロンボに頼む。レヴィンソンとリンクが、この感傷的な結末を書いたのは、主役への同情心をかき立てるためだった。だが今では、彼らは本当の主役は刑事だと気づいていた。殺人者に情けをかけて後悔させたり、立派な振る舞いをさせたりするような必要はもはやない。そこでテレビ版では、偽りの自殺を目にしたフレミングは、この女性（ジョーン・ハドソンと改名）を愛したことはないし、彼女は計画を達成するためのおもちゃにすぎないとうそぶく。彼はさらに、ジョーンが自殺しなければ、いわゆる不慮の事故に遭っていたかもしれないとほのめかす。しかしコロンボはジョーンを近くに隠れさせていて、真実を知った彼女は、進んで医師に不利な証言をすることに同意する。

『殺人処方箋』がＮＢＣで最初に放映されたのは１９６８年2月20日だった。レヴィンソンもリンクも自宅でテレビをつけ、自分たちの希望通りにドラマ化されていない部分をこき下ろそうとしていた。しかし、そんな批判精神はすぐに忘れ、フォークの演技に夢中になった。彼の魅力あふれる存在感。長々とした気まずい間。葉巻をいじるしぐさ。さまよう視線。そして、あの素晴らしい義眼は、少しも気を散らすものではなかった。それは登場人物に親しみやすい、からかうような目つきを与えていた。レヴィンソンとリンクは彼から目を離せなかった。

実際には、２５００万人のテレビ視聴者も同様だった。全テレビの40パーセントがＮＢＣにチャンネルを合わせた。その週の全番組の中で4位に入り、ＮＢＣはただちにコロンボを主役とした週1回の連続ドラマにゴーサインを出した。ただひとつ問題があった。前途有望な映画俳優としてのキャリアを続けることを希望し、『オブライエンの裁判』のことが記憶に焼きついていたフォークは、これを断ったのだ。彼は毎週の連続テレビドラマにもう一度出演する気にはなれなかった。

『殺人処方箋』（Prescription: Murder）
撮影：１９６７年6～7月
出演：ジーン・バリー、ピーター・フォーク、キャスリン・ジャスティス、ウィリアム・ウィンダム、
ニナ・フォック
監督：リチャード・アーヴィング
制作：リチャード・アーヴィング

脚本：リチャード・レヴィンソン&ウィリアム・リンク
原作：リチャード・レヴィンソン&ウィリアム・リンク
初放映：1968年2月20日
ニールセン順位：4位（24・2ポイント、41・1シェア）

4　契約

『殺人処方箋』は、ピーター・フォークにＮＢＣからのオファーをもたらしただけではなかった。ディック・レヴィンソンとビル・リンクにも、ユニバーサル社の契約作家にならないかという誘いがあった。そうなれば、保証された給与、数に制限なく企画にかかわるチャンス、そして制作に携わった新しい作品について永久ロイヤリティを獲得する機会を得ることになる。

当初、ふたりは断った。ユニバーサルは次から次へと似たり寄ったりの映画やテレビ番組を作る〝ソーセージ工場〟として知られていたからだ。彼らは企画の間を行ったり来たりし、緊急の書き直しに応じることで、自分たちの作品が作れなくなるのではないかと不安だった。

だが、ユニバーサルのテレビ制作部長は、自分のやり方を貫いた。背が高く、手足が長く、強引で闘争好きなシド・シャインバーグは、彼らを追い続けた。心から信頼している人に対しては、とことんまで応援すると明言した。その後まもなく、シャインバーグは20歳の青年に同じような約束をする。カリフォルニア州立大学ロングビーチ校で映画を制作していたスティーヴン・スピルバーグである。最終的に、レヴィンソンとリンクは考え直した。提案された契約には12か月のオプションがあったので、気に入らなければ1年で辞めることができた。

それに、ユニバーサルは最大手で、NBCと1年に1ダース以上のワールドプレミアの契約を打ち立てていた。現に、ユニバーサルの役員はこの神童たちの機嫌を取り、『殺人処方箋』の成功を再現しようと、すぐに完全オリジナルのテレビ映画『イスタンブール特急』の脚本を執筆させた。ジーン・バリー主演、制作・監督ディック・アーヴィングの冒険探偵ものだ。

レヴィンソンとリンクは続いて、ワールドプレミアから生まれた新シリーズ『ネーム・オブ・ザ・ゲーム』用の脚本を依頼される。レヴィンソンとリンクはふたつのエピソードを書き、最初のひとつで、エグゼクティブプロデューサーのディック・アーヴィング、初めてアソシエートプロデューサーを務めるディーン・ハーグローヴとともに、プロデューサーを担当した。レヴィンソンとリンクは執筆以外の制作の仕事を楽しいと思えなかった。予算の設定や、キャストやスタッフの採用、セット、衣装、編集に関して承認の署名をすることなどだ。しかし彼らは、その権力がぜひともほしかった。彼らはいまや、正式な最終決定権を握っていて、自分たちの構想をスクリーン上に再現し、お節介な人々に引っ掻き回されないようにすることができた。「最高の仕事ができるのは、この僕たちだ。ほかの人には一語たりとも変えさせない」とリンクは言った。

彼はこう説明している。「プロデューサーになったのは、自分たちが書いたものを守るためだ。ときには、監督が僕たちの脚本にしたことを見て、気に入らないこともある。だから、自分たちの作品のプロデューサーになることで保険をかけた。単純に、そうするしかなかったんだ」

かたやフォークは、映画でのキャリアを積み、大作の主役を演じることを望んでいた。だが実際には、

『ハズバンズ』(1970 年) では、ジョン・カサヴェテス (左) はフォークとベン・ギャザラの師であり、友人であり、馬鹿騒ぎする仲間であり、仕事仲間だった。

ほとんど記憶に残らない映画で脇役に甘んじていた。『明日よさらば』(1969年)で彼は、俳優で前衛的な監督でもあるジョン・カサヴェテスと共演した。

背が高く、ハンサムで、創造力に長けたカサヴェテスは、自信にあふれていた。フォークはすぐにとりこになった。彼のような才能を持つ人物が、こんな型にはまった映画に出ている理由がわからなかった。カサヴェテスは、これは芸術の自由のための対価だと説明した。彼は自分の映画を自費で制作していた。スタジオの干渉を受けることなく、自分の選んだ人々と、自分の好きなように制作した。つまり、理想を実現する資金を得るために、平凡な作品に出演していたのだ。

フォークは夢中になった。彼はカサヴェテスの次回作『ハズバンズ』への出演を承諾し、カサヴェテスと、生涯にわたって馬鹿騒ぎを繰り広げる3人組を結成することとなるベン・ギャザラと、制作費を分担した。フォークは、カサヴェテスの型にはまらない撮影スタイルに慣れていなかった。脚本は最小限で、その多くはまだカサヴェテスの頭の中で抽出中なのだ。カサヴェテスは俳優の即興に任せ、リアルな演技を追求した。セットは形式ばらず、かっちりしたものではなかった。俳優は演技の直前に台詞を覚え、それに足したり引いたりすることで、自分の言葉にできると信じていた。ほかの監督のように「アクション」と叫ぶことはなく、カサヴェテスはただカメラを回し、俳優が自然にシーンに入り込めるようにすることで、ときに思いがけない、魅力的なシーンをカメラに収めた。

最初のうち、フォークはシステム化されていないことに苛立った。次に何をすればいいかわからないのだ。彼はそれを嫌い、カサヴェテスに今後一緒に仕事をすることはないと告げた。だが日が経つにつれ、その興奮や変化、自発性や意外性に魅了され、もう一度カサヴェテスと仕事をするのが待ちきれないほどになった。フォークはまた、この新しい自由さを別の作品での演技にも取り入れるようになり、いつか自分の芸術を打ち立てようと決意した。

それから何年も、NBCはユニバーサルに、毎週の『刑事コロンボ』シリーズをせがんだ。フォークに出演する気はなかった。カサヴェテスもエレイン・メイも、こんな一面的な役は引き受けるべきではないと言った。同時期に、ユニバーサルは新たな種類のシリーズを作ろうとしていた。〝ホイール〟というあだ名で呼ばれたこのシリーズは、題材が目まぐるしい、または難解なために週1回のドラマに向かなかったり、毎週の番組出演では契約できないスターを登場させたりするためのものだった。1968年には、

『ネーム・オブ・ザ・ゲーム』が始まった。3人のスター——活動的な出版社社長を演じるジーン・バリー、調査好きの記者を演じるアンソニー・フランシオサ、改革派の編集者を演じるロバート・スタック——が、毎週交代で主役を演じた。90分番組1本に40万ドルをかけたこのシリーズは、高視聴率ではなかったものの、最先端を行く洗練されたものだった。翌年、NBC＝ユニバーサルは、同じようなホイールの『ボールド・ワンズ』を、1970年には『フォー・イン・ワン』を開始した。まずは6週連続で『マクロード』を放映し、同様のミニシリーズ『サンフランシスコ大空港』、『四次元への招待』、『ドクター・ホイットマン』が続いた。

ユニバーサルは、『刑事コロンボ』をホイールのひとつにすれば、フォークが契約書に署名するのではないかと考えた。これなら年に6エピソードを撮影するだけでよく、残りの10か月間は、映画やほかの企画に参加できるからだ。

何年も拒まれていたユニバーサルとNBCは、あまり期待していなかった。だが、彼らはフォークが最近、彼のビジネスマネージャーに10万ドルほど金を騙し取られ、経済的な安定と、カサヴェテスのように好きな映画を企画する資金を得るために、手っ取り早く大金を手に入れる方法を探していたことを知らなかった。驚いたことに、フォークは承諾した。彼は90分の『刑事コロンボ』を6本撮影し、『マクロード』と、タイトル未定の3作目の番組と交互に放映するという契約に素直に従った。

『死者の身代金』

シリーズ開始前に、NBCは2時間のパイロット版を要求した。レヴィンソンとリンクは信じられない思いだった。『殺人処方箋』がパイロット版だったのではないか？　その高視聴率で、視聴者がさらなるコロンボものを見たがっているのが証明されたのではないか？　おそらくNBCは、2度目のパイロット版で『刑事コロンボ』のファンがいることを証明したいのではなく、秋のシーズンに向けて視聴者の期待を高めたかったのだろう。何と言っても、NBCは2年半もの間、フォークにシリーズ化を懇願し続けていたのだから。車輪《ホイール》の3本目のスポークとなる、ロック・ハドソンの『署長マクミラン』も、2時間の〝パイロット版〟の撮影を要求された。これは『刑事コロンボ』のシリーズ第1作の後の金曜日に放映されることとなった。とはいえ、『署長マクミラン』のほかの数話は、すでに撮影を完了していた。これらはテストではなかった。『刑事コロンボ』のふたつ目のパイロット版は、NBCが喉から手が出るほどほしかった追加番組で、しかも2時間ものだった。

ユニバーサルの最初の考えでは、『刑事コロンボ』のふたつ目のパイロット版は、脚本も制作もレヴィンソンとリンクが担当するというものだった。しかし彼らは『ドクター・ホイットマン』の制作で身動きが取れず、しかもそのことで、すでに『マクロード』の立ち上げにかかわることができずにいた。『刑事コロンボ』のパイロット版のストーリー案を出すことには同意したが、それ以上のことはできなかった。完全な脚本の執筆には、『ネーム・オブ・ザ・ゲーム』で一緒に仕事をしたディーン・ハーグローヴを推薦した。だがハーグローヴは、同シリーズのジーン・バリーのエピソードで、アソシエートプロデューサーからメインプロデューサーへと急速に出世していた。またハーグローヴは、この新たなオファーは形式上はパイロット版だが、メインキャラクターはすでに確立されてしまっており、自分はただの脚本家になるだろうとわかっていた。シリーズが開始されればロイヤリティは受け取れない。ハーグローヴは断った。

ユニバーサルは続いて、『マクロード』の共同制作者スタンフォード・ホイットモアに話を持ちかけた。彼は同じ理由で『刑事コロンボ』のパイロット版を断った。シャインバーグはハーグローヴに、再度色をつけた申し出をする。「聞いてくれ」シャインバーグは言った。「きみが別の形で手に入れていたものを表現する方法を考える。だが、ロイヤリティと呼ぶわけにはいかないんだ。あらゆる対立を引き起こしてしまうからね」つまり、ハーグローヴが脚本を書けば、多額のボーナス、パイロット版へのプロデューサーとしてのクレジット、またシリーズ化すれば最初のシーズンの責任者の地位が手に入るということだ。

ハーグローヴは折れた。彼はレヴィンソンとリンクによる2ページのトリートメント［プロットをまとめた文章］を基に『死者の身代金』を書き始める。物語では有能な弁護士レスリー・ウィリアムスが夫を殺し、死体を処分して、身代金を要求する手紙をでっち上げて夫が誘拐されたと装う。彼女は引き渡し場所で飛行機から30万ドルの身代金を落とすふりをするが、実はこっそり手元に残していた。のちに彼女はその金で、疑いを抱く義理の娘を買収し、国外へ行かせようとする。ところが、娘はコロンボと協力して、追跡可能な紙幣が使われるのを待っていたのだ。

ハーグローヴはまず『殺人処方箋』を研究することから始めた。キャラクターを知り、ドラマの定型を形作るプロットの要点を特定した。すなわち、コロンボが捜査のため犯行現場に現れ、小さな、ほとんど取るに足りない矛盾を常に気にかけ、容疑者に的を絞り、しつこく悩ませ、最終的にうっかり馬脚をあらわすように仕向けるというものだ。その狙いは、殺人者が個人的な欠点によって墓穴を掘ることだ。『殺人処方箋』のドクター・フレミングの場合は傲慢さであり、レスリー・ウィリアムスの場合は強欲と良心の欠如だ——彼女は義理の娘を買収できると考えていた。

ハーグローヴの脚本は、最初のパイロット版で強調された面を重視していた。コロンボの忘れっぽさ、極端な礼儀正しさ、訪れた家にある品への興味、頻繁に妻を引き合いに出し、親類の短いエピソードを話すこと、キャッチフレーズの「もうひとつだけ」、常に手にしている葉巻、そしてしばしばなくなる鉛筆。

コロンボの威圧的でない性格を強調するため、脚本家は彼が犯人だけでなくほかの捜査員からも軽んじられるようにした。『殺人処方箋』ではドラマが始まって33分後に初登場したコロンボは、殺人が行われたとは誰も思っていない12・5分後に現れる。最初のシーンで、コロンボは周辺的な事柄をつつき回し、FBI捜査員の会話を聞き、彼らの足を引っ張る。犯人にトイレの場所を尋ねると、彼女はゆっくりと、強調するように教える。まるで物分かりの悪い子供を相手にするかのように。

ハーグローヴはまた、新しい要素も取り込んだ。コロンボの大好物がチリであること、新しいテクノロジーに強く惹かれると同時に戸惑うところ（これは結局手がかりに結びつく）、さらなるアクションとユーモア。何より忘れがたいのは、ウィリアムスが怖がるコロンボを自家用飛行機に乗せ、操縦桿を渡すシーンで、大いにコミカルな効果をもたらしたことだ。ステージ42でのコックピット内のシーンは、最終日まで撮影されない予定だった。それによってできた時間で、ハーグローヴは絶えずシーンを書き直し、撮影が始まる直前に一番笑えるシーンを加えた。質問者をうろたえさせたウィリアムスは、操縦桿を取り戻して飛行機を水平にし、どんな質問にも答えると言う。だがコロンボには落ち着く時間が必要だった。ハーグローヴはこの部分を長引かせ、飛行機が穏やかに飛ぶシーンを加えた。ウィリアムスが、話す用意はできたかと再び訊くと、青ざめた顔のコロンボは「まだです」と答えるのだ。

ハーグローヴはレインコートも気に入り、フォークに衣装を全部単色で揃えるよう提案した。フォークは、繰り返し登場するキャラクターを作るには、さらに独特な外見が必要だとわかっていた。それに、衣装が着やすいに越したことはない。彼は家から、茶色いハイカットの古い靴と、小さい水玉模様のある、くすんだ濃緑色のネクタイを持ってきた。そしてぶかぶかの着やすいレインコートを選んだ。以来、彼は20年間これを使った。スタジオの衣装部には、体に合った青と白のスーツがあった。「それを茶色に染めてもらったんだ」とフォークは言う。「シャツを含め、着るものは全部茶系でなくてはならなかった。１９６５年にイタリアへ行ったときに、その色に魅了されたんだ。あそこでは建物も含め、すべてが茶色だった。イタリア人はあの色が最高だと本当にわかっているんだね」

現にフォークは、この機会を利用してコロンボの全体的な外見をよりむさ苦しくした。髪はやや乱れたままにし、黄ばんだ、少ししわの寄ったシャツを着た。

彼は演技も大げさにした。わざと沈黙を長引かせ、目を合わすのを避け、次第に上の空になり、より生き生きとした身ぶり手ぶりを見せた。

最初のうちは、わざとらしさすれすれの表情を見せることもあった。脚本では、コロンボの登場は殺人が発覚する前であり、ドラマの前半は犯人を問い詰める代わりに、遠くから彼女を見て、その行動について考えるというものだったからだ。その後のエピソードでは、フォークは狙いをつけた人物に質問するときにコロンボらしいリアクションを見せるが、『死者の身代金』では、彼のテイクは独立し、長々としたものであり、まるで〝サルでもわかるコロンボ〟を演じているようだった。

またフォークは初めて、彼とカサヴェテスの俳優仲間を出演させるよう尽力した。彼は〈バーニーの店〉のカウンター係にティモシー・ケリーを推薦した。シリーズを通して、フォークは自分のコネを使って多くの仲間に仕事をもたらした。

冷酷な殺人者レスリー・ウィリアムス役に、ハーグローヴはリー・グラントを推した。「スタジオはホープ・ラング（『ミセスと幽霊』）にしようとしたが、『ネーム・オブ・ザ・ゲーム』でリーを知り、彼女とその仕事ぶりにすっかり感嘆していた私は、あくまで彼女を要求した」とハーグローヴは回想している。「実を言えば、どこかで別の作品に出演していた彼女を引き入れるには、さまざまな物理的障害を越えなければならなかった。彼女を獲得するため、リムジンで送り迎えし、彼女を中心にスケジュールを立てた。期待通り、彼女は完璧に演じ、ピーター・フォークを申し分なく引き立てた」

ディック・アーヴィングがエグゼクティブプロデューサーと監督を兼任し、さまざまな効果をまとめ上げた。ドラマティックなストップモーション、独自のカメラアングル、ズーム、ほんの一瞬のフラッシュバック、エド・エイブロムズの緊張感あふれる編集、そしてビリー・ゴールデンバーグの記憶に残る音楽。

予想通り、『死者の身代金』は高視聴率を叩き出した。放映から数日で、ＮＢＣはユニバーサルにシリーズ制作のゴーサインを出した。ネットワークは90分の『刑事コロンボ』を６本要求した。フォークは快諾したが、ひとつ条件があった。彼は秋にブロードウェイで上演されるニール・サイモンの『二番街の囚人』で、リー・グラントと主役を演じることにも同意していたのだ。彼は最初のエピソードが放映される前に、６本すべてを完成させておく必要があった。

『死者の身代金』（Ransom for a Dead Man）

仮タイトル：World Premiere: Columbo

撮影：１９７０年11月27日～12月23日

出演：ピーター・フォーク、リー・グラント、ジョン・フィンク、ハロルド・グールド

監督：リチャード・アーヴィング

エグゼクティブプロデューサー：リチャード・アーヴィング

制作：ディーン・ハーグローヴ

脚本：ディーン・ハーグローヴ

原案：リチャード・レヴィンソン&ウィリアム・リンク

放映日：１９７１年３月１日

5 相互不信

シド・シャインバーグは、プロデューサーという餌を目の前にぶら下げて、ディーン・ハーグローヴに『死者の身代金』を書かせた。だが、『刑事コロンボ』シーズン1の指導者として彼がまず希望したのは、常にレヴィンソンとリンクだった。このふたりはキャラクターについて誰よりもよく知っているし、ミステリの経験も豊富で、スタジオで急速に頭角を現していた。ユニバーサルは、『刑事コロンボ』の成功がホイールの運命を決めると確信していた。

「そこで」とハーグローヴは語っている。「スタジオは私に、1年間身を引いて〔レヴィンソンとリンクに〕番組を任せ、その仕組みがわかったところで引き継いでくれないかと言ってきた。それはいい考えだと私は思った。ディックとビルはミステリの形式を本当によくわかっているからね。私はコロンボの映画を1本撮っただけだった。だから、彼らがどんなふうに仕事をし、番組がどう機能するかを見るチャンスだと思った。私は一歩引いて、デニス・ウィーヴァーと『警部マクロード』という番組を作った。それは一番幸せな時期とはいえなかった」

レヴィンソンとリンクを説得するのはもっと難しかった。シャインバーグは彼らを、ユニバーサル本社の15階にあるオフィスに呼び出し、話し合った。この濃灰色のガラスのビルは、悪意を込めて〈ザ・ブラック・タワー〉と呼ばれていた。シャインバーグは彼らに、5か月間で90分番組を6本作ってほしいと頼んだ。彼らが形式を決め、脚本の案を出し、キャスト、スタッフ、予算を決め、撮影と編集の全段階を監督するのだ。レヴィンソンとリンクは、とうていできるはずがないと考えた。シャインバーグは確かにそうだと言った——ほかの人ならそう思うだろうと。だがシャインバーグは違った。彼はこのふたりならできると信じていたし、ノーという回答には聞く耳を持たなかった。長時間の会議の後、レヴィンソンとリンクはシャインバーグのオフィスをよろめきながら出てきた。無理な頼みを引き受けて——そして、なぜ引き受けたのかもよくわかっていなかった。

ふたりはより大きなオフィスに移動し、えり抜きのアシスタントを集め始めた。ロバート・F・オニールが最初に雇われた。安定した頼もしいオニールは、『ドクター・キルデア』、『ジェリコ』、『スパイ大作戦』でアソシエートプロデューサーを務め、ちょうど『ネーム・オブ・ザ・ゲーム』の仕事を終えたところだった。ストーリーエディターには27歳のスティーヴン・ボチコが選ばれた。10年後には『ヒルストリート・ブルース』で誰もがよく知る有名人となる人物だ。この時点では、『ネーム・オブ・ザ・ゲーム』のひとつのエピソードで脚本家として、そしてほかの3つの回でスクリプトドクターとしてクレジットされているだけだった。チームは、質のいい脚本を速く書き、書き直しもできるボチコのような人材を必要としていた。

プロデューサーたちは続いて『殺人処方箋』をテンプレートにして〝『刑事コロンボ』のルール〟を作った。すべてのエピソードが倒叙ミステリの構造を取り、警察ものというより、エラリー・クイーン、アガサ・クリスティー、英国風殺人ミステリの流儀にならう。舞台は健全な、ほとんど架空のロサンゼルスで、

1970年代前半、タイプライターを前に仕事をするウィリアム・リンクとリチャード・レヴィンソン。

銃撃戦、カーチェイス、麻薬の手入れ、売春婦などは避ける。登場するのは堂々たる邸宅で、まっとうな職につき、お高くとまった住人は、どこの馬の骨ともわからない刑事と強い対照をなす。極度の自信を持つ殺人者は、腰の低い刑事が自分たちの知性にかなうことはないと思い込んでいる。

殺人者はまた、きわめて好ましくない人物でなければならない。レヴィンソンはこう説明している。「『死者の身代金』では、ほとんどの人がリー・グラントに殺人の罰を逃れてほしいと思った。正直言って、われわれもそう思った。それは、彼女が同情を引くキャラクターだったからだ。シリーズでは、殺人者は同情を引く人物ではなく、視聴者はコロンボに勝利してもらいたいと思うだろう」

各エピソードは、完璧な殺人から始まる。

巧妙に計画され、うまく隠蔽《いんぺい》された殺人だ。鉄壁のアリバイは破ることができず、殺人者――そして視聴者――は、この計画が絶対に失敗しないと確信している。しかしコロンボが到着すると、彼は小さな、ほとんど取るに足りない矛盾点に素早く気づき、それによって殺人犯に目をつける。彼はひとつひとつ手がかりを見つけ出し、自分の捜査を強化して、ついに〝動かぬ《ガッチャ》〟証拠を発見する。ピーター・フォークが〝ポップ〟と呼ぶものだ。これにより、犯人の有罪が確定する。こうした手がかりの多くは、コロンボの側の策略によって暴かれる。

ドラマは暴力を厳密に排除しなければならない。コロンボは銃を携帯しないし、パンチを繰り出すこともない。必要不可欠な殺人などの暴力は、芸術的に描くか、もっといいのは画面に登場させないことだ。

主人公は絶えず妻や甥の話をするが、彼らは決して登場しない。彼の家や警察署も同じだ。彼はただ漠然と、魔法のように物語を出入りするだけ。ドラマの本当の謎は、コロンボ本人でなければならない。

フリーの脚本家の想像力を刺激し、形式に慣れさせるため、プロデューサーたちは60人ほどの脚本家を招いて『死者の身代金』を上映した。参加した脚本家は、ふたりの登場人物にただ会話をさせるだけで90分のドラマを維持することがいかに難しいかに、たちまち気づいた。上映が終わると、参加に興味を示したフリーランサーはたったふたりしかいなかった。

脚本という重荷はボチコに負わされた。「僕はビルとディックの向かいの小さな部屋にいる、ただの青二才だった。彼らは僕を呼んで『オーケー、このエピソードの構想が浮かんだよ』と告げ、第一稿を持って行くと素早くメモを書き、第二稿を持って行くと、僕の脚本を書き直した。彼らに仕込まれたんだ」

その間、フォークはテレビシリーズに戻ることに次第に不安を募らせていた。彼はすでに、6話のうち3

話に自分の選ぶラインプロデューサーを任命してほしいと主張していた。これは自分のアイデアを確実に聞いてもらうためだ。彼はレヴィンソンとリンクのことを、プロデューサーの経験がほとんどないこと以外、よく知らなかった。フォークは彼らが秘密主義で、新しい情報を知らせたがらないと考えた。確かに、彼らは自分の作品を非常に大事にしていたし、驚くほど短い納期で完成させようと奔走していた。フォークはたびたび彼らのオフィスを訪ねて進捗状況をチェックし、物語やキャラクターについて話し合おうとした。矢継ぎ早に決断を下して次の難局に移ることに慣れているプロデューサーは、熟考し逡巡するのを好むスター俳優と、ドラマのささいな点について議論するはめになった。フォークは急かされたり、無視されたりするのが嫌いだった。プロデューサーは次第に守りを固めるようになった。ここは自分たちの領域だ。毎日のように怒鳴り合いの喧嘩が勃発し、ユニバーサル社の廊下を揺るがせた。

「1年目のひどいごたごたのひとつが、(レヴィンソンとリンクが)ひっきりなしにピーター・フォークと衝突することだった」ボチコはそう語っている。「僕はピーター・フォークが大好きだが、彼とビルとディックは毎日のようにやり合っていた。怒りを爆発させるだけじゃない。それは廊下越しにいつも聞こえた。けれどもそれが終わると、ピーターが僕のオフィスに顔を出すんだ。『やあ、進んでるかい？　調子はどう？　きみの脚本は大好きだ……』ってね。まるでジキルとハイドなんだ」

ほぼ4週間後、フォークは自分の利益を考えてくれる、信頼する人物を制作スタッフに加えてほしいと要求した。しばらくして、フォークは奇跡的にトリートメントや脚本の第一稿を手に入れ始めた。それは検討の準備もできていない粗削りなもので、フォークは当然不満だった。プロデューサーは、その脚本は大幅に改善されると説明した——そしてひそかに、今後は夜に帰宅するとき、草稿はすべて鍵のかかるキャビネットにしまうことを誓った。いさかいは激化し、スケジュールがずれ込むおそれが出てきた。切羽詰まったレヴィンソンとリンクは、〈ザ・ブラック・タワー〉に助けを求めた。フォークは出入り禁止となり、プロデューサーが必要とするまで撮影所から締め出された。

ようやく最初の台本が完成すると、レヴィンソンとリンクは胸を張ってＮＢＣに送った。ネットワークは〝コンセプト上の懸念〟を覚えた。ピーター・フォークは主役だ。なのに、20分は登場しない。なぜ彼の妻は出てこない？　もっといいのは、コロンボを独身にすれば、幕間にはロマンチックな展開も可能になる。ほかのレギュラー、特に若くてハンサムな相棒はいないのか？　何より悪いのは、脚本に語りが多すぎる。テンポの速さは？　危機感は？

ＮＢＣからのメモを受け、レヴィンソンとリンクはもう降りると迫った。基本的に変更には反対なだけでなく、番組がめちゃめちゃになってしまうと思った彼らは、現実的な見地から反論した。番組を放映日に間に合わせたければ、フォークがニューヨークへ発つ前に完成させなければならず、それには書き直している時間はない。脚本通りにエピソードを撮影しなければ完成できないのだと。ＮＢＣは譲歩した。

『指輪の爪あと』

レヴィンソンとリンクは当初、第1作を『殺人処方箋』の以前のタイトルである『イナフ・ロープ』にしようとしたが、最後の最後に気が変わり『指輪の爪あと（Death Lends a Hand）』とした。これはいかにして殺人が行われたかを巧みに示したタイトルだ。探偵社社長のブリマー（ロバート・カルプ）は、非協力的な相手を怒りに任せて手の甲で殴り、倒れた彼女はコーヒーテーブルに頭をぶつけてしまう。

このエピソードには、初めてコロンボが車を運転するシーンが出てくる。そこでレヴィンソンとリンクは、これといった特徴のない車を3台選んで、最終的にフォークに決めてもらうことにした。撮影が始まる前日、リンクは彼を、さまざまな撮影用の車が置かれたユニバーサルの巨大な駐車場へ連れて行き、自分たちが勧めた車を見せた。「いいや」フォークは言った。「これじゃ駄目だ」彼は車の列を歩き始め、あらゆる形と大きさの車を何百台も見た。後ろの隅で、大きなセダンの陰から、丸みを帯びた灰色の鼻先が突き出ているのに彼は気づいた。それは手入れをされていない1959年式プジョー403カブリオレだった。フォークはこれが正解だと知っていた。リンクは信じられなかった。「ピーター、地に足のついた、ブルーカラーのロサンゼルスの殺人課の刑事が、どうしてこんなエキゾチックな車を乗り回すんだ?」と彼は訊いた。「これでいいんだ」とフォークは答えた。ささいな決断であり、時間もなかったため、リンクは彼の好きにさせた。

元々コロンボは、ハイウェイ・パトロールに車を停められ、免許が切れているのを暴かれることになっていた。フォークは反論した。コロンボはだらしないかもしれないが、有効な免許を持たずに車を運転することは決してないと。さらなる議論の末、レヴィンソンとリンクは妥協案を出した。バイク警官は、コロンボの免許が〝来週期限切れになる〟ことを発見するというものだ。

撮影が始まってからも、フォークはレヴィンソンとリンクにとって悩みの種だった。各エピソードは、撮影に10日間を割り当てられていた。フォークはこのスケジュールを単なる提案と考えていた。彼は新鮮な気持ちでシーンを演じたいと、当日の朝にセットに来るまで脚本を暗記しようとしなかった。それから、完璧になるまで何度も撮り直しを要求し、彼の優柔不断な性格を考えると、その数は数十回に上った。それぞれのテイクで、彼は違う言葉づかい、言い回し、リアクションを試した。事実、フォークは与えられた台詞のほぼすべてを変え、より〝本物の〟コロンボらしく聞こえるようにした。

いつもなら、レヴィンソンとリンクは脚本の一言一句を懸命に守ろうとした。だが彼らはまもなく、フォークほどコロンボの口調をよくわかっている人物はいないと気づいた。それほどまでに彼はキャラクターに自分を注ぎ込んでいたのだ。レヴィンソンはすぐにボチコに、彼の台詞を〝不十分に〟書くようにアドバイスした。「ピーター・フォークがコロンボなんだ」レヴィンソンはそう指導した。「それはピーターなのだから、全部を書くことはない。きみがピーターを書く必要はないんだ。ピーターはピーターだから。きみが書いたものを、ピーターがピーターであること以上に演じたら、やりすぎになってしまう」

フォークはまた、撮影を中止させてプロットやキャラクターについて監督と話し合った。ほかのキャストは何もできずに立っているしかない。撮影は深夜まで続き、スタッフは残業代を請求した。『殺人処方箋』が撮影に18日を要し、予定よりも2日遅れたことで、社長のルー・ワッサーマンは激怒した。90分番組を6本、次から次へと制作するには、時間的に少しの贅沢も許されなかった。ペースを上げるように言われたフォークは怒り、ユニバーサルの流れ作業を痛烈に非難した。彼はかつて演じた犯罪組織のメンバーのように怒鳴り、役員はすごすごと自分たちのオフィスに引っ込んだ。

俳優は定期的に編集室を訪れ、各エピソードの進み具合を確認し、アドバイスした。プロデューサーは編集者にドアを閉じておくか、フォークが来るのを見たらその日は休むよう助言した。フォークが素材フィルムの試写に興味を示すと、彼らはその予定を、フォークがロケで撮影所を離れている間に入れた。

レヴィンソンとリンクは、アカデミー賞の受賞歴がある有能な撮影技師、ラッセル・メティを、最初の5つのエピソードで撮影監督として雇うことができた。彼の技術と経歴は申し分なかった。オーソン・ウェルズの『黒い罠』、スタンリー・キューブリックの『スパルタカス』、ハワード・ホークスの『赤ちゃん教育』などを手がけた人物だ。だが、64歳の気難しい〝撮影監督〟は、自分は何もかも知り尽くしていると考えていた。彼は照明を暗く、影になるようにすべきだと主張した。プロデューサーたちは、そういうタイプのミステリではないと説明しようとした。彼らはそれよりも、テクニカラーのミュージカルのように撮りたかったのだ。メティは拒否した。やぶれかぶれになったレヴィンソンとリンクは、彼に上等のハバナ葉巻をひと箱贈り、ユニバーサル撮影所内で最高のレストランで昼食をご馳走した。メティは態度をやわらげ、シーンを明るくすることに同意した。

『構想の死角』

新しいプロットを考え出すのに汲々としていたレヴィンソンとリンクは、ほかの脚本家をユニバーサルの廊下から引っぱってきては、いい知恵を出してもらおうとした。その後まもなくカルト映画の監督・制作者となる脚本家、ラリー・コーエンが、悪魔的な提案をした。殺人者と被害者が、レヴィンソンとリンクのようなミステリ作家のチームだったら？　この奇想の大筋――才能ある作家がパートナーに独立したいと告げた後で殺されるというもの――はボチコの手に渡り、完全な脚本となった。『構想の死角』で、ボチコは作家チームをフェリスとフランクリンという同じ頭韻の名前にした。たちまちスタジオじゅうが、現実のパートナーのどちらに才能があって、どちらが便乗しているかについておしゃべりするようになった。その冗談は、やがて「リンクがレヴィンソンを殺したのか、それともレヴィンソンがリンクを殺したのか?」というものに発展した。

ほかにもレヴィンソンとリンクをほのめかす部分があった。フランクリンは『殺人処方箋』というタイトルの、メルヴィル夫人シリーズの一作を贈り物として登場させている。別の作品(『ロンドンのメルヴィル夫人』)と、フェリスがタイプする次回作の最後の一行(「あなたの濡れた傘が、真相を明かしているわ」)は、シーズン2のエピソード『ロンドンの傘』を示唆している。

各エピソードが撮影される3週間ほど前には、プロデューサーは監督を選ぶ。監督は一時的な部屋を与えられ、キャストやスタッフ、物語、ロケ地などを検討し、各シーンのカメラ画像を、ときには絵コンテを使って綿密に計画する。監督は次に、衣装部、セットデザイナー、小道具係、撮影チームと話し合い、すべて自分の構想通りになっているかを確認し、撮影が始まればもちろんアクションを指導する。

レヴィンソンとリンクはこのシリーズにプロの品質を与えようとした。それぞれの作品が一本の映画であるかのように。シド・シャインバーグは彼らに、型破りなことをしたいと思っている若いスタッフを起用することを勧めた。シャインバーグはスティーヴン・スピルバーグを推薦した。才能ある24歳の若者で、彼とワッサーマンが育てているところだった。スピルバーグはディーン・ハーグローヴの元で『ネーム・オブ・ザ・ゲーム』の1本を完成させ、『四次元への招待』と『ドクター・ホイットマン』のそれぞれ2話を担当していた。レヴィンソンとリンクは『ドクター・ホイットマン』のラフカットを見て満足した。あとは、彼らが選んだ監督を拒否する権利のあるフォークを説得するだけだ。フォークは意外なことが嫌いだったが、『ドクター・ホイットマン』を見せると、彼も感心した。

制作が始まると、フォークはさらに驚嘆した。スピルバーグは細心の注意を払って計画し、現場にいるほかのベテランが聞いたこともない技術を使った。最初のショットは、パートナーのオフィスへ向かうフランクリンの車を俯瞰《ふかん》で撮った映像から始まり、カメラが引くと、上階にあるフェリスのガラス張りのオフィス内から撮影していることがわかる。そこではフェリスが猛烈な勢いでタイプライターを叩いている。フォークはこう回想している。「それまで参加したテレビドラマで初めて、カメラがどこにあるのかわからないシーンだった。確信はないが、道を挟んだ2階の窓だったんじゃないかと思う」

それでもスピルバーグは、気難しい撮影監督のラス・メティと仕事をしなくてはならなかった。彼は〝やり手の〟監督と、その型破りな技術をほとんど評価しなかった。メティはプロデューサーに抗議した。「あいつは子供だ！　ミルクとクッキーの休憩でも取る気か？　おむつでできたトラックが、私という発電機に口出しするのか？」

メティは、サンセット大通りのオフィスで、ガラスの壁の裏から撮影することに特に動揺を見せた。「いったいぜんたい、どこに照明を置けというんだ？」レヴィンソンとリンクはスピルバーグの肩を持った。「彼が監督なんです。言われた通りにしてください」

『刑事コロンボ』の監督のほとんどは、撮影が終わると次の作品に移行するが、スピルバーグはそのまま残り、音楽制作からサウンドミキシング、編集まで、ポストプロダクションのあらゆる面にかかわった。フランクリンが目撃者の女性を殴打するシーンで、スピルバーグは彼女の悲鳴にフォーカスすることを提案した。ただしその手法は、叫び声を音声トラックから消し、静かなＢＧＭだけを残すというものだった。

リンクはそのアイデアを気に入った。レヴィンソンは抽象的すぎるとして嫌ったが、数で負けたため、そうさせることにした。

監督による最初の編集版を見たプロデューサーは、1コマたりとも変えたくないと思った。それは完璧だった。だがスピルバーグは腹を立てた。彼はあと数秒はカットできる余地があると考えていた。プロデューサーは承知し、もう少しカットさせた。

彼らはまた、殺人者役に選んだジャック・キャシディが、『指輪の爪あと』のロバート・カルプに少しも劣らない素晴らしい演技をしたことで安心した。ただしキャシディは、激しいというより洗練された演技だった。カルプとキャシディの傲慢さは、コロンボの腰の低さを完璧に補っていた。カルプもキャシディもさらに2度、『刑事コロンボ』の犯人役で戻ってきている。

実際のところ、レヴィンソンとリンクはこのエピソードの完成を喜ぶあまり、『構想の死角』を『指輪の爪あと』の前に置き、シリーズの幕開けにするよう推薦している。

『ホリスター将軍のコレクション』

シーズンのその後の3作では、レヴィンソンとリンクは手を引き、フォークが選んだ暫定プロデューサーのエヴァレット・チェンバースに指揮を委ねた。フォークは同じくらい短気なチェンバースを、1950年代にニュースクール・フォー・ソーシャルリサーチで一緒だった頃から知っていた。チェンバースは短期間俳優として活動し、続いて監督となり、その後ジョン・カサヴェテスのシリーズ『ジョニー・スタッカート』のプロデューサーになった。1971年を通じて、チェンバースはハリー・ガーディノ主演の新シリーズ『特命捜査官モンティ・ナッシュ』のエグゼクティブプロデューサーを務めていたが、フォークのために『刑事コロンボ』を指揮することに同意した。

「レヴィンソンとリンクは、私が入ることを熱心に歓迎してはいなかった」チェンバースは言う。「彼らは番組とピーターを、完全に掌握したがっていた。そして、ピーターが自分たちよりも私の言うことを聞くのに気分を害していた。ピーターはほしいものがあっても何も言わない。私のところへ来て、手に入れようとするんだ」

チェンバースはフォークと同様、喧嘩早かった。彼はこう語っている。「キャリアにとって幸か不幸か、私は会社第一の人間でないことで知られていた。特にユニバーサルでは、常に会社第一の人間ではないと思われていた」

チェンバースもまた、フォークの俳優仲間に進んで端役を与えた。カサヴェテスと同じく、フォークは仲間にとても忠実で、自分のシリーズを持ったことで常に機会を見つけては友人を支えた。それに、単純に仲間と一緒にいるのが楽しかったのだ。チェンバースは『ホリスター将軍のコレクション』でティモシー・ケリーをチリの店で働くバートとして再度起用し、ヴァル・アヴェリーを貸ボート屋として登場させ、次のエピソードではフレッド・ドレイパーをタクシー運転手として起用した。フォークはジョン・フィネガン、ヴィトー・スコッティ、ブルース・カービーといった仲間に役を見つけ、彼らは何度も呼び戻されたので、事実上『刑事コロンボ』のレパートリー劇団となっていた。

だが、誰よりも大事にされていたのはマイク・ラリーだ。70歳を超える彼はニューヨーク出身で、生涯にわたってエキストラを演じてきた。彼はトーキー映画の初期から活動していたが、必ずしも音声は必要ではなかった。『刑事コロンボ』以前のラリーは、スクリーンでめったに台詞を言わなかった。数百本の映画やテレビドラマで、彼は通常、背景の人混みを埋める役をしていたからだ。たまに、荒々しいがどこか思いやりのある顔のおかげで、台詞のないバーテンダーや警備員、警察官の役を演じることもあった。

彼はフォークと身長がほぼ同じだったので、フォークは彼を、『刑事コロンボ』の全エピソードにわたって、自分のためのふたりの代役のひとりにするよう主張した。このベテラン俳優はフォークの親友となり、先乗り要員となって、フォーク専用のトレーラーに彼に必要なものがすべて揃っているかを確認した。撮影日にスタジオがフォークを車で迎えに来ると、途中でラリーを拾うように指示された。

チェンバースが最初に渡された脚本は、この番組で初めてフリーの脚本家が書いたものだった。『ホリスター将軍のコレクション』は、『特捜隊アダム12』でストーリーエディターを務めたジョン・T・デュガンが執筆した。ホリスター将軍役には、チェンバースは最初、ロバート・ライアンかロイド・ブリッジスを起用しようとしたが、いずれもスケジュールが合わなかった。代わりに、『農園天国』の最終となる第6シーズンの撮影を終えたばかりのエディ・アルバートに、いつもと違った役を演じさせることにした。スザンヌ・プレシェットは、将軍に誘惑され、そのために、将軍の海辺の家で制服を着た男が殺人を犯すのを見たという自分の体験を疑い始める目撃者を演じている。

興味をそそる設定だったが、デュガンの脚本はそれまでの作品に比べてわずかに劣っていた。フォークはシリーズをもっとよいものにしたかった。現に、自分ならもっとよくできる思っていた。レヴィンソンとリンクは、彼に自分で脚本を書いてみろと挑んだ。フォークは夏じゅうかかってそれに挑戦したが、第

2幕で行き詰まってしまった。彼は草稿を次の機会のためにしまい込み、代わりにエピソードをひとつ監督させてくれとせがんだ。ユニバーサルとNBCにとって、日曜の夜の成功は『刑事コロンボ』とホイールにかかっていた。スタジオは、時間がかかり几帳面なことで知られる俳優に、初監督をさせることに興味はなかった。

〈ザ・タワー〉は彼の申し出をあっさり断った。フォークが監督業に集中しすぎて、演技に影響が出るのが心配だというのが、彼らの言い分だった。フォークは引き下がらず、さらに強く求めた。ユニバーサルは妥協案を出した。フォークに『四次元への招待』の1エピソードを監督させるというものだ。スピルバーグも『四次元への招待』から始めたと彼らは説明した。フォークは『四次元への招待』を監督したいとは思わなかった。興味があるのは『刑事コロンボ』だけだ。

制作には10日間が予定されていたが、徐々にスケジュールが遅れ始めた。ついにフォークはチェンバースに頼った。「エヴァレット、どうすれば監督させてもらえるだろう？」

「病気になることだ」チェンバースは答えた。「シリーズの最中に病気になれば、力を持つことができる」

11日目、スタッフはステージ22でメモリアルホールの最終シーンを撮影していた。フォークは1時間遅れでメイクに現れ、短くリハーサルし、スザンヌ・プレシェットとのシーンの撮影を始めた。脚本のとあるページで、フォークは急に演技をやめ、仕事ができないといって楽屋へ引き返してしまった。30分ほどして、フォークはセットに戻ってきたが、準備を整えようとした15分後、具合が悪いといってまた立ち去った。ユニバーサルはスタジオの医師に彼を診察させた。どこも悪いところは見つからず、医師は市販薬を飲むよう勧めて、フォークが仕事に戻っても問題ないと宣言した。

1時間後、アシスタントディレクターが彼をセットに呼びに来たが、フォークはあと1、2時間は休息が必要だと言った。この遅れは監督のジャック・スマイトの逆鱗に触れた。根っから保守派の彼は、1949年からテレビの仕事を始め、『ルート66』や『ヒッチコック・サスペンス』などのシリーズを着実にこなし、やがてポール・ニューマンの『動く標的』のような高額予算アクション映画を手がけるようになる。激怒したスマイトは、〈ザ・タワー〉に電話した。

まもなく、ディック・アーヴィングからチェンバースに、何が起こっているかを確認する電話があった。チェンバースは「知りませんね」としらばくれた。「彼は体調が悪いようです。私が話してみます」

フォークの楽屋へ向かう途中、チェンバースはカサヴェテスと出くわし、彼も連れて行くことにした。楽屋に着くとフォークはうめき続けていた。「ひどい気分だ！」そこで3人はカサヴェテスの車で、カサヴェテスの主治医のところへ行った。主治医は「高血圧ですね。落ち着くことが必要です。処方箋を出し、家に送りましょう」と言った。医師の診断書を武器にしたフォークは、さらに力を得たと思った。

スマイトは、フォーク抜きで撮れるだけのものを撮り、午後4時20分には撮影を終えた。ユニバーサルはただちに、フォークを2度目の出入り禁止にした。翌朝、レヴィンソンとリンクはフォークのもうひとりの代役、リチャード・ランスにおなじみのレインコートを着せた。彼はフォークと同じむさ苦しい髪形で、同じくらい小柄だった——そのためランスは〝小人〟と呼ばれていた。将軍の家の戸口でコロンボが会話する最後のシーンを含め、ドラマの残りの部分については、スマイトは代役の肩越しに相手の俳優を撮るか、ふたりを俯瞰で撮り、フォークの台詞をアフレコで入れることにした。

NBCはフォークの出入り禁止のことを知ると、ユニバーサルにこの件を解決したほうがいいとはっきり告げた。『刑事コロンボ』は、最も期待される秋の新番組だったからだ。ユニバーサルはしぶしぶ、フォークに『刑事コロンボ』を1本監督していいと約束する。俳優はドラマを完成させるべくセットに戻り、自分がいなかったシーンをもう一度撮りたいと希望した。「駄目だ」とスマイトは言った。「撮影は終わった」監督は怒りのあまり、フォークのクローズアップを撮るのを拒否し、チェンバースに委ねた。

フォークを拒絶したスマイトは「私のヒーローだった」とスザンヌ・プレシェットは語っている。彼女はこの遅れのせいで次の仕事に間に合わなくなるのではないかとはらはらしていた。ふたりの俳優は10代の頃からの友人だったが「ピーターとは1年間口をきかなかった。彼は本当に、本当にひどいことをしたと思った」

エディ・アルバートはさらに無慈悲だった。フォークが撮影所に戻ってきたのを見ると、彼は言った。「ずっと会いたいと思っていた。ずっときみと仕事をしたいと思っていた。きみは本当のろくでなしだ」

ドラマは2日遅れで完成し、40万ドルの予算を10パーセント超過した。また、『刑事コロンボ』がステージ22を明け渡すのが遅れたため、『特捜隊アダム12』のプロデューサーは新しいセット探しに奔走しなくてはならなかった。

『ホリスター将軍のコレクション』は、ファンに長年の謎の答えを教えてくれた。とはいえ、それは間違った答えだった。レヴィンソンとリンクの〝『刑事コロンボ』のルール〟のひとつは、視聴者がコロンボの妻を決して見ないのと同様、コロンボがファーストネームを明かすことは決してないというものだった。リンクはこう指摘している。「彼にファーストネームはない。それに、正直に言うと、ディックも僕も彼のファーストネームを知らないんだ。考えたことはある。だが最初にピーターと協定を結んだんだ。視聴者に決してファーストネームを明かさないと。視聴者の興味を引き続けるようにしたかったんだ」

だが、『ホリスター将軍のコレクション』には、コロンボがバッジと警察の身分証明書を見せなくてはならないシーンがあった。ユニバーサルの小道具係は、コロンボの写真と「フランク・コロンボ」という走り書きのサインが入った身分証明書を作ったが、最新式のゼニス社製19インチのテレビで視聴者がその走り書きを読み取ることができるとは思わなかった。

財布とバッジ、身分証明書は、7シーズンにわたりコロンボの通常の衣装の一部となっていた。ビル・リンクでさえ、ファンが高解像度のテレビでビデオを一時停止できるようになるまで、コロンボが偽の身分証明書を持っていることを知らなかった。

『もう一つの鍵』

『ホリスター将軍のコレクション』の撮影が終わるとすぐに、チェンバースは次のエピソードである『もう一つの鍵』に集中した。ボチコの脚本は、同族経営の会社を継ぎたい女性が支配的な兄を撃ち殺し、侵入者と間違えたと主張するというものだった。チェンバースがプロデューサーとしてクレジットされていたが、レヴィンソンとリンクは番組の実権を取り戻そうと決意していた。チェンバースはこう語っている。「監督のノーマン・ロイドと私は、ロケ地（を探し）に出かけていた。戻ってくると、（レヴィンソンとリンクが）私に相談なしに主演女優を決めていた。これは本当にやってはいけないことだ。それから2日後、彼らがやってきてセットを取り替えたので、私は心底頭に来た。それは彼らの力技だった」

制作中ずっと、フォークはどのエピソードを監督させてくれるのか訊き続けた。レヴィンソンとリンクは、〈ザ・ブラック・タワー〉に判断を委ねた。〈ザ・タワー〉は彼を遠ざけ続けた。日に日にフォークがセットに現れる時間が遅くなっていった。各シーンでは、台詞を覚える時間がやや長くなった。カメラの準備ができるたび、彼は常に電話中に見えた。制作アシスタントは、遅延時間を記録するようになった——17分、6分、21分、5分——その間、ほかのキャストやスタッフは、進めることができずただ立っていた。

制作の半ばで、フォークはベテラン監督のハイ・アヴァバックが、第5作の指揮に任命されたと聞いた。そのシーズンで残されたエピソードはあとひとつしかない。さらにドラマティックな行動を起こすときだ。

撮影6日目、フォークはユニバーサルの制作部にあるセミナールームで役員室のシーンを撮影するため、午後に呼び出された。彼は時間通りに来て、台詞を覚え、脇で登場の合図を待っていた。そのときが来ると、彼は拒否した。フォークは「弁護士のアドバイスで」その日は休むといった。彼はセットを後にし、5分後には車で撮影所を出た。撮影チームはフォーク抜きでできる限りのシークエンスを撮影し、1時間早く終了した。フォークのこの強硬手段によって、制作の半日が犠牲になった。

翌朝は、フォークがいないため、スタッフは素早くスケジュールを組み直し、彼なしで撮影できるシーンを撮った。恋人の弁護士を演じるレスリー・ニールセンが、裁判後にコロンボと会話するシーンでは、小柄な代役のランスが呼び戻された。ランスの出番がどれだけ必要かわからなかったため、彼は映画エキストラ組合から映画俳優組合のメンバーに転換された。

ユニバーサルはフォークを3度目の出入り禁止とした。フォークの弁護士のバート・フィールズは、何の問題もないとスタジオに告げた。ピーターは、約束通り監督に任じられるまで復帰はしないと。ユニバーサルは一歩も譲らなかったが、NBCは違った。ネットワークは、『指輪の爪あと』と『構想の死角』のラフカットを見ていて、ヒットすることがわかっていた。彼らはユニバーサルに最後通告を突きつけた。フォークをセットに戻せと。〈ザ・タワー〉の役員たちは屈辱を感じた。俳優がスタジオに楯突いて勝ったためしはなかったのに、フォークに譲らざるを得なかったのだ。面目を保つため、ユニバーサルは条件を出した。予想されていたスケジュールでは、6話目は8月末に完成する予定だった——フォークがニューヨーク行きの飛行機に乗る、まる2週間前だ。ユニバーサルは、フォークが直後に『刑事コロンボ』の第7話に出演すると約束したら、6話目を監督させると言った。ピーター・フォークの監督で作品が台無しになった場合、NBCとの契約を守るために予備のエピソードが必要だったのだ。もっとありそうなのは、フォークがうまく監督をこなせば、NBCに売るエピソードがひとつ増えることになる。

フォークは大喜びでセットに戻った。彼はレヴィンソンとリンクに、自分がいない間の首尾はどうだったかと訊いた。「あなたがいない間、問題がありましたよ」レヴィンソンは打ち明けた。「僕たちは廃業を余儀なくされました」

フォークはその理由を尋ねた。

「小人が監督したがったんです」

『二枚のドガの絵』

『もう一つの鍵』を撮影中、チェンバースは次のエピソード『二枚のドガの絵』のキャスティングを始めた。彼は極悪な美術蒐集家デイル・キングストン役にジーン・バリーかロバート・ワグナー、可能であればぜひパトリック・オニールを起用したいと考えた。しかし、レヴィンソンとリンクに権利を奪われ始めてから、彼はプロデューサーを続けていけないと思った。チェンバースはこう語っている。「仕事の後でピーターと会い、こう言ったんだ。『ピーター、これではうまくいかない。こういうのは気に入らないんだ。プロらしくないし、私を解放してほしい』と。彼は承諾し、私は2エピソードを作った後に辞めた」

レヴィンソンとリンクは『二枚のドガの絵』で制作にかかわり、殺人犯に『0088／ワイルド・ウエスト』のロス・マーティンを選んだ。これはチェンバースが反対していたキャストだ。実は、レヴィンソンとリンクはチェンバースが第一候補にしていたパトリック・オニールを、次のエピソードの犯人役にしたいと考えていたのだ。

『二枚のドガの絵』の脚本はジャクソン・ギリスが担当した。『死者の身代金』のプライベート上映の後、残ったふたりのフリーランスのうちのひとりだ。この上映で、ほかのほとんどの脚本家は怖気づいたが、ギリスは興味をそそられていた。ミステリは彼の得意分野だった。彼は30年前に『サスペンス』や『ホイッスラー（The Whistler）』といったラジオドラマから始め、フリーとして文字通り数百ものテレビ脚本を書いていた。その中には、『ミッキーマウス・クラブ（Mickey Mouse Club）』の『スピンとマーティの冒険（The Adventures of Spin and Marty）』や『ハーディ・ボーイズ（The Hardy Boys）』、『スーパーマン』の13エピソード、『弁護士ペリー・メイスン』の31エピソードなどがある。彼はまた、『弁護士ペリー・メイスン』の1シーズンでストーリーコンサルタントを務め、次の4シーズンではアソシエートプロデューサーを務めている。

プロットの才に長けたギリスは、シリーズに『弁護士ペリー・メイスン』の主力であった〝第2幕のどんでん返し〟を取り入れた。これはドラマの中盤で、動機、狙われた被害者、または犯人までもが、思っていたものと違うことが明らかになり、視聴者を驚かせるというものだ。この手法は『刑事コロンボ』では二重に効果を発揮した。最初の20分で、視聴者は犯行について何もかもわかっている気になるからだ。『二枚のドガの絵』では、デイル・キングストンは殺されたおじの美術コレクションを相続しない——そして、彼もそのことを知っている——とわかって、視聴者は驚かされる。彼の真の狙いは、実際の相続人であるおじの元妻に罪を着せ、最終的に美術品を手に入れるというものだった。ギリスは、その後の『刑事コロンボ』のほとんどに、第2幕での転換を取り入れた。

しかし、ギリスの最大の強みは、独創的な手がかりを考え出すことだった。彼は何年も前に非常に素晴らしい手がかりを思いつき、ふさわしい企画に使うのを待っていた。殺人者が自らの指紋でなく、刑事の指紋によって特定されたらどうだろう？『二枚のドガの絵』で、ギリスはコロンボに、キングストンのアタッシェケースに殺された被害者から盗まれた美術品が入っているのではないかと手を突っ込ませる。その後、盗まれた絵の表面にキングストンの指紋は見つからなかったが、コロンボの指紋が見つかるのだ。ビル・リンクはこれを、かつてないほど素晴らしい手がかりだと評価した。

同じくらい心強いことに、ギリスの第一稿はほぼ完璧だった。レヴィンソンとリンクはすべてのシーンをそのまま使うことにして、台詞を磨き、ボヘミアンの芸術家の名前をクレム・フランクリンからサム・フランクリンに変え、捨てられた凶器を発見するのをサッカー中のふたりの近所の子供から庭師に変えた。脚本の唯一の欠点は、4分ほど足りないことだった。ひとつの解決策は、コロンボがアトリエで画家に質問するシーンを長くすることだ。背景ではヌードモデルがポーズを取っている。元の脚本では、モデルの役目は「コロンボができるだけ目をそらそうとしている」間、ポーズを取っていることだった。代わりに、コロンボの気まずさがシーンの目玉となった。彼はどぎまぎし、特に裸の女性に話しかけられたときには、ひどく居心地の悪い思いをする。

ほかに後付けされたのは、キングストンが殺した共犯者でガールフレンドが住んでいた下宿の、ゴシップ好きの家主をコロンボが訪ねるシーンだ。3分以上にわたって、メアリー・ウィキス演じる家主はコロンボ相手に長々とおしゃべりし、無関係な話題にそれ、コロンボのほうは話を手短に打ち切ろうとする。このユーモアあふれる追加はプロットとはまったく無関係だが、優れたエピソードのひとつとしてドラマの見どころになった。

『パイルD－3の壁』

レヴィンソンとリンクは、ユニバーサルがフォークとの対立で折れるだろうと、ずっと前からわかっていた。そこで彼らは、フォークに仕返しとして監督させるためのとんでもなく難しい脚本を、ボチコに用意させていた。『二枚のドガの絵』の制作中、彼らはフォークに、彼が舵取りをする脚本を見せた――非常に優秀な監督でさえも力を試されるように、故意に作られたものだ。50万ドル近い予算も、『刑事コロンボ』シーズン1の全作中で最高だった。『パイルD－3の壁』では、商業建築家のエリオット・マーカムが非協力的な投資家を殺し、死体を巨大なコンクリートの杭《パイル》に埋める。だが彼は知恵を働かせ、コロンボをそそのかしてひとつのパイルを掘り出させるのを待つ。そうすることで、上司に叱責された刑事が、わざわざもう一度パイルを掘り出せないように。

プロデューサーたちはすでに撮影現場を選んでいた。センチュリー・シティ・プラザの高層ビルと立体駐車場が、サンタモニカ大通りで建設中だったのだ。すでに巨大な穴が開いていて、毎日、一日じゅう工事が行われ、ほこりのもやの中、重機の音が常にこだましている。10日間の撮影のうち、6日間はロケ撮影だった。

フォークの名誉のために言うと、彼は念入りに準備した。脚本を熟読し、カサヴェテスやスピルバーグなどの監督にアドバイスを求めた。だがこの仕事は、フォークの弱点を強調することになった。元々優柔不断なのに、今では誰もがフォークの指示を待っているのだ。最初の制作会議の後、フォークは嘆いた。「私がすべての答えを持ってこなければならないことを、誰も教えてくれなかった。カメラマンに美術監督、照明係はそこに座って、私が判断を下すのを待っている。知っていたら、何か適当に用意したというのに！」

休みの日には、彼は工事現場へ行って、撮影の準備をした。「何人かを連れて、撮影場所を見つけに出かけた」彼は言う。「ようやく見つけたと思ったら、建設作業員が肩を叩いてこう言うんだ。『あそこで撮影するなら、早くしたほうがいい。明日になったらなくなるから』とね」

常に風景が変わることは、フォークが素早く決断を下す助けになった。その日の素材フィルムを見て気になるテイクがあっても、撮り直しはできない可能性がある。翌朝戻ってくる頃には、〝セット〟はなくなっているのだから。

制作が徐々に進むうち、フォークは風邪をひいて声が出なくなった。レヴィンソンとリンクは工事現場へ行き、穴の縁から彼の惨めなありさまを見てにんまりした。フォークは彼らに向かって拳を振り上げ、辛抱強く頑張った。彼は文句を言わなかった。「実現できる」と彼は言った。「ひとつには、やれと言われたからだ。もうひとつには、完成された脚本だったからだ」

ついに完成すると、フォークは二度と監督をしようという気になれなかった。特に『刑事コロンボ』は。「やってみて、これが大変なことだというのは認める」当時、フォークはそう告白している。「演技にはまったく支障がなかったと思うが、監督には支障があったと思う。演技はより力が抜けていいものになった。カメラアングルに集中しすぎて、演技で緊張している暇がなかったんだ。緊張は何の役にも立たない」

確かにフォークの演技は、特に冷静で自然に見える。欠点といえば、監督としてのフォークによる手がかりの扱いがやや不器用だったことだ。カメラは証拠品にズームインし、少し長すぎるくらいとどまる。殺人者が被害者のラジオをカントリーからクラシックに変えるという重要な手がかりのシーンでは、フォークは漫画的なほどあか抜けない曲を選び、殺人者が車を降りて家に入った後でさえ、聴いている視聴者にとって馬鹿馬鹿しいほど大きな音で鳴りっぱなしにさせている。

ほかのシーンは非常に効果的で、それには以前のエピソードから借りてきたふたつのシーンも含まれる。緊張感に満ちたシークエンスで、殺人者がトランクに入れた死体を処分しに行く途中、車がパンクする。ハイウェイ・パトロールが車を停めさせ、スペアタイヤを出すのを手伝おうと申し出る。ボチコは元々『構想の死角』のために、ほぼ一言一句同じシーンを書いていたが、それはカットされていた。

ドラマティックな最後の暴露は、明らかに『指輪の爪あと』に着想を得たものだ。ここでは、すでに種をまいたコロンボが、殺人者が夜遅くに犯罪を隠蔽するよう仕向ける。コロンボは犯人を待ち伏せし、突然ライトをつけて彼の行為を暴き出すのだ（同じ仕掛けは、『偶像のレクイエム』、『白鳥の歌』、『意識の下の映像』をはじめ、何度となく繰り返し登場する）。

エピソードが放映されると、フォークはコロンボが犯人を騙すのは合法だと思うかと訊かれた。「ああ、あの罠について私に訊かないでくれ」とフォークは言った。「それによって有罪判決を引き出せるかどうかはわからない。これは痛烈な犯罪ドキュメンタリーじゃなく、とっぴな思いつきなのだから」

『刑事コロンボ』が再開されるかどうかはともかく、レヴィンソンとリンクは、『パイルD－3の壁』が、自分たちがプロデュースする最後のエピソードになることを知っていた。そこで彼らは、主人公をよい人間にしようとした。ドラマの中で、医師が刑事に煙草をやめるようアドバイスする。暴力を忌み嫌ったのと同じように、彼らは喫煙を奨励したくなかった。実際にはレヴィンソンは、1日3箱のチェーンスモーカーだったが。事件を解決した後の最後のシーンで、コロンボは葉巻を出して火をつけようとして、ふとためらう。彼はそれを地面に落とし、土に返す。フォークは脚本の狙い通りに演技したが、次のシーズンでは喫煙を再開している。葉巻は非常に優れた小道具だったからだ。

『死の方程式』

『パイルD－3の壁』の完成直後、フォークは追加の作品である『死の方程式』の撮影に入る。10日間のスケジュールで、9月15日にニューヨークへ発つには、失敗が許される余裕はなかった。レヴィンソンとリンクは、ジャクソン・ギリスに原案を出した。ろくでなしのロジャー・スタンフォードは、一族の化学会社を継ぐため、葉巻の箱に爆弾を仕掛けておじを殺害する。見事な編集への礼として、レヴィンソンとリンクはエド・エイブロムズに監督をやらせてみることにした。ギリスは急いで脚本を提出したが、カメラを回す前にブラッシュアップする時間は2週間しかなく、いつもよりも大変な作業になった。

〝詰め手《ポップ》〟の名人ギリスは、今回も記憶に残るクライマックスを考え出した。ロディ・マクドウォール演じるスタンフォードに、葉巻の箱に爆弾を仕掛けたことを認めさせる必要がある。そこでギリスは、コロンボに無傷の箱を発見させ、スタンフォードをそれが爆発するかもしれない閉鎖空間に閉じ込めることにした。パームスプリングス・エアリアル・トラムウェイは当時、『スパイ大作戦』のエピソードやウォルター・マッソー主演の映画『コッチおじさん』に使われていた。ギリスはフィナーレを、高さ8500フィートの山からゆっくりと下りてくるトラムカーの中で撮影することを提案した。オフシーズンの間、パームスプリングスのトラムは毎週火・水が休みだったため、スタッフは撮影を完了するのに2日間使うことができた。

脚本の第1稿では、エピソードの最後は、コロンボがトラムカーの床にばらまかれた高級葉巻を見て「何と残念な。こんなに素晴らしい葉巻が……」と嘆くことになっていた。

最後の最後に、脚本家たちはフィナーレを少し書き換えた。コロンボはばらまかれた葉巻を数本拾い、コートのポケットに入れる。それが証拠だと指摘されると、彼は残念そうにそれを戻すのである。

初監督でありながら、エイブロムズは『刑事コロンボ』でスケジュール通りに撮影を行った数少ない監督のひとりとなった。えり抜きの映画編集者である彼は、必要なものをフィルムに収めたタイミングを正確にわかっていて、3度目の——あるいは13度目の——テイクは必要ないと判断した。また、演技を進めるコツを心得ていて、フォークにいちいち台詞について熟考したり、追加のテイクを要求したりするチャンスを与えなかった。彼は多くのシーンを非常に離れたところから撮影し、フォークとマクドウォールに、後から台詞を録音させた。フォークはブロードウェイでのリハーサルのため厳しいスケジュールであることを自覚していたし、同時に『パイルD-3の壁』の編集作業のチェックで頭がいっぱいだったので、問題はなかった。

1971年9月15日水曜日、『死の方程式』が完成した翌朝、フォークはニューヨーク行きの機上の人となった。その夜8時半、『NBCミステリ・ムービー』は『構想の死角』でスタートした。裏番組はCBSの手強い『外科医ギャノン』とABCの連続ホームコメディだった。『刑事コロンボ』はそれらすべての人気を上回り、それはシーズンの間ずっと続いた。『署長マクミラン』と『警部マクロード』の視聴率はそれほど振るわず、『外科医ギャノン』はシーズン全体で13位、『NBCミステリ・ムービー』は14位だったことから、『刑事コロンボ』の全エピソードが大きな数字を出したことによって持ち直し、春夏を通して各エピソードを2回再放送するというNBCの決断もそれを後押しした。

批評家は『刑事コロンボ』を、今シーズン最高の新番組と熱心に称賛した。視聴者は週を追うごとに増えていった。コメディアンは、自分たちの芸にコロンボの物真似を取り入れるようになった。コロンボマニアは激増した。

この反応は、フォークにとってはほぼ間違いなく過剰なものだっただろう。『二番街の囚人』を上演するたびに、彼は舞台での演技にはほとんど関心を示さない記者やファンと会うことになった。「楽屋に来た人たちは、芝居の話はしないんだ。コロンボ、コロンボ、コロンボだ」フォークはこぼした。「頭が変になりそうだ」

レヴィンソンとリンクも、この称賛を喜べなかった。最後の『刑事コロンボ』の編集を終えてすぐ、彼らは次のテレビ用映画に移った。しかし彼らは『刑事コロンボ』の放映を見て、批評をチェックし、自分たちに来るファンレターに個人的に返事を出した。特に興味深いのは苦情だった。ニュージャージー州ホーソーンのミセス・ジョージ・グロスという婦人は、『ホリスター将軍のコレクション』での飲酒シーンに関する不満を書いてきた。「主にピーター・フォークを見たいために、『刑事コロンボ』は私たちのお気に入りの番組でした――けれどもエディ・アルバートがドラマのふたつ目の台詞で『一杯やるかね』と言ってから、それが主題になってしまいました――次々に飲むのです。お酒を飲まない人を忌み嫌い、禁酒しようとしている元アルコール依存症者の邪魔をしているに違いありません」

A・グリタンザという別の視聴者は、各エピソードについて批評を寄せてきて、手がかりをもっとはっきり示すにはどうすればよいかアドバイスしてきた。グリタンザは『指輪の爪あと』について「ロバート・カルプの演技が大げさすぎるのと、主人公の難敵とは言えないことを除けば、とても素晴らしい」と書いた。さらに、視聴者はコロンボが登場するまで待たされすぎると感じているともつけ加えている。

カリフォルニア州ラホヤのミセス・アーネスティン・スミスは、『もう一つの鍵』の決定的な手がかりがあまりにも見え見えだと考えた。「今夜の番組について言えば、失敗です。スティーヴン・ボチコのような脚本家を使っていたら、ピーター・フォークのファンは誰もいなくなってしまうでしょう。車で駆けつけたボーイフレンドが銃声を――しかも警報の鳴り出す前に聞いたことの重大さに気づかない馬鹿がいるで

1972年5月6日、テレビ芸術科学アカデミーの第24回エミー賞にて、ピーター・フォークはドラマ・シリーズ部門の主演男優賞を受賞した。ジュリー・アンドリュースは、『エリザベスR』のグレンダ・ジャクソンに贈られた主演女優賞を受け取っている。俳優人生を通じて、フォークは15回のエミー賞にノミネートされ、5回受賞している。

しょうか？」

幸い、数千万人のほかの視聴者は、もっと寛大だった。テレビ芸術科学アカデミーも同じだった。その春、『刑事コロンボ』はエミー賞の10部門にノミネートされ、そのうち4つを獲得した。作品賞（ドラマ・シリーズ部門）と作品賞（新作部門）では、PBS『マスターピース・シアター』の『エリザベスR（Elizabeth R）』に敗れ、ビリー・ゴールデンバーグは『もう一つの鍵』での音楽賞を逃し、エド・エイブロムズは『死の方程式』での監督賞を逃した。フォークは主演男優賞（ドラマ・シリーズ部門）を獲得し、エイブロムズは『指輪の爪あと』で編集賞を、ロイド・エイハーンは『パイルD－3の壁』

で撮影賞を獲得した。

脚本部門での受賞は確実だった。ノミネートされた3作品のすべてが『刑事コロンボ』のエピソードだったからだ。問題は、『指輪の爪あと』のレヴィンソンとリンクになるか、『構想の死角』のボチコになるか、『二枚のドガの絵』のギリスになるかだった。レヴィンソンとリンクはボチコが受賞すると確信していた。彼の脚本が最も優秀だと考えていたからだ。

「ディック・レヴィンソンは僕をからかったんだ」ボチコはそう語っている。「彼はずっと『ああ、きみが受賞するさ。きみの脚本が一番なのは間違いない』とくり返し言っていたし、実は、僕もそう思っていた。たまたま僕の名前で出ただけで、もちろんビルとディックの特徴はすべての台詞に表れていた。そこで僕は、青いデニムに青いベルベットの下襟のついたタキシードを買ってきた。だが言うまでもなく、賞を取ったのは彼らだった。あれは彼らの番組で、彼らが作ったのだから、当然だ。誰も僕のような子供にエミー賞を与えたりしない。そして、僕は打ちのめされた――あのいまいましい男は、僕をおだてて受賞すると信じ込ませたんだ」

シーズン1――1971〜1972年

『構想の死角』(Murder by the Book)
撮影:1971年5月29日〜6月14日
出演:ピーター・フォーク、ジャック・キャシディ、マーティン・ミルナー、ローズマリー・フォー

サイス、バーバラ・コルビー
監督：スティーヴン・スピルバーグ
制作：リチャード・レヴィンソン&ウィリアム・リンク
脚本：スティーヴン・ボチコ
放映日：1971年9月15日
ニールセン順位：8位（26・5ポイント）

『指輪の爪あと』（Death Lends a Hand）
仮タイトル：Enough Rope
撮影：1971年5月
ゲストスター：ロバート・カルプ、レイ・ミランド、パトリシア・クローリー
監督：バーナード・コワルスキー
制作：リチャード・レヴィンソン&ウィリアム・リンク
脚本：リチャード・レヴィンソン&ウィリアム・リンク
放映日：1971年10月6日
順位：5位

『ホリスター将軍のコレクション』（Dead Weight）
仮タイトル：Seed of Doubt
撮影：1971年6月16日～7月1日
ゲストスター：エディ・アルバート、スザンヌ・プレシェット
監督：ジャック・スマイト
エグゼクティブプロデューサー：リチャード・レヴィンソン&ウィリアム・リンク
制作：エヴァレット・チェンバース
脚本：ジョン・T・デュガン
放映日：1971年10月27日
順位：6位

『二枚のドガの絵』（Suitable for Framing）
仮タイトル：The Crimson Frame
撮影：1971年7月～8月
ゲストスター：ロス・マーティン、ドン・アメチ、キム・ハンター、メアリー・ウィキス、ヴィク・タイバック
監督：ハイ・アヴァバック
制作：リチャード・レヴィンソン&ウィリアム・リンク

脚本：ジャクソン・ギリス
放映日：１９７１年11月17日
順位：19位

『もう一つの鍵』（Lady in Waiting）
撮影：１９７１年7月6日～19日
ゲストスター：スーザン・クラーク、ジェシー・ロイス・ランディス、リチャード・アンダーソン、レスリー・ニールセン
監督：ノーマン・ロイド
エグゼクティブプロデューサー：リチャード・レヴィンソン&ウィリアム・リンク
制作：エヴァレット・チェンバース
脚本：スティーヴン・ボチコ
原案：バーニー・スレイター&「テッド・レイトン」（レヴィンソン&リンク）
放映日：１９７１年12月15日
順位：17位

『死の方程式』（Short Fuse）
仮タイトル：Formula for Death

撮影完了日：1971年9月14日
ゲストスター：ロディ・マクドウォール、アン・フランシス
監督：エドワード・M・エイブロムズ
制作：リチャード・レヴィンソン&ウィリアム・リンク
脚本：ジャクソン・ギリス
原案：レスター・パイン&ティナ・パイン、ジャクソン・ギリス
放映日：1972年1月19日
順位：5位

『パイルD—3の壁』(Blueprint for Murder)
撮影：1971年8月16日〜27日
ゲストスター：パトリック・オニール、ジャニス・ペイジ、フォレスト・タッカー
監督：ピーター・フォーク
制作：リチャード・レヴィンソン&ウィリアム・リンク
脚本：スティーヴン・ボチコ
原案：ウィリアム・ケリー&「テッド・レイトン」(レヴィンソン&リンク)
放映日：1972年2月9日
順位：7位

6 しっくりと合う

『NBCミステリ・ムービー』の成功をフルに生かすため、ユニバーサルはネットワークに、リチャード・ウィドマークの『鬼刑事マディガン』、ジョージ・ペパードの『バナチェック登場』、ジェームズ・ファレンティノの『クール・ミリオン（Cool Million）』からなる第2のホイールを売り込んだ。NBCはこれらの新番組を水曜日に割り当て、『刑事コロンボ』、『警部マクロード』、『署長マクミラン』を、さらに有望な日曜の夜に据えて、長い間この時間枠で放映されていた『ボナンザ』の人気を受け継がせようとした。ピーター・フォークは、NBCが『刑事コロンボ』を酷使しすぎていると文句を言った。各エピソードを3回放映していたのだ。そこで、再放送を減らすためと、できればもう一度雷を落とすために、ユニバーサルは『ヘック・ラムジー（Hec Ramsey）』というホイールの4本目のスポークを用意した。主演のリチャード・ブーンは、西部開拓時代の元拳銃使いで、法医学捜査官に転身する役を演じている。

しかし、フォークは急いでロサンゼルスに戻らなくてもよいというそぶりを見せていた。『二番街の囚人』の最後の数週間、彼は『刑事コロンボ』を降板して芝居を続けるというようなことを口にしていた。ただし、ニューヨークにとどまるつもりはなかった。単にユニバーサルとの契約交渉で、より力を持ちたかったのだ。案の定、フォークは1972年6月3日に契約満了になると舞台を離れた。カリフォルニアへ戻った彼は、レヴィンソンとリンクが『刑事コロンボ』から降りることを知った。フォークは知らなかったが、プロデューサーたちは1年以上続ける気はなかったのだ。実際、8か月前にシーズン1の最後のエピソードを完成させるとすぐに、彼らは新しい企画に移り、自分たちの成功を喜ぶ暇もほとんどなかった。フォークは心から落胆した。レヴィンソンとリンクはそれに驚いた。怒鳴り合いの喧嘩やごまかしのことを忘れたのか？ なぜ急に一緒にいたがるのか？「きみたちを信用するようになったからだよ」と彼は答えた。

しかし性格的には、彼らに代わるプロデューサーのほうがフォークに合っていた。大柄だが物静かで、快活でおおらかなディーン・ハーグローヴは、このドラマの本当の実力者が誰かを心得ていた。ハーグローヴは主演俳優とうまくやっていくよう努力し、めったに対立せず、脚本にメモを入れられることもあまりなかった。フォークは『死者の身代金』でハーグローヴのプロデューサーとしての手腕を目の当たりにしていたし、彼が数多くの企画を同時に、しかもスムーズにさばくのも見ていた。ハーグローヴは『警部マクロード』をプロデュースしながら、ホイール用のパイロット版の脚本とプロデュースを担当した。シカゴの黒人私立探偵を描いたこの作品『カッター（Cutter）』は採用されなかった。そして、『刑事コロンボ』を引き継いでから数週間と経たないうちに、ハーグローヴは新しい『ウェンズデー・ミステリ・ムービー（Wednesday Night Mystery）』シリーズの一部となる『鬼刑事マディガン』の共同エグゼクティブプロデューサーを同時に引き受けた。

だが、再び個人的にチームを組む前に、フォークはハーグローヴに電話してこう言った。「個人的な問題だと思わないでほしいんだが、あなたと話はできないんだ」

シーズン2は、プロデューサーのディーン・ハーグローヴ（左）とエグゼクティブストーリーコンサルタントのジャクソン・ギリス（右）の下、これまでになくスムーズに進行した。[クレジット：ディーン・ハーグローヴ、カンディダ・ギリス]

ハーグローヴはこう回想している。「私は『わ……かった……』と言った。それから、彼の弁護士のバート・フィールズがスタジオに電話してこう言ったのを知ったんだ。『ピーターはこの条件では仕事をしない』とね。言い換えれば、もっと金がほしいということだ。当然、スタジオが真っ先にやったのは彼に歩合アップを提示することだった——たとえばテリー・サバラスはいつも総額の10パーセント上乗せされるたびに喜んだ。——が、その手はまったく通用しなかった。その金は、実際には見ることができないものだからだ。ピーターはいつもこう言っていた。『後払いなどごめんだ。今すぐ金がほしいんだ』と」

フォークは1エピソードにつき4万ドルで契約を結んだ。彼は1作品当たりの昇給とともに、エピソード数を6回に減らすことを求めた。「質を高く保つには、これ以上作らないほうがいい」と彼は主張した。ユニバーサルは8回を求め、フォークに関しては7

年契約にサインしてほしいと考えていた。最終的に、1年間の報酬をさらに上げ、全8回にすることで合意した。フォークの契約には、〝連続〟条件が含まれていた。ひとつのエピソードが完成するまでに、次のエピソードの撮影準備ができているという取り決めで、映画の出演契約の合間に仕事をしやすくするためのものだった。

「ピーターは常に紳士だった」ハーグローヴは指摘している。「誰とも大きな問題は起こさなかった。しかし、自分が勢いに乗っていて、好きなように事を運べることを知っていた。だから、やりたいことだけできたのだ。その力を濫用したとは言わないが、彼は自分の力をわかっていて、快適に感じられるようマイペースでやっていた。仕事で快適さを感じたことのない彼にとって、それは難しいことだった。大絶賛を受けながらも、常に仕事に対して自信がなかったんだ」

『溶ける糸』

レヴィンソンとリンクは、1972年の春を通じて、ハーグローヴが早めに滑り出せるよう準備した。完成された脚本3つと、ほかの5つのエピソードに関するトリートメント、または少なくとも原案を用意した。ユニバーサルは、引き続きレヴィンソンとリンクに給与を支払って、今後の『刑事コロンボ』のすべての脚本の第一稿に目を通し、ハーグローヴとディック・アーヴィングに詳細なコメントを送ってもらうことにも同意した。これは基本的に、2ページから4ページのメモだった。

さらに助けとなったのは、『刑事コロンボ』の放送開始以降、その親しみやすさと高視聴率によって、ドラマのアイデアを売り込むフリーランサーが増えてきたことだ。３つのアイデアが、あらすじにし、最終的に脚本として完成できると判断された。そのうち最も強力な作品であるシャール・ヘンドリックスの『溶ける糸』が、最初に撮影された。ヘンドリックスの独創的な脚本には、ある工夫がほどこされていた。ゆっくりとした時限装置的な殺人が、エピソードの最後までかかわってくるという狙いだ。野心家の外科医バリー・メイフィールドは、親切な師であるハイデマン博士の心臓手術を行う。それには特別な糸が使われ、数日後には溶けて、博士は死ぬことになる。だが看護師が疑惑を抱くと、メイフィールドは彼女の後をつけ、立体駐車場でタイヤレンチで撲殺する。コロンボは看護師の殺害事件を解決するだけでなく、ハイデマンの命を救うのに間に合う。

ヘンドリックスはこう回想している。「そのアイデアが浮かんだのは、以前肩の手術をしたときのことだ。医師が看護師と糸の種類について話しているのを覚えている。私は溶けない糸と溶ける糸の違いを尋ねた。それを使って誰かをひどい目に遭わせられないかという、よこしまな考えを持っていたんだ。そのことが頭にあって、数か月後、これは『刑事コロンボ』にふさわしいのではないかと思った。脚本家組合に紹介してもらった外科医に電話すると、最初の医師は『それは起こり得ない。糸が溶ける頃には体がその役割を引き継ぐからだ。それに、そういう糸はほかの糸よりも太い』と言った。私はあきらめそうになったが、サンバーナーディーノの病院の外科責任者に電話してみたんだ。すると彼女はこう言った。『もちろんそういうことはあり得ます。素晴らしいアイデアだわ！』」

それが自分の案だったのか、原案会議のときの誰かの案だったか思い出せないとヘンドリックスは認めたが、彼の脚本には主人公に新たな奇癖を加えることになる要素が取り入れられていた。元の脚本では、コロンボは早朝、目を充血させ、腹を空かせて立体駐車場を訪れる。彼はフードトラックのそばに車を停め、リンゴはいくらかと尋ねる。小さいものでも25セントと言われた彼は、代わりに固ゆで卵をふたつ買う。それから、ひとつの殻を被害者の車のボンネットで割り、もうひとつの殻を凶器で割って、犯行現場に殻をまき散らす。

最終稿では、フードトラックとリンゴのくだりはなくなっている。コロンボはポケットから魔法のように卵を出し、シーンの最後は彼が凶器のタイヤレンチで殻を割るというブラックユーモアで終わる。固ゆで卵とともに突然現れるコロンボは、シリーズを通じてお決まりのギャグとなった。

初期の脚本では、看護師の好色なルームメイト、マーシャが、メイフィールド医師にはねつけられ、コロンボを誘惑しようとする。彼を家に入れた後、マーシャはわざと純情ぶって言う。「いらっしゃい、警部。これは異性と知り合うあなたのやり方、というわけじゃなさそうね」

「ええ」ときっぱり言うコロンボ。

彼女は親しげに膝に手を置き、こう尋ねる。「本当に、何もお出ししなくていいの?」

「ええ。勤務中ですので」

彼女はコロンボの額を撫で始める。「汗をかいてるわ——何かできることはある?」

見るからに居心地の悪そうなコロンボは妻の話を始める。マーシャが尻込みして、質問させてくれるのを期待して。

この部分に、ヘンドリックスは新しい導入部を書いた。マーシャはコロンボを招いて、くしゃみに対する民間療法を教えるのだ。それは効いたが、療法を実践していないマーシャは、別れを告げた後にくしゃみをする。

フォークもまた、脚本には書かれていないコロンボの性格の一面を見せたが、これはその後のエピソードにはめったに出てこない。すなわち怒りだ。メイフィールドのオフィスでの最後の対決で、コロンボは医師に、看護師がハイデマンの手術の後で動揺していたのは、溶ける糸を使った――つまり殺人に当たる――と疑ったからに違いないと告げる。メイフィールドは信じられないというように笑いだす。「まさか本気で言っておられるんじゃないでしょうな?」コロンボは断固として答える。「あたしゃねえ、あんたがシャロンを殺したと思ってる。そしてハイデマン先生をも殺そうとしてると」帰り際に、彼はメイフィールドに、ハイデマンを手厚く治療したほうがいいと勧める。死ぬようなことがあれば検視が行われるからだと。フォークはカメラの前で脚本通りの台詞を口にしたが、そこに突然の怒りという要素を込めた。コロンボは、一蹴するようなメイフィールドの笑いを、コーヒーポットをデスクに乱暴に置いて遮ると、次の台詞を犯罪組織のメンバーのように口にした。そして、帰り際の台詞を提案ではなく、冷たい脅しのような口調で言った。コロンボは以前『殺人処方箋』でも殺人者の共犯者をしつこく脅すのに、無知で従順な態度を捨てたことがあったが、それは、その若い女性に自白させるための明らかな演技だった。だが今回フォークは、コロンボが心底メイフィールドに嫌悪感を抱いたために怒りを抑えきれなかった印象を与えている。

ヘンドリックスはレヴィンソン、リンク、ハーグローヴ、そして『刑事コロンボ』の新しいエグゼクティブストーリーコンサルタント、ジャクソン・ギリスと改訂を行った。この任命により、ギリスは久しぶりにオフィスに戻ることになった。『弁護士ペリー・メイスン』のスタッフを務めた5年間を除けば、彼は20

年にわたり、ひとり自宅で自分の作品を作り上げてきたのだ。そのため、ギリスはスティーヴン・ボチコのようなストーリーエディターではなかった。彼は脚本を読んで指示を与えるが、書き直すことはなかった。

レヴィンソンとリンクと同様に、ボチコも過酷な制作作業にうんざりしていた。次の1年間、『刑事コロンボ』の脚本をいくつか書きながら、彼はプロデューサー業への進出を模索している。まず『バナチェック登場』のパイロット版のアソシエートプロデューサーから始め、続いてリー・グラント主演のテレビ映画の脚本とプロデュースを担当した。ボチコはその後3年間『署長マクミラン』のストーリーエディターを務めた後、自分のシリーズを展開させることになる。例えば『透明人間』、『私立探偵リッチー・ブロックルマン（Richie Brockelman, Private Eye)』、『ヒルストリート・ブルース』、『フーパーマン（Hooperman)』、『コップ・ロック（Cop Rock)』、『L.A.ロー　七人の弁護士』、『天才少年ドギー・ハウザー』、『NYPDブルー』などだ。

『黒のエチュード』

現場を離れる前、ボチコはレヴィンソンとリンクのアイデアに基づいて、シーズン2の開幕作の脚本を書いた。フォークは彼らに、仲間のジョン・カサヴェテスを売りにしたドラマを考えてくれと頼んでいた。カサヴェテスは4年前からテレビの仕事を頑として避けていた。カサヴェテスを出演させるため、フォークは彼の次の映画『こわれゆく女』で、カサヴェテスの妻ジーナ・ローランズと共演し、映画製作費25万ドルの半分を出すと約束した。『黒のエチュード』では、カサヴェテスは愛人を殺す傲慢な指揮者を演じた。ハーグローヴはカサヴェテスを、『黒のエチュード』の登場人物と同じくらい鼻持ちならないと思った。カサヴェテスはテレビやテレビを本職としている人々を軽蔑していた。ハーグローヴは、カサヴェテスはトラブルメーカーで、異常なまでのうぬぼれ屋だと考えていた。ふたりの衝突はすぐに起こった。

使えるテイクを素早く見つけるため、スタッフはメインのフィルム式カメラにビデオカメラを取りつけ、撮影したばかりのシーンをすぐに再生できるようにしていた。フォークはこの新しいおもちゃを気に入り、「これは素晴らしい」と言った。「そうだね」カサヴェテスはそっけなく言った後、自分の映画にはこんな仕掛けは絶対に使わないだろうと主張した。

ポストプロダクションの間、カサヴェテスは音楽制作中に立ち寄り、ハリウッドの優秀な楽団員による30人編成のオーケストラが、ディック・デ・ベネディクティスのスリリングな音楽を演奏しているのを聴いた。このエピソードの監督であるニコラス・コラサント（10年後に『チアーズ』のコーチ役で人気を博す）は、熱心に言った。「やあ、ジョン、本当に素晴らしいと思わないか？」カサヴェテスは肩をすくめて言った。「ああ、それなりにね」

シーズン2では、NBCがひとつの変更を要求した。ドラマには第二のレギュラー出演者が必要だ。理想を言えば、コロンボが信頼を寄せる年下の警官か家族がほしいと。レヴィンソンとリンクはしぶしぶ受け入れた。一応は。『黒のエチュード』で彼らはボチコに、コロンボに犬を与えるよう指示したのだ。

当初、彼に与えるのは子犬だった。コラサントは反対した。「いいや、彼に似た犬を飼うべきだ」と。そこでかなり大きく、歳を取った、無気力なバセットハウンドを見つけ出した。フォークは犬好きだったが、相棒はいらないと考えていた。コロンボの奇癖は十分あったし、ペットは必要ないと。だがコラサントは、せめて見るだけでもと頼んだ。撮影初日、医師の部屋のセットに現れたフォークは、しわだらけのだらしない犬を見て心を奪われた。この犬は完璧だ。

エピソードの間、コロンボはどこへ行っても、新しいペットの名前を募った。ボチコの最初の脚本では、結末で名前が決まることになっていた。「名前が決まったよ」殺人者が連行された後、コロンボは言う。

「何の名前です?」同僚が訊く。

「犬の名前さ。マエストロと呼ぼうと思う。実に風格のある、いい名だよ」

最終的に、犬には名前をつけないことに決まった。結局、コロンボはその犬を「ドッグ」と呼ぶことになる。

『悪の温室』

次の脚本のために、ギリスは引退していたジョナサン・ラティマーを引っ張り出した。アル・カポネを取材するシカゴの犯罪記者からスタートした彼は、1930年代にはミステリ作家兼脚本家となり、ギリスが『弁護士ペリー・メイスン』のアソシエートプロデューサーだった当時、最も多産なレギュラー脚本家だった。ラティマーが考案した『悪の温室』では、ふがいない甥のトニーや、トニーを裏切り浮気している妻のキャシーにうんざりしている蘭の愛好家ジャービス・グッドランド［日本語版ではグッドイン］が、トニーに狂言誘拐を持ちかける。トニーは身代金で妻の愛人である筋骨隆々のケンを追い払おうと、それに同意する。ところがグッドランドはトニーを殺し、現金を手元に置いて、殺人の罪をキャシーに着せようとする。

『刑事コロンボ』の犯人役のほとんどは、彼にしつこく悩まされる前は刑事に愛想よくしようとするが、ラティマーの脚本ではジャービス（常に怒鳴り散らすレイ・ミランドが演じている）もキャシーも、会った瞬間からコロンボに対して腹を立てている。キャシーはドラマの3分の2を過ぎたあたり、ケンとセイリングに出ようとする彼女をコロンボが追ってくる場面で、彼に心を開くことになっていた。短い質問の後で、コロンボはふたりきりにすると約束する。しかし、埠頭に通じる桟橋に戻ろうとしたとき、彼はもうひとつ思い出す。キャシーの謎の愛人が、トニーに5万ドルで彼女と会うのをやめると言ったというのだ。混乱したキャシーは若い愛人を見る。そのとき、コロンボは足を踏み外してボートから落ちそうになる。キャシーは彼の腕をつかみ、落ちるのを防ぐ。礼を言うコロンボ。だが、彼から手を離す代わりに、キャシーは愛人をにらみつける。「さようなら、ケン」ケンはコロンボをにらみ、清掃用の布を叩きつけてボートから飛び降りると、振り向きもせず怒って泳ぎ去る。コロンボは控えめに謝るが、キャシーはそれを制する。「自分を責めることはないわ。別に驚くことじゃないもの。ただ、あなたは……人生をめちゃくちゃにされたことがないだけよ……ただひとり本当に愛した人が弱いせいで――」言葉が途切れる。彼女は船室に駆け込む。キャシーがコロンボの腕をつかんだことは、エピソードの最後の予兆となる。彼女の罪を晴らした後、コロンボは苦悩にさいなまれた女性に手を貸し、家まで送ると申し出るのだ。

最終的に、ボートでの対面は、キャシーが疑わしげにケンを見るという結末に決まり、コロンボが落ちるシーンとケンの退場は削除された。キャシーは最後までコロンボを冷遇し、ついに彼が自分の罪を晴らすために懸命に努力していたことを知る。ようやくそれに気づいたことで、最後に彼の腕を取るしぐさが、いっそう心温まるものになった。

記憶に残るコロンボの相棒を、というＮＢＣの長年の願望を満たすべく、ラティマーは初めて、物語で目立つ役を演じ、かつ個性的な助手役を作り出した。フォークはニューヨークの俳優仲間、ボブ・ディシーを、やり手のウィルソン刑事役に起用するよう主張した。ディシーは完璧な引き立て役を演じたが、フォークは彼を一度の登場で十分だと思った。ウィルソンのキャラクターを面白くする要素――おせっかいな性格、コロンボと対照的な型通りの捜査、犯人に誘導されるまま間違った結論に至るところ――が、シリーズをマンネリ化させるおそれがあったからだ。

『悪の温室』で最も忘れがたいシーンは、コロンボとウィルソンが壊れたトニーのスポーツカーを調べるために丘を下りる場面だ。「どうぞ。近道をお教えします」ウィルソンは、後からついてきたコロンボに言う。脚本にはこうある。「斜面は怖気づくほど険しい。ウィルソンがガゼルのように跳ね、滑り降りる様子は、まったくコロンボの参考にはならない。さらに悪いことに、今では半分下りたところでウィルソンが振り返り、コロンボを待っている。コロンボは覚悟を決める。ライバルに上級者用コースに連れてこられたスキーの初心者のように、コロンボは滑り降り始める。だがウィルソンに追いついたばかりか、さらに追い越していく。わざとではなく制御できない滑降で、フルスピードでウィルソンを追い越しながら、彼は『思ったよりも険しいね』と言う。渓谷の底で、コロンボは急に画面の最前面に現れる。まだ生きてはいるが、体は完全にこわばっている――目は少しどんよりしている。『確かに、近道にはちがいないがね』と彼は言う」

フォークはそのスタントを自分でやらせてくれと言った。最初はゆっくりと、こわごわ下りていくが、そのうちによろめき、前のめりになり、スピードを増し、両手を派手に振り回しながら、最後にフルスピードで底に着くと、溝に突っ込む。台詞を言う暇もなく、フォークはあっという間に渓谷の底に仰向けになっていた。その後、別のアングルから撮影するために、彼はそのスタントをもう一度演じなくてはならなかった。

『アリバイのダイヤル』

フリーランサーのジョン・T・デュガン（『ホリスター将軍のコレクション』）が、次のエピソードのために自らオリジナル脚本を書いた。『アリバイのダイヤル』では、プロフットボールチームのゼネラルマネージャー、ポール・ハンロンが、プールから上がってくるチームのオーナーを氷の塊で撲殺する。

犯行現場は、フォークの最も記憶に残るアドリブを引き出した。プールを調べるうち、コロンボは靴を濡らしてしまう。その後、コロンボは被害者の弁護士と真面目な顔で話をしながら、身を乗り出して突然こうささやく。「恐縮ですが、立ち入った質問をしてもよろしいでしょうか。その靴いくらでした？」弁護士は戸惑いながら「確か、60ドルかな」と答える。コロンボは目を見開きながら、水に入って靴を台無しにしてしまったのだと説明する。そして「そんな感じのやつを20ドルくらいで売ってるとこを知りませんかね」と尋ねる。「その靴いくらでした？」という台詞は大いに受けたため、それ以来フォークは道で知らない人が近づいてきて、その靴がいくらだったか――またはネクタイやズボンなど、身に着けているあり

『アリバイのダイヤル』の休憩中に、レイカーズのジム・マクミリアン（左）、リロイ・エリスとはしゃぐフォーク。［クレジット：ロサンゼルス・タイムズ写真アーカイブ、特別コレクション、チャールズ・E・ヤング・リサーチライブラリー、UCLA］

とあらゆるものがいくらだったか訊かれる羽目になった。

短気なハンロン役としてハーグローヴがすぐに思いついたのは、シーズン1ですでに殺人者を演じているロバート・カルプだった。「誰も驚きはしなかった。なぜなら彼は『刑事コロンボ』の犯人役の完璧な例だったからだ――裕福で、悪賢く、傲慢で、頭がいい。彼のように演じられる人はそう多くない」ハーグローヴは説明した。「カルプはスクリーンの中だけでなく私生活でも不愉快な人物だったが、『刑事コロンボ』の犯人役としてはぴったりだった」

撮影の準備中、ユニバーサルにNBA（ナショナル・バスケットボール・アソシエーション）の広報係から連絡があった。彼らはさまざまなテレビ番組に選手をゲストスターとして登場させることで、リーグを宣伝しようとしていた。ハーグローヴは、このエピソードに出てくるスポーツのセットに選手がうまくはまりそうだと考え、しかもフォークはニックスとレイカーズの大ファンだった。そこでハーグローヴは、レイカーズの選手６人――ハッピー・ハーストン、リロイ・エリス、フリン・ロビンソン、パット・ライリー、キース・エリクソン、ジム・マクミリアン――と契約した。ほとんどは演技が初めてだった。とはいえ、彼らはコロンボとハンロンがそばで会話している間、スリー・オン・スリーの練習試合をしているだけだった。しかし、選手のひとりハッピー・ハーストンは、前年に『ブライアンズ・ソング』にカメオ出演していた。彼は監督のジェレミー・ケイガンの目に留まった。ハーストンの美貌と存在感に感銘を受けたケイガンは、彼にはまさに俳優の才があると指摘した。３年後、バスケットボールを引退したハーストンは本当に俳優になり、いくつものテレビドラマや映画『エアポート'80』、『ザ・ペーパー』に出演した。

『偶像のレクイエム』

シーズンの最初の脚本に、ジャクソン・ギリスは基本的に『イヴの総て』（１９５０年）でアン・バクスターが演じたタイトルキャラクターを取り入れ、その20年後を想像した。もはや狡猾な若手女優ではなく、落ち目の映画スターで、共演者のベティ・デイヴィス演じるマーゴ・チャニングよりもメロドラマ的だ。ギリスはその役を特にバクスターのために書き、ノーラ・チャンドラーと名づけた。〝チャンドラー〟はチャニングを連想させ、〝ノーラ〟はより有名なフィルム・ノワール『ブルー・ガーディニア』をはじめ、何度か彼女が演じている名前だった。

『偶像のレクイエム』で、ノーラ・チャンドラーは長年秘書を務めるジーンがゴシップ記者と結婚しようとしているのを知る。チャンドラーは記者の家で待ち伏せして、彼の車でやってきたジーンを殺害し、狙われた人物は記者のほうだと思わせる。だが今回も、ギリスは第2幕でのどんでん返しを使った。チャンドラーは、過去に殺人を犯したことをしゃべらせないため、本当にジーンを殺したかったのだ。

ギリスは現実のハリウッドとのつながりをできるだけ盛り込もうとした。バクスターの親友でもある衣装デザイナーのイーディス・ヘッドは出演を承諾した。自分のオフィスでコロンボに新しいネクタイを選ぶ役だ。『ドラグネット』のジャック・ウェッブは、当時は『特捜隊アダム12』、『エマージェンシー!』、『ヘック・ラムジー』パイロット版のエグゼクティブプロデューサーを務めていたが、やはり短いカメオ出演に同意した。コロンボが、スタジオの重役のうしろについて〈ザ・ブラック・タワー〉の入口へやってくる。重役と入れ違いにウェッブが出てきて、刑事に愛想よく会釈する。コロンボがはっとして、畏敬の念に打たれたように彼を見たところで、コマーシャルになるというものだ。最後の最後で、ウェッブの出番は削られた。

同じく使われなかったのは、コロンボの気が散るシーンだ。彼とチャンドラーが駐車場を歩いていると、コロンボは途中で足を止め、小さな看板を見下ろす。そして小声で言う。「ねえ――こりゃ本当に、ルシル・ボールが車を停めた場所なんですか?」

ほかのスターはクレジットされていないが、わずかな時間登場した。しかし、ほんの一瞬だったので、ユニバーサルは許可は不要と考えた。クラーク・ゲーブル、W・C・フィールズ、ハンフリー・ボガートなど、数十枚の有名人の8×10インチの写真がゴシップ記者のオフィスの壁にかかり、それにふさわしく、ノーラ・チャンドラーの家の壁は彼女自身の写真に埋め尽くされている。『偶像のレクイエム』は、映画スタジオを舞台にした『刑事コロンボ』の作品のうち、最初の作品である。ユニバーサルはこの設定が大のお気に入りだった。ほとんどの場面をスタジオ周辺で撮影できるからだ。

NBCはシリーズの進行状況に満足していた。シーズンで最も有望なエピソードの中から、ネットワークは『溶ける糸』を2月の視聴率調査期間のために取っておき、『黒のエチュード』をシーズン第1作として9月17日に放映した。『刑事コロンボ』が日曜の夜に初めて登場したのだ。CBSは『マニックス』と『名探偵ジョーンズ』で対抗した。さらに手強いABCは、新たに毎週日曜9時から映画を放映し始め、その第一弾はジェームズ・ボンドの『007/ゴールドフィンガー』だった。『刑事コロンボ』の視聴者をつなぎ留めておくため、NBCはユニバーサルに、『黒のエチュード』を90分から120分に延ばす方法はないかと尋ねた。11月の視聴率調査期間に放映予定の特別編〝コロンボ、ロンドンへ行く〟も、その予定だった。

ディック・アーヴィングはこの案をフォークにうまく売り込んだ。2時間ものなら、カサヴェテスの出番をさらに増やし、敬意を払うことができると。

フォークはその案を気に入り、ハーグローヴに持ちかけた。「わかるだろうが、ジョンの出番が不十分だと思う。もっと彼の役に立つべきだ」ハーグローヴは信じられない思いだった。作品は完成していて、2週間後には放映されるのだ。だが、それはお構いなしだった。スタジオとフォークは、彼ならあと24分の映像をまとめる方法を思いつけるだろうと主張した。

ハーグローヴは回想している。「そこでリンクとレヴィンソンが引き入れられ、どこから素材を集められるか急いで検討した。こうした作品は、プロットが非常に強固だからだ。感謝祭のディナーで家族が集まって見る番組のようには作れない。そこで全員が悩んだ。『そうだな、こうすれば1分稼げる。犯人が殺人現場に車で行って帰ってくるのを見せてもいい。それであと25秒稼げる』というくらいに。私たちは尺を見つけるのに必死だった」

レイバー・デーの週末、ハーグローヴはカサヴェテス以外のほぼ全員を登場させた5つの追加シーンを急いで書いた。結局、撮影したのはそのうちひとつだった。ベネディクトのの義母（マーナ・ロイ）と妻（ブライス・ダナー）のレストランのシーンだ。ダナーはこのとき妊娠8か月半で、それから3週間と経たないうちに未来の女優グウィネス・パルトローを出産した。

フォークはひとつを除いてすべて却下し、自分で書いたシーンをふたつ使った。その部分、すなわちアルバムを見るシーンは、後から追加されたことがわかるだろう。当初、シーンの冒頭に予定されていた犬が吠える場面になると、コロンボの同僚は完全に姿を消し、まったく異なる警察官の一団が登場するからだ。

コロンボが殺人現場に到着するまでの数分を稼ぐため、フォークは基本的にアドリブで、被害者のアルバムに目を通している。

ハーグローヴは、殺人者がハリウッド・ボウル、ガレージ、被害者のアパートメントと移動するシーンを長くし、〝走行シーン〟と呼ばれる移動シーンを追加することで、さらに1、2分は稼げると考えた。カサヴェテスを説得する仕事は、ハーグローヴに降りかかった。

「ジョンに電話をして事情を説明するのは私の仕事だった」とハーグローヴは語る。「『追加の場面を書いているのだが……』と言うと、彼は『それは見たいね。自分にふさわしいか確認したい』と言った。『もちろんだ。資料を送るよ。もうすぐ完成する』それを送ると、彼が電話してきた。『何とも言えないな。それに、私が殺人現場に車で行き、また戻ってくるシーンがある。それをやるつもりはない』私が『どうしてだ?』と訊くと、彼は『私は走行シーン用の俳優じゃない』と言ったんだ。深い意味はわからないが、彼が機嫌を損ねているのはわかった。彼は権力を振りかざすことで、性格の悪さを表現するんだ」

結果として、ハーグローヴはこれ以上カサヴェテスの出番を書く気にはなれなかった。フォークは、心配ない、自分が何とかすると言った。フォークは『黒のエチュード』に、これまでのエピソードのハイライトだった場面がないことに気づいていた。コロンボと第一容疑者が、容疑者の家で一対一で対面するおなじみの場面だ。フォークは、カサヴェテスの即興の技量があれば、脚本はいらないと踏んだ。シーンは、コロンボが車で指揮者アレックス・ベネディクトの家に来て、正面に車を停める冗長なショットで始まる。応対に出た〝使用人〟(パット・モリタ)は、彼を演奏家と間違い、階段を軽やかに上ってベネディクトを呼びに行く。しばらくして階段を下りてくるベネディクトに、コロンボは何の目的もないでたらめな質問をする。この家いくらでした?　税金をいくら払ってます?　稼ぎはいくら?　そして最後にサインをせがむ。この奇妙な質問の間、指揮者は何が目的なのかを知ろうとする——視聴者もまた、同じ疑問を持つ(それにカサヴェテスの短髪が、次のシーンで魔法のように伸びているのはどういうわけか、興味を引かれるかもしれない)。

編集者は大急ぎでシーンをエピソードに組み込み、フォーク、ハーグローヴ、カサヴェテスの前で上映する予定を立てた。フォークはカサヴェテスとハーグローヴの仲が悪いのを知っていたので、前もってプロデューサーに連絡してこう言った。「きみたちふたりと同じ部屋にいたくないんだ」

「いいとも」ハーグローヴは言った。「私は後で見るよ」

エピソードが完成したのはぎりぎりだったため、ユニバーサルはNBCカナダ支局の放映に間に合わせることはできなかった。支局では『NBCミステリ・ムービー』を2日前の金曜日の夜に放映していたのだ。そこでカナダは90分バージョンで間に合わせなくてはならなかった。視聴率では、アメリカでの初放映は『007/ゴールドフィンガー』にこてんぱんにやられた（この作品が2位だったのに対して、『刑事コロンボ』は14位だった）。だがNBCは満足だった。この後の競争相手はこれ以上ではないと思われたし、30分延長された分の視聴率は、元々放送予定だった『四次元への招待』よりもはるかに高かったからだ。

『二つの顔』

一方、レヴィンソン、リンク、ギリスは、形式を変えるという案を温めていた。『二つの顔』では、料理研究家のデクスター・パリスが祖父を殺したように見えるが、その第一容疑者にはそっくりな双子がいることがわかる。視聴者には兄弟のどちらが殺人者かわからないが、コロンボは彼らが共謀していたことを明らかにする。

ギリスの元の脚本では、デクスターが入浴中の祖父のところへ、結婚のプレゼントだと言ってポータブルテレビを持ってくる。老人はテレビは大嫌いだと言うが、直後にデクスターはコンセントを挿し、電化製品を浴槽に落とす。ギリスはのちに、双子の祖父をおじに変え、デクスターの職業と結びつけるため、凶器となる電化製品を電動ハンドミキサーに変えた。

第一稿では、コロンボは、デクスターと地元の高級食材店の開店イベントで対決することになっていた。料理研究家はそこで自分のブランドの調理器具を宣伝している。だが代わりに、生放送の料理ショーの撮影になった。これならコロンボが助手に名乗り出ることができるからだ。脚本には最低限の指示しかなかったが、フォークのアドリブで完璧なシーンとなった。最初は気が進まず戸惑っていたのが、あれこれへまをし、最後には歓声をあげて喜ぶ。この実演では刑事の捜査は進まないが、フォークの優れた手腕によって、視聴者にきわめて親しみやすいキャラクターが作り上げられている。

『スパイ大作戦』の初代変装の名人、マーティン・ランドーが、ひらめきで殺人犯の兄弟に選ばれた。監督のロバート・バトラーはこう回想している。「私はディズニーの仕事をしたことがあるので、双子の扱いはわかっていた。やり方はわかっていたし、当時はもっともらしく見せることができた。今ではやや陳腐だが、あの頃はそれでよかったんだ。マーティはふたつの際立ったキャラクターを素晴らしく演じた。ひとりは気ままな、人生を謳歌するタイプ、もうひとりはやや真面目なタイプ。そして、マーティが衣装部屋を出てくると、その態度や雰囲気で、双子のどちらを見ているのかわかるんだ。それは素晴らしい演技だった」

だがバトラーはすぐに、ピーター・フォークのペースで制作が進んでいることに気づく。「ピーターはすべてをできるだけ完璧にしたいため、永遠に時間がかかった。ひっきりなしに後ろを振り向くと、そこには誰もいない。彼がドラマを支配しているんだ。ピーターは若い頃、会計士だった……計算し、（『刑事コロンボ』で）やれることは何でもやろうと決意していた。それにドラマはこれからも巨万の富を生み出すだろうから、ぞっとするような話を全部信じることはない。彼は横暴ではなかった。ただ『これを試してみよう』と言うだけなんだ。『ピーター、わかりました』という具合さ。彼は一緒に働くにはいい相手だ――今では、その下で働くには、と言っているよ。それは本当だと思う。彼には力があるんだ」

ハーグローヴも、シーズン2の間に撮影スケジュールが着実に遅れていたことを裏づけている。フォークが仕事に関して、ますます小さいことにこだわるようになったためだ。「ピーターは準備をしてこない」とハーグローヴは言う。「彼は脚本を手に現れ、リハーサル中に台詞を覚える。それにもちろん、あれほど偉大でありながら、本当に自信のない俳優なんだ。監督が『カット』と言ってから『プリントに回せ』という間に、ピーターは指を一本立てた手をレンズに向かって上げ、『もう一回』と言うのに私は気づいた。何度も見ている私の解釈では、彼は本当に、自分の演技に関して他人を信じていないのだろう。自分さえもね。そこで撮影が長引き、ドラマのスケジュールが徐々に長くなる。何度も繰り返していることがまた起こって、同じように長引くと、誰もがピーターを指さして彼が問題なのだと言う。それが正しいときもあるし、そうでないときもある。だが、物事が進んでいるとき、それは都合のいい言い訳になって、撮影はどんどん長引いていったんだ」

『ロンドンの傘』

マスコミに対して、NBCは拡大版の『黒のエチュード』の成功に後押しされ、ただちにもうひとつの2時間ドラマを発注したと発表した。今度はロンドンが舞台だと。しかし、これは当初からの計画だった。レヴィンソンとリンクがシーズン1のアイデアを考えていた頃、彼らはコロンボをシャーロック・ホームズとアガサ・クリスティーの国へ送り、スコットランドヤードの捜査を手伝わせようと考えた。NBCは、30分延長してくれるなら、海外ロケに追加費用を出すと言った。

ジャクソン・ギリスが肉付けした、レヴィンソンとリンクのアイデアは、『マクベス』をなぞるものだった。殺人犯はシェイクスピア俳優の夫婦、傲慢なニコラス・フレイムと野心家のリリアン・スタンホープ。被害者は何としても手に入れたい王国の国王の代わりに、劇場の興行主であるサー・ロジャー・ハビシャム。彼はリリーの誘惑が、自分たちの『マクベス』の後援を得るためにすぎないと気づく。

ユニバーサルは6人の俳優とスタッフの一部を、1週間という短い撮影期間でロンドンに送り込んだ。新しい撮影監督をはじめ、イギリスに拠点を置くスタッフが、海外ロケのために雇われた。

とはいえ、ロンドンで撮影されたのはシーンの4分の1にすぎず、そのほとんどが、ロンドン塔のような有名な建物や名所だった。屋内のシーンは2か所だけが海外で撮影された。ヒッピーの占い師の家と、ダーク刑事部長の紳士クラブだ。ほかの屋内シーンは、ユニバーサルのスタジオか、ハビシャムの田舎の屋敷となるビバリーヒルズのグレーストーン・マンションで行われた。

さらにコストを抑えるため、『刑事コロンボ』のスタッフが渡英する少し前に、必要最小限の『刑事マディガン』のチームがロンドンに送られ、同じ契約でセカンド・ユニット［主役や主要な俳優が登場しない場面を撮影するためのチーム］の撮影を行った。

フォークは海外ロケのアイデアを気に入らなかった。細工に走りすぎると考えたのだ。だが、イギリス訪問は楽しんだようだ。衣装を着た彼は、地元の案内係に「レインコートを持ってくるとは頭がいい」と褒められた。フォークはほほえんで言った。「まったくだ」

意外なことに、『刑事コロンボ』チームがロンドンから持ち帰った映像は、長尺の放映時間を考慮に入れてもかなり長かった。NBCはロンドンのシーンをできるだけ使いたがった。フォークがバッキンガム宮殿近くで群衆にもみくちゃにされながら衛兵交代式を写真に撮ろうとする2分間のアドリブのシークエンスも含めて。

それは、どこかを削らなければならないことを意味する。最も大きなカットは、オリジナルの3分間のオープニングシーンだ。これは『マクベス』で3人の魔女がマクベスの運命を予言するくだりに着想を得ている。『ロンドンの傘』の幕開けでは、ニック・フレイムが風変わりな霊能力者アンガスの助言を仰いでいる。「最新流行とオカルトを大胆に織り交ぜ、家で適当に洗濯したような服装」の彼は、湯気の立つ巨大な鉄の鍋の後ろに立ち、呪文を唱える。「2倍だ2倍、苦労と苦悩。ごうごう燃えろ、ぐつぐつ煮えろ……」［『マクベス』4幕1場、松岡和子訳］そして、「星の飾りがついたモビールなどの神秘主義的ながらくた」の中を歩く。ニックはアンガスを遮り、舞台の運命を占わせる。アンガスは煮立っている魚介のシチューのほうに興味を示す。

「さっさと占ってくれ」とニックは言い募る。「成功か失敗か」

アンガスは新しい舞台が始まるたびに、同じ質問をされることにうんざりしている。特に俳優の「抜き出た失敗記録」を考えればなおさらだ。

「アンガス、私は知りたいんだ！　最終リハーサルにすでに遅刻している」

アンガスはため息をつき、伏せたタロットカードに覆われたテーブルにつくが、「アストラル界の声」を読み解くのに苦労する。だがそれも、ニックがテーブルに金を置くまでのことだ。さらなる口論の後、アンガスは突然飛び上がり、テーブルをひっくり返して大声で笑う。「答えは成功だ」とアンガスは宣言する。「長い年月を経て、ついに成功するんだ！」

ニックは大喜びで出て行く。アンガスは身をかがめ、落ちたタロットカードを拾う。裏返した彼の笑みが消える。それは男が絞首台にぶら下がっている死神のカードだった（その後、ハビシャムの執事が垂木で首を吊っているのが見つかったとき、カメラはその影を追い、タロットカードの絞首台の男とまったく同じに見えるように撮影することになっている）。

占いのシーンを削ったことで、さらにいくつか微調整が必要になった。ニックが最初に劇場に来たとき、リリーは「アンガスは！　彼は何て言ったの？」とささやく。この台詞はカットされ、すぐにニックの興奮した答えとなる。「来シーズン、ニューヨークで『人形の家』をやってみたくないかね？」その後、夫妻が車の後部に自転車をくくりつけようとするシーンでは、ふたつの台詞を削らなくてはならなかった。急に不安になったニックが「アンガスにまた相談する時間があればな……荒れ地の魔女たちに！」と言い、リリーが「アンガスは馬鹿よ！」と断言する部分だ。ふたつのショットの間の不自然な断絶を埋めるため、編集者はロープを結ぶニックのクローズアップを挿入した。

終盤近くのカットは、どちらかと言えば検閲的なものだ。蠟人形館で、コロンボはダークに、リリーの切れたネックレスの真珠がなぜハビシャムの傘の中にあったかを説明するため、ビーズをゴブレットの中に弾き飛ばす。そのとき、展示品を観に来た観光客がなだれ込んで来て、その中に胸の大きいスクリプトガールのミス・ダドリーがいる。コロンボは何気なく、もうひとつのビーズをゴブレットのほうに弾くのだが、それはミス・ダドリーの胸の谷間に着地する。

『断たれた音』

1972年の7月から8月にかけてテレビを最も騒がせたのは、世界チェス選手権の対局だった。対するは風変わりなアメリカの天才、ボビー・フィッシャーと、世界チェス王者に君臨するソ連のボリス・スパスキー。「世紀の対決」と謳われた一連の対局は、アメリカで初めてゴールデンタイムに放映されたチェスの対局となり、世界じゅうの記者が息をひそめてこのドラマを記録しようとした。チェスへの関心はかつてないほど高まった。

レヴィンソンとリンクは常々、コロンボの捜査をチェスの対局になぞらえて見ていた。そこで、ジャクソン・ギリスと一緒に、神経過敏なアメリカのチェス世界チャンピオン、エメット・クレイトンの物語を考え出した。彼はタイトルを失うのではないかという考えに取りつかれ、対戦相手のトムリン・デューディックを、機械仕掛けのゴミ粉砕機に突き落として殺そうとする。

『断たれた音』は、記憶に残る芸術的な悪夢のシーンから始まり、来る対局へのクレイトンの恐怖心を表現する。途方に暮れ、怯えたクレイトンは、もやの中を走り大きな白い彫像の間を通り過ぎる。カメラが引くと、彼は巨大な大理石のチェス盤の上にいて、彫像は巨大なチェスの駒であることがわかる。キングが彼のほうへ滑ってくる。彼はうっかりナイトを倒してしまう。彼はキングがデューディックの顔をしているのを見る。今ではすべての駒が彼に迫ってくる。デューディックが倒れる。キングがさらに迫ってくる。クレイトンは転がりながら逃げようとする——ここで彼は、ホテルの部屋のベッドの上で、冷や汗とともに目覚める。

ギリスは最初、この悪夢にさらなる細部をつけ加えていた。駒が大理石の上を滑るとき、不気味な甲高い音を立てる。すべての駒がデューディックの顔をしているのが明らかになる。クレイトンがナイトを倒すと雷のような歓声があがる。そしてデューディックの顔をした駒のすべてが、高まる歓声にお辞儀をする。

ローレンス・ハーヴェイ(『影なき狙撃者』)が、悩みを隠そうと必死な、苦悩するエキセントリックなクレイトンを演じた。セットにいるほかの俳優は知らなかったが、ハーヴェイは胃がんを患っており、45歳で命を失う——このエピソードが放映されてから、ちょうど8か月後のことだ。

シーズンの終わりには、レヴィンソンとリンクの原案は使い尽くされていた。ハーグローヴとギリスには助けが必要だった。フォークはラリー・コーエンを推薦した。脚本家兼監督の彼は、何年も前にフォークを初期のテレビドラマに起用し、それが『殺人会社』への出演につながった。コーエンによれば、フォークは彼が『構想の死角』の着想を与えたことに対して十分な謝礼をしなかった埋め合わせとして、コーエンを雇うことを「要求した」という。シーズン1の構想を練っていた際、レヴィンソンとリンクはコーエンに脚本を手伝ってほしいと持ちかけ、コーエンはベストセラー作家が、便乗している相棒とのコンビを解消しようとして殺されるというアイデアを出した。

「私は（そのアイデアを）レヴィンソンとリンクに贈り物として差し出した。すると彼らは背を向けて、スティーヴン・ボチコに渡し、彼はスピルバーグが監督したそのドラマでエミー賞にノミネートされたんだ」コーエンは言った。「ボチコから感謝の言葉はひとつもなく、でも彼は今に至る30年間、私のアイデアによって収益を受け取り続けているんだ。そしてレヴィンソンとリンクからも、大した礼はしてもらっていない。ユニバーサルは贈り物としてカラーテレビを送ってきた。私はそのテレビが大嫌いだ。大物らしく扱われるだろうと思い込んで、物語を気軽に渡してしまった。だが、教訓になったし、後悔している」

コーエンはイギリスでの1年間の研究休暇に出発するところだったので、完全な脚本は書きたくなかった。しかし、彼は〝殺人コンサルタント〟として、2～20ページのストーリーのアイデア集を書くことに同意した。

コーエンは説明した。「脚本は一切書かないが、殺人の手段を1ダース提供するという契約を結んだ。10万ドルでね！　そして私は、ロンドンにいる2週間に、ハイドパークを散歩しながらテープレコーダーに口述した。それで取引成立というわけさ」

シーズン開幕作の視聴率はそこそこだったが、その後『刑事コロンボ』は持ち直し、シーズンの残りは2位から6位の間をキープして、シーズン1の視聴率を十分に上回った。日曜夜のCBS『オール・イン・ザ・ファミリー』だけが、常に『刑事コロンボ』を抜いていた。エミー賞では『刑事コロンボ』はさほど上首尾でなく、4部門で賞を逃した――作品賞（ドラマ・シリーズ部門）では『わが家は11人』に敗れ、主演男優賞ではフォークはリチャード・トーマス（ジョン・ボーイ役）に敗れた。監督賞ではエド・エイブロムズ（『断たれた音』）は『燃えよ！カンフー』に敗れ、脚本賞ではボチコ（『黒のエチュード』）が『わが家は11人』に敗れた。

批評家の目はすり抜けたとしても、ドラマはシーズン2を通じて確実に向上していた。フォークはキャラクターの癖や表情、言葉づかいを完璧なものにしていた。そのほとんどは彼自身のものだ。彼は次第に、自分自身の愛すべき逡巡、好奇心、思索的なところや分裂したところを利用するようになった。ピーター・フォークとコロンボ警部の境界線は曖昧になり始めていた。脚本の質が保たれ、形式が常に新しくなれば、彼はドラマが引き続きヒットすると確信していた。

シーズン2――1972〜1973年

『黒のエチュード』（Étude in Black）
仮タイトル：Étude for Murder
撮影：1972年6月下旬〜7月上旬
出演：ピーター・フォーク、ジョン・カサヴェテス、ブライス・ダナー、マーナ・ロイ
監督：ニコラス・コラサント
制作：ディーン・ハーグローヴ
脚本：スティーヴン・ボチコ

原案：リチャード・レヴィンソン&ウィリアム・リンク
放映日：１９７２年9月17日
ニールセン順位：14位

『悪の温室』（The Greenhouse Jungle）
撮影：１９７２年7月
ゲストスター：レイ・ミランド、ボブ・ディシー、サンドラ・スミス
監督：ボリス・セイガル
制作：ディーン・ハーグローヴ
脚本：ジョナサン・ラティマー
放映日：１９７２年10月15日
順位：２位

『アリバイのダイヤル』（The Most Crucial Game）
仮タイトル：Sudden Death Payoff
撮影：１９７２年8月
ゲストスター：ロバート・カルプ、ディーン・ジャガー、ジェームズ・グレゴリー、ヴァレリー・ハーパー、ディーン・ストックウェル

監督：ジェレミー・ケイガン
制作：ディーン・ハーグローヴ
脚本：ジョン・T・デュガン
放映日：1972年11月5日
順位：4位

『ロンドンの傘』（Dagger of the Mind）
仮タイトル：Out, Damned Spot!
撮影：1972年10月
ゲストスター：リチャード・ベースハート、オナー・ブラックマン、ウィルフリッド・ハイド＝ホワイト
監督：リチャード・クワイン
制作：ディーン・ハーグローヴ
脚本：ジャクソン・ギリス
原案：リチャード・レヴィンソン＆ウィリアム・リンク
放映日：1972年11月26日
順位：3位（29・0ポイント）

『偶像のレクイエム』（Requiem for a Falling Star）
仮タイトル：Murder by Starlight
撮影：1972年8月
ゲストスター：アン・バクスター、ピッパ・スコット、ケヴィン・マッカーシー、メル・ファーラー
監督：リチャード・クワイン
制作：ディーン・ハーグローヴ
脚本：ジャクソン・ギリス
放映日：1973年1月21日
順位：6位（28・5ポイント）

『溶ける糸』（A Stitch in Crime）
仮タイトル：A Special Kind of Death, The Specialist
撮影：1972年6月
ゲストスター：レナード・ニモイ、アン・フランシス
監督：ハイ・アヴァバック
制作：ディーン・ハーグローヴ
脚本：シャール・ヘンドリックス
放映日：1973年2月11日

順位：2位（32・4ポイント、46シェア）

『断たれた音』（The Most Dangerous Match）
仮タイトル：Fool's Mate
撮影：1972年10月〜11月
ゲストスター：ローレンス・ハーヴェイ、ロイド・ボクナー、ジャック・クラスチェン
監督：エドワード・M・エイブロムズ
制作：ディーン・ハーグローヴ
脚本：ジャクソン・ギリス
原案：ジャクソン・ギリス、リチャード・レヴィンソン&ウィリアム・リンク
放映日：1973年3月4日
順位：5位（26・3ポイント）

『二つの顔』（Double Shock）
仮タイトル：Recipe for Dying, Murder Times Two
撮影：1972年9月
ゲストスター：マーティン・ランドー、ジャネット・ノーラン、ジュリー・ニューマー
監督：ロバート・バトラー

制作：ディーン・ハーグローヴ
脚本：スティーヴン・ボチコ
原案：ジャクソン・ギリス、リチャード・レヴィンソン&ウィリアム・リンク
放映日：1973年3月25日
順位：2位

7 殺しの音楽

『刑事コロンボ』の全エピソードで、音楽は雰囲気を確立するのに不可欠だった。最初から、レヴィンソンとリンクはそれぞれの物語に独自の見た目や印象、音楽を与えようとした。彼らは、倒叙形式とコロンボのキャラクターが定型的なものになるのを恐れ、ほかに類を見ない最高の制作品質によって、それぞれの回が自立できるようにした。

作曲家を選ぶのはプロデューサーの仕事だった。ユニバーサルの音楽部門には、契約を結んだ作曲家集団はいなかったが、どんな番組にも合った音楽を作れる作曲家を推薦してもらえた。

プロデューサーは、エピソードが撮影・編集されるまでに作曲家を選ぶ必要があった。曲を決めるのは作曲家に任されたが、プロデューサーや、ときには監督が提案する場合もあった。音楽の代わりに、スピルバーグは『構想の死角』のオープニングでリズミカルなタイプライターの音を使った。続いてビリー・ゴールデンバーグに、タイプの音を模した曲を作らせた。さらにはドラマの最後に、ゴールデンバーグの不気味なテーマとともにタイプの音を入れた。

『刑事コロンボ』のプロデューサーは、作曲家が作ったものにおおむね満足したが、『悪の温室』だけは別だった。ディーン・ハーグローヴは作曲家として、前衛的なスイス系アメリカ人のポール・グラスに目をつけた。彼は定期的に『四次元への招待』で曲を作っていた。グラスは蘭を収集する気難しい男というレイ・ミランドのキャラクターから、低く斬新な音を立てるオーボエ、ヘッケルフォーンのための協奏曲を作った。

曲を聴いたハーグローヴはかんかんになった。「彼が持ってきたのは、まったく無調の曲だった」とプロデューサーは回顧している。「ダンス音楽である必要はないが、よくできたドラマティックな音楽でなければならない。彼の曲は、その意味では納得できなかった」

ハーグローヴはグラスの曲をすべて没にし、オリヴァー・ネルソンを引き入れた。彼はまったく新しい曲を1週間ほどで書き上げた。

プロデューサーはまた、どこで音楽を使うかも判断した。フィルムが編集されると、プロデューサーか、一番多いのはアソシエートプロデューサーと編集監督が、作曲家と〝スポッティングセッション〟を行う。プロデューサーは、音楽をどこで始めてどこで終わらせたいかを示す。音楽編集者は各フィルムに音楽を挿入する部分をメモする。作曲家は、フィルムのコピーを見ながら、通常7日から10日かけて曲を書き、その後フルオーケストラで演奏される。

初期には、作曲家は曲の収録時にスタジオオーケストラの指揮もした。やがてドラマは〝クリックトラック〟を導入した。メトロノームのような刻みの音を各音楽家に提供し、映像に合う特定のテンポで自分のパートを個別に収録できるというものだ。

各トラックにはラベルがつけられ、ダビングされた台詞や音響効果とともにフィルムのしかるべきフレームに追加される。トラックはその後、適切な音響レベルにミックスされ、放映用のマスタープリントが作成される。

シーズン2を引き継いだとき、ハーグローヴはディック・デ・ベネディクティスを引き入れた。ゴールデンバーグの弟子である彼は、キャロル・バーネットに専用の曲を作ることからキャリアをスタートさせた。ゴールデンバーグはハーグローヴに、デ・ベネディクティスを『警部マクロード』で使うことを提案した。デ・ベネディクティスは最終的に、『刑事コロンボ』の23話分をはじめ、25年間にハーグローヴが制作した何十ものドラマの音楽を作曲した。

最初のうち、デ・ベネディクティスはゴールデンバーグの流儀にのっとり、それぞれのドラマに独自の〝犯人のテーマ〟と〝犯行のテーマ〟を作曲した。このバリエーションは、エピソードを通じて使われた。犯人のテーマは通常、殺人者の人となりを説明するのに使われる。例えば軍人なら重々しい吹奏楽などだ。犯行のテーマは、刺殺か、鈍器で殴ったかなど、犯罪がどのように行われたかを示す。

その他の楽曲には、警察官による捜査、別の主要キャラクター、物語のその他の様相などがある。「映像作品では、ドラマを支えるために作曲すべきだ」デ・ベネディクティスは言う。「ドラマにかき立てられる感情に合わせたものを作ろうと心がけなければならない」

デ・ベネディクティスが初めて『刑事コロンボ』の音楽を手がけたのは、『黒のエチュード』だった。その作曲について彼はこう語っている。「とても大変だった。というのは、ドラマの中でカサヴェテスは、ハリウッド・ボウルでさまざまなオーケストラ曲を指揮するからだ。そこでわれわれは、正統な交響曲を使うことにした。私は曲の選択に協力したが、作曲にも気をつけなくてはならなかった。それもやはり正統な楽譜を用意しなければならないからだ――つまり、リズムセクションの楽譜ではないということだ。ハワイアンではないし、ロックでもないし、ジャズでもない。クラシックの表現に沿った正統な楽譜だが、（カサヴェテスの）キャラクターを表現するために使われるクラシック曲を邪魔しないように気をつけなければならなかった。それは厄介な仕事だった。そこで私は、流れるクラシック曲と対立しないテーマ曲を作り、一方でやや現代的な私の曲と衝突しないために、特定の時代のクラシック曲を選んだ」

素晴らしい仕事ぶりだけでなく、デ・ベネディクティスは今後のエピソードの仕事に呼ばれるために別の手も使っている。彼はこう明かす。「私がやったのは、ひとつのエピソード、または番組のために作曲している間、別の番組のテーマも作っておき、それをプロデューサーの前で演奏して『こういうのはどうです？』と言うことだ。私はセッションの最後にそれをこっそり持ち込んだ。そしてたいてい、彼らは私が持ってきたものを気に入ってくれた」

最初の3年間では、同じシーズン内の別のエピソードに、ある回の楽曲が流用されることがあった。デ・ベネディクティスは言う。「これはまず制作スケジュール、そして組合との契約上の合意に左右される。録音には組合に加入している演奏家を使うからだ。彼らは全員報酬をもらっていて、その演奏をどれだけ再使用していいかの制限がある――組合の規定でね」

１９７０年代前半には、ある番組のために作られた音楽を一定の割合で別の番組に使えたが、やがて音楽家組合の圧力によって、スタジオによる流用は制限されるようになった。『刑事コロンボ』でも、いくつもの楽曲がその後の複数のエピソードで再び使われ、現にタイトなスケジュールのため、１本の作品――『偶像のレクイエム』――では、作曲家の名前はクレジットされていない。これにはオリジナル音楽が作られていないからだ。使われているのは、『黒のエチュード』のデ・ベネディクティスによる犯罪のテーマや、

『悪の温室』のオリヴァー・ネルソンによるボンゴを多用したコロンボのテーマなど、借りものばかりだった。デ・ベネディクティスは『断たれた音』と『二つの顔』でクレジットされているが、これらも完全に複数の作曲家による楽曲を借りて構成されたものだ。

公式な『コロンボのテーマ』というものはないが、ネルソンのような一部の作曲家はそれを書いている。『殺人処方箋』ではデイヴ・グルーシンがメインテーマを控えめなジャズ風にアレンジしたもので刑事を紹介する。『死者の身代金』では、ビリー・ゴールデンバーグはわざとコロンボの初登場場面で音楽を使わなかった。「音楽をつけないキャラクターというのもいるんだ」ゴールデンバーグはそう説明する。「彼らはいるだけでいい。（フォークが）すでに演技でやっているのだから、コロンボを面白いキャラクターとして表現することはない。コロンボの中には知性が詰まりすぎていて、音楽をつけられないんだ。彼こそが独自の音楽なんだ」

皮肉なことに、コロンボに音楽はつけないと誓ったゴールデンバーグはのちに、『コロンボのテーマ』の作曲家としてクレジットされることになる。１９７４年、ノリー・パラマー・オーケストラは、犯罪ドラマのテーマ音楽を集めたアルバムを作りたいと考え、ユニバーサルは『死者の身代金』でゴールデンバーグがヘリコプターのシーンのために作曲した音楽を提案したのだ。

ギル・メレは、初めてコロンボの登場曲を作った。『指輪の爪あと』で彼が登場するときの、チューバと弦楽器による、おどけた軽快なリズムの曲だ。この曲はキャラクターにぴったり合っていたので、メレは『刑事コロンボ』のほかの3作でも使った。たいていは、コマーシャルの直前やエンディングなど、刑事が中心となる明るい場面の最後に流れている。

だが、刑事のキャラクターに最も密接にかかわる曲を何気なく思いついたのはピーター・フォークだった。シーズン3の第2作、『別れのワイン』を撮影中のことだ。バーのシーンで、コロンボは公衆電話から地元の新聞社に電話し、最後に雨が降ったのはいつか尋ねる。待ち時間の演技で、フォークは無意識に時間を埋めようと、ずっと彼のお気に入りだった子供向けの歌『This Old Man』をハミングする。次のエピソード、『野望の果て』で、彼は容疑者の選挙事務所で待たされている間にふたたびこの歌をハミングし、殺人者ものちにこれをハミングする。フォークはこの曲を非常に楽しみ、コロンボの奇癖のひとつに加え、作曲家たちはそのことを頭にとどめた。

デ・ベネディクティスは言う。「コロンボにはテーマソングはないが、ピーター・フォークは『This Old Man』が大好きだった。だから彼の登場シーン、特にユーモラスな場面で、私は『This Old Man』の風味を少し取り入れた」

最終的に、プロデューサーと脚本家は、ほぼすべてのエピソードにこの曲を挿入した。それが頂点に達したのはシーズン7の『美食の報酬』だ。ここではコロンボが盛大な宴会でもてなされるが、料理を運ぶウェイターたちは、フルオーケストラに壮大にアレンジされた『This Old Man』のメロディに乗ってパレードしてくる。

8　ストライキ

1972年の終わりまでには、ディーン・ハーグローヴは『刑事コロンボ』シーズン2の8作すべてを完成させ、同時に『刑事マディガン』の6作を完成させようとしていた。フォークはカサヴェテスの映画『こわれゆく女』の撮影中で、翌年の春にはフィラデルフィアでエレイン・メイによるギャングのバディもの『マイキー＆ニッキー』でカサヴェテスと共演することに同意していた。フォークは、メイのじっくり時間をかける制作スタイルが、ほぼ確実に翌年夏の『刑事コロンボ』の制作開始に影響すると考えていた。そこで彼は、シーズン3の最初の2エピソードを早春に撮影し、夏の終わりに戻ってきて残りの6エピソードを撮影することに同意した。NBCの意向で、8作のうち半分は2時間ものとなった。

同じ頃、脚本家組合はストライキに入る寸前に見えた。そこでハーグローヴは、『刑事コロンボ』の制作の実権をダグ・ベントンに移し始めた。彼は『ヘック・ラムジー』の脚本家兼プロデューサーで、それまで『鬼警部アイアンサイド』、『0022アンクルの女』、『ドクター・キルデア』などを指揮してきた。また彼は、それまでに制作された『刑事コロンボ』のほとんどの脚本に、ノンクレジットで手直しを加えていた。ベントンはシリーズのフォーマットについて誰よりも知っていると思われたし、エグゼクティブストーリーコンサルタントとしてジャクソン・ギリスが、アソシエートプロデューサーとして、シーズン1

の7エピソードすべてにかかわってきたロバート・F・オニールがサポートする予定で、レヴィンソンとリンクは初期の草稿を読み、矛盾点や物語の改善すべき点を指摘することとなった。

ベントンは『刑事コロンボ』の脚本を秋の終わり頃から用意し始めた。2月前半には第1作、その約4週間後には第2作の準備ができていなければならないのがわかっていたからだ。彼は選択肢を4つの提案に絞り込んだ。1作はミルナ・ベルコヴィッチのもの（美容界の女王が盗みを働いた化学者を殺す）、2作は〝殺人コンサルタント〟ラリー・コーエンのもの（ワイン醸造家がワイン貯蔵室で弟を窒息死させる、上院議員候補が選挙参謀を殺害する）、あと1作はロバート・スペクトのもの（シンクタンクの科学者が息子を守るために殺人を犯す）だった。ベントンは4作すべてを、撮影に使える脚本を素早く書いてくれそうな脚本家に割り当てた。最初の2作の草稿が、先行して仕上げられた。

『毒のある花』

ジャクソン・ギリスは化粧品業界の物語『毒のある花』を担当した。彼は最初のシーンを研究所にし、不気味な赤外線に照らされた化学者のマーチソン博士が、患者の頰を外科用メスで神経質にこすっているシーンから始めた。化学者の助手は、こう言って彼を落ち着かせようとする。「フランケンシュタインだって、あの研究に何十年もかけたんだから」マーチソンはあざ笑う。「フランケンシュタイン博士は、ひとりの怪物を作り出したにすぎない。それに「自分の道楽でやったことだ。成功は二の次だったろう」ベントンはこのたとえに刺激され、エピソード全体をユニバーサルのモンスター映画に捧げる作品にしようと考えた。

彼はホラードラマ『四次元への招待』のベテラン、ヤノット・シュワルツを監督として雇い、ディック・デ・ベネディクティスに不気味な曲を書くよう指示した。キャスティングではヴェラ・マイルズ（『サイコ』）を美容界の女王ヴィヴェカ・スコットに、ヴィンセント・プライス（『肉の蠟人形』）をライバルのデヴィッド・ラングに起用した。ラングの魅力的な若い秘書で、ヴィヴェカと張り合おうとする役は、シアン・バーバラ・アレンが演じた。彼女は『私を助けて／吹雪が恐怖を運んでくる・人妻監禁事件』というスリラー映画に出演したばかりだった。アレンは秘書の役を、気味の悪さに重きを置いて演じ、ヴィヴェカをうらやましげに見つめたり、脚本でヴィヴェカの頰に思わずキスをするシーンを、長々とした居心地の悪い抱擁に変えたりした。

主役の機嫌を取るため、新しいプロデューサーのベントンは、フォークの俳優仲間をドラマに起用した。ジョン・フィネガンはコロンボの助手となる刑事を演じ、ブルース・カービーは作業員を、カサヴェテスの親しい仲間であるフレッド・ドレイパーはマーチソンを演じた。

ヴィンセント・プライスは、口の悪いデヴィッド・ラング役を大いに楽しみ、視聴者に彼をもっと画面で見たかったと思わせた。しかし、出番を増やす代わりに、プロデューサーは少し短くしていた。彼の登場シーンのひとつ――ラングが、コロンボの前で彼をかばった秘書にしぶしぶ10ドルの昇給を申し出るシーン――は短くカットされた。もうひとつのシーンは削除された。助手の化学者を殺した後、ヴィヴェカが被害者の家から逃げなくてはならない場面で、ドアにノックの音がする。戸口にいたのは――最終プリントではカットされるが――被害者に賄賂《わいろ》を渡そうとやってきたラングだった。

実際には、撮影が数週間後に予定されていながら、ギリスの第一稿にはかなりの変更が加えられた。ギリスは元々、コロンボがヴィヴェカを尋問する主要な対決シーンを、彼女が自分の「減量センター」で馬に乗っているときに、コロンボがその横で不器用に馬に乗りながら、ついていこうとする場面にした。だがそのシーンには重要な情報があまりにも多く含まれていたので、歩きながらのやり取りが現実的だということになった。そこでヴィヴェカが美容体操を指導し、次にコロンボがついていく流れとなった。

この第一稿では、『毒のある花』の結末は、警察が現れたときにヴィヴェカが有罪の証拠となる奇跡のしわ取りクリームを必死で隠そうとするというものだった。彼女はすきを見てバッグから瓶を取り出し、茂みに投げ込む。ところが瓶は坂を転がり落ち、壊れてしまう。瓶は粉々になり、中身がまき散らされる。コロンボはそれに近づき、かがんで八角形の瓶の底を拾い上げる。それは無傷だった。「おやおや」彼は熱狂して言った。「確かにこれは奇跡だ！」

脚本に書かれている通り、コロンボは捜査のほとんどを、有名人であるヴィヴェカに胸をときめかせながら進めている。これは『偶像のレクイエム』でノーラ・チャンドラーを崇拝するのと似ている。しかしヴェラ・マイルズはもっとタフで冷たいヴィヴェカを演じた。これはフォークに、脚本に書かれているよりもはるかに媚《こ》びへつらわないコロンボを演じさせようとしたものだろう。制作者はギリスの第2の結末までも刈り込んだ。コロンボが殺人者に残念さを吐露する場面である。「あたしがどんなにつらい気持ちかおわかりでしょう、ミス・スコット。あなたは……長いこと、家族の一員のようなものでしたから……」

『毒のある花』は、この年の最高傑作には入らないと思われたが、被害者を演じた若き日のマーティン・シーンをはじめスターが勢揃いしたこの作品を、ＮＢＣは自信を持ってシーズン3の第1作に予定した。

『別れのワイン』

ベントンの手元に残った3つの選択肢の中では、ワイン醸造家の物語が最も有望に思えた。これを急いで脚本に仕立て上げることのできる人物が必要だ。ベントンはスタンリー・ラルフ・ロスを思い出した。ベントンが『0022アンクルの女』を制作している間、ハーグローヴと同時期に『0011ナポレオン・ソロ』の脚本を書いていた人物だ。また2シーズンにわたり、『バットマン』の脚本を24本書いている。

ベントンとオニールはロスに電話し、実は困っていて、今すぐ脚本が必要なのだと言った。彼らはメッセンジャーにコーエンによる19ページのトリートメントを届けさせた。ロスはそれに目を通し、仕事を引き受けたが、このドラマを見たことがないのは黙っていた。彼はすぐさま秘書に電話して「『刑事コロンボ』について教えてくれ」と頼んだ。

秘書は答えた。「コロンボは間が抜けていて、レインコートを着て、部屋を出て行きます」さらに細かい点をいくつか聞くと、ロスはその日の午後に脚本を書き始めた。彼は1週間後にそれを完成させ、メッセンジャーにスタジオへ送らせた。2時間後、電話が鳴って、秘書がロスに受話器を渡した。「スタンリー・ラルフ・ロスさんですか?」

「はい」

「ピーター・フォークです」

ロスはそれを信じず、物真似芸人のリッチ・リトルだと思った。フォークは折り返しかけるようにと、ユニバーサル社のオフィスの番号を告げた。ロスがその番号にかけると、確かにフォーク本人が電話を取った。「これで信じてくれたかな？　とにかく、脚本を読んだよ。たった今メッセンジャーが持ってきたんだ。トイレに入って読み始めた。素晴らしい。本当に素晴らしい。いいかい。プロデューサーたちが戻ってきて台無しにする前に、一緒に脚本を検討しなくてはならない」

その夜、ロスはフォークの家に夕食に呼ばれ、次の日の夜にはフォークがロスのオフィスを訪ねた。フォークはプロットや台詞をいじらなかった。その2晩はロスの知恵を借りて、キャラクターの行動や発言の動機を理解しようとしたのだ。

ロスは殺人犯のエイドリアン・カッシーニ役を、友人のヴィクター・ブオノに当てて書いた。彼は『バットマン』で悪役キング・タットを演じていた。プロデューサーはブオノに興味を示さなかった。彼らはロバート・ショウに脚本を持って行った。ロスはこう回想する。「ロバート・ショウはドナルド・プレザンスの親友だった。彼らは相互通商協定を交わしていた。片方がもう片方のために脚本を読んで初めて、引き受けることができるというものだ。ショウはプレザンス向けにこの話を受けた。プレザンスは脚本を読んでいなかった。スタジオはイギリスにいるプレザンスに電話をかけた。彼は（次の）月曜に現れた」

『別れのワイン』は1973年3月7日に撮影を開始する予定だったが、3月6日に脚本家組合がストに入ってしまった。ベントンとギリスは組合員だったため、『刑事コロンボ』を外れなくてはならなかった。ユニバーサルはそれを容認せず、エグゼクティブストーリーコンサルタントという役職を取り上げ、ギリスを解雇した。スタジオはベントンにも警告した。出勤しないようなことがあれば、契約違反で解雇すると。ベントンはこれを拒否し、ユニバーサルは彼を解雇した。脚本を書かないラインプロデューサーのオニールが、プロデューサーに昇進した。

こうした混乱はフォークにはまったく影響しなかった。彼はプレザンスと共演するのを喜び、ふたりの俳優は互いに素晴らしい演技を見せた。コロンボとカッシーニの性格と同じように、彼らもともに優れた点を称賛した。フォークは『毒のある花』ではヴィヴェカ・スコットへのへつらいを抑えていたが、エイドリアン・カッシーニへの敬意と愛情は、最初から最後まで強調した。エピソードの結末、カッシーニが愛した醸造所の前でコロンボがプジョーをアイドリングしながら、選び抜かれたデザートワインのグラスを渡すシーンは、シリーズで最も胸を打つものとなった。

多くのシーンがカッシーニ醸造所を舞台にしていたが、ベントンの計画では、本物の醸造所が使われるのは撮影初日の1日だけだった。スタッフはグアスティ（オンタリオ空港の近く）にあるブルックサイド醸造所を、年季の入った貯蔵庫、ボトル詰め・ラベル室、醸造室、実験室、ワインショップ、また醸造所の外観の短いエスタブリッシング・ショット［シーンの初めの、全体の状況を説明するためのショット］を撮影する予定で確保した。ほかの室内シーン——各オフィス、テイスティングルーム、ラウンジ、ワイン貯蔵室、レストランとバー——は、ユニバーサルのスタジオで撮影される予定だった。醸造所のほかの外観、門、ガレージは翌週、ビバリーヒルズのハロルド・ロイド邸で撮る計画だ。ラインプロデューサーの経験が豊富なオニールは、ワイン醸造所の外観はすべてグアスティで撮影するほうが現実的だと考えた。また、バーの内部とレストランの前のシーンについては、ベントンはビーチクラブのシーンが撮影されたウェストレイク・ヴィレッジ・マリーナを予定していたが、オニールはユニバーサルのスタジオに変更した。

『別れのワイン』が完成すると、フォークは『マイキー&ニッキー』の撮影に入る準備ができた。だがエレイン・メイはそうではなかった。ようやく撮影がスタートしたのは2か月近く後の5月だった。しかし、脚本家兼監督のメイは、常にシーンについて考えを変え、果てしなく撮り直しを命じたため、終わりが見えなかった。

一方、夏が近づくというのに、『刑事コロンボ』には脚本家を統括できるプロデューサーもストーリーエディターもいなかった。ハーグローヴはシーズンの残りに復帰することを承諾し、師であり友人のローランド・キビーの助けを借りることにした。キビーが脚本家としてクレジットされたのは、マルクス兄弟の『マルクス捕物帖』（１９４６年）にさかのぼり、１９６０年代前半には、ふたりは『ボブ・ニューハート・ショー』のレギュラー脚本家仲間だった。『刑事コロンボ』では、彼らはエグゼクティブプロデューサーの立場を共有したが、制作に関してはほとんどハーグローヴが担当していた。キビーは主に脚本を取り仕切った。

6月24日、16週にわたる脚本家のストライキが終わり、ふたりのプロデューサーは大急ぎで残りの6作品の脚本に取りかかることになった。

だがフォークは、急いでロサンゼルスに帰る気はなかった。『マイキー＆ニッキー』は大幅にスケジュールが遅れ、いつ終わるのか見当もつかなかった。時間を稼ぐため、フォークは『刑事コロンボ』を降りて今後は映画一本に専念すると告げた。ユニバーサルはこの芝居を前にも見ていた。スタジオはこれを、完全に金銭交渉目的の策略と判断した。彼らはフォークの1エピソード当たり4万５０００ドルという報酬を据え置く方針を決めた。だがＮＢＣは、『刑事コロンボ』を日曜のホイールを促進する鍵と見ていた。水曜夜のホイールの視聴率は惨敗で、代わりに新しい3番組の制作が進められていた。ユニバーサルはフォークの代理人に、最終価格を提示した。3年契約で、すでに撮影している2作品に加え、1シーズン6エピソードで1作品につき10万ドルだ。ユニバーサルが報酬として4万5000ドル払い、NBCが残りを持つ。契約を締結させるべく、NBCはさらに30万ドルのサインボーナスを提示した。

映画撮影のためまだフィラデルフィアに足止めされていたフォークは、スタジオとネットワークがこれほど早く要求に応えると思わなかった。彼はさらに交渉を引き延ばした。まず、医師に引退を勧められたと言った。残ったひとつの目には仕事の負担が大きすぎて、視力を失うのではないかと心配されていると。フォークは次に、クリエイティブ面でのコントロールについてさらに細かく注文をつけた。すべての脚本に前もって目を通し、自分と仲間が満足いくまで脚本を書き直す時間がほしい。また、すべての撮影は、映画の仕事の合間に行いたいので、今よりさらに連続で制作する必要があると。フォークは8月の終わりにようやく契約書に署名し、まもなく『マイキー&ニッキー』が未完成のままロサンゼルスに戻った。彼はエレイン・メイに、おそらく年末になると思うが、次の休みに戻ってくると約束した。

『野望の果て』

ハーグローヴとキビーが『刑事コロンボ』の仕事を再開したとき、彼らの手元にあったのはベントンから渡された6か月前の脚本が2本で、どちらもかなり手を入れる必要があった。元の脚本家を使うことはできなかったため、ハーグローヴとキビーは結局、多くの変更を自分たちで行い、ふたつのエピソードについては彼らも脚本家としてクレジットされた。

ベントンは完成形に近いほうの『野望の果て』を、『鬼警部アイアンサイド』を手がけた最も信頼のおけるフリーランサー、アーヴィング・パールバーグに担当させた。第一稿が出来上がると、コンサルタントのレヴィンソンとリンクは、早くも1ダースほどの軽い修正点を指摘した。彼らは、脚本の前半にコロンボがヘイワード候補を疑う理由がひとつも出てこないと指摘した。さらに脚本では、ヘイワードが参謀を殺した理由が、被害者が死んでからかなり後になるまで説明されないため、ドラマの大半で視聴者を不必要に困惑させてしまう。また、ヘイワードが選挙参謀と服を交換し、参謀の車で走り去ることで警察の目を避けホテルを抜け出す夜のシーンは、元々は警官ひとりがヘイワードの部屋を警備していることになっていた。レヴィンソンとリンクは、警官ひとりを避けるために変装するのは大げさすぎると考えた。彼らはマスコミの群れを追加し、それもかわさなければならないという筋を提案した。同じくヘイワードに、「余計な波紋を引き起こしかねない、感情的な反発を招く」ことをしゃべらせないようアドバイスした。「何か架空の政策課題を設定するか、詳細については曖昧にすることだ」と。また、最後のシーンでヘイワードが平然と選挙日のディナーに赴く（そしてホテルの部屋の壁に銃弾を撃ち込んだ事実を隠そうとする）とすれば、彼が命の危険を感じているという設定には問題があった。

最初に、ハーグローヴとキビーは、ヘイワードの動機をよりはっきりさせた。彼が妻に離婚されないために選挙の個人献金をくすねていると選挙参謀に漠然と脅される代わりに、選挙に悪影響を及ぼす愛人を捨てろと要求されたために参謀を殺したことにした。この変更は、いかがわしい選挙参謀の人格とより一致しているし、妻にさらなる同情を集めることができる。

初期の草稿では、ヘイワードが被害者の車を撃ち、ダッシュボードの時計を壊して、時間をセットし直すことで死亡時刻をごまかした。時間の手がかりは微調整され、ヘイワードが被害者に新しい腕時計を着けさせ、それを壊して時間をセットし直すというものになった――華奢《きゃしゃ》な時計は、彼のような粗野な男が普段は身に着けないということに気づかずに。

ハーグローヴとキビーは、ヘイワードが選挙日の夜に、銃弾の跡があるホテルの部屋をそのままにして出て行った理由を、妻と投票に行くためと変更し、コロンボが部屋を調べるきっかけとなる効果的な手がかりをつけ加えた。候補は電話をかけるために部屋に入ったと言ったが、続き部屋の別の電話の内線ボタンはどれも点灯していなかったのだ。

だが、ひとつ問題があった。元の脚本はすでに89ページという密度の濃いペースで、90分のエピソードに収めるには83ページまで削らなくてはならなかったのだ。キビーとハーグローヴの変更によって、脚本はさらに長くなったため、彼らは無関係なシーンを新たにいくつかつけ加え、2時間ものにすることを選んだ。追加されたのは、長々とした車両停止の場面と、整備士を訪ねるさらに長い場面だ。

元の脚本では、逮捕されたヘイワードは取り乱しながらよろよろとバルコニーへ出る。コロンボは彼が身投げしないよう近づく。ヘイワードはやがて部屋に戻り、警察に連行されるが、コロンボは立ち止まってテレビを見る。そこでは、ちょうどヘイワードが選挙で敗れたことが報じられていた。この結末は脚本の最終稿では次のように変更された。コロンボがヘイワードを逮捕すると告げているとき、テレビのニュースキャスターがアナウンスする。「コンピューターの予測によれば、今も接戦で判定はつかず……」

『意識の下の映像』

別の脚本は、ハーグローヴのところに文字通りひょっこり転がり込んできたものだった。その天の恵みを与えたのは、スティーブン・J・キャネルという若者で、その後数年のうちに『ロックフォードの事件メモ』、『刑事バレッタ』、『UFO時代のときめき飛行　アメリカン・ヒーロー』、『特攻野郎Aチーム』、『21ジャンプストリート』などのシリーズを作り上げることになる。キャネルは『特捜隊アダム12』のメインライターとストーリーエディターを務め、49本の30分番組に携わっていた。彼は『刑事コロンボ』の大ファンだったが、常に別の仕事で手いっぱいだった。だがそこへ脚本家のストが起こる。急に時間ができたキャネルは、広告に入れるサブリミナル画像をテーマにした大学時代の論文を思い出し、『刑事コロンボ』の素晴らしい仕掛けになると考えた。彼は完全な脚本を書き上げ、ストが終わるとすぐにハーグローヴのオフィスに立ち寄り、自分の楽しみのために書いたことを強調しながら脚本を置いて行った。

ハーグローヴはこのプロットを大変気に入った。サブリミナル広告の専門家バート・ケプルは、クライアントをセクシーな部下に誘惑させて不利な写真を撮り、それをネタに、自分の作る「意識向上用フィルム」を採用するよう脅迫していた。クライアントのひとりヴィクター・ノリスに、そのことを暴露すると脅されたケプルは、38口径の銃で彼を撃ち、「口径変換装置」を使って22口径から発射されたように見せかける。ケプルは続いて、その後の映写技師の殺害も含め、その罪をノリスの妻に着せようとする。

キャネルはケプルを書くのにロバート・カルプを念頭に置いていた。そのキャラクターは「細身で、きちんとした服装の、活動的なタイプの40代男性」で、怒りを表に出さないことに熟達している。ハーグロー

『意識の下の映像』の削除されたシークエンス。殺人者は第1の被害者の妻ミセス・ノリス（ルイーズ・ラザム）を騙して、第2の殺人現場へおびき出す。[クレジット：NBC ユニバーサル]

ヴも同じ考えだったので、カルプを呼び戻した。これで3度目の出演だ。カルプはフォークのアドリブを巧みに引き立て、フォークのように、台詞の多くを台本通りに口にするのではなく言い換えた。「これまで出たドラマの中で、時間をかけてシーンをきちんと演じることができたのはこれだけだ」とカルプは語る。「ピーターはシーンの核心に迫っていて、それについていけばいいんだ」

キャネルは謎の女性を、娘の名前（ターニャ）と母の旧姓（ベイカー）にちなんで「タニヤ・ベイカー」と名づけた。彼はその後も、『ロックフォードの事件メモ』のあるエピソードでタニヤ・ベイカーという名前を使い、『特攻野郎Aチーム』では2シーズンにわたってレギュラーキャラクターに使った。

彼の脚本は『刑事コロンボ』から少し逸脱していた。手がかりから徐々に謎解きが進む過程よりも、犯行とその隠蔽のほうに集中していたからだ。『意識の下の映像』は2時間ものとして撮影され、編集され、音楽がつけられたが、土壇場でプロデューサーは90分に戻すことにした。

ほとんどのシークエンスを、不要な台詞を削って短くするほかに、まるごと削除されるシーンもあった。元のバージョンは、ケプルがヴィクター・ノリスの家を訪ねるところから始まる。被害者となる男は彼に、脅されてフィルムを買うのはうんざりだと告げる。浮気のことは妻にも、役員会にも、地方検事にも告白すると彼は言う。それはひたすらケプルを軽蔑しているからだと。「駄目だ、ヴィクター」ケプルは言う。「好むと好まざるとにかかわらず、あなたはうちのフィルムを買う。そして、契約も更新する――その理由は、お互いわかっているはずだ」ノリスは机の引き出しから22口径のピストルを出し、ケプルに向けて構えてみせる。ケプルはまばたきひとつしない。ノリスに撃つ度胸がないことを知っているのだ。

ケプルはすぐに、官能的なタニヤ・ベイカーのアパートメントへ向かう。彼はノリスの妻に浮気がばれ、妻がヒステリックになって「何をしでかすかわからない」と嘘をつく。彼は数週間町を出るよう勧め、リスボンへの飛行機代を渡す。「きみがいい子にしていたら、そこで落ち合おう」彼はそれからノリス殺害の準備を始める。ハーグローヴによる最終版では、エピソードはここから始まる。

重大な削除は物語の中盤にもある。放映はされなかったが、映写技師をノリスの銃で撃った後、ケプルは映写室からミセス・ノリスに電話し、映写技師のふりをする。「おれは殺人者に雇われて、この前の夜にあんたを足止めした男だ。アリバイを作れないようにな」とケプルは言う。「やつはあんたに夫殺しの罪を着せようとしている。だが、おれはそれにはかかわり合いたくない」彼は、ミセス・ノリスが会いに来れば喜んで助けると言う。電話を切った彼女は、すぐに劇場に電話する。すると映写室に電話がつながり、ケプルが応答する。彼の話を信じたのか、ミセス・ノリスは急いで劇場へ向かう。

ミセス・ノリスは実際には、ケプルがコロンボとともに戻ってきたときにも、劇場に隠れてとどまっていた。警察官が銃はノリスのものだと告げたとき、コロンボはしぶしぶ、妻を連行しろと言う。「その必要はないわ」そう言った彼女は、映写室の戸口に立っている。「私はここにいた。こんな状態の彼を見て――逃げ出したの」コロンボは彼女に短く質問した後、ケプルに会わせる。彼の声だとわかることを期待して。

縮約版の『意識の下の映像』は、テンポは速くなったが、カットのせいで視聴者がついていくのがやや難しくなってしまった。なぜケプルはノリスが22口径を持っていることを知ったのか？　ノリスの銃のありかを、どうやって知ったのか？　またタニヤ・ベイカーを演じたアーレン・マーテルは、ドラマから完全に削除されたが、その変更が遅すぎたためにクレジットに名前が残っている（ただし、MartelではなくMartellとスペルが間違っている）。

もうひとり、また別のストーリーの持ち主は、スティーヴン・スピルバーグが連れてきた。彼はハーグローヴと『ネーム・オブ・ザ・ゲーム』で仕事をしていた。スピルバーグはハーグローヴに電話をかけ、ブライアン・デ・パルマという友人が失業中で、仕事を探していると言った。『刑事コロンボ』の監督として雇うことを検討してもらえないだろうか？　ハーグローヴはデ・パルマの初期の低予算コメディ『ロバート・デ・ニーロのブルーマンハッタン／BLUE MANHATAN1・哀愁の摩天楼』と『ロバート・デ・ニーロのブルーマンハッタン／BLUE MANHATAN2・黄昏のニューヨーク』を見て、ユーモアがあって面白いと思っていた。そこで彼はデ・パルマを会議に呼んだ。

デ・パルマは会議で、エピソードの監督をやる気があるだけでなく、すでにジェイ・コックスと共同で脚本を書いていると言った。ジェイ・コックスは『タイム』誌の映画評論家で、しばしばマーティン・スコセッシと共同制作していた。その案は、『ザ・トゥナイト・ショー』の生放送中に、トルーマン・カポーティが司会のジョニー・カーソンを殺すというものだとデ・パルマは言った。「なるほど……」と、ハーグローヴはためらいながらうなずいた。

「トルーマン・カポーティなので、最初の8分間は彼の視点4フィート9インチ（145センチ）の高さから撮りたい」とデ・パルマが熱心に説明すると、ハーグローヴは乗り気になり、『撮影台本（Shooting Script）』と題された脚本を書くことを許可した。彼は小柄な俳優で作曲家のポール・ウィリアムズ（『トランザム7000』）に連絡を取り、カポーティのキャラクターを演じることについて打診した。

「こうして順調に進み、脚本が届いた。それは悪くなかったが、少し作業が必要だった」ハーグローヴはこう回想する。「『刑事コロンボ』の形式という点で、いくつか問題があったが、対処できないものではなかった。そこで発進しようとしたところに、デ・パルマから電話があった。『スティーヴンの顔を立ててくれているのはわかっているので、本当に申し訳ないが、長年やりたかった『ファントム・オブ・パラダイス』の制作資金がようやくできたんだ。これは『オペラ座の怪人』をロック・ミュージカルにしたものだ。それでどうしても、この仕事から降りたい。でも代わりはちゃんと見つけてある。実は、彼はちょうど映画を完成させたところなんだ。ワーナー・ブラザースで、その作品を見てもらう手はずを整えた。彼の作品を見てほしい』私は言った。『わかった。それで、スコセッシとはどういうスペルだ？』とね。そこで私は、まだ誰も見ていない『ミーン・ストリート』を見た。『これは大した男だ！』と思ったね。そこで、スコセッシは私のオフィスに来て、すごい早口で『どうぞご心配なく！』みたいなことを言ったんだ。私は言った。『マーティ、撮影期間は10日間なんだ』すると彼は言った。『大丈夫です。〈明日に処刑を…〉で経験済みですから』そこで、彼は契約書にサインした。われわれは脚本に少し手を入れて、ピーターに送った。するとピーターは（撮影準備の間に）脚本を読んだ。それはいつもながら驚くべきことだった。彼は私をランチに誘った。そこまでの5つの脚本は、特に異論もなく通っていたが、昼食の席につくなり、彼はこう言った。『この脚本は、ちょっとどうかと思うな』私は『いくつか問題があるのは知っている。それが何か、どう対処するかを話すこともできる』と言った。すると彼は『そうじゃない。そうじゃないんだ』と言うので『じゃあ何なんだ？』と訊いた。彼は言った。『このドラマには、派手なキャラクターがふたりはいらないと思う』つまり、トルーマン・カポーティのキャラクターは彼の影を薄くしかねないということだ。『刑事コロンボ』といえば、たいていロバート・カルプのような、金持ちで成功した男女が出てくるので、彼はこれがドラマにそぐわないと思ったんだ。長い目で見れば、結局は彼が正しいと思う。そうすべきではなかった。だがスコセッシが入ったことと、この企画全体が非常に面白いと思ったので、私はこう言った。『完璧でないことはわかっているが、問題は修正できる。それに監督は……』そんなふうに全力で売り込んだのだが、彼は態度をやわらげなかった。それで話は終わった」

『第三の終章』

数か月前、スティーヴン・ボチコはハーグローヴに、若き脚本家ピーター・S・フィッシャーが書き上げた『刑事コロンボ』の脚本を渡していた。当時、フィッシャーはローン・グリーンの短命に終わった刑事ドラマ『グリフ（Griff）』に精を出しているところで、『刑事コロンボ』の脚本を書いたのは、単にこの番組が一番好きなテレビドラマだったからだ。「その脚本が届いたときは、飛び上がるほど嬉しかった」とハーグローヴは回想している。「ミステリの形式がわかっている脚本家を見つけるのに、いつも本当に苦労した。いい脚本家でないというわけじゃない。多くの場合、形式よりも優れたものを書いた。だが、ミステリドラマがテレビに登場していなかったので、慣れていなかったんだ。『刑事コロンボ』以前の目立ったミステリドラマといえば、『弁護士ペリー・メイスン』くらいだった。そこで、あたりを探して形式を理解していない脚本家を呼ぶことになるのだが、それは彼らが悪いわけじゃない。言ったように、中には本当に素晴らしい脚本家もいる。ただ、形式をわかっていないだけなんだ。このドラマは本質的に、きわめて定型的なミステリドラマで、それでうまくいかなかった」

ストーリーは利用できそうになかったが、脚本を支える緻密なプロットや巧みな手がかりから、その才能は間違いないものだった。そこで、その秋の終わり、ハーグローヴとキビーはフィッシャーを呼んで、彼らが温めていたアイデアを検討した。出版社社長が、ライバル会社に移籍する直前のベストセラー作家を殺害し、ライバル会社を出し抜こうとするというものだ。フィッシャーは回想する。「会議は30分ほどだったと思う。『第三の終章』の重要な点を練り上げ、僕は執筆を始めた」

脚本を読んだフォークは夢中になった。数日後、彼はスタジオの階段吹き抜けでフィッシャーとばったり会い、『刑事コロンボ』の新しいストーリーエディターになってほしいと持ちかけた。フィッシャーは不本意ながら断った。彼は『グリフ』にかかりきりになっていたからだ。このシリーズは出来が悪く、長続きしないと思われていた。彼は、体が空いたときにまだその申し出が生きていることを願っていますと答えた。フォークはかんかんに怒った――ユニバーサルに対して。スタジオがヒット確実な彼の作品よりも出来の悪い新番組にエリート脚本家を当てたことを、個人的な侮辱と受け取ったのだ。

数週間後、『グリフ』は打ち切りとなり、フィッシャーは体が空いたとフォークに伝えた。フィッシャーによれば「僕のエージェントのシルヴィア・ヒルシュが電話をかけてきて、こう言ったんだ。『大変よ、何が起こっているかわかる？〈ザ・タワー〉の人たちが、あなたを『刑事コロンボ』のスタッフに採用するという話よ……』僕は言った。『シルヴィア、ちょっと待って。何が起こっているか、きみはわかっているのかい？』彼女は言った。『いいえ……何なの？』『ピーター・フォークがたった今やってきて、僕をストーリーエディターにしなかったら『刑事コロンボ』をやめるとまくし立てたんだ。今起こっているのはそれだよ』ユニバーサルは、僕を迎えるためならどんな条件でものむ気になっていた。でも僕は、無茶は言っていない。僕はこう言った。『この仕事で多くのことが学べる。これまでにない機会が得られたんだ』と。そこで、ささやかな契約を結んだ。有利な契約だが、過度に有利な契約というわけではなかった。しかしスタジオはとんでもない契約だと考え、できるだけ早く解消したがった。脚本には追加料金を払い、週給は高く、その後、脚本はすべて別料金になり、そんなふうに増えていった。3か月ほどすると、彼らは『どうすれば契約から抜けられる？』と訊いてきた。僕は『抜けられないと思うよ』と答えた」

フィッシャーの『第三の終章』の脚本は、非常にテンポが速く密度が濃かったので、90分にはとうてい収まらなかった。監督のロバート・バトラーは如才なく、殺人を3つの画面に分割し、出版社社長、被害者、雇われた暗殺者が殺人に向かう様子を同時に手際よく描き出した。この編集テクニックにより、放映時間が数分切り詰められただけでなく、そのシークエンスがよりスピーディーで、サスペンスに満ちたものになった。

フィッシャーは、低俗な出版社社長の役を、ジャック・クラグマンを念頭に置いて書いた。だが、コロンボはもっと権威的で気取った人物が相手のほうがよい演技ができると考えたプロデューサーは、シーズン1の『構想の死角』に出演したジャック・キャシディを選んだ。被害者には、名は知られてはいるがトルーマン・カポーティのように派手ではない、実在の作家を使いたいと考えた。彼らはマイク・ハマーものの小説が1億5500万部売れたミッキー・スピレーンに話を持ちかけた。

スピレーンはこう回想している。「プロデューサーは『ありのままでいい』と言ったが、現場に行ってみると、どこかの馬鹿にロデオ・ドライブに連れて行かれ、1000ドルもする何の特徴もない服を買い与えられたんだ！」

彼はその後、こうつけ加えている。「ずっと死体役をやりたかったんだ。ピーター・フォークと共演した唯一のシーンで、おれは完全に死んでいた」

『愛情の計算』

プロデューサーは依然、最後のダグ・ベントンの脚本を救い上げようとしていた。ベントンはスティーヴン・ボチコに、シンクタンクを舞台にしたドラマ『愛情の計算』が棚上げされる前に、準備稿を第2稿まで書かせていたので、本筋は固まっていた。一流の施設の所長ケイヒル博士が化学者を殺す。その化学者は、博士の息子ニールが賞を取った分子エネルギーに関する学説が盗作である証拠を握っていたためだ。コロンボは、ニールが死んだ化学者の妻マーガレットと愛し合っていることを知り、息子の逮捕劇を演じて父親に自白させようとする。

第一稿から、レヴィンソンとリンクは物語の主な弱点を指摘した。退屈さである。彼らのメモではこの作品を「あまりにも直線的で、ひねりや驚きが何もない。物語は第1幕でストップし、終幕に至るまで少しも進展しない」と称している。唯一生き生きとしたシーンは「メロドラマと紙一重だ」と。

彼らの提案の中には、多すぎる台詞のやり取りにひねりを入れること、ストーリー上どこにもつながっていない、マーガレットの登場する長い数シーンのほとんどをカットすること、そして――ここ3年間、ずっと堂々たる大邸宅を使ってきたが――研究所の設定を古めかしい施設から殺風景で超現代的な施設にすることなどがあった。

彼らは、なぜコロンボがいきなりケイヒル博士を疑ったのかと質問した。最初の会議で、レヴィンソンとリンクは「彼が正しい道を行く、非常によくできた理由があるべきだ」とアドバイスした。また、結末もよくないと考えた。ニールとマーガレットの前で、コロンボがニールの殺人容疑をでっち上げてケイヒルに息子を逮捕すると告げるからだ。「コロンボは信じられないほどのリスクを冒すことになる。ふたりのうちどちらかが、本当のことをしゃべってしまうかもしれないのだから」と彼らは注意した。

ハーグローヴとキビーは、レヴィンソンとリンクの指摘に対応すべく、ストーリーをより刺激的なものにし、優れた手がかりを加えた。最初の手がかりは、ケイヒルが犯行現場にうっかり残したマッチだ。それはほぼ軸の根元まで燃えていた――葉巻に火をつけた証拠だ。「葉巻の愛好家だけを捜してたんです」コロンボはのちにケイヒルに説明する。「そして先生がいらした」

結末では、ニールとマーガレットが見ている前で、コロンボがケイヒルに息子さんを逮捕しますと言う代わりに、父親だけが見ている前でニールにあなたを逮捕しますと告げる。連行されていくニールは自分の無罪を父親に訴え、それがドラマ性を増すことになった。ケイヒルはコロンボに、ふたりきりになったときに告白すると言う。コロンボがカッシーニとともにワインを飲んだ愛すべき結末にならって、コロンボとケイヒルは廊下の階段に座り、父親が自白に応じると、刑事は優しく最後の葉巻を勧める。

脇筋として、ボチコはドッグを再登場させた。ドッグが最後に出てきたのはシーズン2の『断たれた音』だった。残念ながら、最初のタレント犬は老衰で死んでいた。プロデューサーは代わりの犬を見つけてきた。初代よりも小さく、若く、かわいらしく、しわも少なかったが、顔に灰色の粉をまぶすと老犬に見えた。フォークは新しい犬のせいで撮影が遅れると冗談を言った。フォークのメイクはすぐに終わるのに、この犬は着飾るのに20分かかるというのだ。

撮影されたシーンのひとつが、結局編集段階でカットされた。コロンボはフレズノに住む義母の家に、妻と子供たちに会いに行く途中、モーテルに立ち寄る。長いドライブで車酔いしたドッグを預かってほしいと頼むが、ダレル・ツワリング演じるモーテルの支配人はこれを拒否する。ここでコロンボは、事務室のテレビから流れるニュース速報に気を取られる。ニールの告白を報じるニュースを見た彼は、ケイヒル博士をうまく自白に持ち込む方法を思いつく。コロンボは支配人の電話を借りて妻に電話し、途中まで来ているのだが、事件解決の糸口を手に入れたため、引き返さなければならないと告げる。このシーンはポストプロダクションのかなり後になって削られたため、ツワリングの名前はクレジットに残っている。彼は『自縛の紐』のルイス・レイシー役で、次のシーズンにようやく画面に登場する。

『白鳥の歌』

『別れのワイン』の成功後、スタンリー・ラルフ・ロスは『刑事コロンボ』の第2作を書くよう依頼された。彼はカントリーゴスペルの歌手が口やかましいマネージャーでもある妻を自家用機に乗せ、薬で眠らせて、飛行機が墜落する寸前に自分はパラシュートで脱出するという短い物語を提出した。脚本家のストが終わると、ロスはこれを完全な脚本にしてほしいと言われたが、ハーグローヴとキビーのために脚本を書きたくなかったロスは断った。

フォークはデヴィッド・レイフィルを引き入れた。有名な映画スクリプトドクターで、1969年にフォークが出演したコメディ映画『大反撃』の脚本を書いている。脚本は〝マン・イン・ブラック〟として知られるカントリー歌手ジョニー・キャッシュにぴったりだった。キャッシュは長年にわたり、主に西部劇でドラマティックな演技を披露していた。「私たちはこれで行こうと思ったが、ミュージシャンをこうしたドラマに出演させるのは難しいことだった。ツアーに出れば、テレビドラマのゲスト出演でもらえる報酬よりもはるかに多くの金が入るからだ」とハーグローヴは言う。「キャッシュのマネージャーに脚本を渡し、ビバリーヒルズ・ホテルでランチミーティングを行った。ウェイターが来て『カクテルはいかがですか?』と尋ねると、キャッシュはこう言った。『いいや、私は飲まないんだ。羽目を外してしまう。メンフィスで羽目を外す。ダラスで羽目を外す……』」

１９７３年、キャッシュはすでに１００以上のコンサートを行っていたが、撮影スケジュールは当時のツアー日程の合間にぴったりとはまっているように思われた。12月中旬に、彼はカリフォルニア州で３つのコンサートを行い、その年のツアーの最終日は12月19日のベーカーズフィールドだった。この公演を撮影してエピソードに使えるし、その後は１９７４年1月9、10、11日のニューヨーク州ビンガムトン、シラキュース、ナイアガラの滝でのコンサートまでキャッシュは体が空く。

歌手は最初、エピソードのために新曲を作ると言ったが、結局はハンク・ウィリアムズの『アイ・ソー・ザ・ライト』とクリス・クリストファーソンの『サンデー・モーニング・カミング・ダウン』をカバーすることになった。

プロデューサーは、キャッシュ演じるトミー・ブラウンのような地に足のついた好人物よりも、洗練された腹黒い殺人犯のほうを好んだが、フォークとキャッシュはすっかり気が合っていた。フォークはいつになく礼儀正しく、どぎまぎした、慇懃《いんぎん》な演技を見せた。容疑者の有罪が確定することに胸を痛めているようにも見えた。そして物語にふさわしく、エピソードは今回も『別れのワイン』と同じような結末を迎える。ただし今回は、罪の証拠となるパラシュートを持ち去ろうとするトミー・ブラウンを捕まえた後、コロンボはふたりきりで車に乗り、悔恨の言葉を交わしてから、ラジオをつける。すると『アイ・ソー・ザ・ライト』の最後のコーラスが流れる。

キャッシュは撮影をいたく気に入ったので、マネージャーはCBSとともに、彼が正義の味方を演じる刑事もののシリーズのパイロット版の可能性を検討したが、それは実現しなかった。

このエピソードのひとつの難題は、休暇シーズンに撮影しなくてはならないことだ。さらに問題なのは、フォークののんびりした撮影ペースのために制作が数日遅れ、キャッシュがニューヨーク州で予定しているコンサートを脅かしかねないことだ。もっと悪いことに、キャッシュはスタジオのセットと、ライブの観客を撮るためにベーカーズフィールドのコンサート会場で撮影したのだが、技術的な問題から、ベーカーズフィールドの映像はまったく使い物にならなかったのだ。ハーグローヴは、観客でいっぱいのコンサートを作り上げる方法を数日間で考え出さなくてはならなかった。

キャッシュのマネージャーは、撮影が遅れてスケジュールが変更されていることを嗅ぎつけ、ハーグローヴのオフィスに押しかけた。「いいですか」とマネージャーは言った。「この撮影をあと5日は終わらせないおつもりのようですが、2日後にはジョニーは、ニューヨーク州北部でコンサートの予定なんですよ」

「しかし、期日はないはずです」ハーグローヴは答えた。

「期日?」マネージャーは次第にうろたえて訊いた。「どういう意味です?」

ハーグローヴは説明した。「テレビドラマの場合、いつ終わるか正確にはわからないため、期日がないのです。これは私には一切関係なく、スタジオの問題なのです。あなたはスタジオと契約し、スタジオは期日を設けなかった。ですから、彼にはエピソードの撮影が終了するまで、ここにいてもらいます。スケジュールを進め、できるだけ早く彼を解放できるよう全力を尽くしますが、彼はゲストスターです。今は手放すわけにはいかないのです」

マネージャーはオフィスを飛び出し、キャッシュにハーグローヴが恥知らずな態度を取ったこと、嘘をついたこと、自分たちの立場を利用したことなどを訴えた。それからまもなく、ハーグローヴは「キャッシュと出くわしたときに、普段はやらないようなことをしてしまった。自分のプロ意識に疑いを持たれ、非常に不愉快な気分だったんだ。私はキャッシュに言った。『いいか、きみのニューヨーク州行きに問題が生じているのはわかっているし、そのわけを説明しなくてはならない』そして彼に期日のことを説明すると、彼はうなずいたようなそぶりを見せただけで、何も言わなかった。次に知ったのは、彼が（コンサートの）予定のあるビンガムトンへ行き、私たちが撮影したコンサート場面の観客数不足を補うため、自分で地元のテレビ局のスタッフを雇ってコンサートを撮影させたということだ。私たちはそれを、以前撮った彼のパフォーマンス映像に挿入した。それは素晴らしかった。彼は本当にいい人物で、とことんプロ意識があった。彼が大好きになったね」

2時間に延ばす必要がありながらも、このエピソードには撮影後にカットされたシーンがある。コロンボが初めてトミー・ブラウンのレコードプロデューサー兼マネージャーのJ・J・ストリンガー（ソレル・ブーク）と、録音スタジオで会うシーンだ。ストリンガーはブース内で、シンガーソングライターの

〝ウィスパリング〟・ビル・アンダーソン率いるカントリー・バンドのレコーディングを行っている。土壇場で削除されたことで、大幅に出番を減らされたブークはがっかりしたに違いない。また、ユニバーサルの親会社で、ビル・アンダーソンの代理人であるMCA／デッカも。さらにはアンダーソン本人もがっかりしただろう。ファンは彼が『刑事コロンボ』に登場すると聞きながら、結局は見られなかったのだから。

『刑事コロンボ』の次の2作と同じく『白鳥の歌』では、ハーグローヴのもとで長年アソシエートプロデューサーを務めたエドワード・K・ドッズがプロデューサーとしてクレジットされた。ハーグローヴは説明する。「エディ・ドッズはとても長い間、スタジオで私のために仕事をしてくれた。実際には『ネーム・オブ・ザ・ゲーム』からだ。友人であるエディは、私のところへ来てこう言った。『なあ、僕をプロデューサーとしてクレジットしてくれるかい？』私は思った。『ああ、もちろんだ』と。そこでピーター（・フォーク）のところへ行ってこう言ったんだ。『なあ、エディがプロデューサーとしてクレジットしてほしいと言っているんだ』とね。番組制作的には何の変更もなかった。彼はユニットマネージャーやプロダクションマネージャーのようなものだったからね。ピーターは『ああ、いいよ』と言った」

ディック・アーヴィングはこの指名を特に喜んだ。ドッズは根っから会社に忠実だったので、今では制作中の出来事について直接的なパイプ役となってくれるからだ。

『権力の墓穴』

ピーター・フィッシャーが『刑事コロンボ』のスタッフとして参加できるようになる頃には、ハーグローヴとキビーはひとつを除いてシーズンのすべての脚本を完成させていた。そこで彼に、最後のエピソードの脚本を書き、シーズン4がスタートしたらエグゼクティブストーリーコンサルタントを引き受けてほしいと頼んだ。とっかかりとして、彼らはフィッシャーに、警察本部のコロンボの上司が殺人犯というアイデアを出した。「何とかできそうです」とフィッシャーは答えた。

監督には、ハーグローヴはピーターの友人ベン・ギャザラを雇った。彼はハーグローヴのもとで『ネーム・オブ・ザ・ゲーム』と、それ以前にギャザラ自身のシリーズ『ポール・ブライアン（明日なき男）』で監督を務めていた。ハーグローヴは回想する。「私はベンを知っていたので、こう言った。『撮影は10日間なんだ』すると彼は『ああ、聞いてるよ』と言った。彼はピーターと仲がよく、ピーターが尊敬する人物だった。最初のテイクを見たが、ベンが『プリントに回せ』という前にピーターが指を立てて手を上げた。そこで私は、彼がベンを相手にそうするなら、四六時中こんなことが起こるだろうと言い、実際その通りになった」

フィッシャーはストーリーエディターがどのようなものかを味わった。フォークは常に修正を求めた。なお悪いことに、フォークはフィラデルフィアに戻って『マイキー&ニッキー』を完成させるため、スタジオに厳正な期限を申し出ていた。『権力の墓穴』は「途方もないプレッシャーの下」で完成した。フィッシャーはこう語っている。「（ピーターには）期限があり、それまでに撮影を終えなければならなかったので、私は懸命に脚本を仕上げなくてはならなかった。結局は、余裕をもって完成させることができた。自分がかかわった『刑事コロンボ』の全作品の中で、これが一番好きな作品だ」

ドラマは90分の予定だったが、フィッシャーの脚本には魅力が詰まっていたため、2時間に延長された。

ギャザラは『権力の墓穴』に、ほかのエピソードよりも暗くざらついた印象を与えた。バックグラウンドミュージックのないシーンが多く、音楽には軽快さがなかった。わずかに軽妙な場面は、2時間に延ばすための無関係な長いシークエンスだ。コロンボの車が動かなくなり、通り過ぎる車の運転手に合図して助けを求める場面である。

『刑事コロンボ』の視聴率は、シーズン3を通じて高かったが、シーズン2ほど一貫したものではなかった。ABCは日曜夜の映画を8時半開始に変更し、『NBCミステリ・ムービー』に直接ぶつけたため、その週の映画の人気や出来によって、ホイールの視聴率は大きく左右された。『ヘック・ラムジー』は2年目が終わったところで打ち切りとなった。しかし『刑事コロンボ』は引き続き文化の試金石、視聴者のお気に入り、トップ10の常連のままでいた。実際に、ジョニー・キャッシュのエピソードは1974年3月第1週のトップ視聴率を取った。『刑事コロンボ』が初めてニールセン視聴率の第1位に輝いたのである。

だがレヴィンソンとリンクは、高視聴率続きに感銘を受けなかったし、ドラマの質がかつてなく高いという世間一般の見解にも同意しなかった。現に、『白鳥の歌』の放映2週間後にインタビューされた彼らは、もし自分たちに決定権があれば、『刑事コロンボ』はシーズン2までで引退させていたはずだ、と語っている。彼らは脚本が合格レベルに達していないと考えていた。レヴィンソンは以前のエピソード『愛情の計算』について「ぞっとする」と言い、「決して放映すべきではなかった」とつけ加えている。

レヴィンソンは普段、『刑事コロンボ』が過剰に〝リアル〟であることには無関心だったが、このエピソードのトリックには苛立ちを見せている。「コロンボは違法な手管を使っている」とレヴィンソンは語る。

「この事件を法廷に持ち出すことは不可能だ。こんな脚本を使ったことに、弁解の余地はない。だが『刑事コロンボ』のストーリーはなかなか見つかるものじゃない。3シーズンを放映した後で、6本から8本のアイデアを出すのはほぼ不可能だ。今年は脚本家のストという問題があり、すべての人のスケジュールが狂って、あるものを使うしかなかったんだ」

それでも、ドラマはエミー賞の新部門である「作品賞（リミテッド・シリーズ部門）」にノミネートされ、『警部マクロード』や『ザ・ブルー・ナイト（The Blue Knight）』と賞を競うこととなった。フォークは主演男優賞（リミテッド・シリーズ部門）にもノミネートされた。

「私はエミー賞への出席を見合わせるところだった。1年目に（『刑事コロンボ』は）、作品賞以外のすべての賞を受賞したからだ」ハーグローヴは回想する。「だから、ノミネートされたときには、もう何年もやっているから出席しないところだった。その後（思い直して）、（ベントンとオニールに）電話した。彼らが実際にしたのは、数本のドラマを手がけたことだけだ。私はこう言った。『きみたちがノミネートされるのはわかっている。みんながノミネートされるだろう。万が一、受賞することがあれば、全員で登壇するのではなく、キビーと私でトロフィーを受けたい。きみたちは、ほんの数本の番組でエミー賞にノミネートされたことで十分だろう』と。それでダグは納得したが、その後電話がかかってきて、『問題は、オクラホマに住んでいるボブの両親が授賞式を見る予定なんだ。だから僕たちも上がりたい』と言われた。彼らが登壇するなら、当然エディ・ドッズもそうしなければならない。そこで私は『どうせ受賞しないだろう』と言って座っていた。すると、驚いたことにわれわれが受賞したんだ。私たちは登壇し、私はスピーチし、キビーも何か短く話した。（オニールとベントンが）マイクに向かうと、オーケストラが演奏を始め、彼らはスピーチを行えなかった。それで、オクラホマにいる彼の両親は息子のスピーチを聞けなかったわけだが、それが正しいと思ったよ」

シーズン3――1973～1974年

『毒のある花』(Lovely But Lethal)
仮タイトル：Beauty Is As Beauty Dies
撮影：1973年2月
出演：ピーター・フォーク、ヴェラ・マイルズ、マーティン・シーン、シアン・バーバラ・アレン、ヴィンセント・プライス
監督：ヤノット・シュワルツ(ジュノー・シュウォーク)
制作：ダグラス・ベントン
脚本：ジャクソン・ギリス
原案：ミルナ・ベルコヴィッチ
放映日：1973年9月23日
ニールセン順位：18位(21・3ポイント、33シェア)

『別れのワイン』（Any Old Port in a Storm）
仮タイトル：Airtight Alibi, Murder Is an Acquired Taste, Any Old Port, Any Port in a Storm
撮影：1973年3月7日〜20日
ゲストスター：ドナルド・プレザンス、ジョイス・ジルソン、ジュリー・ハリス
監督：レオ・ペン
制作：ロバート・F・オニール
脚本：スタンリー・ラルフ・ロス
原案：ラリー・コーエン
放映日：1973年10月7日
順位：7位（24・4ポイント、37シェア）

『野望の果て』（Candidate for Crime）
仮タイトル：Candidate for Murder, Candidate for a Crime
撮影：1973年10月
ゲストスター：ジャッキー・クーパー、ジョアン・リンヴィル、ティシャ・スターリング
監督：ボリス・セイガル
エグゼクティブプロデューサー：ディーン・ハーグローヴ&ローランド・キビー
脚本：アーヴィング・パールバーグ、アルヴィン・R・フリードマン、ローランド・キビー&ディー

ン・ハーグローヴ
原案：ラリー・コーエン
放映日：1973年11月4日
順位：4位（29・8ポイント、45シェア）

『意識の下の映像』（Double Exposure）
仮タイトル：Motivation for Murder
撮影：1973年10月
ゲストスター：ロバート・カルプ、ロバート・ミドルトン、チャック・マッキャン、ルイーズ・ラザム
監督：リチャード・クワイン
エグゼクティブプロデューサー：ディーン・ハーグローヴ&ローランド・キビー
脚本：スティーブン・J・キャネル
放映日：1973年12月16日
順位：4位

『第三の終章』（Publish or Perish）
撮影：1973年11月

ゲストスター：ジャック・キャシディ、ミッキー・スピレーン、マリエット・ハートレイ
監督：ロバート・バトラー
エグゼクティブプロデューサー：ディーン・ハーグローヴ&ローランド・キビー
脚本：ピーター・S・フィッシャー
放映日：1974年1月18日
視聴率：37ポイント

『愛情の計算』(Mind Over Mayhem)
撮影：1973年12月
ゲストスター：ホセ・ファーラー、リュー・エアーズ、ロバート・ウォーカー・Jr.
監督：アルフ・チェリン
エグゼクティブプロデューサー：ディーン・ハーグローヴ&ローランド・キビー
脚本：スティーヴン・ボチコ、ディーン・ハーグローヴ&ローランド・キビー
原案：ロバート・スペクト
放映日：1974年2月10日
順位：11位(35・7ポイント)

『白鳥の歌』(Swan Song)

仮タイトル：My Love Has Turned to Ashes
撮影：１９７３年12月～１９７４年1月
ゲストスター：ジョニー・キャッシュ、アイダ・ルピノ
監督：ニコラス・コラサント
エグゼクティブプロデューサー：ディーン・ハーグローヴ&ローランド・キビー
脚本：デヴィッド・レイフィル
原案：スタンリー・ラルフ・ロス
放映日：１９７４年3月3日
順位：1位（46・5ポイント）

『権力の墓穴』（A Friend in Deed）
撮影：１９７４年1月～2月
ゲストスター：リチャード・カイリー、ローズマリー・マーフィ、マイケル・マクガイア、ヴァル・アヴェリー
監督：ベン・ギャザラ
エグゼクティブプロデューサー：ディーン・ハーグローヴ&ローランド・キビー
制作：エドワード・K・ドッズ
脚本：ピーター・S・フィッシャー

放映日：1974年5月5日
視聴率：41・7ポイント
順位：7位

9 犯行現場

一見だらしない刑事が社会的エリートを出し抜くという定型をレヴィンソンとリンクが作り出してから、ドラマは急速に『富裕層と有名人の生活（Lifestyles of the Rich and Famous）』［富裕層や有名人の生活を紹介するアメリカのテレビシリーズ］の先駆者となっていった。『悪の温室』に登場するジャービス・グッドインのコロニアル様式の屋敷は、ユニバーサルのバックロット［映画撮影所のすぐ裏手にある野外撮影用の場所］の正面にあるものだったが、それを除けばプロデューサーはビバリーヒルズやマリブビーチを探し回り、思い上がった犯人にふさわしい、群を抜いて豪華な舞台装置を見つけた。

ロケ地のほとんどは、まずユニバーサルのロケーション部門が特定する。スタッフは脚本のコピーと、屋内と屋外での必要なもののリストを渡される。ロケ隊は続いて、ロサンゼルス一帯でそれに合致するものを探し、自宅やビルを貸してもいいという家主の代理人に連絡を取る。ロケの候補地の写真は監督とプロデューサーに送られ、彼らは自分たちのチームを率いてロケハンに行くこともあった。その場所が本当に適しているかを確かめ、カメラや人物の動きを練り始めるためだ。

『刑事コロンボ』のプロデューサーは、広々とした玄関、長い廊下、大きな部屋、そして見晴らしのよさを好んだ。どれも撮影隊を収容する広さがあり、贅沢な雰囲気を感じさせるものが好ましい。ときには、

『ホリスター将軍のコレクション』では、ニューポート・ビーチの2コリンズ・アイランド（中央の椰子の木の奥）がホリスター将軍の海辺の家の外観として使われた。この家はピーター・フォークが私生活で所有しているという噂があったが、これはでたらめで、ニューポート・ハーバーのツアーガイドの勘違いでほぼ間違いないだろう。実際の所有者は、ミサイル製造業のネメック工業の重役、レイモンド・ネメックである。家の内観は、ユニバーサルのステージ16で撮影された。

脚本が厳密な機能を持つ建物を要求することもあった。例えば『もう一つの鍵』では、フランス窓のある1階のベッドルームと、張り出し屋根のある玄関ドアが必要だった。

シーズン4の『ビデオテープの証言』では、外に警備小屋を備えた通用門がありながらも、中には広々とした居間に隣接した特殊なハイテク指令室と、装飾を凝らした階段の角に車椅子を載せる昇降機がある家が必要だった。最終的に、チームはビバリーヒルズの屋敷で外観を撮影し、屋内はユニバーサルのスタジオにセットを建てた。

ロケハンの最中に、エグゼクティブロケーションマネージャーのケン・グロスマンは、モンテシートに数百万ドルをかけた邸宅を持つ女性と会って、予定されている企画について話をした。彼が『毒のある花』の撮影に仰々しい「減量センター」が必要だと言うと、彼女は近くのカー

『二枚のドガの絵』のロケーションマネージャーは、絵画蒐集家ルディの家を探す際、このベル・エアの屋敷の外部を飾る美術品に魅了されたに違いない。敷地内には彫像が点在し、それには入口の門の両脇を飾る神話上の人物の飾り板も含まれている。面白いことに、殺人者のおばのエドナの家は、正確にはおじのルディの家から木に覆われた道を通った裏手に位置していたわけではなかったが、丘を数ブロック上っただけの近くにあった。[クレジット:レベッカ・ケーニッヒ]

ピンテリアに自分の「海辺の別荘」があるから、見てみたらどうかと持ちかけた。グロスマンは、せいぜい別の撮影に使えるくらいだろうと考え、立ち寄ってみると言った。驚いたことに、そこは「完璧だった」とグロスマンは言う。「美しいモザイクを備えた城で、オリンピックサイズのプールに、ゲストハウスもいくつかある。私たちはここで3日間撮影した」

コストも重要だった。シーズン4の『逆転の構図』に登場する殺人者の屋敷としてグレンデールの邸宅が選ばれたのは、主にその贅沢さのためだった。プランテーション様式の屋敷は、『風と共に去りぬ』のタラを思わせる。だが、安く借りられた

ハリウッドから90分のところに位置する、小さな海辺の町カーピンテリアのカサ・ブランカ・エステートは、石油王の未亡人に借りたものだ。広大な地所、崖のそばという立地、落ち着いたムーア様式の建物は、『毒のある花』の「減量センター」にぴったりだった。コロンボが最初にここを訪れたときの台詞は、脚本では「まるでリゾートだ！」だったが、周囲を見たフォークは、アドリブで「まるで寺院だ！」と言う。

ためでもあった。所有者はケニアの伝道師で、テレビへの貸出料の相場を知らなかった。監督のアルフ・チェリンはまた、廃車置き場のシーンを夜ではなく昼間に撮影することで、時間外手当と照明代を1万ドルほど節約できた。同じく、モーテルのシーンを夜から昼にすることで、さらに数千ドル節約した。だが、節約した全額がユニバーサルに還元されたわけではなかった。チェリンとロケ隊は、ロケハン時の食事にその地域の一流レストランを選んでいたからだ。

ロケ地の選定基準は、外見、利用可能であること、価格だけではなかった。ほかに次のようなことを考えなければならない。ドアはすべての機材を運び入れられるほど広いか？　部屋はさまざまな角度から撮影できるほどの広さがあるか？　近隣は十分静かか？　そして、カメラと照明・音響機材、小道具、70人

グレンデールに1922年に建てられた、5698平方フィートのマティソン・ボイド・ジョーンズ・ハウスは、『逆転の構図』のガレスコの屋敷として相場以下の賃料で借りられている。この安さは長続きしなかった。1980年代には、この屋敷は人気のロケ地となり、いくつかのテレビシリーズや、映画『ナショナル・ランプーン/クリスマス・バケーション』に使われている。

以上のキャストとスタッフを乗せた車列を収容できる駐車場があるか？

『刑事コロンボ』のプロデューサーが好んで使ったのは、エンチャンテッド・ヒルだ。ビバリーヒルズの切り立った丘の上に広がる地所は、サイレント映画のスター、フレッド・トムソンと妻で脚本家のフランシス・マリオンが１９２０年代に建てたものだ。１２０エーカーの地所には、アシエンダ様式の建物、テニスコート、厩舎、馬場、長さ１００フィートのプール、曲がりくねった長い私道があり、『二つの顔』のクリフォード・パリスの私邸、シーズン５『仮面の男』のネルソン・ブレナーの隠れ家、さらにはシーズン６『ルーサン警部の犯罪』のウォード・ファウラーの家として使用された。美術監督のマイケル・ボーは、ファウラーの家をこう説明している。「私たちは派手な、映画スター向きの家がほしかった。そして、この家はどこよりも派手だった」

さらに重要なことに、この屋敷はどこよりも契約が簡単だった。所有者はニューヨークに住んでいたので、邪魔されることもない。また、所有者は個人的にロケハン担当者を雇い、地所の代理人としてスタジオと契約交渉をさせていた。ここはたびたび撮影に使われており、『名探偵ジョーンズ』、『エラリー・クイーン』、『６００万ドルの男』のエピソードに登場する。スタッフは地所のレイアウトに精通し、それが人里離れた場所にあり、広大な私有駐車場があり、照明が使いやすい高い天井があることを評価した。

ロケ地が承認されると、ロケーションマネージャーが契約を結び、撮影許可を取り、住人に同意書にサインしてもらう。また、キャストとスタッフの駐車場の手配をし、必要な警備、警察、消防士を雇う。制作が始まると、ユニットプロダクションマネージャーが地所の使用を監督する。

『刑事コロンボ』の屋敷の賃借料は、通常1日につき１０００〜１５００ドルで、外観だけが必要な場合

スペインのアシエンダ様式で造られた丘の上の贅沢な屋敷、エンチャンテッド・ヒルは、1925年にサイレント映画のパワーカップル、フレッド・トムソンとフランシス・マリオンによって建てられた。この屋敷は『二つの顔』、『仮面の男』、『ルーサン警部の犯罪』で使われている。1997年、マイクロソフトの共同創設者ポール・アレンが、120エーカーの地所を丸ごと2000万ドルで購入した――そして、すぐに更地にした。[クレジット：ロサンゼルス・ヘラルド・エグザミナー写真コレクション、ロサンゼルス公共図書館]

初期の映画コメディアン、ハロルド・ロイドの邸宅であった部屋数44のグリーンエーカーズは、『ハッサン・サラーの反逆』でスワリ国総領事館として使われた。ロイドの蔵書がぎっしり詰まった書斎、家具、暖炉の上のルイ14世の肖像画は、エピソードの中では一等書記官の執務室として使われている。[クレジット：ロサンゼルス・ヘラルド・エグザミナー写真コレクション、ロサンゼルス公共図書館]

はそれよりも低くなることもあった。スタジオはまた、人や物に損害を与えたときに備えて、各屋敷に１００万ドルの保険をかけた。床や絨毯が最も危険だったため、スタッフは通常、カメラを入れる前に特別な保護カバーで覆った。

それでも、絨毯を汚したり、床にすり傷をつけたり、壁にぶつかったり、花壇を踏み荒らしたりするのはよくあることで、ときには窓を割ることもあった。撮影が終了すると、清掃スタッフがやってきて、所有者が満足するまで修復した。シーズン5の『忘れられたスター』で使われたパサデナの屋敷は賃借料が1日２０００ドルで、それに加えて修繕費が3万ドルかかった。

窃盗は深刻な問題ではなかった。実際に、スタジオのセットから物が盗まれる

脚本には海辺の醸造所と書かれているが、『別れのワイン』に登場するのは南カリフォルニアのインランド・エンパイアにあるオンタリオ空港に近いグアスティの、現在は使われていないブルックサイド醸造所だ。

可能性のほうが高かった。『偶像のレクイエム』では、バックロットで警備員が目を光らせている前で、見学者が高価なチェスセットを運び出している。警備員は、持ち出しを許可されていると思い込んでいた。

撮影隊は、居住者に骨董品や高価な品は鍵をかけてしまっておくよう勧めた。所有者の家具が使われることもあったし、セットデコレーターが家具を持ち込むこともあった。『黒のエチュード』では、黒いベビーグランドピアノが白いベビーグランドピアノと交換された。そのほうが指揮者の趣味に合っていると思われたからだ。

また、部屋が丸ごと改装されることもあった。『二つの顔』では、エンチャンテッド・ヒルの所有者の許可を得て、スタッフが奥の部屋を塗り直し、新しい床を張って、家庭用ジムに改造した――もちろん、費用は全額スタジオが持った。

ユニバーサルの小道具部門には、何万点もの装飾品があったが、『刑事コロンボ』の制作チームは通常、同じ必需品をひとつのエピソードから次のエピソードに使い回した。複数の殺人者が、同じ美術品や暖炉の衝立、カーテンを使うのは珍しいことではなかった。『構想の死角』でケン・フランクリンのオフィスにかかっているメルヴィル夫人の象徴的な絵さえも、『殺しの序曲』でシグマ協会の壁を飾るのに再利用されている。

新鮮さを保つため、シーズン4からプロデューサーは口実をつけてコロンボをベル・エアの屋敷群から遠く離れた新しい舞台に移動させた。だが、このキャラクターは常に最高の演技をしたようだ。どこにいようと、彼は場違いに見えるのだ。

10　前途多難

1974年に入る頃には、エミー賞の再度の受賞と好調な視聴率のおかげで、『刑事コロンボ』は絶頂期を迎えていた。フォークもこのキャラクターをまさに完璧なものにしていた。春には『マイキー＆ニッキー』の撮影を終了した彼は、シーズン4の撮影にかなり時間の余裕をもってカリフォルニアに帰ってきた。

『自縛の紐』

ストーリーエディターとして正式に加わったピーター・フィッシャーは、ラリー・コーエンが1972年後半に提出したストーリーに取りかかった。『自縛の紐』では、フィットネス界の大物マイロ・ジャナスが、健康クラブのフランチャイズ加盟者のひとりを殺す。彼はジャナスがパートナー会社に水増し請求し、その金をスイス銀行の口座に流しているのを見つけたのだ。コーエンは究極の手がかりを思いついたと確信していた。被害者のはいた靴の紐を結んだのは本人ではないことを、完全に証明する手がかりだ。そこでコーエンは、提案を次のように締めくくった。「この物語がテレビで放映されたら、何百万というアメリカ人が、居間でこの靴紐のトリックを試すだろう。これは実際に使える。靴を履いている本人以外が紐を結ぶと、どうしても右の紐を左の紐の上に交差させるが、自分で結ぶと必ず左の紐が右の紐の上に来るのだ。これをストーリーに取り入れる前に、数多くの人々に、自分たちでこの手がかりを試してみた。われわれの知る限り、この手がかりはこれまで一度も使われたことはない。それにもちろん、CM中に視聴者自らが手がかりを試すことができる数少ない機会でもある」

ジャナスの演者について、脚本では「58歳だが20歳は若く見える――しなやかで引き締まった体つき」であり「30年ほど前のオリンピックの金メダルを利用し、俳優、起業家、フランチャイズ経営者としてのキャリアを築く」と書かれている。ロバート・コンラッド（『0088／ワイルド・ウエスト』）はこの役を引き受けることを承諾するが、役の年齢には不満だった。実際にはコンラッドはまだ39歳だった。脚本での彼は、フォークの10歳年下ではなく、10歳近く年上になっていた。妥協策として、ジャナスの年齢は53歳に変更された。

フィッシャーはコーエンによる15ページのストーリーをしっかりとした脚本にしたが、これを2時間に延ばさなくてはならなかった。フォークは、コロンボが証人になると思われる元社員を探しにトライコン工業社へ行くシーンに、放映時間を延長するチャンスを見出した。脚本ではその場面は、受付の事務員がコンピューターのキーボードで名前を入力すると、「コロンボは魅入られたように、コンピューターが概要を打ち出すのを眺める。背後では、コンピューターのリールが回っている」となっていた。

フォークは『パイルD－3の壁』にあった、建築許可事務所で何度も行列に並ばされ、やっとのことで苛立ちを抑えるシーンを思い出した。そこで、魅入られる代わりに、フォークはプリントアウトをじれったそうに待つ演技をした。指をトントン叩き、しわを寄せた額を撫で、歩き回り、受付係にしきりにせがむ。困ったことに、彼は延々3分間、それを続けなくてはならなかった。

別の場面は、フォークの大げさな演技のおかげで、より楽しい延長シーンとなった。へとへとになるまでビーチを走った後、コロンボはジャナスの家の裏庭で彼に質問する。コロンボは体を折って息を整えようとするが、靴に砂が入っているのに気づき、靴紐を締め直そうとして切ってしまう。脚本によれば「周囲は汚れひとつないため、パティオに砂を捨てるのは無作法になる」ので、コロンボは仕方なく砂をレインコートのポケットに入れる。フォークはここをアドリブで、靴の中の砂をこっそり背後の花壇へ捨てる、という演技に変えた。

埋め草的なシーンが多くなりすぎたため、愛すべきシーンがひとつカットされることとなった。コロンボがジャナスのアリバイを確認するため、高級車のショールームを訪ねる場面だ。身なりのよい販売員ふたりが、プジョーから降りてくるコロンボを信じられないという目で見る。「彼は客だと思うかい？」ひとりが訊く。

「わからない。あの車は……」

その会話は2分以上続くが、直後のシーンでコロンボがディーラーで聞き込みをした内容を短く説明しているため、必要のないものだった。さらにいえば、フィッシャーは以前の脚本『権力の墓穴』で、中古車ディーラーでの同じような場面を入れていたのだ。だが、カットするのが遅すぎたため、ふたりの販売員を演じた俳優の名前をエンドクレジットから削除するのが間に合わなかった。皮肉なことに、トライコン社の受付係（アン・コールマン）はクレジットされなかった。脚本上では彼女は端役で、フォークがア

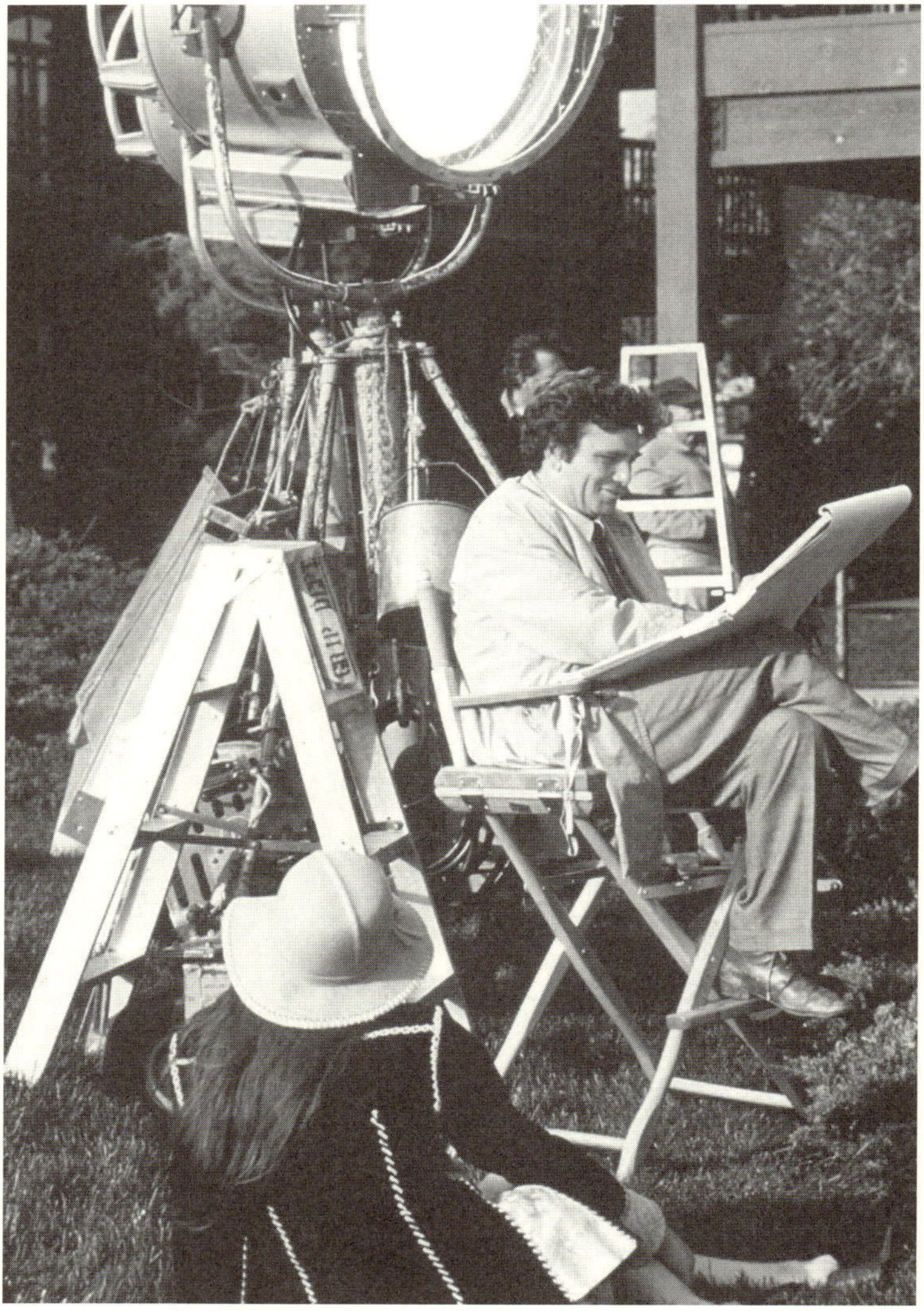

ブロードウェイで『二番街の囚人』を公演中に、絵画教室にふらりと立ち寄って以来、フォークは絵を描くことに取りつかれ、『刑事コロンボ』撮影の待ち時間にも描いている。

ドリブを始めるまでは重要な役どころではなかったからだ。

『自縛の紐』では、エディ・ドッズが引き続きプロデューサーの地位にいたが、ハーグローヴとキビーはこれが長期的な解決にはならないことを知っていた。また、フォークが契約をめぐる毎年の闘争をいつ起こすかもしれないという疑いがあった。そこで、彼らは先手を打って、フォークの友人でありシーズン1のプロデューサーでもあったエヴァレット・チェンバースをプロデューサーに呼び戻し、シーズン4の残りの5作を任せた。ユニバーサルは、ドッズをアソシエートプロデューサーとして残すよう主張した。順調なスタートが切れるように、ハーグローヴとキビーはチェンバースに、承認済みの完成脚本7冊と、さらに12のプロット案を残した。そのうち10件はラリー・コーエンによるものだった。

『逆転の構図』

まもなく撮影を迎えたのは、これもピーター・フィッシャーの傑作だった。『逆転の構図』では、尻に敷かれている写真家ポール・ガレスコが妻を殺し、彼女が誘拐されたと装う。ガレスコは続いて、正当防衛に見せかけて前科者を殺し、誘拐の罪を彼に着せる。

『刑事コロンボ』に戻ってきたチェンバースはまもなく、自分の決定を承認するのは、もはやユニバーサルとエグゼクティブプロデューサーだけではないことに気づいた。今ではNBCと、特にフォークの意見を聞かなくてはならない。短気なガレスコの配役を決めようとした彼は、すぐさま反対に遭った。チェンバースとNBCはアンソニー・フランシオサを使いたかったが、ユニバーサルは反対した。NBCは、ビル・

ビクスビー、ダーレン・マクギャヴィン、トニー・カーティスなど、よく知られた俳優を求めた。フォークはピーター・セラーズがいいと言ったが、36万ドルというギャラを払うのは無理だった。『刑事コロンボ』では、ゲストスターに2万ドル以上が支払われたことはなかった。フォークはチェンバースの、興味深いが商業的には魅力に欠ける人選にしぶしぶ同意した――ロバート・デュヴァル、マクシミリアン・シェル、オスカー・ウエルナー、パトリック・マクグーハンである。NBCはそれに対して、グレン・フォードかオマー・シャリフを推したが、どちらを使っても予算がパンクしてしまう。フォードは5万ドルを要求し、シャリフは10万ドルと言い張ったのだ。チェンバースはルイ・ジュールダン、クリストファー・プラマー、マーティン・バルサムの名も挙げた。ユニバーサル、フォーク、NBCが合意できそうな唯一の俳優は、ジョン・カサヴェテスだったが、カサヴェテスは興味を示さなかった。最終的に、チェンバースは誰もが支持できる名前を挙げたが、その俳優はこれまで敵役を演じたことがなかった。ディック・ヴァン・ダイクである。

「私はTVムービーで、彼がアルコール依存症から回復しようとする役を演じるのを見た（『ザ・モーニング・アフター（The Morning After）』）。本人もアルコール依存症の経験があったし、演技は素晴らしかった。彼はちょうど、自分の番組（『ザ・ニュー・ディック・ヴァン・ダイク・ショー（The New Dick Van Dyke Show）』）を終えたところだった」とチェンバースは語っている。「彼はスターだ。彼が演じられるのはわかっていた。『ヒッチコック劇場』にも出ていたので、有能な俳優なのは知っていた。それに、これは一種の大当たりとなるかもしれなかった。ほとんどの人は、私がどうかしたと思っただろう。だが、彼は見事にやってのけた」

撮影の合間に、フォークはほとんどの時間、電話で〈ザ・ブラック・タワー〉の財務担当者を怒鳴りつけていた。彼は報酬が十分に払われていないと感じていた。スタジオはドラマの制作費をけちっていると考えたのである。移動手段にも不満があった。車や運転手付きのリムジン、移動式の楽屋トレーラーなどだ。また、新しい脚本のほとんどが、2時間の放映枠用に書かれているのも気に入らなかった。彼はドラマを、緊密な90分枠に収めたかった。それに、『刑事コロンボ』が映画俳優としてのキャリアを邪魔しているとも感じていた。フォークは、映画版『二番街の囚人』でジャック・レモンが主役を演じることになったのは、プロデューサーがこの役にコロンボはふさわしくないとみなしたためだと思っていた。自分が不幸な目に遭わされるなら、誰かがその埋め合わせをしなくてはならない。

『逆転の構図』の撮影8日目、フォークの弁護士はユニバーサルに、スタジオが3年契約に違反していると知らせた。習慣的に支払いを遅らせることは、彼らから見れば契約破棄だと。彼はもうたくさんだと言っている。2週間前に支払われるはずの『自縛の紐』の13万2777ドルをまだ受け取っていないと主張していると。ユニバーサルはただちに小切手を送ったが、フォークは受け取らなかった。3日後、フォークはロサンゼルス上級裁判所に、ユニバーサルを契約違反で訴えた。彼は番組を降りたいと言ったが、ハーグローヴとチェンバースのために、『逆転の構図』を完成させてからやめることには同意した。

「ピーターは職場環境がかなり悪化していることを感じ、シリーズを続けられないと判断した」弁護士は言った。「ピーターへの小切手は常に5日か6日遅れていた。それはユニバーサルでは珍しいことではない。しかし、今回は2週間遅れたのだ」

契約にそのような条項は含まれていないと返事をしたスタジオは、フォークが戻ってくると確信していた。ユニバーサルの社長シド・シャインバーグは、記者にこう言った。「彼に勝ち目があるかって？　断言してもいい。その可能性は0からマイナス0%だ」シャインバーグは、すでに撮影されている『刑事コロンボ』の2作を放映し、不足分は『警部マクロード』、『署長マクミラン』、そして新番組の『エイミー・プレンティス（Amy Prentiss）』の追加エピソードで埋めればいいと考えていた。

膠着状態が4週間以上続いた後、ユニバーサルはほかの譲歩に加えて、フォークの報酬を1エピソード当たり4万5000ドル増額することと、残りの4エピソードのうちふたつを90分ものにすることに同意した。

『祝砲の挽歌』

契約上のいざこざのために、次のエピソードである『祝砲の挽歌』の撮影は6週間以上遅れて開始した。ハワード・バークの脚本では、陸軍幼年学校の校長ラムフォード大佐が、男子校を共学の短期大学にしようと計画している創設者の孫を殺害する。ジャック・ウォーデンやリチャード・ベースハートを真剣に検討したのち、チェンバースはエド・アズナーを雇い、『メアリー・タイラー・ムーア・ショウ』の合間に殺人犯の大佐を演じてもらうことにした。だが、フォークのせいで撮影が遅れたことに怒ったアズナーは降板した。

時間が限られていることで、チェンバースはこれを、アイルランド系アメリカ人俳優パトリック・マクグーハンを起用するチャンスと見た。彼はイギリスのふたつのスパイシリーズ――『秘密諜報員ジョン・ドレイク』と、さまざまな要素を含んだ『プリズナーNo.6』——に主演し、シーズン1からチェンバースの最終候補リストに入っていた。プロデューサーはマクグーハンと昼食をともにした。チェンバースは、この俳優がテレビドラマよりも映画出演に興味があることを見て取った。そこで、『刑事コロンボ』のような評価の高いドラマに出れば、アメリカでマクグーハンの名が売れ、映画出演のオファーが増えるだろうと持ちかけた。

NBCは、マクグーハンはアメリカではあまり知られていないとして、キャスティングに異を唱えた。実際には、最終的な判断を下すのはフォークだが、彼は『プリズナーNo.6』を見ていなかった。実は彼はマクグーハンのことをよく知らなかった。だが、チェンバースが彼はこの役にぴったりだと主張するので、フォークも同意した。

撮影はすべて陸軍士官学校で行われる。そこでロケ隊は南カリフォルニアの候補地を4つ挙げた。ウッドランド・ヒルズのリッジウッド士官学校は、荘厳さが足りなかった。ロングビーチの南カリフォルニア陸軍士官学校は、手入れの行き届いたグラウンドではなく舗装されていた。アナハイムのセント・キャサリンズ陸軍士官学校は少し離れていたし、建築様式が混在していた。ロサンゼルスのハーヴァード男子校が、外見的にも地理的にも一番合っているように思われたが、契約が成立しなかった。ディック・アーヴィングには、ひとつ案があった。妻の兄弟である州上院議員ジェイムズ・ワッデルは、サウスカロライナ州チャールストンにある州立のシタデル士官学校出身だったのだ。士官学校の独特のスパニッシュ・マーシュ建築、塔や尖塔、巨大な石造りの要塞のような建物がふんだんにあること、そしてまっすぐ前を見た士官候補生の隊列などは、脚本にぴったりだった。しかも、州に大きな影響力を持つ上院議員は、学校に承諾

サウスカロライナ州のシタデル士官学校のロケで、『祝砲の挽歌』の撮影再開を待つプロデューサーのエヴァレット・チェンバース（左）と監督のハーヴェイ・ハート（右）。後ろでは、俳優のバー・デベニングがフォークリフトの脇に腰かけている。［クレジット：エヴァレット・チェンバース］

させることができた。

シタデル士官学校は、テレビのスタッフが8月初旬から秋学期が始まる少し前の9月初旬までキャンパスを使うことを許可した。ユニバーサルは学校に施設使用料と士官候補生の撮影許可料の両方を払った。

台詞のないエキストラとして出演した士官候補生に直接報酬を支払う代わりに、ユニバーサルは学校に〝多額の寄付〟を行い、学校はこれを、アナポリスで行われるシタデル対海軍のフットボール試合に生徒500人を送り出す費用とした。撮影に参加した227人の士官候補生には、海軍までの旅費が全額支給され、それ以外の生徒は20ドルずつの自己負担となった。

60人以上の俳優、スタッフ、制作責任者の一隊が、南カリフォルニアからサウスカロライナへ飛び、トラックと車が列をなして機材や小道具を運んだ。小道具は、コロンボのプジョーからレインコート（さらに予備4枚）にまで及んだ。撮影は午前7時から午後6時まで、17日間の予定だった。

スタッフはキャンパス全体を自由に使えた。校長のジョージ・セニョス中将までもが、オフィスをユニバーサルに貸し、ラムフォード大佐の住居として使わせた。セニョス自身は廊下の先の小さな部屋に仮住まいした。

チャールストンに着いてすぐ、マクグーハンはフォークに、脚本について相談できないかと持ちかけた。マクグーハンは、自分の出演するほぼすべての作品で脚本を執筆——またはリライト——してきていた。そして、ゲストスターである自分が采配を振る立場にはないのはわかっているが、脚本には物語と彼のキャラクターに不可欠なシーンがないと言った。マクグーハンは、ラムフォードにとって名誉と正義の規範がどれほど大事か——そして歪んでいるか——を描きたいと思っていた。大佐がコロンボに、濡れ衣を着せた士官候補生を逮捕して裁きを受けさせろと促しながら、自分が殺人を犯したことを完全に正当化しているところを視聴者に見せるべきだと。マクグーハンはフォークに、そのシーンを書くのでチェックしてもらえないかと訊いた。フォークはマクグーハンの意図をすぐに察した。彼は躊躇《ちゅうちょ》なく同意し、食堂のシーンに新たな会話を加えた。

一緒に仕事を始めてすぐに、フォークは改めて安心した。「初めてセットに足を踏み入れ、リハーサルを開始したときのことを覚えている」フォークはこう語っている。「もうひとりの俳優の存在感をひしひしと感じた。彼は目を引くんだ。並外れた男だ。彼の存在を強烈に意識する。何でもない対話が、どこかしびれるものになる。緊張感が生まれるんだ。彼が口を開いた瞬間から、それを感じたね。それに驚き、不意を突かれたが、嬉しかったよ！　わくわくした」

チェンバースに言わせれば、マクグーハンは「彼とピーターが食堂で夕食をとっている」シーンに台詞をつけ加え、「かなりの台詞を追加した長いシーンになった。私には、少々説明的すぎるように感じられた」という。

チェンバースは、彼とフォークのニューヨーク時代の友人、ブルース・カービーも起用した。彼は以前、『逆転の構図』で前科者のアルヴィン・ダシュラーとして使うという案があった。カービーがコロンボの右腕となるジョージ・クレイマー刑事を演じただけでなく、息子のブルーノ・カービーも士官候補生役として起用された。「ブルースのまじめくさったキャラクターが好きなんだ」チェンバースは言う。「彼は常にまじめくさった演技で、ピーターをうまく引き立たせている」プロデューサーは脚本家たちに、できる限りクレイマー刑事を登場させるよう勧めた。

制作は比較的スムーズに進んだが、セット撮影ではない環境ならではの小さな問題があった。蛍光灯の音で台無しになったテイクはひとつではない。詮索好きな事務員が窓から覗いたのが映り込み、撮り直しになったシーンもある。

撮影の終盤に差しかかると、士官候補生が夏休みを終えてキャンパスに戻ってくるようになった。彼らは軍服姿のマクグーハンを見て、将校と勘違いした。「本当に愉快だった」とマクグーハンは回想する。「戻ってきた士官候補生は、これが撮影で私が俳優だと気づかず、大半は私を見て敬礼するんだ。だが、私はそれを無視していた」士官候補生は次々に、直立不動の姿勢で待った。「士官候補生は、敬礼を返してもらえない限り、敬礼した手を下ろせないんだ。全員がその場に立って、なぜ敬礼してくれないのかと疑問に思っていたわけさ」

ようやく、誰かに軍隊のルールを説明されたマクグーハンは、敬礼を返すようになった。そして残りの滞在期間に、2000回ほど繰り返したという。

『ビデオテープの証言』

カリフォルニアに戻ったチームは、切れ目なく次の作品に取りかかった。『ビデオテープの証言』では、電子工学の天才ハロルド・ヴァン・ウィックが、義母の会社の経営に失敗する。彼は女性を追いかけ、会社の金をハイテク機器に注ぎ込む。それは主に、体の不自由な妻を守る安全な要塞をつくるためという名目だった。義母に退陣するよう求められたヴァン・ウィックは、彼女が射殺されるところをビデオ撮影し、画廊のレセプションに出かけている間、その映像が監視カメラに映るように企む。

チェンバースとフォークは、体の不自由な妻の役に、共通の友人ジーナ・ローランズを起用することで即座に合意する。だが、ヴァン・ウィック役としてプロデューサーが提案したのは、より型破りな人選だった。オスカー・ウエルナーである。超然として気難しいウィーンの俳優は、批評家に絶賛された『愚か者の船』、『寒い国から帰ったスパイ』、『華氏451』などの映画で、1960年代半ばにはそこそこ有名だった。だが、ウエルナーが役を選り好みしたことと、たいていは深酒によるセットでの破壊的な行動のせいで、俳優として終わったも同然だった。まだ51歳でありながら、ウエルナーは7年間映画に出ず、テレビシリーズには一度も出演したことがなかった。彼はリヒテンシュタインの自分の農場で、世捨て人のような暮らしを送っていた。

それでもチェンバースは、ルクセンブルクのウエルナーの代理人を通じて出演を依頼した。翌日、ウエルナー本人が電話をかけてきて、脚本を読むことを承諾した。契約書にサインさせるため、フォークは個人的にリヒテンシュタインの農場に電話をかけた。「私はテレビには出ないと言ったんだ」ウエルナーは回想する。「だいたい、テレビには何かが足りない。上質感がね。だから出ないんだ」だがフォークの説明は巧みで、いくつかの追加特典を申し出た。例えば、アメリカ滞在中はユニバーサルが彼にビバリーヒルズ・ホテルのコテージを用意する、などだ。

俳優がロサンゼルス国際空港に到着する予定の木曜の夜、チェンバースの自宅に憤慨したウエルナーから電話がかかってきた。「今どこにいる?」俳優はそう尋ねた。「監督はどこだ? 脚本家は? どうしてここにいない?」

戸惑ったチェンバースは訊いた。「今どこにいるんですか?」

「空港で迎えを待っている」

チェンバースは打ち明けなくてはならなかった。「私たちは俳優を空港へ迎えには行かないのです。タクシーで来てください」

芝居がかった沈黙の後、ウエルナーは言った。「明日の朝8時半、コテージで会う。そこへ来てくれ」

チェンバースは時間通りに訪ねたが、ウエルナーに叱りつけられただけだった。「おれは売春婦じゃない!」俳優は怒鳴った。「淫売じゃないんだ! こんな扱いを受けるいわれはない……」そんな調子で続くので、ついにチェンバース自身が、頭にきてそれを遮った。「もう我慢できない。飛行機で帰ってもらって構わない」そう言って、チェンバースは部屋を飛び出した。だが、ホテルのロビーまで来たところで、自分の過ちの重大さに気づいた。チェンバースはすぐさまフォークと監督のバーニー・コワルスキーに電話し、かっとなってゲストスターに罵詈雑言を浴びせたいきさつを知らせた。「俳優がいなくなってしまう。ビバリーヒルズ・ホテルへ来てオスカー・ウエルナーの機嫌を取ってくれ」

フォークとコワルスキーが急いでホテルに駆けつけると、ウエルナーが車に乗ろうとしているところだった。「やあ、ピーター！」ウエルナーは陽気に言った。「後で会おう」それから、30分前のことは何事もなかったかのように走り去った。

チェンバースは回想している。「オスカー・ウエルナーは非常に個性的な俳優で、だからこそ使いたかった。最高の俳優だと思っていたからだ。だが、彼はとても変わっていた。アルコールに依存していた。いつも小さな鞄を持っていて、その中には自分が飲むためのワインが2本入っていた」

確かに、撮影が始まってから数日は、ウエルナーは調子が悪そうだった。台詞を覚えるのにひどく苦労し、フォークとの最初のシーンの冒頭は、予定していたツーショットの長廻しでは撮ることができなかった。監督はすべての台詞の後で「カット」と言わなければならなかったのだ。そこでその部分は、ウエルナーが一言しゃべるカットと、フォークがしゃべるカットを、短く交互に撮ることとなった。

撮影3日目頃、チェンバースは〈ザ・タワー〉のディック・アーヴィングから緊急連絡を受けた。「お前さんのスター俳優がセットで酔っぱらっている。行って手当てをしてくれ」チェンバースが駆けつけると、ウエルナーが泥酔して、仕事にならなくなっていた。

「ディック・アーヴィングはアルコール依存症で有名な女性と結婚していた」チェンバースは言う。「彼は長年の経験で、アルコール依存症者を『手当てする』ことはできないと知っていた。私は現場へ行き、撮影を中止した。できることは何もなかった。寝て酔いを醒《さ》まし、翌日戻ってくるしかない。私は彼に何も言わなかった。私もアルコール依存症者と結婚していた。してはいけないことは知っている。激しく責めてはならない。それが彼らが求めていることなんだ。私は何も言わなかった。それから彼は二度と飲まなかった。あの日だけだ。私は彼がわれわれを試したのだと思う。そしてもちろん、彼が到着したときのふるまいは、おそらく飛行機内で酔っ払い、まだ酔った状態で目を覚ましたためだろう。彼とはその後、親しくなった。ジャック・キャシディの家でパーティーも開いたんだ」

だがエピソードの撮影は、さらに数日遅れた。フォークが演技中に、脚本が気に入らないと考えたのだ。特に、ヴァン・ウィックのアリバイを確かめるために画廊を訪れる短いシーンが不服だった。

「ピーターが機嫌を悪くしているという電話をときどき受け、セットへ向かった」ハーグローヴは言う。「『ビデオテープの証言』では、ピーターはあるシーンを問題視し、私は彼を納得させられなかった。1ページ半の短いシーンで、彼はこう言った。『このシーンには問題がある。どうすればいいのかわからない。家へ帰って考えてみるよ』そして、翌日戻ってきた彼は、1ページ半のシーンを4ページに膨らませていた。シーンは延々と続いた。ひどいものだったよ。だけど、好きにさせておいた。それがピーターだし、ピーターが番組を動かしているんだからね」

脚本では、コロンボは画廊の支配人に、絵のことを説明してくれと頼む。彼女は芸術を説明することはできないと答える。「それは感じるものです」すると彼は、壁の額の中のものを指さす。「別のやつは好きじゃないが、これは——とてもシンプルだ。実にわかりやすい」

驚いた支配人は、その「彫刻作品」は換気口だと明かす。コロンボは肩をすくめ、そばにある「本物の」彫刻作品と、それほど違うとは思えないと言う。

フォークは絶好のチャンスを逃していると考えた。彼はコロンボが3分近く支配人をしつこく悩ませるシーンを追加した。コロンボはあれこれ質問し、3つの現代アートの題名や意味、価格に驚く。そして壁にある4つ目の作品にタイトルがついていないことに気づき、それが換気口だと知って戸惑うのである。

『歌声の消えた海』

次の撮影には、危険な歯科医が出てくるスティーヴン・ボチコ脚本の『Uneasy Lies the Crown』(のちの『華麗なる罠』)が予定されていた。ベン・ギャザラは監督を引き受けたが、フォークは歯科医をめぐるエピソードを作ることに懸念を抱いていた。ギャザラは代わりに『歌声の消えた海』を撮ることに同意した。コロンボをクルーズ船に乗せるというアイデアを出したのはジャクソン・ギリスだった。パシフィック・ファー・イースト・ラインのハワイ―サンフランシスコ間のクルーズ船で悪人が追い詰められるという、『ハワイ5-0』の最近のエピソードにヒントを得たものだ。

ギリスのトリートメントを脚本として完成させたのは、1950年代後半の『ハイウェイ・パトロール』で経験を積んだベテラン、ウィリアム・ドリスキルだった。フォークの要望で、ピーター・フィッシャーがドリスキルの脚本を書き直した――何度も繰り返し。物語では、犯人は持ち運び式の合鍵製造機を持っている必要があるため、殺人者へイドン・ダンジガーは中古車ディーラーということになった。しかし、中古車ディーラーには歴代の『刑事コロンボ』の犯人のような重みがなかった。そこで、役柄に品格を添えるため、チェンバースは『0011ナポレオン・ソロ』で有名なロバート・ヴォーンを起用した。

アソシエートプロデューサーのエディ・ドッズは、パシフィック・ファー・イースト・ラインに連絡を取り、ハワイクルーズの船上で撮影させてほしいと依頼した。クルーズ会社はそれを断った。「脚本を確認したところ、当社が苦労して築いてきた船のイメージとは合わないように思えたのです」パシフィック・ファー・イーストの宣伝部長は答えた。「『ハワイ5－0』の撮影でも懸念される場面はありましたが、少なくともあのドラマでは、犯罪は船上で行われたわけではありませんでした。それに、船と当社はごく最近こうしたエピソード（『ハワイ5－0』）とかかわっているため、同じようなドラマをすぐに撮影されるのは、行きすぎではないかと感じられます」

幸い、イギリスの海運・クルーズ会社のP&Oが、最近プリンセス・クルーズ・ラインを買い上げ、アメリカで評判になることを期待していた。当時、760人乗りの〈スピリット・オブ・ロンドン〉はバンクーバーに停泊し、〈サン・プリンセス〉に生まれ変わろうとしているところだった。その初就航——サンフランシスコからメキシコまでの12日間のクルーズ——は、スタジオが希望する撮影開始日とほぼ同時期に出発する予定だった。

撮影開始の3週間前に当たる9月の終わり、チェンバースとギャザラは8人の派遣団を引き連れてバンクーバーへ向かい、船をざっと見ると、自分たちの要望にかなっていると確信し、各シーンの撮影計画を立て始めた。あらゆる場所をチェックしたが、船室だけは小さすぎて、スタッフと機材をすべて収容できなかった。そこで代わりに、ユニバーサルのスタジオに、作りものの廊下に面した船室の列を作り、船が出航する前の数日間で船室内のシーンはすべて撮り終えた。

ユニバーサルとP&Oは、慌ただしく契約を交わした。テレビのスタッフは、通常の操業を妨げない限り、船内じゅうを撮影してよい。ユニバーサルの巨大なポータブル発電機の音は、乗客の邪魔にはならないように配慮すること。映像や脚本は、クルーズ会社の魅力をアピールすること。簡単に船室に侵入できると視聴者に思わせないため、脚本を調整すること（船長の要望として「ダンジガーがマスターキーを手に入れるやり方は、奇跡としかいえない方法にしてほしいと頼みました。これまで、マスターキーに関しては多くのトラブルがあり、一般の人々に誤解されたくなかったのです！」）。加えて、スタジオは50人のスタッフとキャストを収容するための32の船室に対して、規定の宿泊料金を支払った。ふたつの大きなスイートには、ピーター・フォーク夫妻とロバート・ヴォーン夫妻が泊まった。

クルーズ会社は早速、旅行者にコロンボ・クルーズを予約するよう宣伝し始めた。乗客は、シーンの背

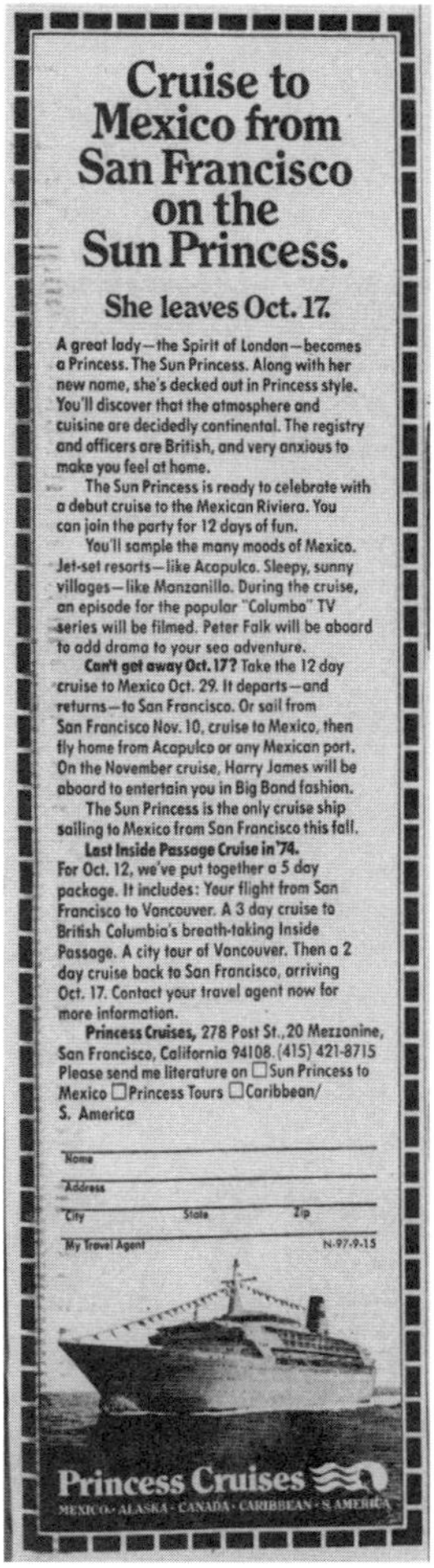

プリンセス・クルーズは、〈サン・プリンセス〉の初航海を『刑事コロンボ』と絡めて宣伝した。

景としてカメラにとらえられた場合、エキストラになる可能性があることに同意する必要があった。「私たちは船内の活動の周辺で作業をしなくてはならなかった」チェンバースは回想している。「クルーズを楽しんでいる人たちにはプラスになるが、私たちには難しい課題だった。（ステージ従業員組合は）就業時間は連続していなければならず、途中で休憩をはさむとその後は時間外勤務になると言うからだ。私たちは常に、撮れるものを撮った――食堂、レクリエーション室、バー、劇場、デッキなどを、乗務員や乗客が使っていないときに撮影した。だから、ときには3～4時間撮影して、2～3時間休憩し、また撮影を再開するという具合になった。そこで、スタッフによっては、12時間の時間外を含め20時間分の報酬を得ることもあった」

サンフランシスコへの帰路、カリフォルニア沿岸を航行中に、船は大嵐に見舞われた。チェンバースは言う。「揺れる船上で、まだ撮影は続いていた。スタッフの半分は船酔いした。ベン・ギャザラも船酔いしたが、それでも撮影を続けた」

フォークもまた、最後のシーンを撮影した後は、揺れる船旅の間じゅう船室に閉じこもって船酔いに苦しんでいたひとりだった。

脚本の初期のバージョンには、視聴者がコロンボ夫人を見られそうで見られないという、繰り返しのギャグが含まれていた。脚本家たちは、最後のシーンについに登場させるというアイデアを検討したが、結局は見えないままにすることにした。ある草稿では、犯罪を解決したコロンボが、妻を誘って港を散歩しようと考える。彼がうつむいたまま船室に入ると、中年女性が鏡の前に座って髪をとかしている。コロンボは顔を上げずに言う。「おいで、ハニー、船を降りよう」

「何ですって?」女性は憤然として答える。

「おや!」コロンボは頭を抱える。「カミさんはどこです? ここはC53じゃありませんか?」

「こっちは左舷のC52よ」

謝罪し、ひどくきまり悪そうに出て行くコロンボを、彼女はにらみつける。コロンボは乗客の群れに交じって、タラップを歩く。そして、見知った顔を見つけて手を振る。「ハニー! 待ってくれ!」手を振るシーンで静止画となる。

最終版でもミセス・コロンボは登場せず、繰り返しのギャグはコロンボが常に「シップ(汽船)」と「ボート(小舟)」をごっちゃにするというものに変更された。

その間、『NBCミステリ・ムービー』のシーズン4は、『刑事コロンボ』を出し抜こうとするライバルの脅威がありながらも、好スタートの視聴率を記録していた。前シーズン、CBSは高視聴率のシリーズ『探偵キャノン』を水曜夜9時に移動し、『バナチェック登場』をはじめとするNBCの『ウェンズデー・ミステリ・ムービー』のラインナップに勝負を挑んだ。さらに影響力のあった出来事として、CBSは『探偵キャノン』に続き、明らかに『刑事コロンボ』に着想を得た新しい刑事ドラマ、『刑事コジャック』を開始した。とはいえ、フォークのキャラクターが、むさ苦しく、控えめで、葉巻を吸っているのに対して、テリー・サバラスの役どころは禿頭で、きっちりしていて、熱心で、棒付きキャンディーをくわえている。『刑事コジャック』はセンセーションを巻き起こし、常に放映時間帯でトップに立っただけでなく、夜10時のテレビ番組で最高視聴率を取った。それを受けて、NBCは惨敗の水曜日のホイールを火曜日に移したが、結局は打ち切りにした。

1974年の秋に向け、CBSはさらに大きな目標に挑んだ。ネットワークは『刑事コジャック』を日曜夜8時半に移したのだ。フォークはそのニュースにも臆しなかった。この競争によって視聴率は落ちるだろうが、『刑事コジャック』の視聴率のほうがさらに落ちると確信していた。彼は『刑事コロンボ』が再開するのは100パーセント間違いないと言った。「断言していい」とフォークは言う。「『刑事コロンボ』はこのシーズンを生き残る。それだけじゃない。私の契約では、75年の秋にも戻ってくる予定だ——戻らない理由は見つからない」

シーズンプレミアとして、『自縛の紐』はCBSの『刑事コジャック』だけでなく、ABCで初放映される『屋根の上のバイオリン弾き』とも対決した。批評家は『屋根の上のバイオリン弾き』がその時間帯で1位となり、それに『刑事コジャック』が続くだろうと予想した。結果は『刑事コロンボ』の圧勝で、その週で最も視聴された番組の10位に入った。『屋根の上のバイオリン弾き』は15位、『刑事コジャック』は32位だった。

だが週を追うごとに、『刑事コジャック』は視聴者を増やしていった。シーズンの終わりには、『刑事コジャック』は『NBCミステリ・ムービー』ホイール全体と比べて平均視聴率で勝っていたが、『刑事コロンボ』の初放映エピソードにはかなわなかった。

『5時30分の目撃者』

暦が1975年に変わると、ハーグローヴとキビーは『刑事コロンボ』を去る用意をした。番組は、有能なチェンバースに任せておけば間違いない。彼らには、テレビ用映画『ロング・ウェイ・ホーム(Long Way Home)』とふたつのシリーズ企画(『マッコイと野郎ども』、『ホルヴァク一家(The Family Holvak)』)があった。その後、キビーは『A. E. S. ハドソン・ストリート(A.E.S. Hudson Street)』のプロデューサーとなる。『ディア・ディテクティヴ(Dear Detective)』、『バーニー・ミラー(Barney Miller)』、『ディティテクティヴ』でキビーと合流したハーグローヴは、その後『名探偵ダウリング神父』、『マトロック(Matlock)』、『ジェイクとファットマン(Jake and the Fatman)』、『Dr.マーク・スローン』、そして『弁護士ペリー・メイスン』の29エピソードを制作した。

番組のただひとりのプロデューサーとなったチェンバースは、自分の指揮下で書かれた最初の脚本に安心してゴーサインを出した。ピーター・フィッシャーの『5時30分の目撃者』である。物語で、精神分析医マーク・コリアーは薬物と催眠術を使って、患者で愛人でもあるナディアの精神を研究し、本を執筆しようとしている。だが、ナディアの夫と対面したコリアーは、争ううちに火かき棒で相手を殺してしまう。続いてコリアーは泥棒の話をでっち上げ、ナディアはそれを警察に話す。ナディアの嘘がばれそうになると、コリアーは催眠術で、彼女を5階のバルコニーから身投げするよう仕向ける。

フィッシャーは緻密でサスペンスに富んだプロットを作成したが、ひとつ大きな問題があった。どう終わらせればいいかわからなかったのだ。ディック・レヴィンソンには、以前『別れのワイン』やほかのエピソードで提案したものの、しっくりこなかったアイデアがあった。目の見えない事件の目撃者がいたらどうだろう? 殺人者が車で逃げる途中で、犬と歩いている盲目の男性を危うくはねそうになる。殺人のあった時刻に、スピードを上げた車が誰かにぶつかりそうになったことを知ったコロンボは、殺人者に彼を犯行現場と結びつける目撃者がいると告げる。やってきたのは盲目の男の兄で、視覚障害のない人物だった。殺人者は、男は盲目だったと非難する――それは、現場から逃げ去った人物しか知り得ない情報だった。この決め手は、『5時30分の目撃者』にぴったりだった。

このエピソードの撮影中、フォークはいつも以上に慎重で時間がかかった。チェンバースは、レドンド・ビーチのコンドミニアムでのナディアの自殺についてコロンボが捜査する場面の撮影を回想している。その夜、フォークはいつまでも撮影を続けさせた。「撮影は、海に近いロケ地で夜に行われ、地獄のように寒かった」とチェンバースは語る。

10日間の予定だったエピソードの撮影には16日かかり、共演のジョージ・ハミルトンによれば、それは「フォークが完璧主義だったから」だという。

だが、1週間の超過というのは、フォークにとってただのウォーミングアップだった。

シーズン4――1974～1975年

『自縛の紐』(An Exercise in Fatality)
仮タイトル：Exercise in Murder
撮影：1974年5月15日～6月4日
出演：ピーター・フォーク、ロバート・コンラッド、グレッチェン・コルベット、パット・ハリントン・Jr.
監督：バーナード・コワルスキー
エグゼクティブプロデューサー：ディーン・ハーグローヴ&ローランド・キビー
制作：エドワード・K・ドッズ
脚本：ピーター・S・フィッシャー
原案：ラリー・コーエン
放映日：1974年9月15日
ニールセン順位：10位（36ポイント）

『逆転の構図』（Negative Reaction）
撮影：1974年6月7日～24日
ゲストスター：ディック・ヴァン・ダイク、ドン・ゴードン、ラリー・ストーチ、ジョイス・ヴァン・パタン
監督：アルフ・チェリン
エグゼクティブプロデューサー：ディーン・ハーグローヴ&ローランド・キビー
制作：エヴァレット・チェンバース
脚本：ピーター・S・フィッシャー
放映日：1974年10月6日

順位：10位（36・8ポイント）

『祝砲の挽歌』（By Dawn's Early Light）
撮影：1974年8月12日～31日
ゲストスター：パトリック・マクグーハン、バー・デベニング、ブルース・カービー、ブルーノ・カービー
監督：ハーヴェイ・ハート
エグゼクティブプロデューサー：ディーン・ハーグローヴ&ローランド・キビー
制作：エヴァレット・チェンバース
脚本：ハワード・バーク
放映日：1974年10月27日
順位：28位（28ポイント）

『歌声の消えた海』（Troubled Waters）
仮タイトル：The Cruise
撮影：1974年10月9日～30日
ゲストスター：ロバート・ヴォーン、ジェーン・グリア、ディーン・ストックウェル
監督：ベン・ギャザラ

エグゼクティブプロデューサー：ディーン・ハーグローヴ&ローランド・キビー
制作：エヴァレット・チェンバース
脚本：ウィリアム・ドリスキル
原案：ジャクソン・ギリス、ウィリアム・ドリスキル
放映日：1975年2月9日
順位：24位（28・7ポイント）

『ビデオテープの証言』（Playback）
撮影：1974年9月
ゲストスター：オスカー・ウエルナー、ジーナ・ローランズ
監督：バーナード・コワルスキー
エグゼクティブプロデューサー：ディーン・ハーグローヴ&ローランド・キビー
制作：エヴァレット・チェンバース
脚本：デヴィッド・P・ルイス&ブッカー・T・ブラッドショー（&クレジットされていないが、ロバート・プレスネル）
放映日：1975年3月2日
順位：11位（39ポイント）

『5時30分の目撃者』（A Deadly State of Mind）
撮影：1975年1月
ゲストスター：ジョージ・ハミルトン、レスリー・アン・ウォーレン、ブルース・カービー
監督：ハーヴェイ・ハート
制作：エヴァレット・チェンバース
脚本：ピーター・S・フィッシャー
放映日：1975年4月27日
順位：12位（43・3ポイント）

11 調停者

1975年春、ユニバーサルが予期していたピーター・フォークのいつもの怒りの爆発や、芝居がかった振る舞いは見られなかった。彼はシーズン4の撮影が年に6本に減ったことを喜び、いくつかのエピソード――『祝砲の挽歌』、『歌声の消えた海』、『ビデオテープの証言』――を、これまでで最高の作品だと言った。フォークはとりわけ、パトリック・マクグーハンの提案に興味を引かれた。コロンボは非常に魅力的なキャラクターなので、形式にとらわれる必要はないというものだ。

「彼をミステリの形式からはみ出させたら面白いだろう」フォークは当時、そう考えた。「魅力はキャラクターの中にあるのだから、どんな状況でもうまくいくはずだ」

彼の不満は、脚本の支援が不足していることだった。「常勤の脚本家はピーター・フィッシャーひとりしかいない。それじゃ足りない」フォークは文句を言った。「ひとりでは、番組を新鮮で工夫に富んだものに保つことはできない。強力で独創的な手がかりを考え出すこともできない。結末の痛快なひねりも、頭がよくて手強い犯罪者を創り出すこともできない。もっと脚本家が必要だし、雇う金も必要だ」

内心では、フォークはユニバーサルに制作費を増やす気がないことを知っていた。事実、まさにその頃、スタジオはすべての番組で経費をぎりぎりまで切り詰める計画を立てていた。ディック・アーヴィングは、新設されたテレビ制作管理部門の担当部長に任命され、全番組で赤字を出さないようにする責任を負わされた。スタジオでは、典型的な1時間ドラマに24万ドルほど費やしたが、ネットワークから回収できる金額は平均22万ドルだった。その後に各地の独立局に直接販売できない番組ではすべて赤字を出した。そして、『刑事コロンボ』の典型的なエピソードは、平均の3倍制作費がかかった。

アーヴィングは、時間外撮影を減らし、スターのリムジンでの送迎を廃止し、不必要な市外での撮影や追跡シーンをなくすことを約束した。「贅沢や無駄遣いは、もはやどの番組にも許されない」アーヴィングは宣言した。「毎週41時間の放映作品に携わる全員が、無駄遣いへの攻撃の対象となる。どの番組も、どの個人も例外ではない」

最後の部分は、特に『刑事コロンボ』を指していた。フォークとは、個人的によい関係を築いてはいたが。「私は、スタジオで一番好かれる人間になれると期待してこの仕事を引き受けたのではない」とアーヴィングは言う。「アーティスト、プロデューサー、脚本家は、ユニバーサルが厳しい財政緊縮計画を遂行している事実を受け入れるしかない。テレビが生き残ろうとするなら、ほかの産業もまもなくそれを追うだろう」

『刑事コロンボ』をめぐる戦いを考えれば、この宣言は表向きには馬鹿げているか、死を望んでいるかのように聞こえた。エピソードやシーズンを重ねるごとに、費用はどんどん増えていったからだ。そこで宣言の前に、ユニバーサルは前もってNBCに、自分たちが『刑事コロンボ』の予算をまかないきれなかった場合、番組制作は中断されると警告した。NBCは、『刑事コロンボ』なしでは日曜夜の競争に負けることがわかっていた。制作を中断するリスクは冒せない。ネットワークは、番組予算の超過分は、すべて返金することに同意した。またたく間に、ユニバーサルは予算警察になることから解放された。今後はＮＢＣの責任となる。契約の一部として、ＮＢＣは現場の連絡係を置き、超過料金が必要なものかどうかを確認させることとした。ストーリーや予算、そのほか制作のあらゆる面をチェックし、番組ができる限り効率的に作られているかどうかを確認するのだ。

ＮＢＣはボブ・メッツラーに目をつけた。長年、脚本家・制作コーディネーターとして働き、１９５５年からは年1回のアカデミー賞授賞式のビジネスマネージャーをボランティアとして務めていた。彼は制作のあらゆる面に精通しており、頭が切れ、落ち着いていて、特に、プライドの高いスーパースターに好かれることで知られていた。

メッツラーは１９７５年3月26日からその任についた。『刑事コロンボ』シーズン5の第1作の撮影が始まる1週間前である。彼はまずディック・アーヴィングと打ち合わせを行った。アーヴィングはユニバーサル側の観点から番組制作の実態を、５つ挙げて説明した。その1、プロデューサー、監督、その他の肩書は一切忘れること。番組を仕切っているのはピーター・フォークだ。その2、エヴァレット・チェンバースは、アーヴィングやユニバーサルが選んだプロデューサーではない。彼がいるのは、ピーターが望んだからだ。その3、アソシエートプロデューサーのエディ・ドッズは会社に忠実な男で、制作の進行状況をひそかにアーヴィングに知らせてくれている。その4、ストーリーエディターのピーター・フィッシャーは優秀な人物だ。その5、ユニバーサルがゲストスターに払う出演料は、1万２５００ドルが上限だ。それ以上を払うかどうかはメッツラーの判断で、差額はＮＢＣが払わなければならない。

アーヴィングは続いて、メッツラーをレヴィンソンとリンクに会わせた後、チェンバースのところへ送り込んだ。チェンバースはメッツラーに、現場の実情を教えた。チェンバースも、自分なりにメッツラーに伝える点をリストアップしていた。その1、メッツラーのために、ビルの2階に仮オフィスを用意した。その2、ピーターの仕事のやり方では、10日間で撮影するのは不可能だ。その3、ピーター・フィッシャーは優秀だが、ぎりぎりまで酷使されている。フォークは彼を疲労困憊させていた。アーヴィングはすでに、ビル・ドリスキルを共同ストーリーエディターとして雇うと、フォークとフィッシャーに約束していた。その4、チェンバースはユニバーサルから割り当てられた制作チームのメンバーを、何人か入れ替えることを要求している。そして最後に、チェンバースは最新の脚本3冊をメッツラーに渡し、目を通してもらうことにした。メッツラーはこの話し合いもまた生産的で前向きなものと考え、ふたつ目のエピソードが完成するまでには、アソシエートプロデューサーのエディ・ドッズと新しいプロダクションマネージャーの両方を他プロジェクトに異動させるよう手配するとチェンバースに約束した。

『ハッサン・サラーの反逆』

メッツラーは赤ペンを取り出し、最初の脚本である『ハッサン・サラーの反逆』の予算の精査を始めた。フォークは殺人者である中東の外交官をベン・ギャザラに演じさせたいと考え、ディック・アーヴィングに、NBCの社長ボブ・ハワードは、その人選に賛成していると伝えていた。ベン・ギャザラは2万ドルを要求した。メッツラーは、初日に断固とした態度を取らなければ、増加するコストを抑えることはできないのを知っていた。彼は代わりにヘクター・エリゾンドを使うことを主張した。エリゾンドはその半額で出演を快諾した。

その直後、第2の衝突が起こった。脚本では、アラブの国王が総領事館からヘリコプターで空港へ向かうことになっていた。チェンバースは、代わりに国王と側近がバーバンク空港から小型ジェット機に乗り込んだほうが「国王にふさわしい出立」として効果的だと主張した。それにはジェット機の賃料として8000ドルと、エキストラを増やすために5000ドルが追加で必要になる。メッツラーは却下した。

不吉なことに、制作初日から荒天が続き、総領事館として使用されたハロルド・ロイド邸での撮影は、最初の1週間は制限された。毎朝、ロケ地に来たメッツラーは、撮影が遅れるさらなる原因を見つけた。フォークはのんびりと現れて、台詞をその場で覚え、しばしば中断してストーリーエディターと相談した。初日には、メッツラーはユニバーサルのスタッフが彼の意見を無視してチェンバースに小型ジェット機のレンタルを許可したのを知り、激怒した。

2日目に、アーヴィングはメッツラーに電話し、フォークがガーデンパーティーのシーンの群衆を埋めるためにあと25人エキストラを雇わない限り仕事をしないと言っていると伝えてきた。メッツラーはふたたび怒り、「そのようなプロ意識に欠けたことでは、また出入り禁止になるぞ」と言った。セットに急行した彼を、チェンバースとドッズは懸命になだめ、エキストラの増加をリクエストしたのはフォークではなく、監督のテッド・ポストなのだと説明した。メッツラーはポストを脇へ連れて行き、そんなに多くエキストラを使う必要はないと説得した――カメラアングルを狭くすればいいだけだと。ポストは反対した。このシーンは、もっと見栄えのする映像に仕上げるべきだと考えていたのだ。

ついに、ユニバーサルのほかの役員たちも議論に加わり、非難の矛先をふたたびフォークに向けようとした。フォークは、スタジオへの腹いせのためだけに制作を遅らせる新しい方法を常に考え出しているのだと。だが、最初の数日のフォークの仕事ぶりを見たメッツラーは、聞けば聞くほど信じられなくなった。「(フォークの)細かいことへのこだわりは誤解されているし、(これは)人身攻撃だと思う」とメッツラーは言う。「フォークは確かに時間がかかり、凝り性だが、腹いせのような悪意は感じられなかった。10日間というスケジュールは、彼にとっては現実離れしていた——だが、ユニバーサルはすべてのNBCの番組を標準化しようとしていた」

メッツラーはユニバーサルに、『刑事コロンボ』の過去4シーズンの、すべての90分ドラマに関する調査をまとめることを求めた——予算と最終的な費用、スケジュールと実際の撮影時間を比較させたのだ。『刑事コロンボ』が一度も期日と予算通りに制作できていないとしたら、真の問題はユニバーサル側の現実離れした期待にあるのかもしれないと彼は考えた。報告を受けた彼は、スケジュールを短縮させる現実的な方法がないことを、これまで以上に確信した。また予算を節約するには、1日単位で支出を減らさなければいけないことも。

確かに、日を追うごとに撮影は1、2ページずつ遅れ、数千ドルの予算オーバーになる。メッツラーは、エピソードを2時間枠用に拡大することで、多少の損失を取り戻せるだろうかと考えた。銀行と旅行代理店の短いシーンは、すでに脚本からカットされていた。それを復元し、新しいシーンをいくつか書き加えることができるかもしれない。しかしすぐに、制作が始まってからフォークがすでにフィッシャーとドリスキルに脚本を11回書き直させていたことを思い出した。まったく新しいシーンを急に持ち込めば、撮影は永遠に終わらないだろう。この作品は90分のままにしなくてはならなかった。

『魔術師の幻想』

次のエピソードには、関係者全員が大きな期待を寄せていた。その始まりは思いがけないものだった。レヴィンソン、リンク、ハーグローヴ、キビーといった素晴らしいアイデアの持ち主が去り、フィッシャーはさらなるストーリーのアイデアをフリーランサーに頼らざるを得なくなっていた。「脚本家が来ては、僕にストーリーを売り込む」フィッシャーは言う。「だがほとんどの場合、こうしたフリーランサーからほしいようなネタはもらえず、結局はいくつか（の脚本）を自分で書くことになった。基本的には、歯を抜くような大変な思いだった。彼らはコンセプトを完全にわかっていなかったし、僕は痛いほどわかっていたからだ」

だが突然、あるエージェントがプロット案を持ち込んできた。ロンドンに住む制作経験のない若者がお遊びで書いたもので、彼はロサンゼルスの友達を訪ねてきていた。その若き脚本家、マイケル・スローンによれば「エージェントは僕の脚本にこんなメモを付けていた。僕はロンドンから来た若い脚本家で、エージェントは僕の代理ではなく、僕にクライアントとしての関心は持っていないと。けれども、彼は『刑事コロンボ』のストーリーをスタジオに送ると僕に約束し、それを実行した。一日一善というやつだね」

自分でも驚いたことに、フィッシャーはそのストーリーを気に入った。それは奇術師が、元ナチという過去をネタに自分をゆするナイトクラブ経営者を殺すというものだ。スローンの決定的な手がかりは、特に素晴らしいものだった。コロンボは殺人者の動機を、被害者のタイプライターのリボンに残ったキー操作の跡から明らかにする（この手がかりは非常に独創的だったため、ペンシルヴェニア州ランカスターに実在する警察官の頭に残っていた。彼は数年後、ある会社から数千ドルが消えた事件を捜査する。会社の秘書に窃盗と小切手偽造の疑いがあったが、証拠はなかった。そこで彼は秘書のタイプライターのリボンを調べ、動かぬ証拠を見つけたのだ）。

フィッシャーはスローンを呼び、数日間一緒に仕事をした。スローンはロンドンに戻ると、フィッシャーのメモを参考にストーリーに肉づけし、脚本を完成させた。

スローンは回想する。「10日後、脚本の第一稿を、大西洋を越えてユニバーサルスタジオのピーター・フィッシャーに送った。1週間、何の音沙汰もなかった。きっと脚本が気に入られず、二度と連絡は来ないだろうと思っていた……ところがフィッシャーから電話が来て、脚本は素晴らしいと言ってくれたんだ。彼はタイトルを（『Quicker than the Eye』から）『Now You See Him』に変更した」

このプロジェクトを皮切りに、スローンの多作なキャリアが始まった。彼は何十本もの脚本を書き、『ザ・シークレット・ハンター』をはじめ、いくつかの制作も手掛けることになる。「彼のキャリアが始まったんだ」フィッシャーは笑顔で言った。「嬉しかったよ。脚本家はみんな、仲間の仕事がうまくいくよう助けるからね。これは、今まで僕を支えてくれたすべての人への恩返しだった。素晴らしいことだ」

殺人犯グレート・サンティーニ役の第一候補は、ほぼ満場一致でオーソン・ウェルズだった――メッツラーを除いては。制作費はすでに予算を5万3000ドル超過していたし、ウェルズを2万ドル以下で雇うのは不可能だった。代わりに許容できる俳優はドナルド・プレザンス、リチャード・カイリー、パトリック・マクグーハン、ジャック・キャシディだった。メッツラーはこう提案した。「私はキャシディがいいと思う——洗練されていて、柔和で、がさつなコロンボと好対照だ」契約の決め手となったのは、キャシディがウェルズの半額で役を引き受けたことだ。

また、有名な奇術師のマーク・ウィルソンが、奇術を構成し、キャシディに手ほどきをするために雇われた。残念ながらスケジュールの都合で、撮影が始まる前にリハーサルをする日が1日しか取れなかった。その結果、ほとんどの奇術のトリックは、キャシディが限られた時間で習得できる基本的なもので、世界的な奇術師に期待されるようなレベルのものではなかったかもしれない。

脚本には、コロンボ夫人が新しいレインコートを夫に贈り、コロンボがそれを毛嫌いするという、ユーモラスな脇筋が出てくる。彼は常にそれを置き忘れてこようとするが、そのたびに同僚の刑事が見つけ出す。ボブ・ディシーはその役にぴったりで、『悪の温室』以来となる、熱心すぎるウィルソン刑事役でカムバックした。「ボブ・ディシーは前にもこの役をやっていて、私はこのエピソードに使いたかった。レインコートはお決まりのギャグになるし、彼に似合いの役だと思ったからだ」とエヴァレット・チェンバースは言っている。ディシーとフォークは互いを非常によく引き立て合ったため、フォークはその場で脚本を書き直し、一緒に登場するシーンを長くした。

完成版に使われなかったのは、スローンが提案した結末だ。殺人者が連行された後、コロンボが苦痛に顔をゆがめ、座り込む。「こむら返りですか?」と尋ねるウィルソン。「いや、足が痛いんだよ。カミさんがレインコートを返品してくれたんだけど、代わりに新しい靴を持って帰ってきてね」コロンボはそう言って身をかがめ、ぴかぴかの新しいエナメル靴を片方脱ぐ。「もう死にそうだ」

同じく削除されたのは、元ナチの奇術師が娘に恋するユダヤ人歌手に罪を着せようと、殺人現場に歌手のハンカチを残すシーンである。

メッツラーは、すべてのシーンをバックロットで撮影することを主張した。これにはステージ43に建設された精巧なナイトクラブも含まれていた。ハリウッドのマジック・キャッスルに着想を得たクラブには、舞台とバーカウンター、大階段も備わっていた。チェンバースは、コロンボが奇術品店を訪れるシーンをロケ撮影することを求めた。メッツラーは「追加費用が、いわゆる制作品質を上げるとは言えない」として断った。スタジオでそのシーンを撮影すれば2200ドルだが、ロケでは4500ドルになると。

撮影開始の2日前、ピーター・フィッシャーはレヴィンソンとリンクの新シリーズ『エラリー・クイーン』のプロデュースを引き受けた。誰ひとり、それをフォークに知らせたくなかった。彼は常々、フィッシャーがどれほど才能のある脚本家だとしても、執筆の手伝いは必要だとぼやいていたが、いまやそのフィッシャーを失おうとしていた。5日が過ぎてから、ディック・アーヴィングはついにそのニュースを、食堂で昼食をとりながらフォークに伝えた。フォークはかんかんに怒った。セットに戻ったが、怒りのあまり仕事を続けられず、チェンバースのオフィスへ向かった。そこで彼は、フィッシャーが勝手にストーリーエディターを辞めたことに対して毒づき、わめきたてた。

続いてフォークはメッツラーのオフィスに急行した。中に入ったものの、気が動転していて話すことができなかった。メッツラーが何を言っても、フォークはそこに立ったまま、はらわたを煮えくり返らせていた。フォークがとうとう出て行くと、メッツラーはステージ34のキッチンのセットへ向かい、何が起こったかを確かめようとした。フォークがそれほど怒った理由を、その場にいる誰も知らなかった。しばらく後、フォークはセットに姿を現すとメッツラーに近づき、怒りに震える声で言った。「誰かがこの番組の面倒を見なくちゃならない」それからセットの中を歩いたが、怒りのあまり、どう言えばいいか、何をすればいいかわからなくなっていた。最終的に、メッツラーをセットの外へ呼び出した。

路上で、フォークはヒステリックになり、真っ赤な顔で怒鳴った。「この番組にはストーリーエディターが必要なんだ！」メッツラーは彼に、ユニバーサルがフィッシャーを昇進させたことに、自分もほかの人と同じくらい驚いていると言った。だが、ビル・ドリスキルはその代わりにふさわしいと確信していると。フォークはさらに叫んだ。「この番組を、そんなふうに扱っちゃいけない！」メッツラーは、この異動に自分は何の関係もないと繰り返し伝えた。自分の知らないところで起こったのだと。フォークは言葉を切り、深呼吸して、うなずいた。メッツラーが異動にかかわっていないのはわかったが、この扱いには耐えられなかった。

フォークを怒らせたせいで2時間近く撮影が遅れていることに気づいたメッツラーは、ストーリーエディターについて彼が満足できるよう、個人的に働きかけると約束して、彼を落ち着かせた。落ち着きを取り戻したフォークはセットに戻り、ボブ・ディシーとのシーンのリハーサルを始めた。脚本ではほんの半ページのシーンで、午前中には撮り終えるはずのものだった。フォークは撮影を止め、スタッフ全員を待たせたまま、シーンを個人的に書き直し、5倍の長さにした。

俳優がリハーサルを行い、セットの照明が再調整される間に、メッツラーは監督のハーヴェイ・ハートに話をしようと歩み寄った。彼はピーター火山が噴火したときには食堂にいたのだ。ハートは、フォークの突然の「制御できない怒り」はアーヴィングとの会話に触発されたものだが、それは「氷山の一角」にすぎないと考えた。それは正しかった。フィッシャーを失うのは打撃だったが、フォークが最も腹を立てたのは、『刑事コロンボ』がユニバーサルにとってそれほど重視されていなかったという事実だった。

翌朝、フォークの怒りがぶり返した。彼はチェンバースとメッツラーの会議に割り込み、前日のヒステリックな暴言を繰り返し、一緒にアーヴィングのところへ行こうと言い張った。アーヴィングのオフィスでも怒鳴り声は続いた。役員たちは彼に、脚本の助手をもっと増やすと約束した。また、フィッシャーがパートタイムの共同ストーリーコンサルタントとして残ることに同意していて、『刑事コロンボ』に関するフィッシャーへの報酬は『エラリー・クイーン』に請求することを明かした。フォークは納得のいかない様子だった。

翌日の5月1日、メッツラーはフォークとやり直す決意を固めていた。制作スピードを上げてコストを下げたいなら、フォークからは敵とも踏みつけてもいい人間とも見られないようにしなければならない。その日の午後、彼はフォークのオフィスに立ち寄った。壁にかかった銘板に、こう書かれているのに彼は気づいた。「高い品質を提供せよ——相手が望んでいようといまいと」

メッツラーは腰を下ろし、性急に議論を始めようとはせず、まずはフォークに争点を明らかにさせた。例えば、ゲストスターの報酬の上限が1万2500ドルであることだ。フォークは今も、ベン・ギャザラが「たった7500ドルのために」『ハッサン・サラーの反逆』から外されたことを根に持っていた。

「NBCは一種のプロダクションポリシーを守らなくてはならず、1万2500ドルというのは、変えることのできない厳しい上限なんだ」とメッツラーは説明した。「私にはどうすることもできないし、ヘクター・エリゾンドが素晴らしい演技をしたことを考えれば、それについて何かすべきでもない。ジャック・キャシディは1万ドルで優れた仕事をしている。1万2500ドルあれば、才能ある俳優をいくらでも雇える」

「だが、オーソン・ウェルズを出すことはできない」

メッツラーは、ウェルズなら上限の例外になるかもしれないことに同意したが「2万ドルで彼を出演させるのは無理だとわかっている。だったら、なぜ彼を検討する？」

「だが、宣伝効果を考えてみろ。ピーター・フォークとオーソン・ウェルズだぞ」

「それはきみの宣伝だろう」メッツラーは答えた。「それでも、彼の名前で視聴率が上がる可能性があるのは認める」

「それに、ベン（・ギャザラ）もだ」フォークはつけ加えた。

「私はそうは思わない。彼はいい人物だが、彼の名前をきみと一緒に出すことは、ヘクター・エリゾンドと一緒に出すのとさほど変わらないだろう」

「それには賛成できないが、自分の意見を言う権利はあるからね」

メッツラーはそれから亀裂の修復を試み、NBCはフォークが認める脚本家助手を用意することに大賛成だと保証した。しかし、フォークは信じなかった。「（NBCのある）ニューヨークから来たのは言葉だけだ」と彼は言い返した。「みんな、問題が自然に消えてなくなることを望むばかりで、自分が何とかしようとはしないじゃないか」

メッツラーは彼に味方しようとした。たぶんニューヨークの本社は口先だけなのだろう。「それは珍しいことじゃない」メッツラーは同意した。「だがバーバンクのNBCは用意する気だ。われわれが最終的に選んだ脚本家を、バーバンクが承認する必要はあるが」

「金がかかるぞ……」フォークは警告した。

メッツラーは、金のことはまだ話し合われていないのを認めたが、理にかなった数字でなければならないと言った。

フォークはまだ納得しなかった。「ユニバーサルも以前、脚本の手助けを約束したが一切与えられず、私が自分でピーター・フィッシャーを見つけたんだ。そのときは、フィッシャーは『グリフ』の仕事で都合がつかなかった。『グリフ』が打ち切りになったので、フィッシャーを確保するかと期待したのに、それもなかった。ついに彼を手に入れるまで、騒ぎ立てなくてはならなかった。ピーター・フィッシャーは最高の存在なんだ。ニューヨークやバーバンクのＮＢＣと、ユニバーサルのどこが違うんだ？　約束は軽く見られている」

メッツラーは答えた。「ニューヨークでもバーバンクでも、ＮＢＣは最高品質を保ちたいと考えているし、それを達成する唯一の方法は、ピーター・フォークをふたたび満足させ、怒ったりヒステリックになったりせずに、自分の仕事をこなせるようにすることなんだ」

フォークは、お粗末で未完成な脚本やストーリーエディターの不在が、これまでしばしば自分が現場で脚本を書き直さざるを得なかった要因だと感じていた。

「脚本を書きたいのか？」メッツラーは訊いた。

「いいや。私は信頼できる台詞を演じ、さっさとここを離れたいんだ。『刑事コロンボ』の仕事を３か月やったら、映画の仕事をする予定だった。いくつかオファーを断らなければならなかった。年に７か月を『刑事コロンボ』に費やしているんだ」

最終的にメッツラーは、制作を合理化することは双方にとっていいことだと考えた。ＮＢＣはコストを抑えられ、フォークは映画の仕事をする時間が増える。彼はこう申し出た。「撮影のスピードアップについて、これまでやったことのない、徹底的な対策を一緒にやってみないか？」

「聞かせてくれ」

「まず、連続制作をやめてみよう」とメッツラーは言った。

「待ってくれ」フォークは抗議した。「それを頼んだのは映画を撮るためだ。契約に含まれている」

「確かにそうだが、映画を撮れていないじゃないか」

「わかった。続けてくれ……」

メッツラーは続けた。「連続制作をやめるのは、撮影の合間の数日間だけだ。その間、私や監督と一緒にセットでの動きをおさらいし、セットの細かい造りにも慣れる。そうすれば、同じシーンでふたつの異なる解釈が生じて、撮り直しをするようなことにはならない」

彼は3日前の『魔術師の幻想』の撮影での出来事を引き合いに出した。監督のハーヴェイ・ハートは、今回の殺人をある形で行わせようと考え、それにのっとって、被害者が倒れ床に転がるところを的確に撮影した。だが、セットに入ったフォークには、しっくりこなかった。彼は死体の場所を変えるべきだと主張し、その結果4つのカットが、位置を移し照明を変えて撮り直された。

「待ってくれ、待ってくれ」フォークが割って入った。「ハーヴェイはいい監督だ」

「それは同感だが、どのような演技をするかを彼と話し合わなかっただろう。彼は彼のやり方で撮影し、きみはそれを気に入らなかった。そこで撮り直しになった。ＮＢＣのコストは2倍になる」

「そうだな」フォークは考えた。「言いたいことはわかるよ……」

メッツラーはさらに続けた。「時間は柔軟に取ろう。〝リハーサル・タイム〟とでも、そのほか好きに呼んでもらって構わない。2作の合間に、きみが脚本とセットを結びつけられるだけの時間があればいい。撮影の前に、きみと監督が、どのような演技をするかについて合意するべきだ」

「筋が通っているように思えるな」

「だが、このリハーサルは、きみが脚本を読んでいなければ意味がない。脚本全体を、前もってね」

フォークは罠にかけられたかのように、落ち着かないそぶりを見せた。「多少、書き換えなくてはならない場合もあるだろう」彼は言った。

「そうだな」メッツラーは同意した。「だが、最小限にとどめることにしようじゃないか。きみは脚本を書きたいわけじゃないんだろう。信頼できる脚本家が書いた通りに、コロンボを演じたいはずだ」

そのとき、フォークのアシスタントのキャロルがメッツラーに、エヴァレット・チェンバースのオフィスでの次のエピソードに関する制作会議に出席するよう促した。メッツラーは彼女に、自分抜きで始めてくれと伝えた。フォークはその申し出に気をよくしたし、メッツラーはフォークが自分の条件に賛成してくれるまで、その場を離れたくなかった。フォークはにっこりした。メッツラーが制作会議のために自分たちの会話を切り上げるのではなく、続けるほうを選んだことを喜んだようだ。

メッツラーは、フォークが信頼できる脚本家を雇うと繰り返した。フォークはまだ疑っていた。「言うのはたやすいが、そんな人物がどこにいる？　何かが間違っていると感じたときに、ピーター・フィッシャーに言っても、彼でさえ修正できなかったこともある。いつもはできるが、書き直したものが元の脚本より悪くなっていた場合もあった」

数分間、堂々めぐりを繰り返したあげく、フォークはようやく同意した。「わかった。もし脚本が遅れずに届いたら、試してみよう。だが、ビル・ドリスキルにはやはり執筆の手助けが必要だ」

「その手助けについての解決法はわかっている」メッツラーは言った。チェンバースは、使えそうな脚本家のリストをまとめると約束していた。メッツラーはアル・アレーを推薦した。彼は『鬼警部アイアンサイド』の元ストーリーエディターで、新しい企画を探しているところだった。

「そのアル何とかってのは、何者なんだ?」フォークはそっけなく言った。

「アル・アレーだ。私の下で働いていたことがあり、『刑事コロンボ』に必要な資質を持っているかもしれない」

「よし、彼らと話してみよう」

メッツラーは言った。「プロデューサーはエヴァレットだ。彼がこの件を動かすよ」

「善は急げだ」

「ふさわしい人物を選ぶだけの時間があればいいんだ。それが見つかったら、私のふたつの提案を試してみてほしい。脚本を全部読むこと。それから、セットが完成していようといまいと、そこで私と監督と一緒にリハーサルをすること」

「それに脚本家もだ」フォークが口を挟んだ。続いて彼は、最後に雇ったスクリプトドクターが金に見合う仕事をしていなかったというメッツラーの不満について文句を言っていたが、話しているうちに自分もその意見を認めることになった。「確かに、ラリー・コーエンについては、きみが正しいと思う」フォークは認めた。「あれほどの大金を払って、何が得られた？　あれだけ金を払えば、もっと成果を引き出せたはずだ」

フォークは続いて、レヴィンソンとリンクにコンサルタント料を支払い続けていることへのメッツラーの不満に移った。この点でも、フォークはメッツラーに賛成した。「レヴィンソンとリンクについても検討が必要だ。なぜ彼らのメモに金を払い続ける?」

「契約でそう約束しているのかもしれないが、調べてみよう」

メッツラーは席を立ち、出て行こうとした。フォークは言った。「なあ、ボブ、ニューヨークやバーバンクが私に何を与えようとしているのかはわからない。だが、きみは誠実な人だと思う。とにかく、数日もすればわかるだろう」

「もちろんだ。失望させるようなことはしない。バーバンクは、十分な執筆の手伝いを用意すると約束した」

「オーケー」フォークはほほえんだ。「感謝するよ。成り行きを見てみよう」

意気揚々と制作会議へ向かいながら、メッツラーはようやく峠を越したことを感じていた。どちらかといえば穏やかな90分間の話し合いで、彼はスター俳優と合意点を見出したと確信していた。きっと、これからは順風満帆だろう。

12 船出

フォークの機嫌は格段によくなったものの、『魔術師の幻想』の制作は、中断したときと同じゆっくりとしたペースで再開した。セットに到着したボブ・メッツラーは、フォークが友人のマイク・ラリーのためにちょっとした出番を挿入しているのを見た。ラリーを名もなきエキストラとしてバーカウンターに座らせる代わりに、フォークはサンティーニが彼を見つけ、近づいてくる場面にした。「マイケル・ラリー！偉大な綱渡り兄弟。彼らを見せたかったね。弟はどうしてる？」ラリーはもぐもぐと答える。「ええ、彼はまだやっていますよ。私はやめたんです。少し年を取りすぎましたのでね、ミスター・サンティーニ」

メッツラーは信じられなかった。このシーンには、ラリーの報酬を映画俳優組合のレベルに上げる以外、何の目的もないように思われた。

だがメッツラーは黙っていた。彼はフォークを前向きな気分にさせ、制作を続けるためには何でもすると心に決めていた。つまり、チェンバースにビル・ドリスキルの脚本助手の選定を確実に進めさせることだ。ピーター・フィッシャーが引き続きストーリーエディターとしてクレジットされている——そして、報酬を得ている——ことは知っていたが、彼が『刑事コロンボ』に積極的にかかわることはもはやなかった。フィッシャーが「スタッフ」であることは、何よりフォークの機嫌を取るためだったのだ。フィッシャーはこう認めている。「僕は大したことはしなかった。ビル・ドリスキルが全部やっていたんだ。僕は彼が何もないところから始めずに済むように、2、3作の脚本を残していった。彼は幸先のいいスタートを切ったが、僕はそれには何の関係もない。『エラリー・クイーン』で手一杯だったのだから」

脚本家について何の進展もないまま1週間が過ぎた後、フォークは希望する脚本家としてふたりの名前を挙げた。『イプクレス・ファイル』を書いた小説家レン・デイトンか、007映画の直近の3作の脚本を手伝い、脚本のトラブルシューターとして名を上げたトム・マンキーウィッツだ。ユニバーサルの代理人は、マンキーウィッツのエージェントに連絡し、『刑事コロンボ』の脚本を読んで意見を言う仕事に、どれだけの報酬が必要かを確認した。エージェントは5000ドルと言った。実際に執筆する脚本家は、7500ドルしか受け取っていない。「どうかしてますね」代理人はそう言って、電話を切った。メッツラーは、ユニバーサルが契約を台無しにしたことが信じられず、すぐに電話をかけ直すよう指示した。代理人はふたたびマンキーウィッツのエージェントに電話して、今回はこう告げた。「いいでしょう、脚本1件につき7500ドル出します。引き受けるか、断るかです」エージェントは引き受けたが、後になってマンキーウィッツにこんな冗談を言った。「もしそれも断ったら、1万ドルは入ったかもしれないな」

マンキーウィッツが契約書にサインした後、フォークはエミー賞授賞式の日に彼と昼食をとった。フォークはノミネートされていたが、出席したくなかったと言った。自分の部門のノミネート者の数が減らされていたからだ。マンキーウィッツは彼が家にいる理由を理解できなかった。誰もが彼が受賞すると思っていたからだ。

「ああ」フォークは説明した。「だけど、ライバルは『警部マクロード』のデニス・ウィーヴァーだけなんだ。ふたりしかいないのだから、私が受賞してもデニス・ウィーヴァーを負かしたにすぎない」

そこでマンキーウィッツが提案した。「きみが勝ったら、壇上に上がってこう言うといい。『すまないな、デニス、コイン投げで決まってしまったんだ』そうすれば、みんなきみを好きになる」

「いい考えだ。そうするよ」

フォークは式に出席し、受賞し、その台詞を口にして、大いに笑いと喝采を浴びた。そこで彼は受賞スピーチをマンキーウィッツへの感謝から始めた。その夜、マンキーウィッツは友人たちに『刑事コロンボ』の脚本を書いたことを祝福され、あのお礼は『刑事コロンボ』ではなく、ジョークに対してだったのだと説明しなくてはならなかった。

『闘牛士の栄光』

フォークはマンキーウィッツが、現場にいてすぐにリライトしてくれるような存在ではないことを理解していた。彼はマンキーウィッツに言った。「この番組には、脚本を読んですべてがちゃんとしているか確認してくれる人が必要だ。手がかりが適切なタイミングで出てくるかどうかを。スタッフではなく、独立した存在としてね」

最初にマンキーウィッツが受け取った脚本は、ブラッド・ラドニッツの『闘牛士の栄光』だった。ラドニッツは、『スパイ大作戦』、『鬼警部アイアンサイド』、『署長マクミラン』、『ヘック・ラムジー』など、数十本のシリーズに、ほぼ1本ずつ脚本を書いていた。ラリー・コーエンのストーリーに基づく脚本はどちらかといえば退屈なものだったが、物語はメキシコが舞台で、ＮＢＣは視聴者にアピールする新たなロケ先に移ることを喜んだ。

ＮＢＣはメキシコとそこに住む人々を、肯定的に描くことを要求した。犯人までもが誇り高き闘牛士で、長年の相棒に闘牛場で怖気づくのを見られたことに耐えられず、欲や金のためでなく名誉を守るために殺人を犯すのである。

『歌声の消えた海』と同じく『闘牛士の栄光』でも、現地の捜査責任者がコロンボを休暇――そして見えないカミさん――から引き離し、奇妙な犯罪の捜査を手伝わせる。ラドニッツは脚本に『歌声の消えた海』へのあいさつも込めている。メキシコ人はみな、コロンボが洋上の殺人事件を解決したという新聞記事を読んで、彼を尊敬していると警察官に言わせるのである。

エヴァレット・チェンバースは、メキシコかニューメキシコで撮影する可能性を探ったが、闘牛場が必要だったため、すぐに後者は除外した。ロケ隊は、メキシコシティから1時間半ほどのクエルナバカにある、ハシエンダ・ヴィスタ・エルモサに目をつけた。４５０年前の石造りの要塞は、１００室ある五つ星のホテルとなっており、〝メキシコ版コロンボ犯人の大邸宅〟としてふさわしかった。ここはメキシコの映画やテレビで、億万長者の贅沢で豪華な背景が必要な場合によく使われた。アメリカ映画もいくつかここで撮影され、『明日に向って撃て！』のエンディングが最も有名である。おまけに、ここには専用の闘牛場があった。

「元々は、バーニー・コワルスキーが監督する予定だった」チェンバースは回想する。「そこで、彼と私、数名の制作スタッフで、闘牛場を見にメキシコへ行った。向こうへ着いて、視察し、ホテルの手配をした。

帰国すると、バーニーに『刑事バレッタ』のエグゼクティブプロデューサー兼監督の1年契約のオファーがあった。これは大きな契約だったので、彼を手放したんだ」

チェンバースはすぐさま、フォークが認めること間違いなしの、もうひとりの監督に方向転換した。テッド・ポストだ。だがポストは、スタジオが〝窮地に陥っている〟ことを知っていて、かなり高額な報酬と特典を要求した。ユニバーサルは差額をNBCに押しつけず、自分たちで引き受けることに同意した。この交代は彼らの不注意で起こったことだったからだ。ポストはその後、ビル・ドリスキルとメキシコへ行き、ロケ地を確認した。その間チェンバースは、残ってキャスティングを行った。

主演を決めるのは簡単だった。当時、この役にふさわしく、かつアメリカで知られているメキシコ人俳優は数少なく、そのひとりがリカルド・モンタルバンだった。チェンバースは〝メキシコのロバート・レッドフォード〟と呼ばれたジョージ・リヴェロも使いたかった。だがリヴェロは1日につき2000ドルを請求し、モンタルバンとともにゲストスターとして宣伝することを要求した。チェンバースに異論はなかった。最もほしかったのは彼の名前だったからだ。彼にはほんの端役を当てた。被害者には、チェンバースもフォークもエミリオ・〝エル・インディオ〟・フェルナンデスを起用したいと考えた。母国で崇拝され、『ワイルドバンチ』のマパッチ将軍、『ガルシアの首』のエル・イェフェなど、アメリカ映画で象徴的な役割を演じた伝説的な俳優である。フェルナンデスの役はリヴェロに比べてそう大きいわけではなかったが、彼はきっかり6000ドルを要求した。NBCはそれを笑い飛ばした。メッツラーは、少し前に『警部マクロード』にゲスト出演したパンチョ・コルドバを代わりに使うことを提案した。

チェンバースはフェルナンデスの起用について言い分を述べた。彼の出番は当初の計画よりも多くなっているので、それだけの金を払う価値がある。さらに、フェルナンデスは何本もの映画の監督経験があるので、大いにポストの助けになるだろう。何より重要なのは、フォークが何としてもフェルナンデスにしたいと考えていることだ。メッツラーはこう認めた。「エミリオ・フェルナンデスを雇うことについて説明を聞いた後で、私は彼を使うことに同意した――主にピーターに便宜を図るために」俳優に監督助手をやらせることは、組合が認めないのはわかっていた。そこで彼はチェンバースに、値引きができたら使ってもいいと言った。

チェンバースはフェルナンデスを説得し、1日500ドルで引き受けさせた。だがその夜、メッツラーによれば、フェルナンデスが「酔って最初の6000ドルを要求してきた」という。

現場に入ると、別の経費がかさみ続けた。セットデコレーターが、当初使う予定だったヴィスタ・エルモサの家具に難色を示し、新しい家具を借りなくてはならなかったからだ。

チームは楽観的に、14日間の撮影で予算を組んだ。つまり、スケジュールを守るには1日に脚本5ページ分を撮影しなくてはならない。3日目の終わりに、彼らは半日遅れているのに気づいた。その夜までには、まずまずの状況だと考えていたが、映像を見始めると事情が変わった。元々、半分はアメリカ人スタッフ、もう半分はより手頃な料金のメキシコ人スタッフを雇うことを組合から許可されていたが、撮影された素材フィルムをヴィスタ・エルモサの〝劇場〟で見始めると、音声が〝惨憺《さんたん》たるもの〟なのがわかった。確かに、床と天井、4つの壁の6面が硬い石造りである劇場で聞くと、ひどい音響となる。チェンバースはそれでも、より質の高い録音が必要と考えた。彼はただちにユニバーサルに電話し、プロのミキサーと録音技師を呼び寄せた。

4日目、闘牛場のシーンの撮影中、フォークは木の杭にぶつかって尻もちをつき、臀部《でんぶ》を怪我した。その日の撮影は中断された。

7日目には、スタッフのひとりトニーが町で車を走らせているとき、誤って別の車に接触してしまった。その車に乗っていた女性は、腕を窓の外に出していた。女性は腕を失い、トニーは逮捕・投獄された。だが、翌朝までには釈放された。当局は撮影隊に、『刑事コロンボ』のチームに汚名が着せられることはない」と約束した。それでも、トニーは制作を外された。

セットに戻ると、ポストは8日目に闘牛を含めたアクションシーンを撮ることになっていた。夕暮れまでに、使える映像はほとんど撮れていなかった。ポストは、このシーンは本質的に難しく、時間がかかるため、1日ではなく3日はかかると言った。ほかのスタッフたちは、ポスト監督が準備不足のまま撮影現場に現れたこと、技術アドバイザーや闘牛士の吹き替え俳優の仕事ぶりが不十分だったこと、そして闘牛が大きく、動きが遅すぎて、迫力のある攻撃ができなかったことを原因として挙げた。

しばしば午後からの雨に邪魔され、制作は毎日のように遅れていった。さらに悪いことに、誰も脚本に満足せず、ドリスキルは進行中ずっとリライトし続けなくてはならなかった。ときには、制作スタッフは身動きできず、続けるには文字通り改稿を待たなければならなかった。

12日が過ぎたところで、脚本の半分しか撮影できていなかった。フィルム代と現像のコストは、予算をはるかに超えていた。メッツラーは、2時間ものに延ばすことで超過料金を少しでも埋め合わせられないかと考えたが、スケジュールと脚本がこれほどひどいことを考えれば、90分の作品ができれば運がいいと言えた。メッツラーは、この悪い知らせを上司に伝えた。「遅まきながら、この脚本が撮影に入れるような状態ではなかったことがはっきりした。エヴァレット・チェンバースはそれを認め、その上で『だが、NBCがオーケーしたんだ』と言って責任を逃れようとしている。（NBCのストーリー部門の）パット・ベッツとレン・ヒルは、すべての脚本について、明らかな制作上の問題にもっと考慮すべきだ……外国での撮影だけでも、スタジオでの撮影だけでもなく。ポストもハートも私と同意見だが、脚本はわれわれが制作に入る前に、高品質で、論理的で演技可能なしっかりしたものになっていなくてはならない。問題は、よい脚本ではないことだ……それに、しっかりしてもいない」

次の3日間は、チームは割り当てられたページ数をこなすことができた。だが次に、賑やかな市場のシーンとなった。条件も厳しく、規制線を押してくる見物人を黙らせることができなかったため、スタッフは生で録音するのがほぼ不可能だと気づいた。ポストは、すべての台詞をアフレコで入れなくてはならないとわかっていたが、それでも次の3日間の撮影は、這うようにのろのろと進んだ。『闘牛士の栄光』は、結局撮影に20日かかり、予算を25万ドル以上超過した。

『忘れられたスター』

『闘牛士の栄光』の完成が遅れたせいで、次のエピソード『忘れられたスター』の撮影開始は1週間延びた。MGMの回顧的な大ヒット映画『ザッツ・エンタテインメント』に着想を得たビル・ドリスキルの脚本では、年老いつつあるミュージカルスター、グレース・ウィラーが、医師である夫を殺害する。元パートナーのネッド・ダイヤモンドとブロードウェイに返り咲くための資金を出すことを拒否されたためだ。グレースは、自分が認知症を患っており、夫は彼女の健康を守りたいだけだったということを知らずに殺人を犯す。コロンボが事件を解決すると、ネッドは罪をかぶり、グレースが最後の日々を刑務所で過ごすことがないようにする。

通常、フォークは女性が殺人犯であるドラマが好きではなかったが、グレースは同情を引くキャラクターだった。それまで、『刑事コロンボ』の撮影に登場した38人の犯人のうち、女性は5人しかいなかった。「ピーターは、女性が悪役のドラマをやりたがらなかった」チェンバースは認めた。「女性を破滅させたくないんだ。とうとう男性は底をついてしまった」

脚本は、取りつかれたように過去のミュージカルを見るグレースが出てくることが条件だったので、殺人犯は本物のミュージカル映画のスターで、かつての映画が見られることが必須だった。エヴァレット・チェンバースは、フレッド・アステアとジンジャー・ロジャースに「どれほど費用がかかっても」主演契約にサインさせると心を決めていた。NBCはアステア＝ロジャースの再結成というアイデアを大いに気に入り、出演料のうち1万5500ドルを超えた分は負担すると申し出た。すでに予算を14万3000ドル超過すると予想されていた費用はうなぎ上りとなるが、エピソードを2時間に延ばし、シーズンの開幕に据えられれば、それだけの価値があると考えたのだ。

役員たちの心配のひとつは、『恋愛手帖』（1940年）でアカデミー賞を取ったものの、ジンジャー・ロジャースはいつもは機知に富んだ快活な役を演じていて、グレース役をやれるような強い――少なくとも同情を引く――女優ではないということだった。彼らはアンジェラ・ランズベリーもしくはシド・チャリシーを推したが、アンジェラはスケジュールが合わなかった。結局、ロジャースもスケジュールが合わず、アステアは興味を示さなかった。

チェンバースはプランBに移行した。ジャネット・リーだ。彼女はドナルド・オコーナーと、ユニバーサル制作の1953年のミュージカル『ウォーキング・マイ・ベイビー・バック・ホーム（Walking My Baby Back Home）』に出演していた。「ジャネット・リーは友人だったので、彼女を使いたかった」チェンバースは言う。「彼女と夫のボブ・ブラントと私は、会社を持っていた。夫は株式仲買人からプロデューサーになった人物だ。私たちは、共同でドラマシリーズや映画を作ったこともあった。彼女はこの役にぴったりだと思ったよ。それから、ドナルド・オコーナーとドナルド・オコーナーはある映画で共演していて、映像を使いたいと思ったその映画は、幸いにもユニバーサル制作だった。私はドナルド・オコーナーに電話をかけたが、ちょうどどこかの町のステートフェアの仕事を入れたところで、出演はかなわなかった」

一方、NBCとフォークは、レスリー・キャロンにグレースを演じさせたいと考えていた。キャロンはパリに住んでいたので、NBCは往復の飛行機代と滞在費を支払わなければならない。だがフォークは、彼女が出演するなら2時間番組に延ばしてもいいと言った——ただし、彼女が出演できたらの話だ。NBCは同意した。キャロンも同意した。しかしここへ来て、ユニバーサルはMGMが『ザッツ・エンタテインメントPART2』の準備を行っていて、『刑事コロンボ』がキャロンの映像を使用することを許可しないだろうということを知った。リーがその役を引き受けたが、最低でも報酬は1万2500ドルで、ネッド役の俳優よりも下回らないことが条件だった。

オコーナーが出演できないため、男性スターの候補はルイ・ジュールダンかダン・デイリーしか残っていなかった。デイリーは1万5000ドルを要求したが、最終的に1万2500ドルへの値引きに同意し、役を得た。翌朝、衣装部に現れた彼は、どこか具合が悪そうだった。メッツラーの報告では「彼はリウマチ熱にかかっていて、ダンスはおろか動くこともできなかった。代役探しが始まった」

メッツラーは引退していたジョン・ペインを引っ張り出すことを提案した。『三十四丁目の奇蹟』に主演したこの俳優は、1940年代にフォックスの一連のミュージカル映画に出ていた。もうひとり、土壇場になって候補者に挙げられたのは、『バイ・バイ・バーディー』(1963年)でリーと共演したディック・ヴァン・ダイクだ。だが、彼の値段は最低でも2万ドルだった。チェンバースは興味を見せた。ヴァン・ダイクは、前シーズンの『逆転の構図』で素晴らしい演技を見せた。ヴァン・ダイクが引き受けるなら、チェンバースは7500ドルをユニバーサルの予算に〝埋もれさせ〟、NBCに超過予算を負わせない方法を考え出すつもりだった。だが、リーの出演料も上げることになるため、あと7500ドル必要だった。とにかく、彼らは決断を下した。ところがヴァン・ダイクは断った。エージェントによれば、彼は個人的には好きだが、二度と「ピーター・フォークの脇役」にはなりたくないということだ。ジョン・ペインが役を引き受け、結果的にはこれが最後の作品となった。

『ウォーキング・マイ・ベイビー・バック・ホーム』の映像を使うのは、チェンバースが考えていたよりも難しかった。ジャネット・リーは、ユニバーサルがその映画を撮ったときに、MGMから貸し出されていたからだ。ふたつの映画社は、『刑事コロンボ』にいくら請求するかを決める前に、権利の問題を解決しなくてはならなかった。だが、契約を結んだことで、ドナルド・オコーナーをエピソードに引き入れることができた。彼は『ウォーキング・マイ・ベイビー・バック・ホーム』のいくつかの場面に登場し、別の場面では歌声を聞くことができる。

プロットの都合上、『ザ・トゥナイト・ショー』の映像も必要だった。グレースの執事が彼女の様子を見に行くとき、ジョニー・カーソン司会のこの番組がちょうど終わったことを覚えていて、それが午前1時だとわかるためだ。ＮＢＣは映像の使用を許可し、『ザ・トゥナイト・ショー』のテーマ音楽が含まれなければ、撮影開始の直前に収録した映像を使えることになった。

『忘れられたスター』は、『ザッツ・エンタテインメント』を模倣した『ソング・アンド・ダンス』の試写会の場面で幕を開ける。経費を節約するため、ＮＢＣは脚本に書かれているグローマンズ・チャイニーズ・シアターの外のシーンを撮影することを許可しなかった。また、第二候補の会場の賃料と中庭を埋めるエキストラのコストも大きかったため、このシーンはユニバーサルのバックロットのニューヨーク・ストリートにある劇場の前で撮影された。

本作の撮影中には、フォークの履き古した茶色い靴も犠牲となった。これは『死者の身代金』以来、すべてのエピソードで履いていた靴だ。スタントマンがそれを履いて木にぶら下がり、10フィートほどの高さから落ちるシーンの撮影に臨んだ。地面に落ちたとき、スタントマンは足首を骨折した。「複雑骨折だったんだ」フォークは言った。「それで、靴を脱がせるためにナイフで切らなくてはならなかった。そのために、あの靴を二度と履けなくなったというわけさ」

幸い、予備のすり減った靴は、ほとんど同じものに見えた。

『忘れられたスター』のスケジュールは、14日間から4週間に延びたが、フォークはこのエピソードと次のエピソードは予定したスケジュール通りに撮影を完了させると言って譲らなかった。彼にはその後、連続して映画を撮影する計画があったからだ。したがって、『刑事コロンボ』のチームはスケジュールを組み直し、『忘れられたスター』制作の最後の1週間は、フォークが夜にユニバーサルのスタジオで撮影し、昼間は次のエピソードのロケ撮影ができるようにした。

『仮面の男』

次のエピソードは、スパイが犯人となる『仮面の男』だったが、監督を誰がやるかをめぐっていさかいが起こり、撮影開始がさらに延びるおそれがあった。フォークとチェンバースはパトリック・マクグーハンを推した。『秘密諜報員ジョン・ドレイク』や『プリズナーNo.6』の働きぶりを見れば、自然な選択だ。マクグーハンは監督を引き受けることに前向きだった——ただし2万ドルで。

フォークは脚本が長いため、90分枠用に短くすべきだとも思っていた。NBCは妥協案を出した。マクグーハンが90分のドラマを制作するなら1万2500ドル出し、2時間ものであれば2万ドル出すと。フォークはマクグーハンの報酬をドラマの長さと関連づけたくなかった。彼は、マクグーハンに2万ドル支払われるなら脚本のカットは要求しないが、最終版を見るまでは放映時間を確約しないと言った。

議論はまる1週間続き、編成担当部長になったばかりのマーヴィン・アントノフスキーをはじめとするNBCニューヨークの上層部は、ユニバーサルのスタジオを訪ねることにした。NBCの大物たちは、まずメッツラーに会い、今後すべての『刑事コロンボ』は2時間ものにするか、制作しないかのどちらかだと釘を刺した。その日の終わりには、重役一行は『忘れられたスター』のセットへ行き、フォークと会った。NBCがマクグーハンとの交渉を駆け引きに使っていることに気分を害したフォークは、アントノフスキーに会おうとせず、彼を「脅迫者」と呼んだ。

結局、監督を雇う予定の日から10日遅れて、マクグーハンは、犯人役としての出演と監督の両方の契約書にサインした。メッツラーはすぐにマクグーハンを脇へ連れて行った。彼が脚本を書き直したくてうずうずしているのを知っていたが、撮影が始まるまではほんの数日しかない。フォークには内緒で、メッツラーとマクグーハンは密約を結んだ。メッツラーによれば、マクグーハンは「自分の意図に沿って脚本を増強し、私の意図に沿って2時間の脚本にすることを約束した」という。

マクグーハンは精力的に書き直した。チェンバースがキャスティングについて意見を求めても、監督は邪魔されるのを嫌った。「キャストはきみが決めてくれ」と彼は言った。チェンバースは、長女のアリシアをアーケードの場面に登場する少女としてこっそり起用した。キャスティングに関するマクグーハンの唯一の意見は、レスリー・ニールセンに向けられたものだった。チェンバースは、犠牲者となる荒っぽい「スパイ」に彼を選んでいた。マクグーハンは意味ありげに「なぜレスリー・ニールセンなんだ?」と訊いた。

マクグーハンは怒りっぽく、気まぐれでもあった。彼は予告なしにロケ地の変更を決めた。『仮面の男』の撮影開始2日前に、彼はマジックマウンテンで予定されていたオープニングのアーケードのシーンをロングビーチのパイク遊園地に変え、撮影は1日延びることを余儀なくされた。撮影1週間目は、スタッフはすべてロケ撮影をしなければならなかった。『忘れられたスター』がまだ大急ぎで完成を目指しているところで、ユニバーサルはこれ以上『刑事コロンボ』に追加でスタジオを貸すことを拒んだからだ。

マクグーハンは、まったく新しいシーンを大量に作る時間はなかったが、既存のシーンに自分の痕跡を残した。彼は『プリズナーNo.6』をほのめかす要素（「じゃあまた（Be seeing you）」という有名な台詞など）をいくつか加えたが、最も熱心だったのはコロンボのキャラクターに別の方向性を加えることだった。彼は、コロンボが本当に控えめで礼儀正しい人物だとは思っていなかった。彼に言わせればそれは演技で、探偵は状況に応じて切り替えるのだ。フォークはそれを絶対的に信用した。夜遅く、桟橋の下にある殺人現場に登場したコロンボは、いつもの控えめな態度で目立たぬように捜査を始めたりはしなかった。マクグーハンはコロンボが遠くからドラマティックに登場し、雰囲気のある葉巻の煙をまとって暗闇から現れるところを描いたのである。コロンボはすぐさま、遺体の周りに集まったカメラマンに立ち去るよう怒鳴り、他人の考えなどお構いなく采配を振るキャラクターを確立させた。彼はプロそのものだが、砂に膝をついて遺体を調べたときには、同僚の刑事に「調子はどうだい、クリフ？」と気さくにあいさつする。

フォークはマクグーハンの予測不能なところを尊敬していた。特に、視聴者がある方向へ進むと予想していたシーンに、まったく別の目的があったと気づかせるやり方を。コロンボとクレイマー刑事がバーテンダーに話を聞くためクラブを訪れるシーンで、マクグーハンは店に入ったコロンボがたちまちフロアショーのベリーダンサーに目を奪われるようにした。クレイマーは彼をフロアショーから引き離し、バーテンダーに聞き込みをさせようとするが、そのときになってもコロンボは心を奪われ、聞き込みなどほとんど無視してダンサーを見ている。ようやく店を出るとき、コロンボは自分がその女性に夢中になっていたのは、腹ではなく目のせいだったと打ち明ける。それは、彼女が本当は内気だということを物語っていたのだ。フォークは、ともすれば退屈なものになる聞き込みシーンが、重層的で意外なものになったことに喜んだ。たとえそれが、気もそぞろで無作法なコロンボという、まったく違うキャラクターとして描かれたとしても。

コロンボと殺人犯ネルソン・ブレナーとの、会議場での最初の対面で、マクグーハンはブレナーが何度も部屋違いだと言って刑事をはねつけようとするようにした。そうやって、ふたりの間の切迫した緊張感を確立したのだ。また、ブレナーが前の場面で口述したスピーチ——謎解きの決定的な手がかりが隠されている——を、この対面のバックでわれわれに聞かせている。

素材フィルムを見たメッツラーは、映像の質に満足したが、その膨大な量には不安を感じていた。マクグーハンとフォークは同じシーンを何度も撮り直していて、超過時間が積み重なっていた。また、フィルムでは完全に自制心を保っているように見えたが、マクグーハンが酒を飲んでいることも報告されていた。その結果、監督としてのマクグーハンは警告を受けたが、俳優としてのマクグーハンはおとがめなしだった。

マクグーハンは「実に移り気な男だ」とチェンバースは認めている。「彼はアルコールに依存していて、オフィスに呼ばなければならないときに酒浸りになっていることが何度かあった」

進行が遅れているにもかかわらず、主役が登場しないシーンはすべて最後に取っておかなくてはならなかった。フォークが映画の撮影開始日に間に合うように撮影を終えなければならなかったからである。期日を守るため、フォークは最終日には朝4時まで撮影に臨んだ。時間外の費用として、NBCは3万8000ドル余計に払わなくてはならなかった。マクグーハンは主演俳優よりも上手《うわて》だった。彼はさらに1週間撮影を続け、最終日の撮影が終わったのは午前5時半だった。

フォークがTVムービー『恋人たちの絆』の撮影のために現場を去ると、NBCは秋のシーズンに向けて毎週の放映予定を組み始めた。日曜の夜には、『NBCミステリ・ムービー』はハーグローヴとキビーの『マッコイと野郎ども』を4つめのスポークとし、その前の時間枠に新番組『ホルヴァク一家』を置いた。ABCはこの時間帯に引き続きテレビ初放送映画を放映し、その皮切りは『キャバレー』だった。一方CBSは『刑事コジャック』に続いて、ジャック・パランスがパイプを吸うタフで繊細な刑事を演じる『刑事ブロンク』を放送した。

スターが勢揃いしていることから、NBCは1975~1976年のシーズンの皮切りに『忘れられたスター』を選んだ。『仮面の男』は特に優れていたため、11月の視聴率調査期間に放映することとなった。その間には、NBCは『闘牛士の栄光』の放映を計画したが、フォークは『ハッサン・サラーの反逆』のほうが強力なため、『刑事コロンボ』シーズン5の第2作にすべきだと考えた。そこで、『闘牛士の栄光』の台詞の再録音の電話があったとき、フォークのエージェントは彼が『恋人たちの絆』の「現在の撮影スケジュール」のために都合がつかないと言った。NBCが『ハッサン・サラーの反逆』を先に放映し、『闘牛士の栄光』の放映を2月まで延ばすことを決めると、フォークの予定はたちまち奇跡的に空いた。

シーズンの幕開けとなった『忘れられたスター』は、『刑事コジャック』と『刑事ブロンク』に惨敗した。『刑事ブロンク』の人気は主に好奇心からで、週を追うごとに急降下していったが、『NBCミステリ・ムービー』の人気もさほど高くなかった。『刑事コロンボ』でさえ、シーズンを通じてトップ20に食い込むのに苦労していた。『ホルヴァク一家』は10週間しか続かなかった。後番組の『エラリー・クイーン』は13週続いた。『マッコイと野郎ども』は4作で打ち切りとなった。

NBCの唯一の光だった日曜の夜は、いまや混乱に陥っていた。ネットワークは『刑事コロンボ』を2時間に拡大するため新たに努力した。『魔術師の幻想』は90分番組として撮影されたが、非常に詰め込まれた内容だった。現に、ラフカットの時間を計ると18分長かったため、編集を最小限にすれば、7、8分ほど追加するだけで2時間ものにすることができた。

驚いたことに、フォークは喜んで同意した。実際に、彼は尺が足りなかった場合に備えて、バーにいるマイク・ラリーが若い頃からサンティーニを知っていたというシーンを書き加えていた。ドリスキルは、コロンボがラリーからサンティーニの過去を聞き出すシーンと、それを補完する、コロンボがそこで知った事実をサンティーニに語るシーン、そしてウィルソンがサンティーニの娘とその恋人に質問するシーンを新たに執筆した。

フォークは2本目となるニール・サイモンの映画『名探偵登場』をクリスマスの1週間前に撮り終え、エヴァレット・チェンバースの監督で追加シーンを撮影する用意ができていた。ジャック・キャシディは舞台出演のためニューヨークにいたので、スタッフは現地に飛んでレストランのシーンを撮影した。ラリーのシーンはロサンゼルスで撮影されたが、実現するのは骨が折れた。ラリーはそのシーンを演じることに興味がなく、騙されたと感じていたのだ。ラリーは多くの台詞を負わされたくなかった。ひと言か、もっといいのは台詞なしで、背景をうろうろする役がよかったのだ。45年間俳優をやっていたが、彼は専門的な訓練を受けていなかった。

だが、このシーンは素晴らしいものとなった。コロンボは、年老いた綱渡り師の傾きかけたフラットを訪ねる。サンティーニの情報を聞き出しながら、それより多くの時間を割いて、彼はコンロや廊下の先の共同バスルームなどのつましい家具について尋ねる。コロンボは老人に本当に関心を持っている姿を見せ、一方のラリーは本来の控えめな性格を見せ、ふたりのやり取りはまさに心を打つものとなった。

ウィルソンとの追加シーンについて、娘のデラを演じたシンシア・サイクスと、ラウンジシンガーを演じたパトリック・カリントンはわくわくした。「こんな脚本になるとは、夢にも思わなかった」カリントンはそう回想する。「5ページにわたるシーンでは、ボブ・ディシー演じるウィルソンが、僕とシンシアが演じるダニーとデラに質問するんだ。僕たちのアリバイが証明されると、ちょっとした恋愛シーンになって、最後は僕がデラにプロポーズし、デラはそれを受け入れる。そのシーンは、僕をちょい役から重要な役に引き上げてくれた。月曜日の朝、シンシアと僕は撮影現場へ出かけた。メイクとヘアの担当者は同じだった。ボブ・ディシーは来なかった。2、3時間待ったが、結局、誰もボブと連絡が取れなかった。メッセージは残したが、彼のエージェントも連絡が取れなかったんだ。不思議なことだった。何事もないことを祈った。シンシアと僕は、水曜日にもう一度収録すると言われたけれど、火曜日になっても電話がかかってこなかったので、会社に電話した。電話の相手は、ボブ・ディシーからの連絡がまだないので、呼び出しはとりあえず無期延期になったといった」

カリントンは後で知ったが、ディシーは母親が亡くなったためニューヨークにとどまり、ロサンゼルスに戻る必要があるという連絡も受けていなかった。

このシーンは撮影されず、NBCは数分短いエピソードを放映した（ネットワークが放映したほかの〝2時間もの〟の『刑事コロンボ』は、95分から99分だったが、『魔術師の幻想』は89分だった）。

『さらば提督』

暦が1976年に変わると、フォークはシーズン5の最後のエピソードに取りかかった。あらゆる状況から、これがシリーズ最後のエピソードになると思われた。この秋の間、フォークと弁護士のバート・フィールズは、シーズン5を最後にするという彼の意図をはっきりと示していた。フォークはTVシリーズの過酷な仕事にはうんざりしていて、映画制作と別居中の妻アリスとの関係を築くのにもっと時間を使いたいと固く決意していた。

秋の間、制作チームは最後にふさわしい、きわめて突出した3つの選択肢からひとつを選ばなくてはならなかった。ふたつはフーダニット（ジャクソン・ギリスによる「海の物語」と、スティーヴン・ボチコによる「空のオリエント急行」）で、ひとつはハワード・バークによる、サーカスの綱渡り芸人が殺人を犯す『サーカス殺人事件（Roar of the Crowd）』だ。フォークはボチコの案を一番気に入ったが、ストーリーには修復不可能な問題があり、スタジオでほかの仕事に拘束されているボチコの時間も限られていた。『サーカス殺人事件』は予算がかかりすぎると予想され、キャスティングも難しく、メッツラーは物語が「穴だらけ」で結末も物足りないと考えた。これにより、海の物語である『さらば提督』が残った。ギリスの独創的な設定では、チャーリー・クレイが、造船業者である義父の殺害された死体を処分しているところがまず映される。ところがコロンボの捜査の途中、第一容疑者のクレイは死体で発見され、警部は複数の容疑者が存在する伝統的なフーダニットを抱え込むこととなる。

NBCはロバート・デイを監督に据えようとしたが、フォークはマクグーハンに戻ってきてほしがった。NBCは身震いした。マクグーハンは『仮面の男』で素晴らしい仕事をしたが、時間がかかり、報酬も高くついた。それでも、NBCはフォークのエージェントと、あと1年『刑事コロンボ』を延長する可能性について交渉しているところだった。チェンバースはアントノフスキーを呼び、マクグーハンを雇うことはフォークとの交渉にも役に立つと説得した。マクグーハンしかいないと。

NBCが知らなかったのは、フォークがマクグーハンに、独自の脚本を書いていいとはっきり約束していたことだった。しかし、何度か試みた後、マクグーハンは自分が「結末をうまくまとめられない」と知り、『さらば提督』の撮影を引き受けた。ただし、マクグーハンは自分なりの撮影をしたがった。

NBCは最悪の事態を恐れた。撮影には、想定していた14日間ではなく22日が必要だと見積もられ、予算は80万ドルから90万ドルとなって、最終的な費用は「100万ドルをゆうに超え」、アンソニー・ホプキンス、ジーナ・ローランズ、O・J・シンプソンをはじめとする高額な出演者が予想されたのだ。

ホプキンスは、チャールズ・クレイ役を1万2500ドルで打診されたが断った。チェンバースは、1万7500ドルでロバート・ヴォーンを雇うことができた。この人選は、過去の『刑事コロンボ』の殺人犯役を見れば、視聴者はヴォーンが犯人だという確信を強めるだろうと考えたためだ――そして、60分過ぎで彼が死ぬことで、視聴者はさらに驚くという仕掛けだ。

メッツラーはこれを最後の名誉と考え、撮影のほとんどが行われるニューポート・ビーチの港近くにホテルを取るというスタジオの申し出を断った。代わりに、彼はロサンゼルスにいて素材フィルムを確認し、数日に一度、車でマクグーハンとフォークの様子をチェックしに来ることにした。彼らは「脚本からの過激な逸脱は必ずうまくいく」と常に請け合った。

マクグーハンがその場で脚本を書き換えるため、撮影にはまる1か月かかった。最も大きな変更として、マクグーハンはコロンボが脚本にあるように古参の頼りになるクレイマーの横で働く代わりに、若くてうぶな見習いに捜査の手ほどきをするほうを好んだ。マクグーハンは、撮影を続けながらその役を作り上げた。あとはチェンバースに、アドリブのできる初々しい若者を見つけてもらうだけだった。プロデューサーはコメディ俳優のデニス・デュガンを思い出した。

チェンバースは回想している。「私はデニスを知っていた。彼はジョイス・ヴァン・パタンと結婚したんだ。その週に彼を映画で見た。とても面白い男でね。そこで、デニスにその役をやらせたんだ。それは脚本には登場しないキャラクターで、(事前に書かれた)台詞はなかった。だが、全体を通して登場したんだ。パトリック(マクグーハン)は、それを全部彼と即興で撮った。面白いシーンもあれば、うまくいったシーンも、うまくいかなかったシーンもあった」(これは明らかにデュガンのためになった。このドラマに登場したことで、彼はパイロット版とシリーズの『私立探偵リッチー・ブロックルマン(Richie Brockelman, Private Eye)』に主演し、『ロックフォードの事件メモ』にブロックルマン役としてゲスト出演することができたからだ)

だが、監督としてのマクグーハンによる最大の逸脱は、フォークへの指示だった。シリーズ開始から5年が経って、キャラクターを展開させ「ひと味違うことを試す」のは今しかないとマクグーハンは考えた。フォークがその対象だった。まず、彼はフォークに、さまざまな話し方をさせてみた。コロンボの最初のシーンはおとなしく、ほとんどつぶやくように演技させた。大量の薬を飲んでいるかのように。別のシーンでは、思いきり叫ばせた。特に、造船所の監督との一問一答のシーンだ。監督はその場面を、耳をつんざくようなノコギリとドリルの音の中に設定した。何より、マクグーハンはコロンボが周囲の人々、特に容疑者を悩ませることを喜んだ。彼はできる限りフォークをヴォーンのパーソナルスペースに割り込ませ、常に必要以上に近づき、体に手を回し、腕をつかみ、脚を軽く叩きさえさせた。追加シーンでは、マクグーハンは4人の人物を狭いプジョーに詰め込み、新米刑事のマックの運転で私道を回り込む間、コロンボはほとんどクレイの膝に乗るような形になった。続いて、コロンボは若い女性のヨガの時間を邪魔し、ひどく気味の悪い様子を見せる。ほんの数インチ離れたところで、彼女に自分の脚を正しい位置に動かしてもらおうとするのだ。フォークはキャラクターを広げるのではなく壊してしまった。だが何年にもわたって台詞の一言一句を確立された型に合わせてきた彼は、実験を大いに楽しんだ。

ギリスの元の脚本は、伝統的な居間での謎解きで幕を閉じるというものだった。コロンボは容疑者全員を部屋に集め、どのように謎を解いたかを説明し、犯人を居候の甥、スワニーだと名指しする。ギリスはスワニーに、提督の時計を一時間進めてアリバイを作らせた——それによって日付の表示が4月30日から4月31日になったことに気づかずに。ほかの容疑者全員は、提督と同じ「カレンダー時計」を持っていて、正しく5月1日まで進めることを知っていた。

マクグーハンの「改良した」謎解きは、コロンボが動いている時計をそれぞれの容疑者の耳に当て、それが提督の時計だと告げるというものだ。全員が気に留めないが、スワニーだけが「まさか」と答える——なぜなら、殺人者が提督の時計を壊したことを知っているのは彼だけだからだ。コロンボがマックに重要な役割を演じさせる、この馬鹿馬鹿しい結末全体は、見ていて痛々しい。

締めくくりに、マクグーハンは新たなシーンをつけ加えた。マック（イギリスでレインコートはマックと呼ばれるが、それと同じ役名）が、自分のレインコートを持ち、コロンボは手漕ぎボートに飛び乗って海に漕ぎ出し、葉巻を吸いながらうまいこと『This Old Man』を口笛で吹くのである。

だがフォークは、この撮影を大いに楽しんだので、番組の終了を考え直すようになった。そこで、戻ってくる可能性を残すヒントをつけ加えた。エピソードを通じて、葉巻をやめようと努力した後、彼は手漕ぎボートに乗る前に葉巻に火をつける。「やめたんじゃないんですか？」クレイマー刑事が指摘する。「まだまだ」とコロンボはほほえむ。「まだやめられませんよ。もうちょい。やらせてもらうよ」

『さらば提督』放映の2週間後、フォークは3度目のエミー賞となる主演男優賞（ドラマ・シリーズ部門）を手にした。これは、この最新の演技を見る前に投票が行われたためとしか思えない。秋にはシリーズが再開するのかと舞台裏で訊かれたフォークは、きっぱりと答えた。交渉は終わった。複数の映画出演の予定がある。『刑事コロンボ』はこれで最後だと。

シーズン5——1975〜1976年

『忘れられたスター』（Forgotten Lady）
撮影：1975年6月30日〜7月29日
出演：ピーター・フォーク、ジャネット・リー、モーリス・エヴァンス、サム・ジャッフェ、ジョン・ペイン

監督：ハーヴェイ・ハート
制作：エヴァレット・チェンバース
脚本：ウィリアム・ドリスキル
放映日：1975年9月14日
ニールセン順位：19位（31・8ポイント）

『ハッサン・サラーの反逆』（A Case of Immunity）
撮影開始日：1975年4月3日
ゲストスター：ヘクター・エリゾンド、サル・ミネオ、ケネス・トビー
監督：テッド・ポスト
制作：エヴァレット・チェンバース
脚本：ルー・ショウ（&クレジットされていないが、ハワード・バーク）
原案：ジェームズ・メンティス
放映日：1975年10月12日
順位：20位（36ポイント）

『仮面の男』（Identity Crisis）
撮影：1975年7月24日〜8月22日（Identity Crisis）

ゲストスター：パトリック・マクグーハン、オーティス・ヤング、ヴァル・アヴェリー、レスリー・ニールセン
監督：パトリック・マクグーハン
制作：エヴァレット・チェンバース
脚本：ウィリアム・ドリスキル
放映日：１９７５年11月２日
視聴率：33・８ポイント

『闘牛士の栄光』（A Matter of Honor）
仮タイトル：Murder Is a Sport of Honor, A Matter of Bravery
撮影：１９７５年５月26日〜６月18日
ゲストスター：リカルド・モンタルバン、ペドロ・アルメンダリス・Jr.、A・マルティネス、ジョージ・リヴェロ
監督：テッド・ポスト
制作：エヴァレット・チェンバース
脚本：ブラッド・ラドニッツ（クレジットされていないが、原案ラリー・コーエン）
放映日：１９７６年２月１日
視聴率：30ポイント

『魔術師の幻想』（Now You See Him）
仮タイトル：Quicker than the Eye
撮影：１９７５年４月25日〜５月15日、12月下旬
ゲストスター：ジャック・キャシディ、ボブ・ディシー、ネヘミア・パーソフ、ロバート・ロジア
監督：ハーヴェイ・ハート
制作：エヴァレット・チェンバース
脚本：マイケル・スローン
放映日：１９７６年２月29日
視聴率：28ポイント

『さらば提督』（Last Salute to the Commodore）
撮影：１９７６年1月5日〜2月5日
ゲストスター：ロバート・ヴォーン、ウィルフリッド・ハイド＝ホワイト、ジョン・デナー、デニス・デュガン、ダイアン・ベイカー、ブルース・カービー、フレッド・ドレイパー
監督：パトリック・マクグーハン
制作：エヴァレット・チェンバース
脚本：ジャクソン・ギリス（&クレジットされていないが、パトリック・マクグーハン）

放映日：１９７６年５月２日
順位：９位（38・８ポイント）

13　メルトダウン

『さらば提督』のポストプロダクションが終わると、チーム『刑事コロンボ』は新たな仕事のために解散し、その誰もがシリーズの終焉を確信した。フォークの代理人は、引き続きスタジオとネットワークからの連絡を受け、具体的なことというより全般的な交渉を行っていた。フォーク個人は態度をやわらげていたが、年に1本か、せいぜい2本のスペシャル版のほうがいいという考えだった。パトリック・マクグーハンは、そんなフォークをマンネリから救い出したようで、独自の『刑事コロンボ』の脚本をせっせと書いていた。それは刑事が、登場したことのない〝カミさん〟の誘拐事件を捜査するものだった。

ＮＢＣは『マッコイと野郎ども』を除いて、ホイールを継続することに関心を示した。代わりにユニバーサルは、ジャック・クラグマンが検視官として事件を解決する『Dr.刑事クインシー』を売り込んだ。デニス・ウィーヴァーは7年目になる『警部マクロード』の再契約を結んだ。ロック・ハドソンは『署長マクミラン』の第6シーズンへの出演に同意したが、共演のスーザン・セント・ジェームズは同意しなかったため、原題の『McMillan & Wife』から「& Wife」が削除された。唯一未解決の〝ミステリ〟は『刑事コロンボ』だけだった。ユニバーサルは、フォークの望む報酬を出せば、彼は戻ってくると踏んでいた。「毎年のことだ」ある重役は言った。「彼はもうやめると言い、われわれがカリフォルニアの半分を差し出すと戻ってくるんだ」

ユニバーサルが実際に持ちかけたのは、1エピソードにつき25万ドル、最大6エピソードまでというものだった。これはフォークのエージェントが提案した額に合わせたものだ。そこで、4月の半ばにNBCは秋のホイールを刷新した。ユニバーサルは、別のスタジオで2か月ほど仕事をしていたエヴァレット・チェンバースと、ビル・ドリスキルを呼び戻し、夏に撮影が開始できるように脚本を6本用意するよう依頼した。だがフォークは、何の契約も結んでいなかった——少なくともユニバーサルとは。彼は8月に撮影が始まるロバート・アルトマンの『Y. I. G. エポキシ（The Y.I.G. Epoxy）』の主演契約を結んでいて、その直後にはイングマール・ベルイマンの初のハリウッド映画『蛇の卵』の主演契約にもサインしていた。またアーサー・ペンと、アッティカ刑務所暴動に関する映画を計画していて、それが3本目の映画になる予定だった。

フォークは、『刑事コロンボ』の1作を夏の間に滑り込ませることはできるだろうとほのめかした。そしておそらく「1シーズンに1作の『刑事コロンボ』を生涯演じたい……コロンボのような素晴らしいキャラクターは、引退させるにはもったいない。パリでも、ベルギーでも、アラスカでも、どこへ行こうとみんな彼のことを知っている。ただ立ち去るのはとても難しいね」

たまに『刑事コロンボ』を放映するというのは、ユニバーサルには問題なかった。彼らはNBCに、ホイールは『Dr.刑事クインシー』の予備のエピソードで埋められると約束した。だがその知らせをNBCは気に入らなかった。

4か月間の論争の末、フォークは4エピソードへの出演に同意した。2本は夏の間、あとの2本は、彼が一連の映画撮影を終える時期によって、冬の終わりか早春に撮影されることとなった。

『ルーサン警部の犯罪』

その間、ドリスキルは検討するための5つの脚本を用意した。ハワード・バークの『サーカス殺人事件』は、まだ生きていた。ピーター・フィッシャーはシェイクスピア風の「美術館の物語」を提出した。ボブ・メッツラーは、オーケストラの団員が弓矢で殺人を犯す『弓弦のソロ（Solo for the Bowstring）』を出した。ケン・コルブの『小さいほうの悪（The Lesser of Two Evils）』は、精神科医が有罪となった犯罪者を精神疾患と診断し、投獄された後で彼らを正常だと診断することで金を得るというものだった。そして、ルー・ショウの『ルーサン警部の犯罪』は、テレビドラマの刑事役がプロデューサーを殺すという物語で、シーズン4から検討されてきたものだった。

このシーズンを特別なものにするために、チェンバースはひとつのエピソードを日本で撮影することを提案した。日本の控えめな文化とコロンボは、好対照になると主張したのだ。プロデューサーの提案を、盆栽に取りつかれていたメッツラーはすぐに支持した。「彼は盆栽マニアだった」チェンバースは回想した。「コロンボが日本へ行くというアイデアを持って行ったとき、（メッツラーは）大賛成だった。彼はうまくいくよう手助けしてくれた。なぜなら、（ゴーサインが出たら）彼も私たちについて（日本へ）行けるからだ」

『ルーサン警部の犯罪』がシーズン6の第1作に選ばれると、チェンバースは舞台をハリウッドから日本に

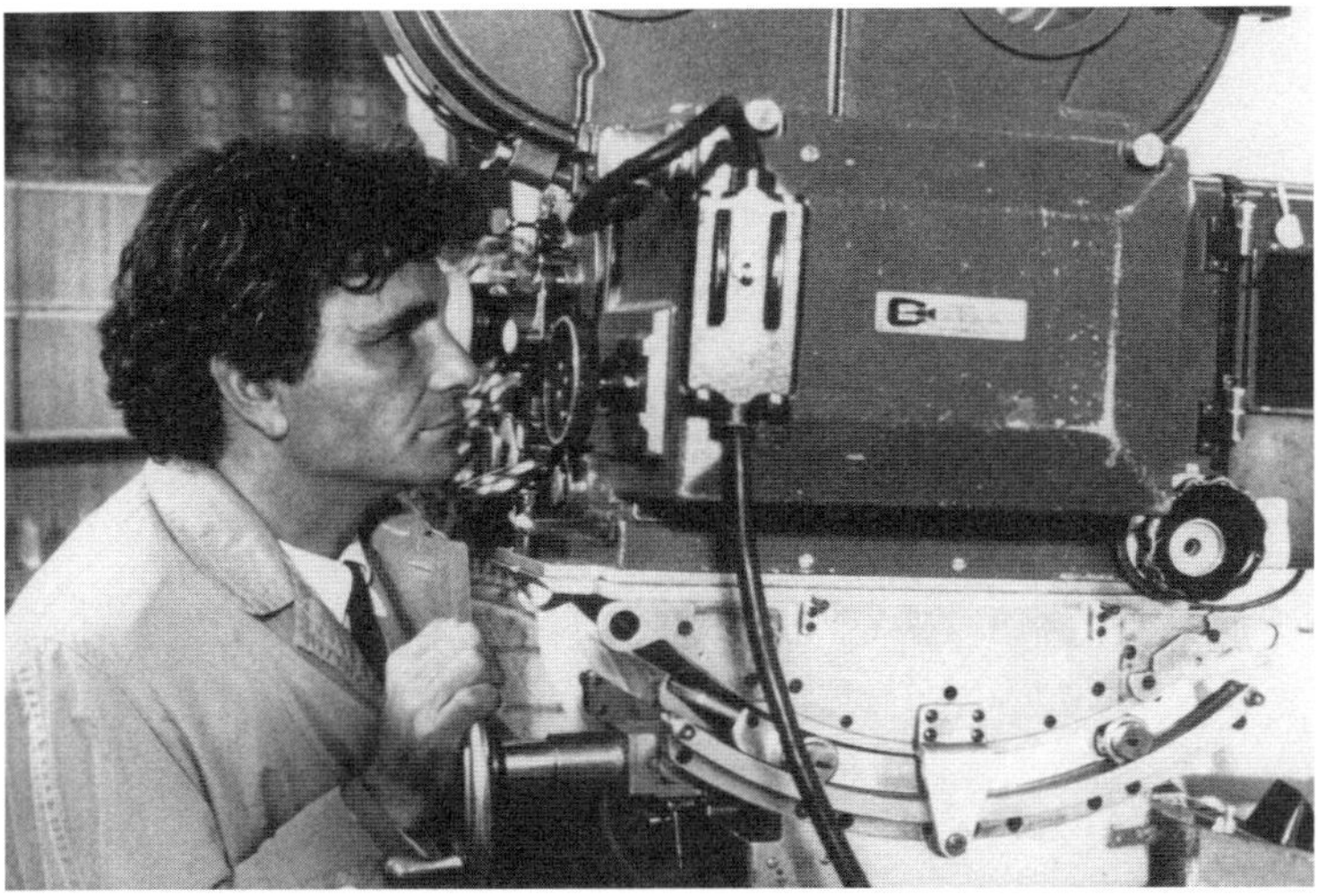

シーズン6に戻ってきたフォークは、舞台裏でさらに口を出そうと決めていた。

変えることを提案した。脚本家アルヴィン・セイピンズリーは変更を承諾した。だがメッツラーは、余分な経費をかけるほど強力な物語ではないし、すべてを手頃な価格でバックロットで撮影できるように作られたものを、ロケに出す意味はないと考えた。

フォークが真っ先に選んだ監督、マクグーハンは都合がつかなかった。『大陸横断超特急』に出演するためカナダにいたのだ。どうしても助言がほしいフォークは、チェンバースに黙ってエレイン・メイを呼んだ。「いつの間にか、ピーターは私を後ろ盾として信じてくれなくなっていた」チェンバースは打ち明けた。「私が戻ってきたとき、ピーターは不機嫌だった。妻に家から追い出され、ひどく混乱していた。私は蜂の巣に入り込んだようなものだった。それにピーターは、本当に自信のない男だった。常に頼れる指導者を必要としていて、私のことをそういった存在だと感じていた。私はできる限りそうなろうとした。仲間意識もあったし、私はネットワークやユニバーサルではなく、彼の味方だったからね」

メイはビバリー・ウィルシャー・ホテルに缶詰になって、パラマウントの『天国から来たチャンピオン』の修正作業中だった。彼女は『刑事コロンボ』を手伝う時間はないと言った。フォークは食い下がった。NBCから大金が払われることを約束し、彼女がトラブルを抱えている『マイキー&ニッキー』の権利をパラマウントから買い取るのに必要な残りの金を出資すると言った。メイは承諾したが、クレジットはされたくないと言った。また、友人でスクリプトドクター仲間のピーター・フェイブルマンの協力――それに彼への報酬――が必要だと言った。

『ルーサン警部の犯罪』では、脚本家は嬉々として、フォークの現実の契約をめぐる闘いをからかった――撮影所の役員が、『刑事ルーサン』の主役ウォード・ファウラーの要求に激怒するのだ。ファウラーの役はウィリアム・シャトナーが実に見事に演じた。「ウォード・ファウラーは、自分を何様だと思ってるんだ?」「俳優にそんな金を払うなんて、どうかしている!」「エミー賞を取ったのはファウラーが初めてではないというのに、すでにテレビ俳優の中で最高の報酬を得ている。今譲歩すれば、来年、再来年と、もっとひどいことになるだろう」だが役員たちは、最終的にこうした結論に至る。「ウォード・ファウラーがいなければ、この番組は次の年にはなくなる。『刑事ルーサン』が最高のテレビ視聴率を獲得しているのは、ウォードのおかげだ……。ウォード・ファウラーが番組を作っているんだ」

内輪のジョークとして、シャトナーがルーサン警部役に採用されると、『スター・トレック』の仲間ウォルター・ケーニッグ(チェコフ役)が殺人現場を調査する警察官として引き入れられた。ケーニッグの登場する1シーンは、昼間、シャトナーのいないところで行われた。「ビル(シャトナー)とは共演しなかったんだ」ケーニッグは言う。「ビルは別のシーンにいた。彼と一緒に、小さなトロリーのようなゴーカートに乗って昼食をとりに行ったが、彼は私に話しかけなかった。それは（『スター・トレック』の）シリーズと映画の合間の期間だったので、私の名前を覚えていなかったのだと思う」

撮影が始まると、フォークは柄にもなく、脚本の直しをあまり要求しなかった。多少の脱線は、アクションを進行させ、エピソードを90分に収める助けになった。カットされたのは、コロンボがファウラーに、覆面の殺人者を描いた警察のスケッチを持たせる場面だ。これは、彼の指紋を手に入れ、空砲に残った指紋と照合するためのものだった。

最後のシーンから取り除かれたのは、ファウラーの自白を聞いた後のコロンボが、空砲の指紋についてははったりだったと認めるくだりだ。「銃弾から指紋を採取するのが、どんなに難しいかご存じですか？」凝縮されたのは、アリバイが必要になった被害者の夫が、秘書にその夜彼と一緒にいたと告白させるシーンだ。夫は、彼と秘書は結婚する予定で、妻に離婚を切り出そうとしていたと言うことになっていた。続いて愛人である秘書が、彼は私の子供を守るために嘘をついたのだとつけ加えるのだ。

同じく削除されたのは、コロンボが夫のアパートメントを捜索し、ファウラーが凶器に仕込んだ糸くずと一致するツイードのジャケットを捜すシーンだ。完成版では、疑わしい服――モヘアのセーターに変更されている――が、アパートメントの捜索を行った警官によって夫本人と共に、ファウラーの自宅にいるコロンボの元へ届けられることになった。秘書も一緒に来るのだが、これは物語上必要というよりも、演じる女優――フォークの実生活での恋人、シェラ・デニス――が画面に登場する時間を長くするためだったのだろう。

デニスはユニバーサルのスタジオで、ビル・ドリスキルの新しいミステリドラマシリーズ『フェザー・アンド・ファーザー・ギャング（The Feather and Father Gang）』の短い撮影を終えたところだった。デニスによれば「ピーターが、『フェザー・アンド・ファーザー・ギャング』のプロデューサーのひとりが彼のところへ来てこう言ったと言うの。『この番組に素晴らしい女優がいるんだ。きみの番組でも使うべきだよ』と。それが私だったというわけ。ピーターが言いたかったのは、『フェザー・アンド・ファーザー・ギャング』のプロデューサーは『刑事コロンボ』のプロデューサーを知っているということよ。たぶん、私が当時彼とつき合っていたから、役がもらえたと思わせたくなかったのね」

『ルーサン警部の犯罪』の撮影スケジュールは22日間に膨れ上がり、最終日には徹夜となった。撮影が終わったのは午前7時のことだ。費用は予算を30万ドル以上オーバーした。何より困ったのは、スタッフが次のエピソードに取りかかるどころの状態ではなくなっていたことだ。

『黄金のバックル』

当初チェンバースは、『サーカス殺人事件』を第2のエピソードにしたいと思っていた。彼はフリーランスのレスター・パインとティナ・パインに７５００ドル払って脚本を書き直させたが、『発情期のライオン（A Lion in Season）』というタイトルになった改訂版は使えなかった。「前よりも悪くなっていた……それどころか、これまでに提出された『刑事コロンボ』の脚本の中でも最低だった」とメッツラーは報告している。

代わりにチェンバースは、ピーター・フィッシャーの『殺したいほどの憎悪（In Deadly Hate）』という原点に戻った。これはシェイクスピアの『リチャード3世』に着想を得た作品である。フィッシャーはバージェス・メレディスを、シェイクスピアの引用を口にする、初老の学芸員として構想していた。姉の中世美術館の学芸員を務める彼は、儲け主義の甥が美術館を引き継ぐことを恐れている。おじは甥を殺し、もうひとりの甥の犯行であるように見せかける。脚本は『刑事コロンボ』の伝統に沿っていた。現に、動機は『別れのワイン』の使い回しだったし、シェイクスピアという装飾は『ロンドンの傘』にも出てきた。さらに『さらば提督』の「カレンダー時計」の手がかりさえも借りていた。

フォークは伝統的なものを求めてはいなかった。『ルーサン警部の犯罪』の制作中、彼は『殺したいほどの憎悪』を、チェンバースにもユニバーサルにも告げずにメイとフェイブルマンに渡していた。「ピーターは私を切り捨てた」とチェンバースは言っている。ボブ・メッツラーがＮＢＣの上役たちに報告したように「エレイン・メイが完全に采配を振っていた……彼女はエヴァレットと話をしようとしなかった。彼が誰だか知らなかったからだ」フォークは実際に、ＮＢＣに直接出向いて脚本家への報酬を確保した――メイに2万3０００ドル、フェイブルマンに1万5０００ドルだ。ユニバーサルのディック・アーヴィングは、彼らを雇ったことを第三者から知ることとなった。

最初の改訂版を見たチェンバースは、メイとフェイブルマンがプロットとキャラクターを完全に作り直していることに気づいた。何らかの形の「最終」版が出るまで、キャスティングが始められない。フォークはその点は心配ないと言った。チェンバースにしてもらいたいのは、適切な監督を見つけてくれることだけだと。

チェンバースは回想している。「ピーターは『私がしてほしいことを何でもしてくれる監督を見つけてくれ』と言った。つまり、エレインがしてほしいこと、という意味だ。友人のボブ・ダグラスは、ボビー・ブレイク主演の『刑事バレッタ』を監督していた。そこで、彼なら耐えられるだろうと思った。私は言った。『これは名義だけだ。金をもらってさっさと逃げればいい』彼は承諾した。常にどうすべきか他人に指図されても、彼は平気だった」

『刑事コロンボ』のスタッフが、『ルーサン警部の犯罪』の撮影を完了させるべく明け方まで働いている間、フォークのアシスタントのキャロル・スミスは、やはり遅くまでエレイン・メイとともに作業を続け、かつて『殺したいほどの憎悪』だった脚本にメイが加えたメモや書き込みを大急ぎで清書していた。その週の金曜の午後、彼女は『黄金のバックル（Old Fashioned Murder）』と改題された改訂版の脚本――半分はタイプ、半分は手書き――を提出した。翌日に予定されていた制作会議は月曜まで延期になった。全員が週末を使って、新しい脚本に目を通すためだ。

読んだほぼ全員が啞然とした。すべてが覆されていたからだ。主要なキャラクターはほとんどが男性から女性に変わっていた。殺人犯は、恨みを抱いた口の悪いおじではなく、生気のない独身女性のルース・リットンになっていた。彼女は殺人を甥ではなく姪のせいにしようとする――実はその姪は、リットン自身の婚外子かもしれない。エピソードの最後に、リットンは急に心変わりし、姪の気持ちを守るために自白に応じる。また、コメディタッチを狙って失敗しているのは、ルースの姉が失神しやすいという設定だ。コロンボが年老いたイタリア人理容師に手短に聞き込みを行うシーンさえ、高級ヘアサロンの女性的な男性美容師を訪ね、コロンボが妙な髪形にされることになっていた。

財務担当者も同じくらい不安になった。エピソードは予算を50万ドル超過すると見積もられ、セットは建てられておらず、フォークは3週間もしないうちにアルトマンの映画のために出発する予定だったからだ。「これは撮影するな！」ある役員は言った。「捨ててしまえ！　撮影を中断する羽目になるぞ！」

チェンバースの知らないうちに、メイはエピソードのキャスティングを始めていた。彼女は娘のジーニー・バーリンを姪の役に起用した。そして友人のジョイス・ヴァン・パタンを犯人役に、共同執筆者のフェイブルマンを警備員役にした。バーリンの元恋人のジョン・ミラーに刑事役、フェイブルマンのタイピストに宝石のセールスマン役をやらせた。冗談のような話だが、メイはチェンバースに被害者役で登場してほしいと提案した。何十年も演技をしていなかったプロデューサーは、これを断った。

月曜日になると、フォーク、メイ、チェンバースからなる制作会議が開かれた。ストーリーエディターのビル・ドリスキルは呼ばれなかった。物語のアイデアは求められていなかったからだ。しかしチェンバースは、脚本の穴を指摘した。「『刑事コロンボ』的なミスが非常に多かった」と彼は回想している。「何百万ドルもの価値のある美術品を収めた私立美術館への泥棒なのに、犯人は入口の外から小さな穴を開けて忍び込む。警報装置の配線は地面の下を通っていて、犯人はそれを切る。私は言ったよ。『エレイン、これは無理だ。単純すぎる。それに、電話があるはずのない場所に電話ボックスを置いている』と。誰かが問題を指摘しても、彼女は変えようとしない。ピーターは彼女の味方だ。彼女と私は口をきかなかったよ」

撮影は1週間後にようやく始まった。メッツラーの要望に反して、最初のシーンはロケで撮影された。スタジオから40マイル北にあるピルーという町のガソリンスタンドと、宝石店とヘアサロンだ。ガソリンスタンドのシーンは、バックロットではなく野外で撮影されたため、トラックの音など背景の雑音が台詞の録音に入り、俳優がアフレコをする必要があった。また、撮影がかなり遅れたため、ヘアサロンのシーンは半分しか撮れなかった。だが、選んだヘアサロンが撮影に使えるのは、毎週月曜日だけだった。1週間後にシーンを完成させるため、それまで理容師役の俳優に1日1000ドルを払い続けることになった。

翌日、フォークは勝手に、セットをベッドルームから居間に変更することにした。セットは作り直さなくてはならず、その後フォークはフェイブルマンを呼んで確認させたため、衣装部との予定をすっぽかすことになった。

フェイブルマンとメイは、撮影中にも常に脚本を書き直した。2日目にして早くも、メッツラーにはこの先どうなるのかがわかった。彼はNBCの上司に連絡し、完成した脚本が手に入るまで制作を中断することを勧めた。だが、フォークを敵に回したくないNBCは、そのまま続けさせた。

フォークの持って生まれた優柔不断さは、さらに悪化していた。撮影が開始されるとメイは東海岸へ戻ってしまい、長距離電話で意見を聞かなくてはならなくなったからだ。「エレイン・メイは、ニューヨークの公衆電話から電話をしてきた」とチェンバースは回想している。「彼女がピーターに『これはドリー撮影にすべきじゃないわ』と言うと、ピーターは監督のところに戻って、撮影を変えさせるんだ」

メイはさらに娘のジーニー・バーリンをカメラの後ろに立たせて、手ぶりでほかの俳優に指導させた。

脚本が目まぐるしく変わるので、俳優は準備したり台詞を覚えたりする時間が足りなくなった。撮影は週に6日行われたため、フォークは日曜日にキャストを集め、翌日のシーンのリハーサルを行った。スタッフはひとりも入れず、ユニバーサルやNBCの許可も得ずに。俳優は仕事と仕事の間を12時間空けなければならないという規定を無視して、彼は俳優たちを夜10時半までセットに引き留めた。

「そのリハーサルに報酬を払うつもりはない」メッツラーは告げた。「俳優は、別の俳優からの呼び出しを受けてはならない」ユニバーサルの労務部は調査を求められた。

予算の超過分はNBCが支払うため、ユニバーサルは増えていくコストのことよりも、ほかのドラマの制作スケジュールとバッティングすることの方を懸念していた。『刑事コロンボ』のひとつのセットでの撮影がいつ終わり、別のセットでの撮影がいつ始まるのか、誰にもわからなかったからだ。また、フィルムの浪費も深刻だった。各シーンの一番いいテイクを保存する代わりに、フォークは各シーンごとにいくつものテイクをプリントさせたからだ。ある日のラッシュ用フィルムは、全部で110分にも及んだ。

ディック・アーヴィングは激怒した。彼はメッツラーを——2度——呼び出し、長々と説教した。アーヴィングは断固として言った。「もうたくさんだ!」メッツラーはNBCがフォークといさかいを起こしたくないことを確かめていた。NBCは、ドラマの完成前に彼が去って行くのを恐れているのだ。だがアーヴィングはそれを歓迎した。そうすれば、彼を出入り禁止にできるからだ。

チェンバースは日本でエピソードを撮影する夢をまだあきらめず、『黄金のバックル』が完成すると思われる8月の終わりにはロケハンを計画していた。だが9月1日になっても、脚本の半分しか撮影されていなかった。チェンバースはロスを離れる口実ができて喜んだ。彼と脚本家のケン・コルブは2週間日本に滞在し、ストーリーのアイデアを探した。戻る頃には撮影——そしてエレイン・メイの実験——は終わっていると予想して。

その直後、フォークのアルトマンとの映画は中止となり、ベルイマンとの映画からは、報酬が合わないため手を引いた。スケジュールが急に空いたため、フォークは期日までに『黄金のバックル』を完成させようという気がさらになくなった。

当時、殺人犯のひどく芝居がかった姉を演じたセレステ・ホルムに、マスコミが現在の仕事についてインタビューしている。彼女は、エピソードの内容を話すことはできないと言った――だが、これは秘密保持の約束のためではなく、ただ知らなかったからだ。ホルムはこう言っている。「ひとつのやり方でリハーサルをすると、(フォークは)それを27の違ったやり方で撮影するんです。編集者がすべて揃った素材をどう処理するかは誰にもわかりません。どうとでも好きなようにできるのですから。フォークは脅迫的な完璧主義者で、そのせいでみんなおかしくなってしまうんです」

自分のキャラクターについてはこう述べている。「知るものですか！　たぶん哀れで、裕福で、孤独で、自己破壊的で、とても愚かな女性なのでしょう。フォークに関しては、いろいろと変わった話は聞いていましたが、今までそれがどういう意味だか知らなかったんです」

積み重なる遅延と費用は、たとえ傑作を作っているにしても問題だったが、メッツラーから見れば、傑作とはほど遠かった。彼は次第に、素材フィルムを見るのが不安になってきた。彼はステージ5へ行き、撮影の合間にフォークを脇へ引っぱって行った。状況を悪化させないため、彼はメイを名指ししないことにした。「ピーター」メッツラーは言った。「この映像はよくない」

フォークは反対した。「みんながよくないと言う。どこまで間違ってるんだ?」

「間違いというレベルか?」

フォークは答えず、撮影に戻った。それから急に、あるテイクの最中、彼は演技を止めてメッツラーのほうを見た。彼は、自分が悪い状況を擁護しているると思っているのかと訊いた。メッツラーは、フォークのほうがそれに答えるのにふさわしい立場だろうと言い返した。ふたりは互いに言い争って、進行を数分間妨げた。

この頃、メッツラーはピーター・フィッシャーに、『刑事コロンボ』の最新情報を逐一伝えていた。メッツラーはフィッシャーのミニシリーズ『ワンス・アン・イーグル（Once an Eagle）』も監修していたからだ。彼らはどちらも、メッツラーによれば「『殺したいほどの憎悪』が破壊されたこと」に愕然としていた。「めちゃめちゃにされてしまったので、僕は自分の名前を引き揚げた」フィッシャーは言った。「ひどいものだった」フィッシャーは代わりに、原案者として「ローレンス・ヴァイル」の名前をクレジットさせた。これはカウフマンとハートの戯曲『一生でただ一度（Once in a Lifetime）』に登場するキャラクターで、ハリウッドの映画スタジオの愚かしさによって精神科病院送りになる人物の名だ。

9月16日に日本から戻ってきたチェンバースは、作品が完成とはほど遠い状況になっているのを知った。30日目にしてついに、すべてが頂点に達した。「今日こそ地獄の蓋が開く日だ」とメッツラーは言った。その前日、NBCはフォークと、シーズンが終わる前にあとふたつのエピソードを撮影することを確約する契約を結んでいた。その署名を手に入れた彼らは——あらゆる要求に屈してきた4年を経て——ついにピーター・フォークに立ち向かえるようになったのだ。NBCも最終的に、ユニバーサルと共同戦線を張る用意をした。NBCの新社長に任命されたハーブ・シュロッサーは、ディック・アーヴィングに「『刑事コロンボ』を終わらせろ」と指示した。チェンバースは、ユニバーサルとNBCの権限に基づいて、その日のうちにラストシーンをすべて撮り終え、フォークを編集作業から締め出すよう言われた。

メッツラーはフォークをなだめるためセットへ向かった。彼はフォークが激怒しているだろうと思っていた。だが、メッツラーが目にした彼は「心底驚いていた……続いて、さほど純粋なものには感じられなかったが、NBCとユニバーサルの〝不当行為〟に傷つけられた殉教者を演じていた。何よりも彼を傷つけた〝攻撃〟は、フィルムを編集する権利を取り上げられたことだ。いつものように横柄に他の俳優たちに演技指導していたジーニー・バーリンは、結局エヴァレット・チェンバースに追い出された。ピーターの抗議にもかかわらず、撮影は午後10時40分に終わった」

『黄金のバックル』の撮影が終わって6日後、フォークはニューヨークへ飛び、NBCの新社長ハーブ・シュロッサーと、前任者のボブ・ハワードに個人的に会った。大物たちは、この関係を続けたいとどれほど思っているかを強調しながらも、もっとスムーズで効率的に進行する必要があると訴えた。フォークはエレイン・メイに抵抗したことを引き合いに出し、ユニバーサルを非難した。ハワードはフォークに、スタジオにはエレイン・メイに抵抗する権利があることを改めて伝えた。「ユニバーサルがエレイン・メイを使いたくないのなら、エレイン・メイを雇う必要はないんだ」彼らは1か月という撮影スケジュールを二度と繰り返すのには耐えられなかった。フォークは次のドラマを、12日から15日で撮ると約束した。

チェンバースは『小さいほうの悪』に取りかかった。精神科医が、自分を有罪に導く証拠を稀少コイン店に残してくる。続いて泥棒に店から大量のコインを盗み出させる。泥棒が逃げるときに警報が鳴った時刻が、まさに町の反対側で精神科医が殺人を犯している時間だった。そうして、恐れ知らずのウィルソン刑事（ボブ・ディシー）が精神科医と泥棒を結びつけたとき、殺人事件のアリバイが成立する。

フォークがニューヨークから帰った翌日、彼はキャロル・スミスにチェンバースへ電話をかけさせ、最新の脚本をフェイブルマンに送り、『黄金のバックル』の編集者スタンリー・フレイズンに、週末にフォークと編集室で作業ができるよう体を空けておくよう知らせてくれと頼んだ。チェンバースはそれに応じた。次の月曜、メッツラーはチェンバースに会い、ふたつの〝戦術上の誤り〟について話し合った。ひとつはフェイブルマンに脚本を送ったこと、そしてもうひとつは、フォークに編集を許したことだ。どちらの動きも、ニューヨークの会議で提示し、NBCとユニバーサルがこの1週間ずっと奨励してきた確固たる立場をなし崩しにするものだった。チェンバースは、メッツラーが自分自身をごまかしていると感じた。「NBC＝ユニバーサルが手を組んだ決断力と強さは、1日しか役に立たなかった――撮影を完了した、先週の金曜日だけだ」とチェンバースは言った。

会議からしばらくして、チェンバースはフォークからの電話を受けた。どちらも、仕事上の関係は修復のしようがないほど壊れているのを知っていた。フォークはついにこう尋ねた。「きみが辞めるか、それとも私がくびにするか？」悪い兆しに気づいていたチェンバースは新しい仕事を探していたが、まだ見つからず、辞めればユニバーサルとの残りの契約が無効になってしまうことがわかっていた。彼は辞職を拒み、フォークは彼を解雇した。

その知らせを聞いたディック・アーヴィングは、チェンバースはどこへも行かせないと言った。彼はフォークの弁護士に「ピーターがユニバーサルの従業員を解雇することはできない」と主張した。アーヴィングはNBCの後押しを得て、エヴァレット・チェンバースを引き留めようとした。「ただし、エヴァレットが残りたくないというなら話は別だ」

会議の後、NBCは急いでフォークとの契約書を読み直し、彼がプロデューサーを解任できるような「特別な譲歩」はされていないことを確認した。安心したことに、契約ではチェンバースが脚本の選定に責任を持ち、フォークにはそれをユニバーサルのスケジュールと予算に従って撮影する義務があると書かれていた。さもなければ契約違反になる。これに勇気づけられたアーヴィングはフォークに、彼の個人アシスタントにアソシエートプロデューサーのクレジットを与えるという要求も却下されたと伝えた。

翌日、メッツラーとアーヴィングはチェンバースに、自分たちはきみの味方だし、残ってほしいと伝えた。次のエピソードの準備を始めてほしいと。チェンバースはその後、フォークに電話をかけ、3作目に『小さいほうの悪』を選んだと告げた。そして、これにはエレイン・メイもピーター・フェイブルマンもかかわらせないと。フォークはぶっきらぼうに「どうもありがとう」と答えると、電話を切った。

フォークと彼の弁護士たちがNBCに一層圧力を加えるようになると、共同戦線は崩れ始めた。10日後、アーヴィングはチェンバースをオフィスに呼び出した。ユニバーサルは、残りふたつのエピソードについて契約した全額を支払ったうえで、彼を解雇するということだった。『刑事コロンボ』のプロデューサーはいなくなり、フォークにはほかに予定されている企画はなかった。シリーズ始まって以来の事態だった。

シーズン6――1976～1977年

『ルーサン警部の犯罪』(Fade In to Murder)
撮影：1976年6月14日～8月6日
出演：ピーター・フォーク、ウィリアム・シャトナー、バート・レムゼン、アラン・マンソン、ローラ・オルブライト

監督：バーナード・L・コワルスキー
制作：エヴァレット・チェンバース
脚本：ルー・ショウ、ピーター・フェイブルマン
原案：ヘンリー・ガルソン
放映日：１９７６年10月10日
ニールセン順位：３位

『黄金のバックル』（Old Fashioned Murder）
仮タイトル：In Deadly Hate
撮影：１９７６年8月13日～9月24日
ゲストスター：ジョイス・ヴァン・パタン、ジーニー・バーリン、ティム・オコーナー、セレステ・ホルム、ピーター・S・フェイブルマン
監督：ロバート・ダグラス
制作：エヴァレット・チェンバース
脚本：ルー・ショウ、ピーター・S・フェイブルマン
原案：「ローレンス・ヴァイル」（ピーター・S・フィッシャー）
放映日：１９７６年11月28日

『殺しの序曲』（The Bye-Bye Sky High I.Q. Murder Case）
仮タイトル：Bye Bye, Sky-High I.Q.
撮影：１９７７年3月～４月
ゲストスター：セオドア・バイケル、ケネス・マース、ソレル・ブーク、サマンサ・エッガー
監督：サム・ワナメイカー
制作：リチャード・アラン・シモンズ
脚本：ロバート・マルコム・ヤング
放映日：１９７７年5月22日

14 フィクサー

ＮＢＣの日曜夜のホイールは、１９７６年10月3日に最後の1周のために戻ってきた。だが、『刑事コロンボ』史上初めて、別の『ＮＢＣミステリ・ムービー』シリーズがシーズンのオープニングを飾った。熱望されていた『Dr.刑事クインシー』が選ばれ、視聴率もよかったため、その第2エピソードは、翌週、『刑事コロンボ』の第1作『ルーサン警部の犯罪』の直後に放映された。ＡＢＣの『６００万ドルの男』に競り勝ち、ＣＢＳの『ソニー・アンド・シェール・ショウ（Sonny and Cher Show）』や『刑事コジャック』には圧勝した『ルーサン警部の犯罪』は、その週で3番目によく見られた番組となり、『Dr.刑事クインシー』は4番目だった。ネットワークは『Dr.刑事クインシー』の第3エピソードと『黄金のバックル』を、11月の視聴率調査期間に抱き合わせで放送することに決めた。

日曜夜に対する見通しは素晴らしいものに思えた——ＮＢＣがスケジュールをごちゃ混ぜにするまでは。理由のひとつは必要に迫られたためだ。『刑事コロンボ』は2作しか完成しておらず、最大でもあと2作しか作れない。『署長マクミラン』と『警部マクロード』はそれぞれ6作に削られた。そこでＮＢＣは、4つのシリーズを常に2本セットで放映するようになり、新作はそこで消費された。ほとんどの日曜の夜は映画やミニシリーズ、再放送で埋めることになった。このシーズンでは、新作エピソードは34週中わずか

15週しか放映されていない。週を追うごとに、視聴者は『NBCミステリ・ムービー』をやっているかどうかさえ『TVガイド』で確かめなくてはならなくなった。視聴率は急落した。NBCはホイールそのもののせいにした。4つのオリジナルエピソードの後、『Dr.刑事クインシー』は毎週の1時間番組として独立した。代わりにローテーションに入った『ラニガンのラビ（Lanigan's Rabbi）』は4エピソードまで続いた。

1977年が終わりに近づく中、フォークはまだユニバーサルに、シーズン6の『刑事コロンボ』2作を提供する義務を負っていた。だが、プロデューサー不在のため、制作は完全に停止していた。障害のひとつは、NBCは新しいプロデューサーを見つけるのはユニバーサルの責任だと考え、ユニバーサルはNBCの責任だと考えていたことだ。

ハーヴェイ・ハート、ビル・ブリン（『命がけの青春／ザ・ルーキーズ』）、ビル・ザックハイム（『ワンス・アン・イーグル』）との話し合いも、進展はなかった。ディック・アーヴィングはこう語っている。「多少なりとも自尊心があれば、この仕事は引き受けないだろう」

重要なのは、フォークが信頼し、聞く耳を持つ人物を見つけることだった。フォークの主な不満は脚本に関するものだったため、脚本家兼プロデューサーが理想だった。自ら脚本を書き換えることができるが、エレイン・メイやパトリック・マクグーハンのように、過度に熱中しない人物だ。必要なのは、レヴィンソンとリンクの鉄拳支配を取り戻すことだった。

特に理にかなった名前がひとつ挙げられた。フォークがエミー賞に輝いた『トマトの値段』の裏にいたリチャード・アラン・シモンズだ。彼は会社に忠実な人材の中で、フォークが言うことを聞く数少ないひとりだった。『オブライエンの裁判』では、シモンズはフォークに、どうやったものか22時間のドラマを1

作当たり1週間で仕上げさせている。その後10年間、彼は主にテレビ映画の脚本とプロデュースを手がけていた。

フォークは1976年のクリスマスの直後に、シモンズと会った。シモンズのスケジュールは空いていたが、彼はひとつはっきりさせておくことがあると言った。『刑事コロンボ』のファンではないということだ。フォークの性格描写は好きだったが、ドラマの内容が好きではなかったのだ。だがそれは、挑戦に乗り気でないということではない――「改善」を許される限りは。シモンズは警部のキャラクターはいじらずに、ドラマにより多くの人間性、感情、ドラマ性、緊張を盛り込むことを提案した。フォークは納得した。

シモンズは資金を要求した。NBCはためらった。しかし、時間はどんどん減っていく。選択肢を考えている間に、フォークはニール・サイモンの『名探偵再登場』の主演契約を結んでおり、春には撮影が開始される予定だった。NBCはシモンズを雇えばフォークの機嫌がよくなるのはわかっていたが、いつもと違って、それは彼が社交上の友人だからではなく、仕事をうまくできる同僚だからだ。フォークがこれまで指名したメイやチェンバースは、誰よりフォークに忠実だった。シモンズは仕事を優先した。ついに内部に協力者を見出せることを期待して、NBCはシモンズの条件に同意した。

フォークは喜んだ。特に、元妻との240万ドルの離婚調停に同意したばかりだったからだ。フォークは弁護士のバート・フィールズを通じてNBCに、200万ドルで1977~1978年のシーズン用に追加の『刑事コロンボ』4作を制作し、ホイールではなく単発スペシャルとして放映することを持ちかけた。NBCの公式な回答は「ありえない」というものだった。ホイールが戻ることは絶対になかった。

しかしネットワークにとって、4本のスペシャル番組にはせいぜい150万ドルの価値しかなかった。彼らは現在のシーズンが無事に終わり、シモンズがうまくやれることを確かめられれば運がいいという考えだった。

契約を結んだシモンズはメッツラーのオフィスに立ち寄り、まだ制作されていない検討中の脚本2冊を受け取った。フェイブルマンがここ数か月あれこれ手を入れた『小さいほうの悪』と、メッツラー自身が書き、今では『Bフラットの殺人（Murder in B Flat）』と呼ばれている「オーケストラの物語」だ。メッツラーはすぐに、シモンズがこれらを取りに来たのは単なる礼儀としてなのに気づいた。彼は自分の脚本を書きたかったのだ。シモンズは即興で、物語のアイデア――しかも優れたアイデア――を、ぽんぽんと出した。コロンボが、メンサ［IQが高い人だけが入会できる国際組織］の天才と対決したらどうだろう？　あるいはグルメ志向のシェフと？　あるいは偏執狂的な蘭の栽培者と？

シモンズはこの仕事に情熱をもって取り組んでいた――ただの押しつけられた仕事ではない。興味のないふたつの脚本を受け取りに来るという用事は深い議論に発展し、あっという間に2時間が経っていた。シモンズが午後7時15分に立ち去ろうとしたとき、メッツラーはノートにこう書いている。「『刑事コロンボ』がスムーズに進行するという見込みは上々のようだ」

番組の本質をつかむため、シモンズは『刑事コロンボ』の最高傑作と最新エピソードを見たいと言った。彼は『指輪の爪あと』、『別れのワイン』、『ビデオテープの証言』、『ルーサン警部の犯罪』、『黄金のバックル』を見た。フォークの演技は楽しんだが、ドラマ自体は浅薄で人工的だと感じた。彼は手がかりに過剰に依存していると考えた。シモンズは、シリーズの本質はコロンボと殺人者との対話にあるのだから、両方のキャラクターをもっと発展させるべきだと判断した。犯人のほとんどはまるで漫画だった。彼は、もっと独特な個性がほしかった。私生活や背景、殺人を決意するに至る、情状酌量できる状況などを掘り下げるのだ。コロンボのキャラクターはすでに確立しているが、シモンズはまだ深みを持たせる余地があると見ていた。親類のことを口にするだけでなく、コロンボは彼らに——あるいは自分の過去に——関して、現在の事件と関係するような話をするべきだ。

同じく、敵同士の関係も、最初からもっと緊張に満ちているべきだとシモンズは考えた。コロンボは、なくした鉛筆を神妙に探すように、ふらりと物語に入ってくるべきではない。殺人者が恐れるような、もっと手強い登場の仕方をするべきだ。犯人はコロンボの手腕を尊敬しているが、それでも自分なら出し抜けると信じている。もはや、コロンボを愚か者だとか無害な厄介者だと思っている者は誰もいない。ほかの刑事も彼を尊敬すべきであり、彼ら自身も道化として描かれるべきではない。現に、シモンズはレギュラーキャラクターとしてバーク刑事を作り上げた。コロンボが信用でき、協力できる相手だ。常にコロンボに一歩遅れている、だまされやすいクレイマー刑事やウィルソン刑事とは違い、バークは警部と足並みを揃えている。シモンズはプロデュースしたエピソードのほとんどにバーク刑事を登場させているが、作品ごとにこの役を演じる俳優が違うことには無関心だったようだ。

『殺しの序曲』

スタジオに入ってからの数日間で、シモンズは犯人役の設定を4つに絞った。ロバート・モーレイをゲストスターにしたメンサの天才、ベティ・デイヴィスのアガサ・クリスティー的な劇作家、グルメ志向のシェフ、ハル・ホルブルックの精神科医。彼はメインキャラクターと基本設定に肉づけをし、最も有望そうな2作——メンサの天才とアガサ・クリスティー——を、2~3週間で完全な脚本にしてもらえるようフリーランスに外注した。その上でシモンズは、自分自身のストーリーエディターとして、それぞれの脚本を自ら書き直し、撮影に使える水準にまでした。

プロデューサーは番組を軌道に戻せる自信はあったが、予測は現実的でなければならない。シーズン1からこのかた、どのプロデューサーも10~14日間という撮影スケジュールを守るには程遠かった。NBCの助けを得て、彼はユニバーサルに90分番組なら17日間、2時間番組なら22日間を要求し、これを認めさせた。

『殺しの序曲』で、シモンズは殺人を犯すメンサ会員の人となりを描写することから、自然にプロットを展開させた。頭脳明晰な会計士で、自分より劣った者をいじめ、金にしか興味のない美しい妻を持ち、あきれるほど複雑で、完璧と思われる殺人方法を考えつく頭のよさがある。

シモンズはロバート・モーレイを主役に起用した。モーレイのエージェントは契約に合意したが、撮影が始まる頃にはモーレイは舞台に出演していることがわかり、手を引いた。第2候補はピーター・ユスティノフで、彼は2万ドルと必要経費を要求した。NBCは承諾したが、ユスティノフは心変わりして出演を見送った。シモンズはすぐさまジェームズ・メイソンやレックス・ハリソンに目を向けたが、最終的にセオドア・バイケルに落ち着いた。

『死者のメッセージ』

アガサ・クリスティー風の物語は、フリーランサーでテレビ脚本のベテラン、ジーン・トンプソンに割り当てられた。彼は最近、初の小説『ルーペ（Lupe）』の映像化契約を結んだばかりだった。『刑事コロンボ』の脚本は期日通りに仕上がったが、シモンズは大半が使えないことに気づいた。メッツラーはこう指摘している。「脚本は大失敗だった。小説の40万ドルの映画化権で、ジーン・トンプソンは麻痺してしまったんだ」実際、この『刑事コロンボ』以降、彼はテレビ脚本家をやめ、小説に専念している。

シモンズは脚本をルーサー・デイヴィスに渡し、大急ぎですっかり書き直させた。フォークが次の映画に必要とされるまで、あと数週間しかないとわかっていたからだ。『殺しの序曲』が完成するとすぐに、フォークの契約上最後の、4つ目のエピソードの制作が始まった。『死者のメッセージ』では、70代のミステリ作家、アビゲイル・ミッチェルが、姪が海で行方不明になったのはヨットの事故ではなく、夫のエドモンドに突き落とされたのではないかと疑う。そこで彼女は、エドモンドを金庫室に閉じ込めて窒息死させるが、彼は死ぬ前にダイイングメッセージを残していた。

シモンズが制作した『刑事コロンボ』の大半と同様、彼は基本的な前提を考案し、それを雇った脚本家に手渡し、執筆過程を通じてメモを入れ、脚本が完成すると徹底的に書き直した。シモンズはステレオタイプを嫌い、曖昧さや陰影を好んだ。そのため、エドモンドが本当に妻を殺したかどうか、視聴者にはっきりわからせないほうがいいと考えた。

シモンズはデイヴィスの脚本から、有罪を示唆する台詞をいくつか削除した。例えば、埠頭でのアビゲイルとの心に響く会話で、コロンボはこう言うはずだった。「姪ごさんが亡くなる数週間前、彼女は夫を脅迫と暴行で訴えています。その後、訴えを取り下げている。あなたは何かご存じのはずです。なのに、彼に財産を残そうとした」

当初は、アビゲイルが図書室に入ってきたとき、エドモンドはブランデーのグラスを片手に、本を何冊か見ていることになっていた。代わりにシモンズは、亡き妻の写真を取り上げ、笑みを浮かべさせることにした。

最初のトリートメントで、シモンズはアビゲイル・ミッチェルのヒット作となった戯曲を『3つのフラットの殺人』とした。メッツラーはそのタイトルが、自分の書いた『Bフラットの殺人』に酷似していると指摘した。シモンズはタイトルを変えるよう指示を出した。修正された本のタイトル〝アビゲイル・ミッチェル著『私が殺された夜』(The Night I Was Murdered by Abigail Mitchell)〟はエドモンドのダイイングメッセージとなった。犠牲者は表紙から最初の2語を消し、〝私はアビゲイル・ミッチェルに殺された(I Was Murdered by Abigail Mitchell)〟としたのである。

アビゲイルのキャラクターは、威圧的なものからより思いやりがあって温和なものに変えられたため、シモンズはキャスティングをベティ・デイヴィスから、身長5フィートで80歳のルース・ゴードンに変更した。脚本家・舞台女優としての長いキャリアを経て、ゴードンは晩年、『ローズマリーの赤ちゃん』や『ハロルドとモード 少年は虹を渡る』などの映画でスーパースターの座についていた。

『死者のメッセージ』の撮影が完了するとすぐに、フォークは『名探偵再登場』の撮影現場に合流した。だがシモンズはまだ『殺しの序曲』の編集にかかりきりで、シーズンの終わりまでに『死者のメッセージ』

を完成させるのは不可能だった。このエピソードの放映は秋まで持ち越されることになった。新たなテレビの契約がないフォークは１９５０年の悪名高いブリンクスの強盗事件に関する映画の契約を結び、12月まで拘束されることとなった。

その間、シモンズは夏の休止期間の前にかろうじて放映が間に合うよう『殺しの序曲』を完成させた。結局、放映されたのは最後のオリジナル作品が放映されてから6か月後、またほとんどのシリーズが再放送に切り替わってかなり経ってからの、１９７７年5月22日のことだった。あまりにも長くかかったので、フォークは「多くの人がコロンボは死んだと思っているんじゃないか」と冗談を言った。

フォークと契約を結んでいないにもかかわらず、ユニバーサルはシモンズに、引き続き追加の『刑事コロンボ』の準備作業を依頼した。それには不動産会社の女性や、ネットワークの役員にまつわる新作も含まれていた。プロデューサーは作業工程をかろうじてコントロールしていた。予算はやはり超過していた。『死者のメッセージ』の制作費は１５０万ドル近くに上り、期間は予定より２日遅れた。だが、はなはだしい超過とは言えなかった。

6月半ば、フォークが『名探偵再登場』を撮り終える頃、『ブリンクス』の脚本に大幅な書き直しが必要となり、撮影開始は１９７８年になってからとの知らせが届いた。窓が開いたそのチャンスを、ＮＢＣはつかんだ。彼らはフォークの以前の条件で合意した。１作品につき50万ドルで、４本の単発スペシャルを制作する――2本は90分、2本は2時間だ。契約の決め手となったのは、ＮＢＣとユニバーサルの取り決めだった。ＮＢＣは引き続き、１作品につき超過予算を22万５０００ドル支払うが、それ以上は出さない。代わりに、ユニバーサルは超過予算が22万５０００ドル以下に収まっても払い戻さない。『刑事コロンボ』が予算を何千ドル上回ろうと下回ろうと、支出を管理する動機はユニバーサルに戻ってきたことになる。ＮＢＣは最終的なコストを見積もるだけでよく、現場で支出にいちいち口を出す代理人は必要なくなった。ボブ・メッツラーは職を解かれた。

『秒読みの殺人』

シモンズは8月半ばに撮影を開始する予定の、次なる脚本を手に入れた。『秒読みの殺人』では、野心家のテレビ局プロデューサー、ケイ・フリーストンが、出世のために自分を避けようとした上司であり恋人を殺害する。この主題を利用して、脚本家はＮＢＣのお節介な大立者に一撃を食らわせた。「局の仕事ときたら、あなた方にお金を出すことと、局の狙いを伝えること。それしかないのよ」フリーストンはプロデューサーにそう語る。「常に情報を与えられることの何が悪いの？」

フォークは第1稿を気に入ったが、カメラがコロンボよりも殺人者を追う時間のほうがかなり長く、刑事が登場するまでいつもより時間がかかった。シモンズは、コロンボのプジョーが後ろから追突されるというオープニングを提案した。これにより、コロンボはエピソードを通じて首にコルセットをはめ、演技のネタをひとつ加えることもできる。同じく、元々はコロンボが決定的な証拠を手に入れるのは、フリーストンの自宅で彼女が作った新しいパイロット作品である『ザ・プロフェッショナル』を見ているときのことになっていたが、代わりにコロンボがドッグを連れてテレビの修理店を訪れたときに、『ザ・プロフェッショナル』を目にするということになった。

フィナーレの緊張感あふれる対決は、グリフィス・パーク・プラネタリウムの光のショーの間に撮影されることになっていたが、サンタモニカ埠頭のアーケードに変わった。

犯人役のゲストスター、トリッシュ・ヴァン・デヴァーは、フォークのアドリブが自分の演技の緊張をほぐすのに役立ったと語っている。「私は過剰なほど準備して撮影に臨みました」彼女は言う。「あまりにも硬くなりすぎていました。ピーター・フォークはそれを正すやり方を知っていたんです。的外れな台詞を言ったり、驚かせたりして、私から思い通りの反応を引き出すんです。それは驚くほどうまくいきました」

77歳のマイク・ラリーは、『秒読みの殺人』で最後の演技を見せた。警備員として巡回を行いながら、立ち止まってテーブルの上の雑誌を取り上げ、こっそり中央の折り込みページを覗くという役どころだ。制作中のある日、ラリーが急にセットに姿を見せなくなった。1週間ほどして、フォークはアシスタントのキャロル・スミスに彼の行方を追わせた。フォークはようやくラリーの息子にたどり着く。しかし、息子は父親から、仕事をやめた理由について口外しないよう誓わされていた。実はラリーは、自分と同じくフォークと長いつき合いの仲間が盗みを働いているのを見ていた。ラリーは告げ口したくなかったが、かといって、その人物とはもう一緒に仕事ができなかった。ラリーの息子は、フォークには言わないと約束していたが、ジョン・カサヴェテスについては何も言われていなかったので、そこからフォークに真実が伝わった。不正を働いたスタッフは解雇された。だがラリーには、これで終わりにする覚悟ができていた。

『美食の報酬』

2か月という異例の休暇の後、フォークはシモンズによるグルメ志向のシェフの物語『美食の報酬』の撮影のために戻ってきた。『オブライエンの裁判』の脚本家ロバート・ヴァン・スコイクの手になる脚本で、犯人の料理評論家ポール・ジェラードは、彼のゆすり行為を暴露しようとしたレストランのオーナーを毒殺する。シモンズの主な指示は、コロンボとジェラードは互いを嫌いながらも、その才能に一目置くようにするというものだった。ふたりは互いへの憎悪を抑え、それとなく示しながらも、最後にジェラードがコロンボの毒殺に失敗するまで口には出さない。

その指示は、コロンボはもっと対立的で自分をよく知っているという、シモンズの好みによるものだった。シモンズにとって、コロンボは控えめな人物ではなかった。フォークはより厚かましく、大胆で、激しいキャラクターを演じるようになった。話しぶりはより計算され、ドラマティックで、誇張されたものとなり、手ぶりはさらに派手になった。あるシーンで、コロンボは特にこれといった理由もなく、臆病なウェイターを大声で叱りつけた。フォークはキャラクターを発展させようとして、無意識のうちに大げさなパロディにしていた。あたかもコメディアンがコロンボの物真似をしているようだった。

フォークは婚約者のシェラ・デニスに、犯人の恋人役をやらせることを主張した。また、キャリアが急に途絶えた若い監督を自ら起用した。ジョナサン・デミは、初の高額予算映画『市民ラジオ（Citizens Band)』が封切られ、大失敗に終わったところだった。「期待され、芽を出しかけたキャリアが壁にぶつかった」デミは語る。「仕事がまったくこなくなったんだ……ピーター・フォークが『市民ラジオ』を観て『刑事コロンボ』に誘い、救ってくれるまで」。『美食の報酬』からしばらくして、デミは『メルビンと

結婚パーティーの参加者。（左から右に）花嫁付添人のジェニファー・オースティン、花婿付添人のウェイン・ロジャース、シェラ・デニス、ピーター・フォーク、先導役のベン・ギャザラ、ボブ・ディシー。

ハワード』の監督に採用され、やがて『羊たちの沈黙』を撮ることになる。

撮影が終わった直後、フォークとデニスは1977年12月2日に結婚する。友人で仕事の相談役でもあるウェイン・ロジャース（『M★A★S★H　マッシュ』）が花婿付添人となり、ジョン・カサヴェテス、ベン・ギャザラ、ボブ・ディシーが先導役を務めた。夫妻は新婚旅行を1月まで延期しなければならなかった。フォークの次のエピソードの撮影があったからだ。

『攻撃命令』

シモンズが次に予定していたのは心理学者のアイデアだったが、コロンボがこれまで『殺人処方箋』や『5時30分の目撃者』で対決したような伝統的な精神分析医は頭になかった。脚本家アンソニー・ローレンスと仕事をしながら、シモンズは犯人を行動研究に関する心理学者とし、ＥＳＴの創始者ワーナー・エアハードをモデルとした。殺害方法は、映画『ドーベルマン・ギャング』シリーズからヒントを得た。ローレンスのプロットでは、自己啓発の講師で映画ファンでもあるエリック・メイスン博士が、同僚が亡き妻と不倫関係にあったことを知る。そこで、彼は犬――ドーベルマン・ピンシェルとジャーマン・シェパード――を調教し、「バラのつぼみ」という言葉を聞くと攻撃するよう仕向ける。

脇筋には、大学の教え子のジョアンが登場する。メイスン博士のゲストハウスに住んでいる彼女は、より際どさを狙って取り入れられた。気のあるそぶりの女子学生は博士に好意を持っており、博士も彼女に好意を持っているが、妻の謎の死に罪の意識を感じるあまり、ふたりきりになったときにうまく対処できない。初期の草稿によれば、コロンボがプールサイドでビキニを着たジョアンに聞き込みを行うと、彼女は日焼けオイルを塗ってほしいと言って彼に近づこうとする。

「何でも訊いて」ジョアンは言う。「あなたって魅力的ね」

「誤解してほしくないんですがね、ジョアン」コロンボはオイルを塗りながら答える。「さっきも言った通り、あたしにはカミさんがいるんです」

「だからといって、人間らしさを捨てることはないわ」

「本当のところ、あなたの父親くらい年上なんですよ」コロンボは言う。「ものすごく年上ってわけじゃないが、十分年上だ」

「馬鹿げてる。35歳にはなっていないでしょう」

コロンボがようやく彼女と博士の関係を聞き出すと、彼女はこう言う。「思った通りにはならなかったわ」

「つまり、何もなかったと……」

「彼が何もしなかったわけじゃなくて……」

「うまくいかなかった？」

「つまり、彼は本当にやろうとしたの……ただ、私のせいかもしれない。ひどく取り乱してしまったから。でも彼は、前にもあったと言ってたわ」

「わかる気がします」

「もうオイルは結構よ」

コロンボは慎重にオイルを置き、それから塗りすぎてしまったことに気づく。タオルで拭こうとするが、身をかがめたすきに、彼女がキスをしようとする。コロンボは注意深く彼女の唇をよけ、首を振りながらそろそろと去って行く。

シモンズはまたも、殺人者にコロンボの命を狙わせる——しかも、元々は2度計画されていた。メイスンの能力の問題を知った警部は、博士を訪ねる。博士は大学の心理学棟の屋上にあるテーブルにひとり腰を下ろし、書類を開いている。コロンボは同じ性的問題を抱えた「友人」へのアドバイスを仰ぐ。「問題がありましてね……そいつは女性の前で男になれないんです」コロンボは言う。「言いたいことはおわかりでしょう？　彼は本当にやろうとしたんですが、できなかったんです」

そうほのめかされたことで博士は激怒し、コロンボをビルから突き落とす寸前となる。だがそこへ、不意に別の警察官が現れる。

当初予定された結末では、メイスン博士が動物保護施設で犬を毒殺しようとしたところへ、コロンボが邪魔に入り、ケージに足を踏み入れる。博士はドアを閉め、鍵をかけて、「バラのつぼみ！」と命令する。ところが、犬たちは攻撃する代わりに伏せをする。コロンボによって再訓練されていたのだ。

修正された最終的な脚本では、メイスン博士が口封じのために大学生の首を絞めようとしたところへ、コロンボがやってくる。博士はコロンボに犬（最終的には2頭ともドーベルマンになった）をけしかけて襲わせようとするが、その場所は最初の殺人が行われた、記念品であふれた博士の家に変更されている。犬たちはコロンボに飛びかかるが、それは愛情表現のためだった。

『攻撃命令』には、犬の訓練学校でドッグが短い時間登場するが、元々は複数のシーンに登場するはずだった。例えば、大学で博士と対決したコロンボが、学校へ向かおうとするシーンだ。警部が車のドアを開けると、ドッグが運転席に座っている。コロンボはそこをどくよう命令するが、ドッグはびくともしない。彼はついにドッグを押しやる。車を出しながら、コロンボはペットに話しかける。「この大学の心理学者と話していたんだ。犬はわけもなく飼い主を襲うことが知られているらしい。どう思う？」

ドッグは黙って彼を見る。

「ノーコメントか？　言っておくが、そんな考えを持つんじゃないぞ。用意はできているからな。わかったか？」

ドッグは意地悪く彼を見て、それから窓のほうを向く。

エピソードの制作が遅れた一番の原因は、当初、編集を指揮していたのが初めて編集を担当する新人だったためだ。「残念ながら、彼にはまだ編集者としての準備ができていなかった」彼の編集助手として3週間働いた、シモンズの息子デイヴィッドはこう言っている。「彼は素晴らしい幸運に恵まれただけだったんだ。僕には悪夢のようだった。ドラマの中に犬が襲いかかるシーンがあって、彼は15秒の編集に2週間ほどかかっていた。テレビでは許されないことだ。後れを取ってはいけないんだ。昨日撮影されたものは、今日の終わりまでに編集しなくてはならない。父がこう言ったのを覚えているよ。『どうして状況を知らせなかった?』とね。僕は、彼の下で働いているからだとしか答えられなかった。彼にとっては不幸な結末だった。別の編集者が雇われたが、それは彼自身の編集助手だったんだ」

『策謀の結末』

シモンズは『攻撃命令』の制作準備を始めながらも、まだ最終エピソードをどうするか決めかねていた。彼は運よく、パット・ロビソンが書いた未制作のシリーズパイロット用脚本を見つけた。アイルランド出身の詩人、ジョー・デヴリンは、平和を説きながらも実際には北アイルランドの反乱分子のために銃を密輸していた。このアイデアには、優れた手がかりが盛り込まれていた。デヴリンは裏切者の仲介人を撃ち殺し、詩人らしく大好きなウィスキーのタラモア・デューのボトルを死体のそばに転がす。ラベルには「すべての人にデューを」［タラモア・デューのラベルに実際に記されていたコピー。ここでは商品名のDewとDueをかけて、「すべての人を正当に評価せよ」という二重の意味がある］というスローガンが書かれている。

1977年12月の初め、シモンズはこの原案をハワード・バーク(『祝砲の挽歌』)に渡し、『刑事コロンボ』用に書き直させた。撮影が始まる直前になって、NBCは会社のキャッチコピーを処刑と結びつけてタラモア社を立腹させるわけにはいかないと主張した。架空のウィスキーのブランド名を使うのが望ましいと。そこで商品名はフルズ・アイリッシュ・デューとなり、スローガンは「人にはふさわしき贈り物を」となった。

フォークの契約ではこれが最後のエピソードだったが、こうした成り行きは前にも経験済みだった。犯人役のゲストスターで、ブロードウェイの『オリバー!』でフェイギン役を演じたクライヴ・レヴィルは、こう回想している。「番組が終わろうとしているセットには、名残を惜しむような雰囲気はなかった。ピーターと私は、互いのキャラクターとやり取りすることで、たくさんの創造的な喜びを得た」

とはいえ、フォークの話し方はどこかぎこちなかった。まるで、1テイク――または10テイク多すぎる演技をしたかのように。マスコミの記事によれば、撮影の最終日近く、セットから急に見物人が閉め出されたという。ささいな技術上の遅れに、フォークが急に腹を立て、「スタジオじゅうに木箱を投げつけた」ためだ。冷静になると、彼は監督に謝罪した。

実は、フォークはレインコートを着るのはこれが最後だとは思っていなかったようだ。2年前の『さらば提督』のときとは違い、制作者たちは10年にわたる刑事ドラマに終止符を打つような、数多くの形式からの逸脱や気のきいたスクリーン上の合図は取り入れなかった。ただひとつ、犯人のキャッチフレーズである「ここまで、ここを過ぎず」を除いては。

打ち上げパーティーもなく、メディアのお別れツアーもなかった。それでも、1978年2月に『策謀の結末』が完成したとき、フォークはシーズン8への復帰についてNBCから何も聞かされていなかった。彼はそれを、ネットワークの気まぐれのせいにした。ここ数年、番組制作者は『刑事コロンボ』を冷たくあしらったかと思えば、それなしでは生きていけないというのを繰り返しているように見えた。「ネットワークは危ない橋を渡るのが好きなようだ」フォークは当時、そう言っていた。「ある種のトラウマを経験しているんじゃないかという気がするよ」彼はすぐにも連絡が来ると思っていた。だが、それはなかった。

シーズン7――1977〜1978年

『死者のメッセージ』(Try and Catch Me)
撮影終了日：1977年5月6日
出演：ピーター・フォーク、ルース・ゴードン、マリエット・ハートレイ、G・D・スプラドリン、
　チャールズ・フランク
監督：ジェームズ・フローリー
制作：リチャード・アラン・シモンズ
脚本：ジーン・トンプソン、「ポール・タッカホー」(ルーサー・デイヴィス)
原案：ジーン・トンプソン
放映日：1977年11月21日
ニールセン順位：15位

『美食の報酬』（Murder Under Glass）
仮タイトル：A Taste of Eternity, Murder in Aspic
撮影：1977年11月
ゲストスター：ルイ・ジュールダン、シェラ・デニス、リチャード・ダイサート、マコ
監督：ジョナサン・デミ
制作：リチャード・アラン・シモンズ
脚本：ロバート・ヴァン・スコイク
放映日：1978年1月30日
順位：14位

『秒読みの殺人』（Make Me a Perfect Murder）
撮影：1977年8月～9月
ゲストスター：トリッシュ・ヴァン・デヴァー、ローレンス・ラッキンビル、ジェームズ・マクイーチン、ロン・リフキン、レイニー・カザン
監督：ジェームズ・フローリー
制作：リチャード・アラン・シモンズ
脚本：ロバート・ブリーズ
放映日：1978年2月25日

順位：43位

『攻撃命令』（How to Dial a Murder）
仮タイトル：Fangs for the Memory, The Laurel & Hardy W.C. Fields Citizen Kane Murder Case, Snips and Snails and Murderer's Tails
撮影：1977年12月
ゲストスター：ニコル・ウィリアムソン、キム・キャトラル、エド・ベグリー・Jr.
監督：ジェームズ・フローリー
制作：リチャード・アラン・シモンズ
脚本：トム・ラザルス
原案：アンソニー・ローレンス
放映日：1978年4月15日

『策謀の結末』（The Conspirators）
仮タイトル：The Murder-By-the-Case Murder Case
撮影：1978年1月9日〜2月
ゲストスター：クライヴ・レヴィル、ジャネット・ノーラン、バーナード・ベーレンス
監督：レオ・ペン

制作：リチャード・アラン・シモンズ
脚本：ハワード・バーク
原案：パット・ロビソン
放映日：1978年5月13日
視聴率：27シェア

15 保留

NBCは『刑事コロンボ』を打ち切りにしたわけではなかった。ただ、新しいエピソードの発注をやめたのだ。確かに単発スペシャルとしての放映は高視聴率を取った。だが今や、NBCの日曜夜を固める週1回のドラマの一部ではなく、ネットワークは『刑事コロンボ』にそれほどの価値を見出せなかった。高額な費用と、ピーター・フォークと仕事をする苦労に見合うだけのものではなくなったのだ。

同じく重要なことに、1978年1月、NBCは新しい社長兼CEO、フレッド・シルヴァーマンを雇った。編成マンだったシルヴァーマンは、1970年代初頭にCBSで、安定した〝田舎のショー〟を、もっと流行の先端を行く都会的な番組やスピンオフに変えたことで、一躍有名になった。1970年代半ばにはABCに移り、『チャーリーズ・エンジェル』や『スリーズ・カンパニー』といった若々しくて格好良く、刺激的な番組によって、最下位だった局を1位に押し上げた。シルヴァーマンがNBCで働き始めるのは6月のことだったが、前任者は新体制が定着するまで『刑事コロンボ』に関する決断を避けようとしていた。

見通しは明るくなかった。最後の〝個性派刑事〟もの――『刑事コジャック』や『刑事バレッタ』は打ち切りになったばかりだ。テレビの探偵役は、『ロックフォードの事件メモ』、『探偵ハート&ハート』、『私立探偵マグナム』といった路線の、ハンサムで軽いユーモアを備えた私立探偵になっていた。ミステリドラマは死んだも同然だった。

現に、シルヴァーマンには『刑事コロンボ』を呼び戻す気はなかった。彼がＮＢＣに入ったとき、その棚は空っぽで、新シーズンが始まるまでにはわずか3か月しかなかった。前シーズンで最も視聴率のよかった週間テレビ番組30位の中に、ＮＢＣの番組はふたつだけだった。

フォーク抜きで『刑事コロンボ』を継続するという議論もあった。ユニバーサルの役員、チャーリー・エンゲルは、馬鹿げたアイデアだと考えた。「ほかの役者を見つけてコロンボを演じさせるという提案があった」エンゲルは回想する。「私は言ったよ。『時間の無駄だ。金をどぶに捨てるな。ピーターがコロンボなんだ』とね。コロンボと聞けば、それはピーター・フォークだと誰でも知っている」

シルヴァーマンにはもっといい考えがあった。スピンオフの『ミセス・コロンボ』だ。このキャラクターは『刑事コロンボ』には一度も出てこないため、好きなように作れるし、現代の好みに合わせることができる。また、これによりＮＢＣはフォークと仕事をするという苦難に耐えることなく、『刑事コロンボ』のファンを確保することができる。

シルヴァーマンはディック・レヴィンソン、ビル・リンク、ピーター・フィッシャーを呼び寄せ、番組のフォーマット造りを依頼した。主役としてはブレンダ・ヴァッカロを念頭に置いていた。不安はありながらも、3人はミセス・コロンボのキャラクターを詳細に設定した。フォークの年齢に近い40代で、異国的で、心が温かく、楽しいことが大好きで、ほとんどの時間をキッチンで過ごしている。彼らはヴァッカロ、モーリン・ステイプルトン、ジーン・ステイプルトンの名を挙げた。フィッシャーは、テレビのゲーム番組の司会者が殺人を犯すという脚本を書いた。シルヴァーマンは気に入った。だが、ヴァッカロがこの役を断ると、シルヴァーマンは、もっと若くてセクシーな女優がいいと主張するようになった。豊満なブロンドのキャロル・ウェインなどだ。フォークの29歳の妻シェラ・デニスも立候補し、この仕事が手に入ったら「ピーターをシリーズのゲストに登場させられるわ——たとえ猿ぐつわをかませて縛り上げ、セットに引きずってくることになっても」と言った。

フィッシャーはうんざりしていた。レヴィンソンは彼を引き止めようとした。「NBCは何があろうとこのドラマを制作するつもりだから、他人が入ってくるよりも自分たちでやったほうがいいと思うんだ」「いいや、ディック、そうは思わない」フィッシャーは言い返した。「最初からひどいアイデアだ。成功するわけがないし、僕は一切かかわりたくない」フィッシャーはのちにこう回顧している。「ディックと僕が本気で対立したのはこのときだけだった。彼は自分を納得させていたが、ひどいアイデアだった」

シルヴァーマンは結局、23歳のケイト・マルグルーを起用した。昼間のソープオペラ『ライアンズ・ホープ(Ryan's Hope)』でメアリー・ライアン役をやった女優である。この配役を見たレヴィンソンとリンクは、ドラマが成功する見込みはないとわかった。彼らはプロデューサーを降りたが、契約により、『刑事コロンボ』の全シーズンでやったのと同じように、すべての脚本に目を通してメモを残す義務があった。

シルヴァーマンは初めに、ディック・アーヴィングをプロデューサーとして引き入れようと交渉したが、結局リチャード・アラン・シモンズをエグゼクティブプロデューサーに据え、2時間のパイロット版と1時間のエピソード5本を制作した。シモンズはパイロット版の脚本を、若い女優に合わせて素早く書き換えた。彼は『刑事コロンボ』とのつながりをできるだけ取り入れた——犬、車、いつも夫の帰りを待っているのに決して帰ってこないこと。シモンズはボブ・ディシーを刑事役に起用し、ロバート・カルプを第1回の、ドナルド・プレザンスを第2回の犯人役にした。フォークはゲスト出演を持ちかけられたが、この件から完全に締め出されていた彼は、ミセス・コロンボの家のマントルピースに自分の写真を飾ることさえ許さなかった。

『ミセス・コロンボ』のスタッフは1日18時間、無休で6週にわたって作業し、最初の2エピソードを完成させた。ネットワークが最終版を受け取ったのは、放映の数日前のことだった。パイロット版の『殺し屋の声が聞こえる』は、1979年2月26日に初放映され、多くの視聴者を集めた（ニールセン順位18位）。だが視聴者は多かったものの、楽しんだかどうかは別だ。何も知らない視聴者の前に登場したヒロインは、長年にわたりコロンボがしゃべり立ててきた、姿を見せない〝カミさん〟とは似ても似つかなかった。異国的でも風変わりでもなく、姿を見せない夫よりも30歳は若く、10歳の娘がいて、地元の週刊紙に記事を書き、パイロット版ではサイコパスにつきまとわれる。

週1回の放映となってからの最初のエピソードでは、パイロット版の視聴者の4分の1を失った。第3回は完成が間に合わず、ぎりぎりで『Dr.刑事クインシー』の再放送と差し替えられた。シルヴァーマンは今後のエピソードは放映に間に合うようにすると発表したが、番組は内容を一新するため休止することとなった。内心では、彼らは『刑事コロンボ』とのつながりが視聴者に誤った期待を植えつけ、本来なら楽しめるはずのミステリ・シリーズの邪魔になっていると考えていた。そこで彼らが講じた策は、『刑事コロンボ』との関連を一切排除し、新しいタイトル『ケイト・コロンボ（Kate Columbo）』にすることだった。それで事態が上向きにならないとわかると、タイトルをさらに『探偵ケイト（Kate the Detective）』、さらには『ケイトはミステリがお好き（Kate Loves a Mystery）』〔日本での変更タイトルは『ミス・ケイトの冒険』〕と変更したが、視聴率は下がり続け、打ち切りを余儀なくされた。

『ミセス・コロンボ』の苦戦を受け、１９７９年の後半に、ようやく『刑事コロンボ』の復活が話し合われた。だが、フォークは珍しく、ネットワークよりも多く作品を作りたがった。「ネットワークが『刑事コロンボ』を呼び戻さないとは思えなかった」と彼は言った。「毎週コロンボを演じることはないが、年に4本の単発スペシャルなら出演しよう」

だがＮＢＣのフレッド・シルヴァーマンは、年に1回の単発スペシャルしか考えていないと言った。「彼は完璧主義者だから、1作を完成させるのに1年はかかるだろう」そう説明したシルヴァーマンは、最小限のかかわりで『刑事コロンボ』の放送局であることのハロー効果を得ようとしたようだ。

おそらく交渉上の手と思われるが、フォークは20年間着古したレインコートをユニバーサルから引き取ると申し出た。「返してもらわなければ」と彼は言った。「あれは私のなんだ。預けてあるのは、いつでも戻って『刑事コロンボ』の続きを撮影できるようにするためだ。使ってきたレインコートは1着だけだ。ケチャップがついたときのために、予備はあるけれどね。だが、常に元のやつを使っている。着心地がいいんだ。違いはすぐにわかる」

交渉が長引くと、フォークはふたたびレインコートを着るつもりがあると明言した。「もう一度コロンボをやる気持ちはある。あとは依頼してくれさえすればいい」と。手段のひとつとして、彼のチームはジェームズ・ステュアートがゲスト出演する可能性を持ち出し、ＮＢＣに番組の再開を決断させようとした。

結局、１９７９年の契約は金銭をめぐって決裂した。ＮＢＣの編成担当部長ペリー・ラファティによれば、フォークは「時間と予算に限度を設けないことを約束する、無制限の契約」を求めたという。ユニバーサルは、NBCがふたたび超過予算をカバーしてくれるなら、話を進める用意があった。だがNBCは断った。

その間も、『刑事コロンボ』が完全に消えたわけではなかった——ゴールデンタイムを除いては。CBSは1976年から、深夜の『CBSレイト・ムービー』でときおり再放送した。2度のコマーシャルを入れるためにエピソードがひどく編集されても、視聴率はよかった。1979年の秋には、『刑事コロンボ』の新作の見込みがないまま、CBSは旧作を毎週木曜の夜に放映した。CBSはそれを毎週火曜日に変更し、続いて月曜日にし、また火曜日に戻し、最終的に木曜日に戻して、権利が切れる1985年まで放映した。

だが、フォークの映画俳優としてのキャリアは、新たな高みに到達した。1979年に封切られたアラン・アーキン共演の『あきれたあきれた大作戦』は、素晴らしい評価を受け、興行収入も途方もないものだった。フォークはすぐさま、コロンビア映画と3作品の契約を結び、主演作品を制作することになった。それぞれの映画のプレスツアーで、彼はしばしばテレビへの復帰について訊かれた。「『刑事コロンボ』が終わってはいないことを祈っている」あるインタビューで彼はそう答えている。「毎年、彼らはコロンボを呼び戻すと言い続けているんだが、なかなか実行しないんだ」

実際には、フォークとNBCは少なくともあと3回、契約寸前まで達していた。最初は1981年に、フォークが年に5本から8本の作品に出ると売り込んだとき。次は1984年に、NBCが『刑事コロンボ』3本を『弁護士ペリー・メイスン』3本とともに、11月、2月、5月の視聴率調査期間に放映することに興味を示したとき。最後は1986年に、フォークが年に2本から6本のスペシャルに意欲を示したとき。だが、いずれもあと一歩のところで実現しなかった。

16 第二の人生

1987年3月12日、30年以上にわたり1日に煙草を3箱吸っていたディック・レヴィンソンが、心臓発作により急死した。享年52。ビル・リンクは打ちのめされた。40年間のショービジネス人生で、彼らは仕事上のあらゆる時間を分かち合った。人生で初めて、リンクは執筆をやめた。ひとりでは続けていけるかどうかもわからなくなっていたからだ。

『刑事コロンボ』は彼が立ち直るのを助けた。その年の後半、ABCはユニバーサルに、独自のホイールを始めることについて打診した。交渉を難航させたのは、そのひとつが『刑事コロンボ』でなければならないということだ。リンクは、彼の最も有名な作品をABCが本気で復活させる気があるなら、喜んで相談に乗ると言った。だが、彼が『刑事コロンボ2・0』にかかわるなら、確立した形式は変えないとはっきりと伝えた。

1988年の春までには、ユニバーサルとABCは契約の枠組みを決めた。新しいホイールは3つのミステリ・シリーズからなり、各6エピソードが制作される。バート・レイノルズは、『B．L．ストライカー』にフロリダの探偵として主演することに合意し、ルイス・ゴセット・ジュニアは『ブラック・ギデオン／N．Y．事件簿・ファイル』で、謎を解く人類学教授を演じることとなった。ビル・リンクは、

『ＡＢＣミステリ・ムービー』ホイール全体のエグゼクティブプロデューサーを引き受けた。またリンクは、スティーヴン・スピルバーグが、『刑事コロンボ』の第1作の監督に興味を示しているとも言った。

ＡＢＣは喜んで資金を提供する意向だった。すべてを手に入れた彼らに足りないのは、ピーター・フォークだけだ。彼はニューヨークで、マフィアの登場するコメディ『私のパパはマフィアの首領《ドン》』を撮影していた。フォークは、『刑事コロンボ』の復活を検討するには、有望な脚本が5つは必要だと言った。そこでリンクは、過去の『刑事コロンボ』の脚本家と物語のアイデアのブレインストーミングを始め、週末ごとにニューヨークに飛んで、フォークにそれをぶつけた。ジャクソン・ギリスは、かつて彼が書いた『弁護士ペリー・メイスン』のエピソードに、１９８０年代的な味つけをすることを提案した。ジゴロが愛人を、時間を空けて違った銃で2度撃つ。2度目の発砲で捕まったとしても、死体を撃っただけだと証明できるからだ。ロバート・ヴァン・スコイク（『美食の報酬』）は、有能な弁護士に関するトリートメントを書いた。彼は親友を殺し、親友の妻——彼を捨てた恋人——に罪を着せて、法廷で弁護すると申し出る。

待ち望まれたカムバックは延期された。１９８８年3月7日、全米脚本家組合はまたもストに突入したからだ。これにより、すべてのテレビシリーズの制作が止まった。5か月間の紛争が終わりに近づく頃、フォークはようやく、2時間もの6本からなる1シーズンの契約に合意した。彼は以前よりも大きな権力を手にし、共同エグゼクティブプロデューサーの肩書も得た。リンクはまた、フォークがシーズン1の間に書いていた脚本についても考慮すると約束した。美しい殺人者が、コロンボに言い寄って間違った方向へ導こうとし、コロンボも彼女に心が傾きかけるというものだ。とはいえ、脚本家のストのため、完成している脚本はフォークのものしかなかった。「手直しが必要だ」リンクはそう言った後、すぐにつけ加えた。

「といっても、どの脚本も手直しが必要なんだ」

各エピソードには、20日間というより現実的なスケジュールと、260万ドルという予算が割り当てられた。この予算には、俳優とプロデューサーとしてのフォークの給与65万ドルが含まれていた。10年前よりも予算は著しく増えたが、制作費と給与の高騰により、復活したシリーズは大幅に簡素化する必要があった。より安いセットを使うことや、一流のゲストスターを減らすことなどだ。NBCでは、『刑事コロンボ』のひとつのエピソードに4人もの有名スターが登場するのは珍しいことではなかったが、ABCではよく知られているスターがひとりかふたり出ればいいほうだった。

成功を確実なものにする鍵は、闘争的な関係でなく建設的な関係を通じてフォークの実力を最大限に引き出せるようなユニバーサルの役員に『刑事コロンボ』を委ねることだった。スタジオは番組をチャーリー・エンゲルの下に置いた。長年副社長を務めたエンゲルは、ジェームズ・ガーナーをはじめとする〝問題のある俳優〟の面倒を見るのが得意なことで知られていた。エンゲルは説明する。「どうして私に、〝トラブルメーカー〟が全部割り当てられるのかと訊かれるかもしれない。私は今、トラブルメーカーに引用符をつけて表した。おそらくそれは、私がここに長年いることと、仕事を始めたばかりの頃に、会社の目標は番組を成功させることであり、スターたちとの関係を築くことだと学んだからだと思っている。つまり、スターたちが幸せなら上司も幸せというわけだ。そのためには、自尊心を持っていてはいけない。あなたの成功――いわば、私の成功――は、自分がかかわっている番組の成功と、スタジオにとっての成功にある。私は座って人を解雇する立場の人間だ。問題のあるスターを割り当てられても、まったく関係ない。私は目標を知っているし、どんなアーティストが求められているか、そして彼らが何を求めているかを知っているからだ」

フォークがスタジオやネットワークと反目していると報道されることはもうないだろう。今後は、撮影の遅れや現場での軋轢なども、内部で解消されることになる。フォークはプロデューサー棟の1階に広々としたオフィスを割り当てられ、裏手には日当たりのいい中庭があって、食堂が見渡せた。エンゲルは、フォークに好きなことのできる裁量が与えられることを約束した。いつだってフォークの思う通りになるのだから、争うだけ無駄というものだ。

問題を最小限にするため、ユニバーサルは番組に大勢のプロデューサーを配した。一時は『刑事コロンボ』に10名ものプロデューサーがクレジットされたこともある。共同エグゼクティブプロデューサーとして、フォークは指示を出し、最終的な拒否権を持っていた。リチャード・アラン・シモンズはエグゼクティブプロデューサーとして呼び戻され、統括責任者として、脚本の最終稿を書き、番組のクリエイティブな部分を指揮した。

ビル・リンクは制作総指揮スーパーバイザーとなり、ホイール全体のクリエイティブ面のトップとして各シリーズの統括責任者と協力し、ときにはストーリー会議にも参加した。シモンズは『トマトの値段』以来お気に入りの共同制作者スタンリー・カリスをラインプロデューサーとして引き入れ、制作を管理させた。スーパーバイジングプロデューサーのフィリップ・サルツマンは、脚本プロデューサーの役割を担った。コーディネートプロデューサーのアビー・シンガーは、ユニットプロダクションマネージャーとして働いた。共同プロデューサーのピーター・V・ウェアはポストプロダクションを監督し、アソシエートプロデューサーのトッド・ロンドンはポストプロダクションでのショット挿入とセカンド・ユニットを担当した。有名な編集者のジョン・A・マルティネッリは、番組に誘うためアソシエートプロデューサーの肩書が与えられた。

最も重要な人材はシモンズだった。『ミセス・コロンボ』以降、プロデューサーのオファーは底をつきそうになっていた。1980年代、彼が携わったのはふたつのミニシリーズだけだった。彼は通常の仕事に戻りたがっていた。フォークは彼に、リンクと同じく、自分も成功した形式をいじるのには反対なのだと言った。番組を復活させたいのであって、新たに考案したいわけなのではないと。フォークは以前のほころびたレインコートを出してきた。スタジオはオリジナルのプジョーを探してきて改修し、代わりのドッグも見つけた。シモンズは謎のキャラクター、バーク刑事もよみがえらせた。

シモンズは「12年を経て自然に変化したものを除けば、『刑事コロンボ』で大幅な変更は行わない」と約束した。「レインコート、車、葉巻、犬は同じだ。それをいじることはない。視聴者は、変わってほしくないことをはっきりと示している。年月の流れで、ピーターが眼鏡をかけ、髪の色が変わったのを見るだろう。だが、それはキャラクターに深みを与えるだけだ。ピーターはまったく変わらない」

現代性においては譲歩する部分もあった。1980年代に合った音楽や服装、ゲストスターなどだ。結局、世界は変化しているのだ。「1989年のコロンボも、葉巻をやめることなんて考えていない」フォークは言った。「ただこう考えるんだ。『参ったね、マッチをねだるのがどんどん難しくなっている』と」

スタッフについては、エグゼクティブプロデューサーのシモンズは、以前一緒に仕事をしたことのあるベテランを起用することにこだわった。彼はほとんどの時間セットを離れて執筆しているため、信頼できる監督、脚本家、作曲家が必要だった。「セットでは、スタッフは誰の言うことを聞けばいいか知りたがっているし、その人物は監督であるべきだと父は知っていた。それで、セットの周りをあまりうろうろしないようにしていたんだ」デイヴィッド・シモンズは回想している。「父の仕事はふさわしい監督を雇い、その監督にセットを任せ、その上で編集時に戻って来て徹底的に編集し直すことだった。スタッフはエグゼクティブプロデューサーが誰だか知っていたし、監督が中心でないと気が散るものだ」

『狂ったシナリオ』

1977年に初めて契約書にサインしたときと同じように、シモンズはギリス、ヴァン・スコイク、フォークのものを含め、すでに作成中のすべての脚本を放り出した。彼は自分の脚本を書くつもりだった。最初の脚本は自分で書くと決め、ほかの物語のアイデアは長年のテレビ仲間に割り当てる一方で、少なくともほかの人々のアイデアに耳を傾けるつもりだった。独創的な背景、驚くべき手がかり、巧妙な犯行手段を彼に売り込もうとする脚本家たちは、ポイントを外していると言われた。「そうじゃない」シモンズは顔をしかめて言った。「そうじゃないんだ。それもひとつの要素かもしれないが、われわれがやろうとしていることじゃない。われわれはキャラクターを問題にしているんだ」

コロンボのキャラクターは確立されているので、シモンズは刑事に対抗するユニークな相手を模索していた。魅力的なやり取りの引き金になり得る相手だ。殺人者の職業は、興味深い殺人方法を思いつくきっかけにもなる。スティーヴン・スピルバーグが、新しい『刑事コロンボ』の第1作を監督することを検討しているという噂を聞きつけ、シモンズは思った。「最初のエピソードで、コロンボがスティーヴン・スピルバーグと知恵比べをしたらどうだろう?」こうしてスピルバーグは、『狂ったシナリオ』の犯人のモデルとなった。若くして成功した監督が、少年時代の友人を感電死させるというものだ。その友人は、死亡事故が起こった映画の撮影中での彼の役割を暴露すると脅したのだ。

ユニバーサルのバックロットで撮影できることは、予算が安く済むだけでなく、65歳のシモンズがじかに体験してきたハリウッドの年齢差別に取り組む機会を与えた。彼は急に頭角を現した監督のキャラクターに、年老いた秘書をつけた。彼女は若い人々が業界を乗っ取ることを嘆くが、最後には自分を見下す上司の裏をかく。

映画スタジオという設定はさらにまた、シモンズの好むファンタジックな演出を可能にした。例えば〝クレーンバレエのシークエンス〟である。やり手の映画監督が撮影の高所クレーンにコロンボを乗せて振り回し、気分を悪くさせようとする場面のバックに、「美しく青きドナウ」が丸々流れるのだ。同じくシモンズの結末では、コロンボは協力者である囮捜査員を芝居がかった様子で紹介する。捜査員はスポットライトの下に進み出て、喝采を浴びる。最後になって、シモンズはコロンボにサーカス団長の衣装を着せてお辞儀をさせることに決めた。

このファンタジー部分は馬鹿げているが、フォークは全面的にシモンズを信用していたので、彼の脚本をほとんど変更せずに撮影させた。

『汚れた超能力』

通常、シモンズは、華やかな有名人をモデルに犯人を設定し、その個性や立場からプロットを作り上げていた。しかし今回のターゲットには、もともと宿敵と長年の因縁が備わっていた。彼は読心術とスプーン曲げを得意とする超能力者ユリ・ゲラーと、元ステージマジシャンで、特にゲラーの詐欺を暴くことをライフワークにしたジェームズ・ランディとの対決をヒントにした。CIAは、別の部屋で描かれた絵を再現するという超常的な力を披露したゲラーを相談役として雇った。〝アメージング・ランディ〟は超能力者たちに、自分の鋭い目の前で、似たような実験に合格したら100万ドルを与えると申し出た。ふたりは近年のテレビの特別番組『超能力を生で検証（Exploring Psychic Powers Live）』に一緒に出演していた。シモンズは、自分が作り上げた超能力者エリオット・ブレイクが、正体を暴こうとする人物の首を切断することを考える。

脚本家であるシモンズには、巧妙な詐欺を思いつく人間が必要だった。そこで、奇術が趣味のベテラン脚本家、ウィリアム・リード・ウッドフィールドに目を向けた。彼は『スパイ大作戦』の主要なクリエイターとして最も知られている人物だ。ジャクソン・ギリスも、エグゼクティブストーリーコンサルタントとして、手がかりの提供や指摘を行った。

『汚れた超能力』は、結末が最も記憶に残る作品となった。そこでは――馬鹿げているが――コロンボがギロチンの刃の下に横たわり、安全装置が働いているかどうかもわからないまま、殺人者に首かせを固定するよう要求する。殺人者がコロンボの首の切断に失敗すると、ウッドフィールドは刑事に殺人者をとらえさせ、プジョーへと連れて行く。「あそこにあるのがあたしの車なんです」とコロンボは指さす。「信じてもらえないかもしれないが、警部」偽超能力者は答える。「私にはそうだとわかっていたよ」

結局、結末は次のように変わった。狂おしい目つきのコロンボが奇妙なしぐさで犯人に銃を向け、罪に対する「罰を与えなければならない」と宣言する。そして引き金を引くと――「バン!」と書かれたジョーク用の旗が飛び出す。

フォークは現場でリラックスするにつれ、いつもの浪費癖を発揮し始めた。コーディネートプロデューサーのアビー・シンガーの仕事は、スケジュールと予算通りに番組を制作することだった――とうてい不可能な仕事だ。シンガーによれば、フォークは「おそらく世界一の好人物で、気のいい男だと思う。でも撮影となるとおかしくなってしまうんだ。ギロチンのシーンを撮影したとき、照明を設置するのに1時間かかった。撮影の準備ができたところで、彼がセットに入ってきてこう言ったんだ。『このセッティングは気に食わない。私のやり方でやらせてくれ』そこで、僕たちはそうさせた。翌日、素材フィルムを見た彼は、監督と僕の肩に腕を回して言ったんだ。『きみたちが正しかった。戻って撮り直そう』とね」

別のシーンでは、コロンボが防音室で犯人の読心術を再現する。たった2ページの脚本は、その日のうちに完了する予定だった。監督のレオ・ペンはシンガーに、フォークに回り道を最小限にするよう説得できるかと言ってきた。「アビー」ペンは言った。「たった2ページなんだ。気楽にやるように彼に言ってくれ」シンガーはその懇願をフォークに伝えた。「ああ、問題ない」フォークは肩をすくめた。「会社のことは心配するな。これぐらい払えるさ」その短いシーンには、シンガーによれば2万5000フィートのフィルムが費やされたという。「彼は少しも気にしていなかった」

同様に、撮影の最終日には、撮影の残りは2ページだけになっていた。だがゲストの犯人役アンソニー・アンドリュースは、その夜イングランドに戻って、女王とともに賞を授与することになっていた。ペンは今度もシンガーを呼んで言った。「ピーターに、5時までに撮影が終われるか訊いてくれないか？　アンドリュースは5時きっかりに出なくてはならないんだ」フォークはほほえんで言った。「アビー、簡単なことだよ。あっという間に終わるさ」

シンガーは回想する。「そして5時になっても、1ページすら撮影できていなかった。俳優をいったんロンドンへ送り、また戻ってきてもらわなくてはならなかった。馬鹿げたことだったが、ピーターはこう言ったんだ。『アビー、会社のことなんかどうでもいい。何とかしてくれるさ』それは彼の本音だった」

シンガーはもう1エピソード手がけた後、仕事を辞めた。ユニバーサルは引き留めた。だが「金がいくらあっても足りない」とシンガーは言った。

一方シモンズは、編集チームの環境を同じく耐えがたいものにしていた。「この作品の問題は、時間がないことだ」編集者のジョン・A・マルティネッリは回想している。「撮り始めて半分くらいのところで、フォークが結末が気に入らないと言い出す。そこまでの分を投げ出し、別の作品を作り始める。新しいやつだ。それを完成させる。そして、真夜中にそれを見る。なぜなら、（シモンズは）昼間はずっと書いているからだ。彼は一日じゅう働いている。頭がおかしいよ。われわれは上映する。あのふたりは素材フィルムに必ずケチをつける。監督のやることすべてが気にくわないんだ。メモをもらうために、127時間は上映したと思う。コロンボのまばたきの仕方が悪いと、『ちぇっ、これはコロンボじゃない。別のテイクでピーターはもっとうまくやっていたはずだ。撮り直そう』という具合だからだ。台詞が2行気に入らないからといって、シーンを丸ごと撮り直すんだ」

ある夜、フォークは不明瞭だった台詞のアフレコをしなくてはならなかった。「うーむ」とか「おお」とかいう台詞だ。マルティネッリが言うには、4時間ほど経っても、フォークはまだ納得のいく「うーむ」や「おお」を言えなかった。俳優はついにお手上げとなり、編集者に直しておいてくれと言い残して家へ帰った。夜中の2時のことだった。

マルティネッリは、シモンズの末息子ダニエルを自分のアシスタントのひとりとして制作現場に加えることに同意した。そうすれば彼は組合に入れるからだ。ところが、この親切が仇になった。「あの番組は苦行だった。まったくの苦行だ。規律というものがなかったからだ」マルティネッリは言った。「ある日、朝の5時までかかって作業をしていると、(シモンズが)こう言うんだ。『オーケー、次の場面に行こう』とね。彼の息子は真っ赤になった。その場で死んでしまうか、シモンズを殺してしまうかに見えたよ。しかも、実の息子が!」

マルティネッリ自身も、1日に2時間ほどしか帰宅しない日が休みなく続いたと言っている。2本目の『刑事コロンボ』が彼の最後となった。ユニバーサルは残るよう説得したが、彼が拒む理由も完全に理解できた。

『幻の娼婦』

シーズン8の3作目は、脚本家ジェロルド・L・ルドウィッグのオリジナルだった。彼は以前、プロデューサーのスタンリー・カリスと『スパイ大作戦』、『ハワイ5－0』、『ポリス・ストーリー』で仕事をしていた。「スタンリーが『刑事コロンボ』の仕事をすることになって、僕を呼んだんだ」ルドウィッグは回想している。「僕はディック・シモンズの長年の信奉者だったから、面白いだろうと思った。ハリウッドの売り込み会議について聞いたことがあるだろう。これほど簡単に売り込めたことはなかった。『何かアイデアはあるか？』と訊かれたので『あります』と答えた。『どんな？』と訊かれたので『コロンボがドクター・ルース［アメリカのセックスセラピスト］と対決するんです』と言ったら『書いてみたまえ』と言われたんだ」

『幻の娼婦』では、有名なセックスセラピストが自分を裏切った恋人に復讐を企む。当初、殺人者にはリンダ・ハントが考えられていた。ドクター・ルース・ウェストハイマーと同じ、身長5フィートにまったく届かない女優だ。だがルドウィッグの脚本では、もっと背が高く、若く、セクシーな女性が必要だった。とはいえ、主役がセックスセラピストでも、エピソードにはセックスは出てこないし、恋愛もほとんど描かれない。「それは『刑事コロンボ』ではない」からだ。プロデューサーは思い切って、タイトルに「Sex」の単語を入れた。7シーズンにわたって何もなかったところへの、挑発的な行為だった。「実際に放送したものに比べて、過大なものを期待させてしまったかもしれない」とルドウィッグは認めている。「それは彼女の行為というよりも、職業だったからね」

制作準備段階で、フォークはコロンボがチューバを吹くというちょっとユーモラスなシーンを入れたら面白いかもしれないと提案した。自身の創造性にプライドを持っているシモンズは答えた。「可能性は無限だ。何でも言ってくれれば、ドラマに取り入れよう。チューバを吹くシーンも含めてね」

映像に残っている通り、シリーズで最も奇妙なこの回り道では、コロンボが足を止めて、音楽講師が生徒にチューバのお手本を示しているのを見る。講師はなぜかコロンボに、吹いてみたいかと尋ねる。コロンボが予備のチューバを手にして吹くと、外の噴水が音楽に合わせて噴き上がる。

ルドウィッグは、時間をかけていい作品を作りたいというスタッフの考えに感心している。「実に贅沢なテンポで進んでいた」と彼は言う。「ピーターは非常に要求が厳しく、完璧主義者なので、ときには氷河が進むような遅さで進んだ。オフィス周辺では、ピーターの理想は1年にひとつのエピソードだが、それを制作するのにまる1年かかると言われていた」

第3のエピソードの制作中、コロンボはついに、長らく待たれていたテレビへの復帰を果たした。ストの影響で、ホイールのデビューは1989年2月にずれ込んでいたので、ABCは番組を土曜でなく月曜の夜に割り当てた。『マンデー・ナイト・フットボール』の放送終了を受け、その後番組としたのである。それでも、最初に放映された『汚れた超能力』は期待外れに終わった。その夜の視聴率は、CBSのミニシリーズ『ロンサム・ダブ』とNBCのホームコメディから大きく引き離された3位となった。同じ頃、友人であり崇拝していたジョン・カサヴェテスが肝臓病により59歳で息を引き取ったという知らせを受けて、フォークはますます意気消沈した。

『刑事コロンボ』を成功させるというプレッシャーは、シモンズに重くのしかかっていた。家では、家族にこんなふうに打ち明けている。「どうしても頭から離れないんだ。ひどい作品を作っても、ひどい人間ということにはならない――そう思いたいのに思えないんだ」彼は各エピソードを、期日を大幅に超えていじり回した。ある作品では、シモンズはミキシングルームで夜中の1時まで音声の微調整をしていた。放映1日前のことだ。ユニバーサルの役員は、プリントを渡してくれと懇願した。「だけど、まだ完成していません」シモンズは答えた。役員がさらに「その苦しみを私への贈り物だと思って」と言うと、彼は折れた。

『迷子の兵隊』

シーズン8の第4エピソードとして、シモンズはコロンボを、イラン・コントラ事件で裁判を待つオリバー・ノース中佐にヒントを得た殺人者と対決させた。『迷子の兵隊』では、フランク・ブレイリー大佐が軍事教練学校を併設した右翼系のシンクタンクを経営するかたわら、武器を横流しし、金を横領し、将軍の妻と寝ている。恐喝された大佐は、将軍への誕生日プレゼントとしてミニチュアの兵士が無数に並ぶ精巧なジオラマ作りに専念していると人々に思わせておいて、その間に殺人を犯す。実際には、ジオラマはその朝こっそり完成させてあったのだ。『スパイ大作戦』や『弁護士ペリー・メイスン』を手がけたベテランで、20世紀フォックスの元社長シイ・サルコウィッツによる初期の草稿は、右翼を真っ向から攻撃している。

だがフォークは、政治的信条を公に表現するのを避けた。どんな視聴者も疎外したくなかったのだ。彼は設定を評価しながらも、一部のシークエンスは受け入れなかった。「保守」という言葉は組織名から削除された。コロンボが戦略シミュレーションに足を踏み入れるシーンも複数削除された。いずれもミサイルがアメリカやその同盟国に向けられるというものだ。ほかに削除されたのは、コロンボが食堂の黒板に近づく短いシーンだ。そこには大きな文字で「死（DEATH）」と書かれている。彼はそれを消し「生（LIFE）」と書く。

現場では、フォークは自分なりの潤色を続けていた。将軍の家を訪ねたコロンボは、ドッグに車を見ているよう指示することになっていた。フォークは犬を抱いておしゃべりすることで、そのシーンに彩を添えた。

コロンボが犯行現場を捜査するとき、脚本では警官が岩の下で見つかったという懐中電灯を渡すことになっていた――爆発で入り込むはずのない場所だ。コロンボは警官に、それが何で、どこで見つけたかを尋ねながら、懐中電灯を高く掲げて大佐の注意を引く。フォークは代わりに、大声でカメラマンを呼び、11人の捜査員を周りに集めて、ハンカチで包んだ懐中電灯を掲げてから証拠品の袋に入れる。それから芝居がかった口調で人々に尋ねる。「私がいま手にしているのは懐中電灯である。そうだね?」「そうです」人々は異口同音に言う。「みんな、ちゃんと見たね?」「見ました」彼らは繰り返す。

『迷子の兵隊』はラストも変更されている。当初は逮捕されたブレイリーが、怒りのあまりジオラマにこぶしを叩きつける姿で幕を降ろすことになっていた。だが代わりに、大佐はさほど抵抗せずに屈し、カメラがミニチュアの戦場にパンする。そして不思議なことに、おもちゃの兵隊の大きさになったコロンボ人形のところで止まるのだ。

低調なスタートにもかかわらず、『刑事コロンボ』の視聴率は第2、第3のエピソードでじわじわと上がり、第4のエピソードで落ちた。ABCは『B．L．ストライカー』とともにシリーズを更新した。低視聴率の『ブラック・ギデオン／N．Y．事件簿・ファイル』は打ち切りと決まった。ABCはその枠に『警部マクロード』を復活させるか、カーク・ダグラスかロジャー・ムーアを主演とした新シリーズを当てたいと考えていた。結局、テリー・サバラスの『刑事コジャック』を戻し、ジャクリーン・スミスの『クリスティン・クロムウェル（Christine Cromwell）』を始めることにした。

『殺意のキャンバス』

シモンズはその間も、第5のエピソードに専念していた。しかし開始が遅かったため、次のシーズンまで持ち越さなければならないことを誰もが知っていた。彼はコロンボをパブロ・ピカソと対決させることを提案した。この有名なスペイン人芸術家は、抽象画と女癖の悪さで知られている。殺人犯マックス・バーシーニの芸術を抽象絵画にする代わりに、彼は手がかりを抽象的なものにした。コロンボは被害者の夢の記録を通じて、それを解き明かさなくてはならない。

フォークは犯人が芸術家であることを喜んだ。『二番街の囚人』の空き時間にヌードのスケッチを始めてからというもの、絵を描くことに最大の情熱を傾けていたからだ。彼はまた、妻のシェラ・デニスを、バーシーニの嫉妬深い2番目の妻役に推薦した。

『刑事コロンボ』への3度目の出演で、デニスはまた一歩、長年の野望に近づいたと語った。すなわち、殺人犯役を演じることだ。「最初の役はただの秘書だった」彼女は言う。「2回目は殺人者の秘書。今回は殺人者の妻よ」

『殺意のキャンバス』のアヴァンギャルドな性質から、シモンズはありったけの力と創造性を注ぎ込まなくてはならなかった。厳しい時間と信じがたいプレッシャーは、彼の健康に深刻な影響をもたらした。「父は過労死するところだった」息子のデイヴィッドは打ち明ける。「父が（家に）帰ろうとしないので、オフィスに医者が呼ばれた。健康上の理由で、父は続けられなくなった」

作品が完成する前に、ユニバーサルはシモンズを解雇した。ラインプロデューサーのスタンリー・カリスと、脚本プロデューサーのフィリップ・サルツマンもだ。3人のベテランは、突如として引退を余儀なくされた。何か思い切った手を打たない限り、コロンボ警部も近々その仲間入りをすると思われた。

シーズン8——1989年

『汚れた超能力』（Columbo Goes to the Guillotine）

仮タイトル：Extra Sensory Deception

撮影：1988年12月

出演：ピーター・フォーク、アンソニー・アンドリュース、カレン・オースティン

監督：レオ・ペン

エグゼクティブプロデューサー：リチャード・アラン・シモンズ

制作：スタンリー・カリス

共同エグゼクティブプロデューサー：ピーター・フォーク
制作総指揮スーパーバイザー：ウィリアム・リンク
脚本：ウィリアム・リード・ウッドフィールド
放映日：1989年2月6日
ニールセン順位：26位（16・3ポイント、23シェア）

『狂ったシナリオ』（Murder, Smoke and Shadows）
仮タイトル：Murder, Smoke and Mirrors
撮影開始日：1988年11月7日
ゲストスター：フィッシャー・スティーヴンス、モリー・ヘイガン
監督：ジェームズ・フローリー
エグゼクティブプロデューサー：リチャード・アラン・シモンズ
制作：スタンリー・カリス
制作総指揮スーパーバイザー：ウィリアム・リンク
共同エグゼクティブプロデューサー：ピーター・フォーク
脚本：リチャード・アラン・シモンズ
放映日：1989年2月27日
順位：18位（17・5ポイント、27シェア）

『幻の娼婦』（Sex and the Married Detective）
撮影：１９８９年2月
ゲストスター：リンゼイ・クローズ、ジュリア・モンゴメリー
監督：ジェームズ・フローリー
エグゼクティブプロデューサー：リチャード・アラン・シモンズ
制作：スタンリー・カリス
共同エグゼクティブプロデューサー：ピーター・フォーク
制作総指揮スーパーバイザー：ウィリアム・リンク
脚本：ジェロルド・L・ルドウィッグ
放映日：１９８９年4月3日
順位：12位（19・１ポイント、28シェア）

『迷子の兵隊』（Grand Deceptions）
仮タイトル：Grand Deception
撮影：１９８９年3月
ゲストスター：ロバート・フォックスワース、アンディ・ロマーノ
監督：サム・ワナメイカー

エグゼクティブプロデューサー：リチャード・アラン・シモンズ
制作：スタンリー・カリス
共同エグゼクティブプロデューサー：ピーター・フォーク
制作総指揮スーパーバイザー：ウィリアム・リンク
脚本：シイ・サルコウィッツ
放映日：1989年5月1日
順位：28位（14・2ポイント、23シェア）

17　基本に戻る

帰ってきた『刑事コロンボ』に対する冷めた反応に、誰もが驚いた。フォーク、リンク、ユニバーサルは、大衆文化が興味を示さなかったことが信じられなかった。何が悪かったんだ？

スタジオは視聴者にアンケートを取り、なぜこの番組が１９７０年代のように受け入れられなかったのかを探ろうとした。調査の結果わかったのは、まず視聴者は、殺人者に好感がありすぎると考えたことだ。視聴者は、悪役は冷たく、計算高く、自責の念や同情心がないことを期待していた。彼らにコロンボをいじめてほしかったのだ。

アンケートからは、初めて『刑事コロンボ』を見る人々がプロットに混乱していることもわかった。新しい視聴者は、コロンボが追いかけ始めるまで誰が悪役なのかすらもわかっていなかった。シモンズが殺人者に大きく焦点を当てたことと、倒叙ミステリの形式のせいで、大衆は悪人側の視点で描かれていくドラマとして見ていた。

「敵に集中することがずっと多くなり、手がかりや昔ながらの猫と鼠のゲームに焦点を当てることが少なくなっていた」ビル・リンクはそう推論した。「このシーズンは、すべてを元に戻すことにした」

リンクにとって、それは謎を後からの思いつきにしてはならないことを意味していた。フォークにとっては、手がかりをもっとふんだんに、もっと印象的に使う必要があることを意味していた。フォークは今では、物語の展開を、仕事を押しつけやすいシモンズに一切任せていたのは間違いだと思っていた。初めてフォークは定期的にストーリー会議に出席すると約束した。彼はギリスを引き続きストーリーコンサルタントに据えたが、ほかにビル・ウッドフィールドとビル・ドリスキルのふたりを加えた。彼らは物語の考案に関してアドバイスすることになっていたが、フォークは何より彼らに新しい手がかりを考え出してほしかった。フォークは常に、もっと優れた手がかりにするよう彼らに要請した。特にフィナーレの、決め手となる手がかりを。リンクは賛成したが、すべてのエピソードに、降って湧いたような驚くべきラストは必要ないと思っていた——特に、きわめて巧妙な手がかりを思いつくのがどれほど難しいかを考えれば。「ピーター、全部がとびきり素晴らしいものにはならないだろう」リンクは警告した。

「いいや」フォークは答えた。「決め手は見事でなくちゃならない！　いいものでなくては！　きみたちならできる！」

夏の間、フォークひとりがエグゼクティブプロデューサーの肩書を背負っていた。だが、実際の番組制作開始が近づいてくると、フォークは自分には向いていない仕事もあることに気づいた。彼はエヴァレット・チェンバースを思い浮かべた。最後に一緒にした仕事は、残念な終わり方をしていたが。フォークは引き続き相談相手だったパトリック・マクグーハンに、チェンバースの興味のほどを確かめてもらった。この2年間、チェンバースはカナダで連続ドラマ『リンチンチン：K－9コップ（Rin Tin Tin: K-9 Cop）』のコンサルタントをやっていた。「エヴァレット」マクグーハンは懇願した。「戻ってきて、助けてくれないか。ピーターはきみを必要としている」チェンバースは「それは無理だ」と返事をした。自分から連絡すらしないということは、フォークはそれほど必要としていないはずだと考えたのだ。「私はオンタリオにいるのでね」1週間後、フォークが電話した。「きみに戻ってきてほしいんだ」チェンバースは素直に受け入れた。「スタジオからオファーするよう言ってくれ」ビル・リンクの判断なのか、ほかの誰かの判断なのかはわからないが、スタジオはチェンバースに侮辱的なまでに低い価格を提示した。彼はカナダにとどまった。

リンクはジョン・エプスタインのほうを望んだ。『オブライエンの裁判』でシモンズの下で働き、『テナフライ(Tenafly)』、『パートナー・イン・クライム(Partners in Crime)』、『犯行現場(Scene of the Crime)』でレヴィンソンとリンクの下で働いていた人物である。エプスタインはそのほか数十本のテレビ映画、ミニシリーズ、連続ドラマのエグゼクティブプロデューサーもこなしており、その中には『署長マクミラン』の最終シーズンも含まれていた。彼は有能で、感じがよく、一緒に仕事がしやすかった。それに、毎年恒例の有名スターを集めた大晦日パーティーで、ハリウッドに知られていた。彼の流儀と性格は、リチャード・アラン・シモンズと正反対だった。

「ジョンは脚本家じゃない。プロデューサーなんだ」デイヴィッド・シモンズはそう指摘する。「ジョンはいろいろなことを苦もなくやってのけた。だが、午前3時まで編集室に閉じこもるようなタイプじゃない。もっとスムーズに制作する人物で、彼の進軍命令はわかっていた。ピーターを上機嫌にしておけ、でも身を滅ぼすほどじゃなくていい、というものだ」

フォークはエプスタインをエグゼクティブプロデューサーにすることに異論はなかったが、新しいラインプロデューサーは自分で選ぶと主張した。彼は元『ヒルストリート・ブルース』の大物で、ゴルフ仲間の

1990年代に入ると、『刑事コロンボ』で主に影響力を発揮したのは、シーズン9と10のエグゼクティブプロデューサー、ジョン・エプスタイン（左）や、しばしば監督を務めたヴィンセント・マケヴィティ（右）となった。［クレジット：ヴィンセント・マケヴィティ・Jr.］

ボブ・シンガーが必要だと言った。シンガーは『ヒルストリート・ブルース』のラインプロデューサー、ペニー・アダムスを推薦した。それまで『刑事コロンボ』の制作スタッフは、すでに高齢の、業界で鍛えられた男たちだった。解雇されたばかりの3人（リチャード・アラン・シモンズ、スタンリー・カリス、フィリップ・サルツマン）は全員60代だった。エプスタインでさえ61歳だ。ペニー・アダムスは、活力にあふれた30代のブロンド女性だった。

フォークは、古いイタリアン食堂の〈クーパ・ロッジア〉でアダムスと面接し、自分が求めていることをはっきりと伝えた。アダムスはこう回想する。「ドラマが復活するとき、スタジオはピーターを共同エグゼクティブプロデューサーにしました。ピーターはあまり嬉しそうではありませんでした。うまいこと厄介払いされたと思ったんです。ハリウッドのプロデューサーが、俳優によくやるようにね。ピーターは、自分の利益がきちんと代弁されていないと感じていました。ピーターの言い分では、もう1シーズン復帰するなら、自分のラインプロデューサーを雇うということでした。彼の言う『ユニバーサルの操り人形』ではなく、彼に情報を伝え、状況を把握できるようにする、信頼できる人物を。

面接はとても個人的なものでした。彼はすでに履歴書を見ていたからです。典型的なピーターのやり方で、それには印がつけられ、あちこちにメモが書かれていました。彼は明らかに私の経歴を知っていましたし、それに関して質問されました。でも、実際にはお互いを知るための食事会でした。最後に、彼は私を雇おうと思うと言いました。そしてもう一度、自分がしてほしいことを挙げたんです。イエスマンは必要ないが、番組だけでなく、彼の最善の利益に目配りをしてくれる人が必要なのだと。私は言いました。『ピーター、番組とあなたの最善の利益は同じはずです』すると彼は言いました。『そうだ。だけど、そうじゃないときがとても多いんだ』」

アダムスは、ほかに誰と面接をすればいいかと尋ねた。フォークは誰ともしなくていいと答えた。決定権は自分にあるからだと。アダムスはチームに参加したい気持ちを伝えたが、ひとつ注意した。フォークに過小評価してほしくないということだ。意見が合わないときに避けたり、キャストやスタッフの前で見下したりしてほしくなかった。「職業的に、それが私の信用にどうかかわると思います?」彼女は説明した。「ですから、どんな問題があったとしても、私は大人の女で、十分に強いのです。男きょうだいが3人いますが、ちゃんと扱えます。でも、人前で不当な扱いを受けるのを許しません」フォークは「お安い御用だ」と、にっこり笑った。そして手を差し出し、契約がまとまった。

アダムスは回想する。「それで食事会はほぼ終わりになりました。こうして私は仕事を手に入れ、エプスタインは知らぬ間に私と組むと決まっていました。でも結局、ジョンと私はとてもいいチームになりました。私は彼を尊敬しています。ふたりとも、ピーターの最善の利益と、番組の最善の利益を心がけていました」

『だまされたコロンボ』

ストーリーの承認は、完全にフォークの領域となった。ジャクソン・ギリスとビル・リンクは、『ダブル・ヴィジョン（Double Vision）』を彼に売り込んだ。美しいブロンドの双子の話で、ひとりは性格のいいモデル、もうひとりは意地の悪い統合失調症ぎみの女性で、彼女は姉妹を殺しそれに取って代わる。フォークは反射的に、悪い女性が出てくる物語を避ける傾向があったが、それでもギリスが脚本を書くことを許した。彼はその後18か月間に3度書き直したが、いずれもフォークに却下された。

新シーズンのために、フォークは完成済みのエピソードをひとつ確保していた。『殺意のキャンバス』である。シモンズはもうひとつの脚本を残していた。アカデミー賞ノミネート歴のある脚本家ミラード・カウフマンが完成させた脚本は、撮影の用意ができていた。『歌う死体（Last of the Redcoats）』では、テレビジャーナリストのノーマ・アーノルドが、隠遁《いんとん》したニコラス・ブレイデントンに生放送のインタビューを企画する。「〈レッドコーツ〉の最後の生存メンバー。この伝説的なイギリスのトリオは、同時代のポップミュージックに革命を起こしました」ふたりは一夜をともにするが、そのとき彼は、ノーマが会話中にハンドバッグに仕込んだテープレコーダーをこっそり使っていたことを知る。彼はインタビューを断る。ふたりは口論になり、ノーマは火かき棒で彼を殺す。捜査を経て、コロンボはテレビで自分にインタビューしているノーマが殺人犯であることを明かす。

フォークは興味なさそうに肩をすくめた。進行中の企画はひとつだけにしたかったのだ。ビル・ウッドフィールドによる、コロンボとヒュー・ヘフナー［アメリカの実業家で雑誌『プレイボーイ』の創刊者］タイプの犯人の対決だ。『だまされたコロンボ』では、シリーズ史上最大のひねりがある。雑誌発行者のショーン・ブラントリーの共同経営者で、事業を売りたがっていた人物が行方不明になる。コロンボはブラントリーが犯人と確信し、死体を見つけようと彼の邸宅を捜索する。ところが、エピソードの4分の3あたりで被害者が姿を現す。失踪劇は雑誌の価値を上げるための宣伝だったのだ。ブラントリーはその後、本当に彼女を殺し、死体をすでに捜索が終わったリフォーム中の浴室の壁に隠す。だがコロンボは、被害者のポケベルがまだ見つかっていないことを思い出す。彼女の電話番号にかけると、呼び出し音が死体の場所へと導くのだ。

ビル・リンクはラストの手がかりをあるジャーナリストから手に入れた。「ミステリ雑誌のインタビューに来た記者がこう言ったんだ。『決定的な手がかりのアイデアがありますよ』とね。普通ならどうしようもないものなんだ。彼はその手がかりの話を聞かせてくれたが、それは素晴らしかった。そこでこう言ったんだ。『そのアイデアに500ドル払うよ』と。そして彼に小切手を送った」

監督については、エプスタインはダリル・デュークに打診した。彼は『バナチェック登場』やレヴィンソンとリンクの『ドクター・ホイットマン』といったユニバーサルの番組で腕をみがいた後、フォークのテレビ用映画『恋人たちの絆』やミニシリーズ『棘の鳥（The Thorn Birds）』といった幅広い仕事をしていた。「ダリル・デュークはとても頭がよく、魅力的で、一緒に仕事をするにはいい人物だったけれど、見た目は非常にくたびれていました。90歳くらいに見えましたね。でも、とても流行に敏感でした」アダムスは言う。「ダリルの考えでは、昔ながらの『刑事コロンボ』を作って、視聴者がずっと愛してきたものを見せるのもいいが、それは10年前のもので、物事は変わっているということでした。平均的な視聴者が『なあ、おれの好みは変わったんだ』とは言わないにしても、『ヒルストリート・ブルース』のような番組を見た後で、今さら『名探偵ジョーンズ』の時代ではないのはおわかりでしょう。今では、みんな劇場用映画をVHSに録画して、居間で見ているんです。テレビには大きな変化がありました。やはり私が携わった『特捜刑事マイアミ・バイス』など、（現代的な）スタイルとアートディレクションを持った番組のようによい映画を見ることで、人々の考えは変わりました。そこでダリルとジョンと私は、『刑事コロンボ』から大きく逸脱することなく流行を取り入れ、より1980年代後半らしくすることについて、大いに検討しました。たまたま、脚本は『プレイボーイ』に関するものでした。それで少し古くささがなくなりました。これは私たちは昔ながらの『刑事コロンボ』を、もっと進んだ、洗練されたものにしようとしたんです。これは意図的なものでした」

フォークは、「コロンボがコロンボである限りは」これを支持するとアダムスに言った。「ピーター自身も非常に流行に敏感でした。彼は馬鹿ではありません。彼はドラマのセクシーなところを気に入りました。新たな視聴者層を惹きつけ、『刑事コロンボ』を時代にマッチしたものとして受け入れさせよう、という考えを気に入ったんです。ときどき、彼はこう言いました。『われわれは何をやっているんだ？　何を？』

と。でも覚えている限り、彼はどんなときも反対しませんでした。繰り返しになりますが、これがビキニ姿の若い女性が出てくるような、ピーターの好みにぴったりのエピソードでなかったら、また違ったものになっていたかもしれません。だから、もし別のエピソードから始めていたら、もっと混乱していた可能性はあります」

『完全犯罪の誤算』

続く数エピソードで、フォークは旧友たちに助けを求めた。最初に彼はパトリック・マクグーハンに連絡を取った。しかしマクグーハンの独裁的なやり方は、リチャード・アラン・シモンズとはまったく相容れなかった。フォークは素晴らしい役どころを頭に描いていた――『完全犯罪の誤算』のオスカー・フィンチだ。有能な弁護士で、自分が高官に据えようとしている友人の下院議員を守るため、殺人を犯す。フォークはビル・ドリスキルから脚本の話を聞いた。彼は近所に住む脚本家仲間のジェフリー・ブルームから、それを手に入れていた。「ユニバーサルでフォークと会ったんだ」ブルームは回想する。「彼は……まさにコロンボだった。気取ったところのない、魅力的な人だ。オフィスは居心地がよく、鉛筆やインクで描いた、感情に訴えるさまざまな人物のスケッチが、壁のあちこちに貼ってあった。有名人もそうでない人もいた。彼が描いたんだ。彼には絵の才能があった。それに、変わり者でもあったな。面白くて、内気で、すぐに人に好かれた。葉巻を吸うと、灰がシャツに落ちて小さな焦げ穴が開くんだが、彼は全然気づいていないようだった」

脚本の書き直しにはほかの人々の助けもあったが、ブルームへの指示はすべてフォークから出された。「コロンボ警部について、ピーターほど知っている人はいない」ブルームは言った。「ピーター以外に、番組に口出しできる人は誰もいないのがわかった。彼が完全に支配していた。あれほど純粋にクリエイティブなテレビの仕事をしたことがない。ネットワークの役員も、クリエイティブな部分には介入できないんだ。ユニバーサルテレビの役員もね。『刑事コロンボ』の脚本執筆は、完全にピーターと脚本家の間のものだった。ミーティングは彼のオフィスで昼食をとりながら行った。コンビーフサンドウィッチを食べながら話し合い、アイデアを出し、問題を解決した。とても楽しかった」

フォークは、ラストの決定的な手がかりまで提供した。前年の夏、彼は法歯学者に関する『ロサンゼルス・タイムズ』の記事を切り抜いていた。それは『ポリス・チーフ』誌からの引用で、チューインガムやその他の食べ物に残った歯型から、犯人を特定した事例に関するものだった。フィンチは食べ物をかじる癖があり、最終的に犯行現場に残ったチーズの歯型で正体がばれることになる。

それでもフォークは、その脚本を信じたのは自分だけだったと言った。彼はこう回想している。「レギュラー脚本家の全員がこう言った。『これは遠慮しよう。制作はやめだ。退屈だ。誰も政治には興味がない。受け入れられる結末ではないし、この殺人者は『刑事コロンボ』始まって以来の頭の悪い犯罪者だ』とね。反論の一部はもっともだったが、過剰反応に思えたね」

そこで彼は脚本をマクグーハンに送った。「これは可能性がある」マクグーハンは同意した。「やってみよう。少し修正しなくてはならないが……」

フォークは、当然そうなるだろうと予想していた。ふたりは脚本の構成について話し合った。マクグーハンは捜査が始まってからのシーンをよりドラマティックな順序に組み立て直し、同じ朝の出来事にした。キャラクターの手腕と頭のよさを見せるための法廷シーンは削除した。脚本のほかの台詞を切れ味よく書けば、視聴者には彼の手腕や頭のよさがおのずと伝わるはずだ。

「彼はいいシーンはすべて残し、さらに新しいシーンを加えた」フォークは言う。彼はマクグーハンの最大の貢献は、最後の対決部分を書き直したことだと考えている。混雑したホテルのダンスホールでの祝賀会のシーンだ。「『刑事コロンボ』の多くと違い、物語の勢いが加速している。最後の瞬間まで盛り上がっていくんだ」フォークは言う。「こんなことはめったにない」

しかし、横暴な監督であるマクグーハンは、ほかの人々に好かれなかった。フォークを除けば、ロケ隊からプロデューサーに至るまで、ほかのスタッフの要望や指示を一切無視した。たいていは、この上なく見下したやり方で。

「パトリックは最初から最後まで、ひどく面倒な人でした」アダムスは言う。「長いキャリアを持ち、人からの指図は受けないのです。私だけでなく、ジョン・エプスタインからも。彼が私たちの味方で、私たちが口にしたアイデアは素晴らしく、完全に同意していると信じ込ませようとしていた姿こそ、まさに彼の最高の名演技だったと思います。私たちがだまされていると気づいていないと思っていたか、どうでもいいと思っていたかのどちらかでしょう。彼は途方もないうぬぼれの持ち主で、とても自己中心的で、何が何でも自分のやりたいようにしていました。彼はジョンのことも同じように見下していましたが、私にはいつも、14歳の気の小さい子どもを相手にするような口をききました。これは私の好きな90分ドラマとは言えません」

マクグーハンの無作法以外に、エプスタインとアダムスは、監督の傍若無人な制作ぶりの副作用を心配していた。フォークがマクグーハンとその仕事を尊敬しているのを知っているふたりのプロデューサーは、自分たちの懸念をどうフォークに伝えるか画策した。どちらかがいい警官を演じ、どちらかが悪い警官を演じるのだ。エプスタインは、マクグーハンを抑えつけることについて、ビル・リンクからフォークに働きかけてもらうことまでした。

アダムスには、その策略がうまくいったかどうか疑問だった。撮影が進むにつれ、マクグーハンは彼女に対してさらに無作法になっていったからだ。「彼はいつでも自分の思い通りにできたわけではなかったので、私に対して相当に苛立っていたのだと思います」彼女は言った。

ABCの『刑事コロンボ』は、すべてロバート・シーマンが撮影していたが、マクグーハンは自分が選んだ撮影監督を引き入れたがり、シーマンを悩ませた。撮影の半ばで、マクグーハンは彼をジャック・プリーストリーと交代させた。マクグーハンが『刑事コロンボ』で最初に出演した『祝砲の挽歌』の撮影を行った人物だ。

プリーストリーのおかげで、多少の平和が訪れた。彼はマクグーハンの扱いを心得ていたからだ。「ジャックは面白い人で、才能にあふれていたけれど、うぬぼれの強いニューヨーカー的な態度を見せました」アダムスは言う。「ジャックはときどき、パトリックの出端《ではな》をくじいていました。ジャック自身の無礼さが、パトリックの〝私は英国人で、残りの連中はみんな馬鹿だ〟といった傲慢さを封じ込めたのでしょうね」

演技は素晴らしかったが、マクグーハンはまたしても『刑事コロンボ』のチームと決裂した。

『かみさんよ、安らかに』

旧友との連絡を続けていたフォークは、ピーター・S・フィッシャーをオフィスに呼んだ。彼はレヴィンソンとリンクとともに『ジェシカおばさんの事件簿』を企画し、当時は第6シーズンのエグゼクティブプロデューサーを務めていた。フォークは言った。「助けになってほしい。作品が必要だ」運よく、フィッシャーには『刑事コロンボ』のアイデアがあったが、フォークが気に入るかどうかわからなかった。フィッシャーは回想する。「オープニングのシーンを説明したんだ。葬式で、雨が降っていて、みんな険しい顔をしている。『タイトルは〈かみさんよ、安らかに〉だ。だから、何が起こったかは明らかだろう。彼の奥さんが死んだんだ』と僕は言った。『そこから始まるんだ』と。すると彼は『そのアイデアはいいね。気に入ったよ』と言ったんだ」

実は、コロンボ夫人は死んではいなかった。獲物を引っかけるための芝居だったのだ。フィッシャーはエピソード全体をフィルム・ノワール風に撮りたいと思っていた。一人称のナレーション、暗闇、官能的な音楽、復讐をもくろむファム・ファタール的な殺人者、ハードボイルドな刑事。そして最近のエピソードに織り込まれていた馬鹿馬鹿しさは排除する。フォークは彼に、ただちに脚本を書くよう頼んだ。

だが、『黄金のバックル』での苦い経験もあり、フィッシャーは確信が持てなかった。「ピーター」彼は言った。「僕は脚本を書き、それからきみに丸ごと書き直させるようなことはしたくない。僕には『ジェシカおばさんの事件簿』の仕事があって、時間がないんだ」

フォークは納得した。「取引しよう。きみは物語を書き、私はきみにメモを渡す。それだけだ。どうだい？　脚本はきみのやり方で書いてもらう。約束する」フィッシャーはためらいながら承諾し、フォークは約束を守った。フォークはフィッシャーに、1回限りのエグゼクティブプロデューサーの肩書を与え、『ジェシカおばさんの事件簿』のスタッフを連れてくることを許可した。制作総指揮スーパーバイザーのロバート・F・オニール、監督のヴィンセント・マケヴィティ、作曲家のリチャード・マーコウィッツなどだ。

フィッシャーは言う。「ついに脚本が完成すると、（ピーターは）ほぼ書かれた通りに撮影した。それで、僕の彼への評価が本当に確固たるものになった。彼はとても率直な人で、その言葉に嘘はない。彼は言葉をもてあそんだりしない。ただページに書かれた言葉を口にするだけだ」

『刑事コロンボ』チームは、少なくともクリエイティブな面では、シリーズが持ち直したと信じていた。ホイール全体は、残念ながら修復不可能なほど壊れていた。ABCは『ミステリ・ムービー』を土曜の夜に移動した。歴史的に、ゴールデンタイムの視聴率では最低の曜日だ。視聴者は外に出かけるか、ビデオをレンタルするか、ケーブルテレビで最新映画を見るほうを好んだ。家でネットワーク局のテレビを見ている数少ない人々は、たいていNBCにチャンネルを合わせ、『ゴールデン・ガールズ』や『エンプティ・ネスト（Empty Nest）』といった人気のホームコメディを見た。

NBCは、エプスタインとアダムスが手がけたエピソードが放映される前から、『ミステリ・ムービー』の打ち切りを検討していた。シモンズが残していった『殺意のキャンバス』は、その時点までに作られた『刑事コロンボ』の中で最低の視聴率となった。ほかのシリーズは、さらに悪い結果となった。特に『クリスティン・クロムウェル』がふるわなかった。1月の初め、『刑事コジャック』の5エピソードのうち3作目がさんざんな結果に終わった数日後、ABCは『クリスティン・クロムウェル』の制作を4エピソードで中断し、ほかの3シリーズの存続にも悲観的な見方を口にした。『かみさんよ、安らかに』を撮り始めていたピーターは肩をすくめた。1シーズンに2時間もの6本というのは、あまりにも多すぎた。彼には次のシーズンの契約オプションがあった——本数は3本だ。

『華麗なる罠』

かつての魅力を求めて、フォークは引き続き棚上げされていた備蓄品に戻り、見逃していた名品がないかどうか探した。スティーヴン・ボチコの名前がページから飛び出してきた。『華麗なる罠』では、有名な歯科医が妻の愛人を、新しい歯のかぶせものに致死量のジギタリスを仕込むことで殺害する。シーズン4で、フォークは制作準備段階にこの作品を却下していた。歯科医というのはコロンボにふさわしい敵とは思えなかったからだ。その後、プロデューサーのエヴァレット・チェンバースが、ボチコの脚本をジョセフ・ステファノに送った。『アウター・リミッツ』、『サイコ』で最もよく知られるこの脚本家は、殺人者のウェズリー・コーマンを、もっと『刑事コロンボ』の典型的な犯人にしてほしいという指示を受けた。ステファノはコーマンをマックス・バーグマンという「スター御用達の歯科医」に、妻をキティという「エネルギッシュなハリウッドのエージェント」に、被害者をジミー・デ・ポールという若き映画スターに変えた。ステファノは脚本に、映画制作に関する内輪受けをふんだんに盛り込んだ。その結果、ボチコのものより目に見えて弱い脚本となった。そこで、その頃には『署長マクミラン』のストーリーエディターになっていたボチコは脚本を取り戻し、ジョン・エプスタインのプロデュースのもと、『署長マクミラン』用に書き直した。

それから10年以上が経ち、フォークはこれを『刑事コロンボ』用に書き直せるのではないかと期待した。ストーリーエディターのビル・ウッドフィールドは、犯人が有名人専門の歯科医というのはそのまま残したが、そのほかにステファノが追加したものは捨て、カットしたものはほぼすべてを元に戻した。コーマンの名前、共同経営者の義父、ポーカーゲームのアリバイなどだ。ウッドフィールドはまた、コーマンのポーカー仲間を有名人に変え、妻を攻撃的な職業人から、精神的に打ちのめされ、急に依存的になる配偶者に変えた。ボチコの『黒のエチュード』の、ミセス・アレックス・ベネディクトに似たキャラクターである。

活力を取り入れるため、エプスタインはアクションドラマでよく知られるアラン・J・レヴィを監督に雇った。「監督は番組に独自の考え方を持ち込むことができるが、キャラクターも仕組みもすでに確立していた」レヴィは言う。「そのため、『刑事コロンボ』はやりやすい番組ではなかった。ピーターは完璧主義者だった。私たちは兄弟のようにうまくやっていた。私はあの小柄な俳優が大好きだったが、彼は頑固者なんだ。私が自分のためにテイク3をプリントし、彼のためにテイク27をプリントするようなことが何度もあった。彼が『どうもぴんと来ない』と言うからだ。そこで、私は彼を映写室へ連れて行って、ふたつのプリントを見せてこう言うんだ。『さて、どっちがきみのプリントで、どっちが私のかな?』と。すると彼は（咳払いをしたり、口ごもったりしながら）『ちょっと違うと思ったんだがなあ……』と言うんだ」

『マリブビーチ殺人事件』

『だまされたコロンボ』への好意的な反応に気をよくして、フォークは少しばかり際どい題材を扱ってもいいだろうと考え、ジャクソン・ギリスが2年前に書いたジゴロの物語にゴーサインを出した。元々『ジャグラー（The Juggler）』というタイトルだった脚本では、ウェイン・ジェニングスが婚約者の裕福な恋愛小説家を殺す。彼女に女たらしであることが知られたと思ったためだ。彼女の家を出るところを見られるおそれがあり、ジェニングスは素早く計画を組み立てる。彼はあと30分、その場に留まり、死体を別の銃で撃つ。捕まっても弾道検査の結果、彼が撃ったときにはすでに死んでいたことが証明されると計算したのだ。

あいにく、脚本には馬鹿馬鹿しい状況が数多く含まれていた。ジェニングスが魅力的すぎて、つき合っている11人の女性は全員、彼の前では意志が弱くなってしまう。その中には、犠牲者の姉役で、フォークが『私のパパはマフィアの首領《ドン》』で共演したブレンダ・ヴァッカロも含まれていた。そのときまで、彼女はジェニングスに軽蔑の気持ちしか見せていなかった。しかし、ジェニングスが妹を殺したことがわかった直後、彼女は突如うっとりして気絶し、彼の腕の中へ崩れ落ちる。

ギリスの脚本は性的というより不穏な感じで、エプスタインが選んだ監督のウォルター・グローマンも助けにはならなかったようだ。68歳のベテラン監督は、1950年代からアクションやミステリドラマの舵を取っており、その中には『名探偵ジョーンズ』の49作や『ジェシカおばさんの事件簿』の53作などが含まれる。

アダムスは言う。「ウォルター・グローマンは、もしかしてユニバーサル最初期の作品を監督をしたのでは、と思えるほどの大ベテランでした。とてもいい人でしたが、1970年代のテレビの趣味を色濃く残している、本物のベテランでした。演出のスタイルが『部屋に入ってきて煙草に火をつけ、飲み物を手にし、台詞を言う』ものだった時代の人です。要点に入る前に、さまざまな手続きがいるんです。『ヒルストリート・ブルース』が捨てたやり方です。常に全部が否定されたわけではありませんが。ウォルターは昔ながらの、70年代のテレビマンでした」

グローマンは、初めてフォークと仕事をしたとき、手かせをはめられたように感じている。「何をどう撮るかについて、私なりの考えがあった」彼は言う。「そこへ突然、ピーターが自分の考えを持ち出してきて、それは私の考えとまるで違っていた。だから常に――議論ではなく――こんなやりとりが続くことになる。『だが、ピーター、私はきみにこうしてほしいんだ』と。すると彼が言う。『いいや、私はこうしたい』『だったら、その理由を説明してくれないか?』と言うと、彼は説明めいたものをするが、私にできることはほとんどない。これは彼の番組だからだ」

今回、フォークの即興は悪い事態をさらに悪化させた。ギリスの決定的証拠は弱く、コロンボが犠牲者に服を着せたのは男だ、下着が後ろ前だったからだと告げる。フォークはこの大きな手がかりを物語の早めに取り入れることに決め、ふたつのシークエンスを提案した。ひとつは犠牲者の下着の引き出しを調べるシーン、もうひとつは証拠のバッグを調べるシーンだ。その中で、コロンボは過剰なまでの時間をかけて、女性のパンティーを観察している。

さらに悪いのは、ブティックでの最後のシーンだ。刑事がコロンボに、下着が後ろ前だったことの重要性について説明を求める。脚本によれば、ふたりはろくに服を着ていないマネキンと向かい合い、コロンボが手短に、ラベルが反対側についていなければならない理由を指摘する。実演中、彼はふと、ほかの買い物客が自分を見ているのに気づく。ギリスはこう書いている。「ぞっとするような長い間があって、コロンボはマネキンに火がついたかのように手を引っ込める。非常に激しく《モルト・アジタート》出て行くコロンボ」

カメラが回ると、フォークは自分の言葉で説明を始めた。それは延々と続き、結局45秒間に「パンティー」という言葉を6回も口にしていた。恐怖で逃げ出すというよりも、そそくさと退散する様子と相まって、コロンボは本物の変質者のように見える。

とはいえ、キャストとスタッフはこのシーズン最終作の撮影を大いに楽しんだ。「ビーチというロケ地は素晴らしく、常に変化をもたらしました」アダムスは言う。「お天気も素晴らしかったです。楽しかった。ドラマは標準的な出来だったけれども、ブレンダ（・ヴァッカロ）のおかげでうまくいったのだと思っています。エネルギッシュな人で、見ていてとても楽しかった。あの人はエネルギーにあふれていました。場がとても明るくなるんです。それに、マリブを背景に撮影したのですから」

ＡＢＣはこのエピソードに、珍しくソープオペラ的な雰囲気があるのを見抜いた。そこでネットワークは、これをいつもの土曜夜の『ミステリ・ムービー』から引き抜き、翌週の火曜日の夜に移動させて、『マリブビーチ殺人事件（Murder in Malibu）』とタイトルを変えた。これはその週の20位にランクインし、それまでの10年間の『刑事コロンボ』で最高位を取った。また、代わりに土曜の夜に放映された、ジェームズ・ボンド映画『007／オクトパシー』の再放送を50パーセント上回った。

驚くことではないが、『ABCミステリ・ムービー』は正式に打ち切りとなった。ネットワークは、フォークのオプションを獲得してさらに『刑事コロンボ』を制作することになったが、本数は減らし、単独のスペシャル番組として放映することにした。

シーズン9——1989〜1990年

『殺意のキャンバス』(Murder, a Self Portrait)

撮影開始日：1989年5月

出演：ピーター・フォーク、パトリック・ボーショー、フィオヌラ・フラナガン、シェラ・デニス

監督：ジェームズ・フローリー

エグゼクティブプロデューサー：リチャード・アラン・シモンズ

制作：スタンリー・カリス

共同エグゼクティブプロデューサー：ピーター・フォーク

制作総指揮スーパーバイザー：ウィリアム・リンク

脚本：ロバート・シャーマン

放映日：1989年11月25日

ニールセン順位：59位（10・0ポイント、18シェア）

『だまされたコロンボ』（Columbo Cries Wolf）
撮影：１９８９年10月19日〜11月22日
ゲストスター：イアン・ブキャナン、レベッカ・スターブ
監督：ダリル・デューク
エグゼクティブプロデューサー：ジョン・エプスタイン
制作：ペニー・アダムス
共同エグゼクティブプロデューサー：ピーター・フォーク
制作総指揮スーパーバイザー：ウィリアム・リンク
脚本：ウィリアム・リード・ウッドフィールド
放映日：１９９０年１月20日
順位：45位（13・１ポイント、23シェア）

『完全犯罪の誤算』（Agenda for Murder）
撮影：１９８９年12月
ゲストスター：パトリック・マクグーハン、デニス・アーント、ルイス・ゾリック
監督：パトリック・マクグーハン
エグゼクティブプロデューサー：ジョン・エプスタイン

制作：ペニー・アダムス
共同エグゼクティブプロデューサー：ピーター・フォーク
制作総指揮スーパーバイザー：ウィリアム・リンク
脚本：ジェフリー・ブルーム（およびクレジットされていないが、パトリック・マクグーハン）
放映日：1990年2月10日
順位：59位（10・5ポイント、18シェア）

『かみさんよ、安らかに』（Rest in Peace, Mrs. Columbo）
撮影開始日：1990年1月8日
ゲストスター：ヘレン・シェイヴァー、イアン・マクシェーン
監督：ヴィンセント・マケヴィティ
エグゼクティブプロデューサー：ピーター・S・フィッシャー
制作総指揮スーパーバイザー：ロバート・F・オニール
共同エグゼクティブプロデューサー：ピーター・フォーク
制作総指揮エグゼクティブプロデューサー：ウィリアム・リンク
脚本：ピーター・S・フィッシャー
放映日：1990年3月31日
順位：46位（12・0ポイント、22シェア）

『華麗なる罠』（Uneasy Lies the Crown）
仮タイトル：Dentist to the Stars
撮影：1990年2月
ゲストスター：ジェームズ・リード、ジョー・アンダーソン
監督：アラン・J・レヴィ
エグゼクティブプロデューサー：ジョン・エプスタイン
制作：ペニー・アダムス
共同エグゼクティブプロデューサー：ピーター・フォーク
制作総指揮スーパーバイザー：ウィリアム・リンク
脚本：スティーヴン・ボチコ（クレジットされていないが、ジョセフ・ステファノ）
放映日：1990年4月28日
順位：38位（12・2ポイント、23シェア）

『マリブビーチ殺人事件』（Murder in Malibu）
仮タイトル：The Juggler
撮影：1990年3月19日〜4月16日
ゲストスター：アンドリュー・スティーヴンス、ブレンダ・ヴァッカロ

監督：ウォルター・グローマン
エグゼクティブプロデューサー：ジョン・エプスタイン
制作：ペニー・アダムス
共同エグゼクティブプロデューサー：ピーター・フォーク
制作総指揮スーパーバイザー：ウィリアム・リンク
脚本：ジャクソン・ギリス
放映日：1990年5月14日
順位：20位（14・0ポイント、23シェア）

18　新たな尊敬

ＡＢＣは『ミステリ・ムービー』はもう十分だと思っていたが、『刑事コロンボ』は続けたいと考え、フォークもそれを許した。彼はすでに、喜んで戻ってくるが、３本の単発スペシャル以上は撮らないつもりだと言っていた。また、土曜の夜という残りかすの時間帯から救い出し、できれば日曜に戻してほしいと要求した。契約時に、ＡＢＣのボブ・アイガーは、最初の作品を日曜日に放映することに同意したが、その後の放映については『マンデー・ナイト・フットボール』のシーズンが終わった後で、ネットワークが再度検討したいと言った。

ジョン・エプスタインはエグゼクティブプロデューサーとして復帰する契約を結んだが、ペニー・アダムスはふたたびボブ・シンガーと仕事をするために離れていった。エプスタインはアラン・Ｊ・レヴィに、彼女の後を継いでスーパーバイジングプロデューサーになってほしいと頼んだ。昔ながらの物語の番人の大半――ビル・リンク、ジャクソン・ギリス、ビル・ドリスキル――は採用されなかった。残るはストーリーエディターのビル・ウッドフィールドだけで、彼が脚本に関してフォークとエプスタインを助けた。彼らは、気に入った脚本を何とか３つ手に入れることができた。

『犯罪警報』

最初の1作は、1981年からフォークのエグゼクティブアシスタントを務めているエイプリル・レイネルが提案したものだ。レイネルは自分の上司が巧妙な手がかりに取りつかれ、脚本を喉から手が出るほどほしがっているのを知っていた。彼女はフォークの要望を、同じスタジオのエグゼクティブアシスタント、ジュディ・ランプーに話した。彼女は別の友人で元女性警官のパトリシア・フォードに連絡し、何かいい『刑事コロンボ』の脚本が思いつけないだろうかと相談した。レイネルは完成した作品に自分の名前もクレジットしてもらえるなら、彼女たちのアイデアをフォークに売り込むと約束した。最初のアイデアは、メキシコからの不法移民が犠牲者だったため、フォークに拒絶された。彼は殺人者も被害者も、「社会的地位の高い人物」であることが必要だと言った。そこでフォードは、別の取り組みをした。『アメリカズ・モスト・ウォンテッド（America's Most Wanted）』というテレビ番組に着想を得たものである。フォックスのこの番組は、逃亡中の容疑者が犯した犯罪を再現し、逮捕に至る手がかりを視聴者から募るものだった。フォードのシナリオでは、颯爽《さっそう》とした番組の司会者が、ポルノ男優だった過去をばらすと脅した記者を殺害する。フォークが手がかりをほしがるなら、フォードとランプーは脚本にあふれるほど盛り込むつもりだった。

レイネルは表紙に、フォークを欺くためにシェルビー・ローズという彼女自身の偽名を書き加え、第一稿を上司に見せた。フォークは読もうという気を起こさなかった。そこでレイネルは、そこには信じられない手がかりが盛り込まれていると豪語した――ただし、それが何なのかは、彼が脚本を読むと約束するまで教えないと。彼はついに折れ、レイネルは手がかりのひとつを明かした。犠牲者はニュース記事をプリンターからちぎり取ることができなかったはずだ。なぜなら、彼の指紋は紙の片側にしかついていなかったからだ。フォークは興味を引かれ、読み始めた。彼は脚本を楽しんだが、いくつかの変更をレイネルから友人に伝えてくれと言った。

フォークが脚本を採用すると、フォードとランプーはストーリー会議に呼ばれた。「それまでストーリー会議に出たことはありませんでした」フォードは打ち明けた。「どういうものか知らなかったんです。それは閉鎖的なコミュニティのような感じでした。この人たちは長い間一緒に仕事をしてきたのだということがわかりました。ストーリーエディターは、私たちをあまりよく思っていないようでしたね。私が元警察官であることに挑発的な態度を取り、いつも警察署にいる新聞記者を知っていると言っては『この人を知ってるか?』とか『あの人を知っているか?』と訊くんです。私は知りませんでした。覆面捜査をしていたため、新聞記者とそれほど接点がないのです。

私たちのような〝何も知らない若い女〟への敵意がありました。私たちに本当に好意を持ってくれたのは、プロデューサーのジョン・エプスタインでした。彼は私たちに敬意を払い、意見を尊重してくれましたし、特にストーリー会議のときにはそうでした。ときに白熱して、誰かがこれはどうでもいいとか、あれはどうでもいいと一方的に言い出すからです」

フォークは特にふたつのシーンを追加したがった。最初のひとつは、コロンボが授賞式に参加し、お尻を振るダンスに反応するシーンだ（これは失敗だった）。ふたつ目に、フォークは殺人者が過去に出演した成人向け映画のセックスシーンを要求した。フォードはポルノ的なシーンを書いたが、ほとんど使われなかった。「たぶん、私たちにそれが書けるかどうか見たかっただけだと思います」ランプーは言う。「彼は手がかりが多すぎるとも言いました。いくつか省くよう言われましたが、私たちはそうしませんでした」

初めて脚本を書いた彼女たちは、ストーリー会議のアドバイスを基に書き直し、新しい脚本をレイネルから渡してもらった。レイネルは、彼女たちの執筆を助けようと最善を尽くしたが、彼女の提案はまったく使えず、フォードとランプーはついに彼女を避けるようになった。フォードとランプーが最新の草稿を出した後、レイネルは2度、提出する前に自分が考えたシーンを追加した。いずれの場合も、ストーリー担当のスタッフは、彼女の追加部分をふさわしくないと指摘した。最初のときには、フォードはレイネルの行為を隠すため、コンピューター上でそのシーンは削除したと思ったが、「保存」を押し忘れたのだと言い訳した。2度目には、フォードは今後の修正版は直接フォークに提出しなくてはならないと思った。「私たちは、エイプリルがすべてを妨害しようとしているのではないかと思って、ぞっとしました」とランプーは言う。

とはいえ、レイネルはエピソードにひとつ大きな貢献をした。決定的な手がかりだ。フォークと同じく犬好きの彼女は被害者のゴールデン・レトリバーが殺人者の車のドアに引っかき傷を残し、犯人を殺人現場と結びつけるという提案をした。

『犯罪警報』の制作が始まってまもなく、エプスタインが14年前に仕事を一時離脱することとなった白血病が再発した。彼は化学療法を受けるために現場を離れることを余儀なくされた。

数日後、フォークは前シーズンのドラマに対するエミー賞の授賞式に出席した。12年ぶりのノミネートだった。フォークが受賞しただけでなく、パトリック・マクグーハンも『完全犯罪の誤算』へのゲスト出演で受賞した。今回の受賞は、とりわけ喜ばしいことだった。フォークはのちに、番組が再開して2シーズンが経つのに、まだ「『刑事コロンボ』を復活させないのか?」とよく訊かれたと語っている。彼は番組が目立たないことと視聴率の低さを、土曜の夜に降格されたせいだとした。エミー賞受賞の翌朝、彼の顔は全米の新聞を飾り、『刑事コロンボ』が帰ってきたことを宣言した。フォークは、番組を人々の意識に戻したのは、マクグーハンのおかげだと考えた。

『殺人講義』

ふたつ目の作品の脚本は、ジェフリー・ブルームによるものだった。彼は『完全犯罪の誤算』でフォークに感銘を与えていた。「『殺人講義』のストーリーは、前からの知り合いのフレッド・ケラーと共同で考えた」ブルームは言う。「フレッドは博識で、素晴らしいミステリ感覚の持ち主だ。僕たちは〝レオポルドとローブ〟の傲慢な考えを踏み台にしたんだ」

脚本では、支配的で完璧主義の父親を持つ、甘やかされたふたりの大学生が、教授にテストの不正を見抜かれ除籍されそうになる。彼らは、自分たちがゲスト講師であるコロンボ警部の講義を聴いている間に、リモコン操作で教授を殺すことを画策する。講義中、教授は地下駐車場にやってくる。彼らはフロントグリルの裏に小型カメラと銃を仕込んだトラックを近くに停めておく。教授が車に近づくのを見て、彼らは車のリモコンを操作し、銃を発砲する。ブルームは、自分の車をリモコンでロック解除したときに、鍵が上がる鋭い音を聞いて、銃の引き金を引くアイデアを思いついた。

ブルームは大学生の気のきいた台詞を考えるのを大いに楽しんだ。彼らはしょぼくれた刑事の捜査を手伝うふりをして、まったく見当違いの容疑者に導こうとする。フォークは喜んだ。「このふたりは、コロンボが相手にした最も若い容疑者だ」フォークは言う。「いつもなら、彼らの父親を相手にするところだ。ゼネラルモーターズの社長を相手に猫が鼠をいたぶるようなゲームをするのと、ふたりの大学生を相手にするのとでは大違いだ。この子供たちは、私に一種の『いい警官と悪い警官』の演技を見せ、ふたりきりになったときにはバカにして笑うんだ。彼らは私の真似をして大いに楽しむ。私が戻ってくるのが待ちきれない。コロンボと彼らとの関係は、ほかのどの容疑者との関係とも違う」

ブルームはまた、学生のひとりの厳しい父親という、興味をそそる役を描いた。短気で有能な弁護士だ。配役はこの上ないものだった。これまで3度犯人役を演じたロバート・カルプである。

「ピーターは僕が書いた台詞や立ち居振る舞い、プロットが、まさに『刑事コロンボ』だと褒めてくれた。けれど、新鮮で思いがけないラストの謎解きを考えるよう、熱心に促した」ブルームは回想する。「彼に言われて、エピソードの結末を何度か書き直した。彼が満足するまでね」

最終的な手がかりは、『権力の墓穴』の結末とほぼ同じだった。そこではコロンボは、第一容疑者でロス市警副本部長のハルプリンが自ら罪を認めるよう仕向ける。このエピソードでは、コロンボはハルプリンに、自分が確認しているファイルが見えるようにする。ハルプリンが罪を着せようとしている前科者の住所に目が行くのを狙ってのことだ。案の定、ハルプリンはそのアパートメントに証拠を隠す。ところが、その住所はスケープゴートのものではなかった。コロンボが借りたアパートメントだったのだ。『殺人講義』では、コロンボは学生たちに、前科者の車のメーカーとナンバーが割れたことを立ち聞きさせる。学生たちは殺人の凶器をそれに隠すが、あとからその車がコロンボ夫人のものだったとわかる。

ブルームは当初、学生たちの同情を引くような告白で幕を閉じようとしていた。「きっと理解してもらえないだろうね」ひとりが言うと、相棒が続ける。「自己防衛なんだ、警部。適者生存というやつさ。僕たちはそんなふうに育てられた。そんなふうに教えられた……。ほかに選択肢はなかったんだ」

代わりにブルームは、学生たちが最後まで冷笑的で反抗的な態度をとる結末に改善した。彼らは父親が罰を受けずに済むようにしてくれると断言した。「安心するのは早いぜ」警察に連行されながら、ひとりが嘲笑する。「親父は必ず俺を守ってくれるさ」

撮影が完了した日、フォークはすっきりした気持ちで、ほとんど大喜びの状態だった。当時も1日14〜16時間働いていたが、それを楽しんでいた。彼はふたたび人気番組を手にしたことを実感していた。プロデューサーとABCも同意した。素材フィルムを見ながら、彼らは急いで『殺人講義』を完成させ、5週間後に迫ったシーズンの開幕作に据えることを決定した。

撮影の合間には、50人ほどのスタッフ全員が集まり、ほほえむフォークを中心にして、家でテレビを見ている視聴者に「ハッピーホリデー」と叫ぶシーンが収録された。フォークは記者に、1年に6エピソードだったのが3エピソードに減ってほっとしたと言い、脚本は着実に進化していると語った。実は、ほかにいい脚本があれば、春に映画の仕事が始まる前に4つ目のエピソードを撮影することも検討してもいいということだった。彼はすでに、次のシーズンに3エピソードの契約を結んでいた。コロンボを演じて10シーズンが経過し、初めてフォークは待ち望んだものを手に入れた。時間である。

3週間後の1990年11月24日、ジョン・エプスタインは62歳でこの世を去った。レヴィは回想する。

「私やピーター、オフィスにいた全員、中でも特にピーターのアシスタントは、大いに衝撃を受けた。ジョンは本当に人間味あふれる人だった。職業的な経歴や成功だけでなく、彼はこの世の誰より優しい人だった。彼の新年パーティーにはよく行った。彼はみんなを知っていたし、みんな彼を知っていた。コミュニティ全体が、彼の死に打ちのめされていた」

スタッフは最新のエピソードをエプスタインの思い出に捧げ、シーズンの残りの作品に、引き続き彼の名をエグゼクティブプロデューサーとしてクレジットした。もちろん、日曜の放映に戻った『殺人講義』は、復帰してから最高の視聴率を記録した。

『影なき殺人者』

続いて『影なき殺人者』の制作が本格的に始まった。ビル・ウッドフィールドの脚本では、有能な弁護士が自分を裏切った内縁の妻の元ロック歌手を殺す。この物語は特にシェラ・デニスを魅了した。女優に強くあこがれる前、彼女は歌手になりたかったのだ。彼女は夫に、被害者のロックスター役をやりたいと訴えた。フォークは駄目だと言った。オープニングでその人物が、ハンサムな若い男と裸でベッドに横になることを知っていたからだ。犯人の共犯者のほうが安全な役どころだ。一方、プロデュースと監督を買って出たアラン・レヴィは、妻である女優のサンドラ・カリーを出演させる計画を抱いていた。

フォークとキャスティングについて話し合っているときに、レヴィは言った。「ピーター、ちょっと訊きたいことがあるんだ。このエピソードできみの右腕になる警察官について、何か案があるかな？」

「いいや、今のところないね」

「私に考えがあるんだ」レヴィは申し出た。「女性はどうだろう？　女性警官は？　面白い関係になるんじゃないかな」

長年にわたり、フォークは女性の相棒を与えるという提案を定期的に受けては、却下し続けてきた。最も実現に近かったのは『二枚のドガの絵』で、殺人現場からハイヒールで逃げる時間を計るためにミニスカートの女性警官が登場する短いシーンだった。「ううむ……どうかな」フォークはためらいがちに答えた。

「誰か心当たりはあるのか？」

レヴィは訊いた。「サンドラはどうだろう？」

フォークはぽかんとした顔で彼を見て、こう言った。「いいや、それは私には都合が悪い」

レヴィはうなずき、キャストの検討を続けた。不意にフォークが言った。「なあ、ひとつ考えがある。殺人者の恋人役にシェラはどうだろう？」

レヴィは彼を見て言った。「いいや、それは私には都合が悪い」一瞬、間を置いて、レヴィは話し合いを中断した。「後で会おう。オフィスへ行かなくては」

フォークは食い下がった。「彼女を呼ばないのか？」

レヴィは首を振り、出て行くと、ドアを閉めた。急に、彼は〝コロンボの真似〟をした——またドアを開けて、顔を突っ込んだのだ。「もうひとつだけ、ピーター。私がシェラを呼んで、彼女が役を引き受けたら、取引しよう。きみがサンドラを女性警官として受け入れるなら、私はシェラを受け入れる。シェラがやると言うならね」

「それで決まりだ」

妻たちは4人で仕事ができることを喜んだ。レヴィがその朗報を知らせたとき、フォークは自分が何に足を踏み入れたのかまだよくわかっていなかった。「ああ、そうか。わかった。うまくいくことを祈ろう」彼はほほえんだ。

ユニバーサルはますます神経を尖らせた。キャストリストを提出した直後、レヴィは〈ザ・ブラック・タワー〉から電話を受けた。「何をしようとしているんだ? ピーターの妻を出演させた上、自分の妻を出演させるとは。まるで自殺行為だ」

翌日、フォークはレヴィにさらなる提案をした。「主演に関して素晴らしいアイデアがある――ダブニー・コールマンだ」

レヴィは心配になった。ほかの監督の間で、コールマンは非常に仕事がしにくいと評判だったからだ。だがレヴィは、コールマンの自己陶酔的で他人のことはお構いなしのところが『刑事コロンボ』の犯人役にぴったりだとわかっていた。同じく重要なのは、コールマンがフォークの親友だということだ。フォークはレヴィに、せめて話をしてみてくれと頼んだ。レヴィはコールマンの家を訪ね、話し合いを楽しんだ。

レヴィは回想する。「ダブニーは数多くの監督と仕事をしてきたが、彼らは『こういうふうに演じてくれ』と言う。そこで彼が『こうしたい』と言うと、相手はこう言うんだ。『いやいや、そんなことはしなくていい。決められた位置で台詞を言ってくれれば、それで十分なんだ』と。それで、ダブニーは自分の意見を聞いてほしいだけなのだとわかった。彼にアイデアがあれば、それに耳を傾け、『いいアイデアだ』と言って試してみればいい。そして次回、『私に言わせれば、こっちのほうがいいと思う……』と言えば、それで丸く収まる。そこで私は彼を雇い、〈ザ・タワー〉から2度目の電話を受けた。『今度はお互いの妻のほかに、ダブニー・コールマンを雇うって？　きみの責任だぞ。しっかり監督するんだな』それはまったく楽しい仕事だった。何度か（ダブニーが）いいアイデアを出して、私は『やってみよう』と言った。すると、彼は隅っこにいる小さなウサギのようになった。彼は素晴らしかった。誰もがいい時間を共有した」

撮影はトントン拍子に進んだが、やがてコロンボが獲物と最後の対決をする、弁護士の邸宅のロビーでのシーンとなった。

「シーンの前半を撮り終えたが、その日の終わりにピーターとシェラが怒鳴り合いのけんかを始めて、シェラが出て行ったんだ」レヴィは言う。「彼女は家へ帰ってしまい、その日はそれで終わった。だが、緊張状態となった。翌日シェラは、シーン後半の撮影に現れなかった。彼女の言い分は、要するに『ピーターのくそったれ』というものだ。彼女はショッピングに出かけた。われわれは警察を使って彼女を捜した。そしてようやく、午後2時半に、ビバリーヒルズで買い物をしているのが見つかったんだ。彼女は二度と顔を見せなかった」

スタッフは急いで現場で脚本を書き直し、デニス抜きでシーンの撮影が終えられるよう、彼女の台詞をほかのキャラクターに言わせた。「後半のシーンは屋外に移し、彼女が中にいるように見せかけなくてはならなかった」レヴィは言う。「シェラはとても強い女性で、怒ると近寄ることができない。そして彼女とピーターは、信じられないようなやり方でそれに取り組んできたんだ。最後には、誰もが笑い話にすることができたが、当時はそうはいかなかった」

デニスは、被害者となるロックスターが歌う歌をレコーディングした。フォークはその後、サウンドミキシングの経験が乏しいにもかかわらず、ますますポストプロダクションに深くかかわるようになった。「彼は仕上げのプロセスをまったく理解していなかった」共同プロデューサーのトッド・ロンドンは言う。「サウンドミックスの最終日、彼は楽曲のひとつが気に入らなかった。そして私に、オーケストラの準備はできているかと訊いたんだ」

質の低下からか、平日への降格が原因なのか、シーズンの最後のスペシャル2作は視聴率が下落した。だがフォークは今回も撮影を楽しみ、ちょうど大成功しそうなストーリーをふたつ手に入れたばかりだった。それが『刑事コロンボ』の宇宙を揺るがすのは間違いなかった。

シーズン10――1990~1991年

『殺人講義』(Columbo Goes to College)
撮影:1990年10月8日~11月5日
出演:ピーター・フォーク、スティーヴン・キャフリー、ゲイリー・ハーシュバーガー、ロバート・カルプ
監督:E・W・スワックハマー
スーパーバイジングプロデューサー:アラン・J・レヴィ
エグゼクティブプロデューサー:ジョン・エプスタイン
共同エグゼクティブプロデューサー:ピーター・フォーク

脚本：ジェフリー・ブルーム
原案：ジェフリー・ブルーム＆フレドリック・キング・ケラー
放映日：1990年12月9日
順位：21位（14・9ポイント、24シェア）

『犯罪警報』（Caution: Murder Can Be Hazardous to Your Health）
仮タイトル：Smokescreen, Cigarettes Can Kill You
撮影：1990年8月28日～9月27日
ゲストスター：ジョージ・ハミルトン、ピーター・ハスケル
監督：ダリル・デューク
スーパーバイジングプロデューサー：アラン・J・レヴィ
エグゼクティブプロデューサー：ジョン・エプスタイン
共同エグゼクティブプロデューサー：ピーター・フォーク
脚本：「ソニア・ウルフ」（ジュディ・ランプー）、パトリシア・フォード、エイプリル・レイネル
放映日：1991年2月20日
順位：42位（11・8ポイント、18シェア）

『影なき殺人者』(Columbo and the Murder of a Rock Star)
撮影：1991年1月3日～30日
ゲストスター：ダブニー・コールマン、シェラ・デニス、サンドラ・カリー、リトル・リチャード
監督：アラン・J・レヴィ
スーパーバイジングプロデューサー：アラン・J・レヴィ
エグゼクティブプロデューサー：ジョン・エプスタイン
共同エグゼクティブプロデューサー：ピーター・フォーク
脚本：ウィリアム・リード・ウッドフィールド
放映日：1991年4月29日
順位：32位(12・6ポイント、19シェア)

19 絶対的権力

1991年春までには、フォークは文字通り、番組のあらゆる様相を監督するようになっていた。映画のオファーが少なくなったことは、気が散る要素が減ったことになる。4度目に、最後のシーズンとして『刑事コロンボ』にかかわったトッド・ロンドンによれば「この番組で仕事をするうちに、毎年のようにプロデューサーが減り、ピーター・フォークが大きな役割を担うようになっていった。彼は脚本、キャスティング、編集、挿入用追加カットを監修するようになった。ミキシングに立ち合い、ほかの俳優のアフレコの指示をした。そのほうが、彼の希望通りにしやすいのだろう。私がかかわった最後のエピソードは、さらに少人数の効率的な体制になっていた。われわれ4人だけだったんだ」

現に、フォークがそうしたいと思えば、エグゼクティブプロデューサーの肩書はひとり占めできた。アラン・レヴィは監督のほうが希望で、もっとプロデュースに専念するようにとユニバーサルに言われると、シリーズを離れた。フォークはユニットプロダクションマネージャーのクリス・セイターを新しいラインプロデューサーに昇格させた。有名な映画監督のウィリアム・A・セイター（『極楽発展倶楽部』）と、サイレント映画の女優マリアン・ニクソンの息子であるセイターは、混乱に直面しても冷静なことで知られていた。フォークはまた、ビル・ウッドフィールドを、もう1作だけストーリーコンサルタントとして起用した。

ＡＢＣは、次の2シーズンで8本もの新しい単発スペシャルの制作にフォークを誘った。現実的に、フォークはその半分でも、使える脚本を探すのに苦労することを知っていた。助けが必要だった。彼はパトリック・マクグーハンを雇った。将来、映画版として提案されている『プリズナーNo.6』に出資し、制作に協力すると約束したのだ。マクグーハンは映画が動き出すまでに、『刑事コロンボ』の次の2作で共同エグゼクティブプロデューサーとなり、最初のひとつを監督することに同意した。だが制作準備段階で、マクグーハンは病のために身を引かなくてはならなくなった。そこで最初の作品は『ジェシカおばさんの事件簿』のヴィンセント・マケヴィティが引き継ぎ、監督することになった。彼はピーター・フィッシャーが『かみさんよ、安らかに』で引き入れた人物で、フォークが最も頻繁に起用する監督となった。

息子のヴィンセント・マケヴィティ・Jr.によれば、マケヴィティは「常に準備万端整えていて、俳優の扱いがとても上手だった。彼は手早く撮れと言われれば素早く仕事をした。だからテレビシリーズに参加しても、確実に仕事をこなすことができた。それに好人物で、ずるいところがほとんどなかった。彼は心からピーターが好きだった」マケヴィティと、「物事を機械のように進めさせる」有能なクリス・セイターとチームを組んだフォークは、番組を前進させると同時に自分を甘やかしてくれる年上の指導者ふたりを手に入れた。彼らはフォークのペースを受け入れた。「ピーターは、やらせておけば50テイクも撮るだろう」マケヴィティ・Jr.は言う。「彼は演技が好きなんだ。『もうひとつ、違ったやり方をしたいんだ……』という調子でね。番組は彼の子供なんだ」

『大当たりの死』

シーズン最初のエピソードは、『完全犯罪の誤算』のジェフリー・ブルームの提案から始まった。「カリフォルニアの宝くじはまだ始まったばかりだった――『大当たりの死』のアイデアを思いついたときには、できて6年くらいだったろう」ブルームは回想する。彼の脚本では、ビバリーヒルズの宝石商がだまされやすい甥を殺して、当たりくじを手に入れようとする。「僕はピーターに、特定の俳優を念頭に置いて脚本を書くことはめったにないと言ったんだ。けれども、僕はリップ・トーンの長年のファンで、今回の犯人役としてぜひ彼を起用してほしいと頼んだ。ピーターはそうしてくれて、リップが役を手に入れた。とても嬉しかったよ」

宝石店のシーンをバックロットで撮る代わりに、制作チームはウィルシャー大通りの店先を借りて、高級ジュエリーを飾った。ある深夜、泥棒が店のウィンドウにレンガを投げつけ、推定1万5000ドル相当の偽の商品を盗んだ。その中には、偽物のエメラルドとダイヤのネックレス、まがい物のサファイアとダイヤのネックレスに揃いのブレスレットも含まれていた。フォークはこの事件を面白がり、セットデコレーターの非常に真に迫った仕事ぶりを認めた。

決定的な証拠として、フォークは殺人者の身元が自身の指紋でなく、サルの指紋から明らかになるようにしたいと考えた。そこでブルームは、画面映えする霊長類を脚本に組み入れた。ブルームは被害者を、サルをペットにしているカメラマンにした。そのサルは光るものをつかむのが好きだった――殺人を犯した夜に、犯人がつけていたペンダントも含めて。この珍しい手がかりは、元々2年前のストーリー会議でビル・リンクが提案したものだ。ほかの脚本家はリンクに、サルは指紋を残さないと言った。そこでストーリー会議の最中、リンクはロサンゼルスのパーカーセンターにある犯罪科学捜査研究所の所長に電話をかけた。ときおりその所長に脚本を見せ、信憑性があるかどうか確認してもらっていたのだ。リンクは、サルは指紋を残すだろうかと尋ねた。「ここ10年で一番変な質問だな」専門家は言った。「すぐにはわからないが、研究所に常勤している天才たちに訊いてみよう。10分後に電話する」10分後、回答の電話のベルが鳴った。「サルは指紋を残すだけでなく、人間のものよりも消えない指紋を残す」リンクは大喜びで、双子が出てくるギリスの『ダブル・ヴィジョン』にその手がかりを取り入れた。殺人の直前、ファッションモデルの被害者は、変わり者のカメラマンの前でポーズを取り、カメラマンのペットのサルが、彼女のネックレスに指紋を残すのだ。フォークは『ダブル・ヴィジョン』を却下したが、リンクの手がかりはよいものだと考えた。

リンクは回想する。「数年後、自分が関係していない『刑事コロンボ』を見ていたんだ。日曜の晩で、僕たちはニューヨーク市のリージェンシー・ホテルにいた。パーティーのシーンでサルが紹介されるのを見て、僕はこう言った。『何てやつだ！　彼は使わなかったエピソードからあの手がかりを盗んで、ここに入れたんだ！』とね。さらに数年後、フォークはある式典の会場でこう言った。『ああ、あれはジャクソン・ギリスらしい素晴らしい手がかりだった！』そこで僕は言った。『ピーター！　あれはジャクソン・ギリスのじゃない！　覚えていないのか？　僕があの手がかりを思いついたんだ！』」

『初夜に消えた花嫁』

ある晩、フォークはミステリ分野の大家である友人と食事をしていた。フォークは彼に、最高のミステリ作家は誰かと訊いた。客は「エド・マクベインだ」と答えた。脚本家エヴァン・ハンター（映画『暴力教室』原作、映画『鳥』脚色）は、その別名で警察小説「87分署」シリーズを執筆していた。フォークは30年前に、短命に終わった「87分署」のテレビドラマの1エピソードに出演したことはあるが、本を読んだことはなかった。フォークはそれ以上聞く必要はなかった。彼はすぐに行動を起こし、マクベインの本、少なくとも2冊について映像化する権利を買った。

フォークはすぐに、刑事が粘り強く手がかりを探し、犯罪を解き明かすことを除いては、「87分署」シリーズと『刑事コロンボ』にほとんど共通点がないことに気づいた。ひょうきんで陽気で、出しゃばらない探偵役が、裕福な敵と知恵比べするような内容ではない。基本的には『ヒルストリート・ブルース』と同じだった――ざらざらした暴力的な大都会を舞台に、鍛え上げられた警察官のチームが活躍する、リアル志向の作品だ。

フォークが思いとどまることはなかったし、実際にはマクグーハンから拍手喝采を浴びた。リチャード・アラン・シモンズと同じく、マクグーハンも長年フォークに形式を離れることを勧めていた。『刑事コロンボ』で最も本質的な要素はコロンボ本人、すなわちコロンボというキャラクターだと知っていたからだ。これを念頭に、フォークはロバート・ヴァン・スコイクを引き入れ、マクベインの１９７６年の小説『命果てるまで』を『刑事コロンボ』用に書き直させた。プロットでは、刑事のひとりがホテルの新婚用スイートで、メスを振り回す熱狂的なストーカーに妻を誘拐される。このサイコパスは、私的な儀式で彼女と結婚し、床入りした後で、母が父に殺されたのを再現して彼女と心中しようとする。署内の全員が力を合わせ、時間との闘いの中、手遅れになる前に花嫁を救出しようとする。

ヴァン・スコイクは、刑事のひとりをコロンボ警部にし、名前とレインコートを除いて、彼をコロンボたらしめる要素をすべてはぎ取った。彼は警部を花婿の父にしようと考えたが、それではコロンボ夫人を結婚式に出席させる必要が出てくるなど、物語上多くの問題が生じる。代わりに、コロンボは花婿のおじとなり、事件の解決をチーム全体に頼る。殺人は起きず、茶目っ気のあるユーモアもなく、頭の切れる推理もなく、猫が鼠をいたぶるような悪人とのやり取りもない。現に、コロンボは犯人が射殺されるまで、この変質者と顔を合わせることすらない。犯人は、頭がよくて裕福で、よく知られた職業人ではない。虐げられた底辺の人間であり、暗い路地の外れの掘っ立て小屋に住んでいる。ヴァン・スコイクの脚本は不気味で心を落ち着かなくさせた。フォークはいたく気に入った。

撮影が始まる少し前、マクグーハンは健康上の問題を理由に、ふたたびエグゼクティブプロデューサーの職から手を引いた。自宅で療養しながら、彼は引き続き、フォークのために新しい『刑事コロンボ』の脚本に手を入れた。

『命果てるまで』では、フォークはアラン・レヴィに監督と共同エグゼクティブプロデューサーをやってくれないかと頼んだ。レヴィは脚本を読み、シリーズからどれほど大きく逸脱しているかにすぐさま気づいた。それはやりがいのある挑戦だった。レヴィはフォークのオフィスへ行き、こう言った。「これは素晴らしい。だけど、こういう番組を作るなら、ただもてあそぶのではなく本気でやらなくちゃならない。これを〝『刑事コロンボ』というカプセル〟に押し込むのはやめよう。違った番組を作りたければ、とことと

『初夜に消えた花嫁』の結婚式のシーンのセットにて。（左から右に）編集監督のスティーヴン・スオフォード、タキシードを着た主役ピーター・フォーク、共同プロデューサーのトッド・ロンドン。［クレジット：スティーヴン・スオフォード］

んまでやるんだ。少し違うくらいでは酷評されてしまう。このシリーズは、週ごとに放映される映画のようなものだから、まったく違うやり方だって可能だ。君はすべて同じ形式のドラマを何百話も撮ってきた。適切なキャスティングができれば、今回は本当に特別なものになるはずだ」

フォークは中途半端にはやらないことに同意した。彼は脚本を、小説に比較的忠実に書かせ、レヴィに暗くサスペンスに満ちたスリラーとして撮影することを許可した。フォークが唯一大きな変更を行ったのは、撮影最終日のことだ。彼は最後のシーン――サイコパスの真っ白な隠れ家での銃撃戦――の照明を変更したがった。この変更で2時間の遅れが生じたが、それを除けば制作は順調で、レヴィは喜んだ。

ＡＢＣはタイトルを『No Time to Die』と変え、日曜日の夜に戻して、１９９２年3月15日に放映した。フォークは成功を祈った。彼はマスコミに、違ったことに挑戦していると話していた。「これを習慣にするつもりはないが、興味深い気分転換になったと思う」とフォークは言った。「解決はインスピレーションよりも、細部へのこだわりと、取りつかれたような徹底的な捜査にかかっているんだ」

彼はまた、コロンボの演技が以前と違うことを指摘した。「彼はよりストレスにさらされている」フォークは言う。「感情的に巻き込まれているんだ。以前とまったく同じ捜査をするわけにはいかない。時間がすべてだからだ。それをやり遂げなくてはならない。彼の脈は以前より速くなる」

批評家は驚き、おおむねこの特別編を酷評した。『刑事コロンボ』の専門家マーク・ダウィッドジアクは、『クリーブランド・プレーン・ディーラー』紙にこう書いている。「ペースが遅く、耐えがたいほどゆっくりとした『初夜に消えた花嫁』は、結局のところ、女性の危機を描いたよくある刑事ものである。われわれはコロンボに、テレビのほかの警察官のような振る舞いをしてほしくない。どうしても形式を変えなければならないとしても、キャラクターは変えないことだ」

フォークは形式を破ったことを認め、これが手元にある一番いい脚本だったと、半ば謝罪するように説明した。「手元にあるものと、撮影に選んだ脚本との中から選ばなければならなかった」彼は言った。「われわれが持っているほかの脚本に比べて、今回撮影したもののほうがよかったんだ。最後に決定的な手がかりのない脚本には耐えられなかったし、それを考えつくのは何より難しい。目を通した脚本で、いい手がかりのあるものはひとつもなく、どれも中だるみしているように思えたので、この脚本でいくことにしたんだ」

それでも視聴率は高かった。１９７０年代を除いて、『刑事コロンボ』が獲得した最高視聴率だ。事実、新作スペシャルの視聴率が上昇傾向にあることから、ＡＢＣは年の初めから『刑事コロンボ』を毎週木曜日に放映していた。すべて再放送だったが、初めて『刑事コロンボ』が毎週のゴールデンタイムのシリーズとなったのである。『刑事コロンボ』の再放送が尽きると、ネットワークは『ミセス・コロンボ』のパイロット版を放映し、翌週には『殺人処方箋』、その翌週には『死者の身代金』と続けた。

シーズン11――１９９１〜１９９２年

『大当たりの死』（Death Hits the Jackpot）
撮影：１９９１年7月
出演：ピーター・フォーク、リップ・トーン、ゲイリー・クローガー、ジェイミー・ローズ
監督：ヴィンセント・マケヴィティ
エグゼクティブプロデューサー：ピーター・フォーク
制作：クリストファー・セイター
脚本：ジェフリー・ブルーム
放映日：１９９１年12月15日
順位：25位（14・２ポイント、22シェア）

『初夜に消えた花嫁』（No Time to Die）
撮影：１９９１年11月〜12月
出演：ピーター・フォーク、トーマス・キャラブロ、ダニエル・マクドナルド
監督：アラン・Ｊ・レヴィ
エグゼクティブプロデューサー：ピーター・フォーク
制作：クリストファー・セイター
脚本：ロバート・ヴァン・スコイク
原作：『命果てるまで』エド・マクベイン（エヴァン・ハンター）
放映日：１９９２年３月15日
順位：12位（16・５ポイント、27シェア）

『死者のギャンブル』

フォークとスリム化されたスタッフは、『初夜に消えた花嫁』のポストプロダクションにかかりきりだったため、次の『刑事コロンボ』の制作は１９９２年春まで始まらなかった。また、最後のエピソードが衝撃的かつ過激な展開だったので、フォークは次のエピソードは慣れ親しんだ世界に立ち返ろうと決めていた。彼はジャクソン・ギリスが提出したトリートメントをふたつ持っていた。それは２年以上前に、ギリ

スが『マリブビーチ殺人事件』を推敲しているときに書かれたものだった。ひとつ目の『スタント・ガール（Stunt Girl）』では、高圧的に怒鳴りちらす億万長者が、山のような告訴に直面し、国外へ逃げることにする。妻のボニー・スーと財務顧問は残って、彼がまだ町にいるふりをする。彼らは組織的に株券をすべて現金化して、後から合流することになっていた。ところが、億万長者が自家用機で飛び立ったとき、誰かが機内にいることに気づく。ボニー・スーだ。ボニーは彼を射殺した後、飛行機がメキシコの山に墜落する前に、パラシュートで無事に脱出する。財務顧問は明らかにうろたえて、やはり姿をくらまし、第一容疑者となる。しかし、のちにコロンボは、ボニー・スーがビーチハウスのそばに埋めた彼の死体を発見する。

ギリスのふたつ目のトリートメント『金の卵を産むガチョウの手口（M.O. of a Golden Goose）』は、高級ホテルの大物からプロバスケットボールチームのオーナーとなったスタンレー・マギーが、たかり屋の甥ハロルドがラスベガスのギャンブラーにチームの内部情報を売っていたことに気づく。マギーはかつてラスベガスとつながりがあり、もし甥の悪事が知れたらチームを失うことになるとわかっていた。見捨てられるのを恐れた甥は、マギーの車にパイプ爆弾を仕掛け、匿名の脅迫状を書いて、プロの仕業に見せかけようとする。しかし、車を使う前にマギーはジョギングに出かけ、轢《ひ》き逃げ事故に遭って死ぬ。ハロルドは以前からマギーの妻ドロレスと寝ていたが、彼が殺人者である証拠をドロレスが握っていることを知り、パニックになって彼女を殺す。だが後になって、マギーを車で轢いたのは、ハロルドと一緒になりたかったドロレスだったと知る。ギリスが締めくくるように「ハロルドは、彼のために金の卵を産みたがっていたガチョウを殺した」のだ。

フォークはギリスに、ふたつ目の物語を進め、そこにひとつ目からの要素も取り入れるように指示した。スタンレー・マギーはプロフットボールチームのオーナー、ビッグ・フレッドとなり、そのことで身長6フィート（7フィートでなく）のたくましい選手たちが、ドロレスがチームを引き継いだとたんにちやほやし始めるという、より現実的なものになった。ドロレスは『もう一つの鍵』流の変貌を見せ、新たに手にした権力と、若くて強い男からの注目を享受し始める。かつてのお気に入りだったハロルドも、いなくても困らない存在になり、彼が轢き逃げの件を疑い始めると、殺害する。

プロデューサーは、NFL（ナショナル・フットボール・リーグ）の実際の試合の映像を使いたいと思ったが、撮影が始まるのは7月で、NFLのシーズン開始は数か月先だった。「そこでNFLに電話して、ストック映像がないか訊いてみた」アソシエートプロデューサーのジャック・ホーガーは回想する。「ああ、確かにストック映像は手に入れることができた――1フィート5ドルで。この脚本に登場するフットボール映像の量から見て、1フィート5ドルでは予算をゆうに超えてしまう。それで困ってしまった。われわれはNFLの映像を使わないことにした。代わりに、当時試合をしていたカナダのフットボールリーグに電話した。テレビスタッフをエドモントンに送り、ふたつのカメラを置いた。ひとつはスタンド、ひとつはスタジアムの縁に。彼らはエドモントン・エルクス対サスカチュワン・ラフライダーズの試合を全部撮影した。両ゴールラインの間はこちらでは100ヤードだが、カナダのフットボール場は110ヤードで、センターストライプは55ヤードになる。スタッフは慎重に、カメラのレンズと55ヤードのマーカーとの間にベンチを置いた。われわれは起こったことをすべてフィルムに収めた――タッチダウン、タックル、ファンブル。彼らはさらに、ラフライダーズのユニフォーム一式を送ってくれ、衣装部は俳優のサイズに合わせてユニフォームを作ることができた」
『A Bird in the Hand...』とタイトルを変えたドラマは、確立された『刑事コロンボ』の形式に明らかに戻っていて、途中にいくつかのひねりを加えて新鮮さをもたらした。それには第2幕のどんでん返しも含まれていた。コロンボの当初の容疑者ハロルドが、突然死体となって現れるのだ。フォークは作曲家のディック・デ・ベネディクティスまで呼び戻し、16年の空白を経て、ドラマに欠けていた心に残る拍動的な曲を書かせた。

使われなかったのは、デ・ベネディクティスが作曲した陽気な曲だ。それはラスベガスで大負けしたハロルドが帰宅するメインタイトルのシーンで使われるはずだった。デ・ベネディクティスが曲を提供する前の初期の編集版では、編集助手がトニー・ベネットの歌う『貧者から富者へ』を、仮にオープニングに使った。すべてオリジナル曲のついた最終版を見たフォークはがっかりした。「『貧者から富者へ』はどうした?」彼は訊いた。「あの歌が好きなんだ!」

「あれはわれわれが所有しているものじゃないんだ」ホーガーは説明した。

「だったら買ってくれ」

「あの歌の権利を買うのに、どれくらいかかると思う? 予算には組み込めない」

フォークはしかめ面をした。「だが、本当にあの歌が気に入ったんだ。まさにぴったりだったじゃないか」

いつものようにフォークは我を通し、制作チームは『貧者から富者へ』の使用許可を得る方法を見つけた。

1992〜1993年シーズン

『死者のギャンブル』（A Bird in the Hand...）
仮タイトル：M.O. of a Golden Goose, Point After Death
撮影開始日：1992年7月28日
出演：ピーター・フォーク、タイン・デイリー、グレッグ・エヴィガン、スティーヴ・フォレスト
監督：ヴィンセント・マケヴィティ
エグゼクティブプロデューサー：ピーター・フォーク
制作：クリストファー・セイター
脚本：ジャクソン・ギリス
放映日：1992年11月22日
順位：36位（12・2ポイント、19シェア）

『4時02分の銃声』

この頃には、ABCにはフォークが自分のペースで仕事をすることがわかっていた。契約はより自由なものになり、年に最大3本のスペシャルを要求したものの、結局1本か、せいぜい2本で終わることも予

測していた。

フォークは次の2作を、翌年の春に連続で撮る計画を立てていた。ひとつ目の『4時02分の銃声』では、ウィリアム・シャトナーがもったいぶった語り口のラジオ司会者フィールディング・チェイスを演じた。チェイスは子供の頃に養子に迎えた若く魅力的なプロデューサーに異様に執着している。そして、チェイスの支配から彼女を自由にしようとするジャーナリストを射殺する。現場から立ち去るチェイスは、自動車電話から911に必死に電話し、たった今マリブの山中にある自宅を出たばかりだと装う。だがコロンボは、その一帯は携帯電話の電波がつながらないことを発見する。

フォークはこのエピソードのアイデアを、ピーター・S・フィッシャーから仕入れた。「これは興味深い物語だった。山の中では電話がつながらないというアイデアに端を発していたからだ」フィッシャーは回想する。「それが結局、犯人を特定する手がかりとなる。ピーターから電話があったので、僕は『うまくいきそうな物語がある』と言って、山の中へ出かけると、電話がつながらなくなるというアイデアを話した。ピーターに5分ほど説明すると、彼は『よさそうだ』と言ったので、執筆を始めたんだ」

フィッシャーは『刑事コロンボ』にしては珍しいタイプの『グレーの影の中の蝶（Butterfly in Shades of Grey）』というタイトルをつけ、自由になりたいと望む束縛された娘のことを描いた。「彼女はとても内気なんだ」フィッシャーは説明する。「彼女は目立たず控えめで、人づきあいも苦手だが、心の奥底では蝶のように自由を求めている。けれども、それを誰にも知らせない。僕には理解できる。真っ先にそれが浮かんだのは妙なことだ。タイトルを探す必要はなかった。すぐに浮かんできたんだ」

シャトナーの演じるキャラクターは、明らかにラッシュ・リンボーをモデルにしたものだった。だがシャトナーは、右派で有名なラジオ司会者を真似た演技はしなかった。彼が目指したのはテレビの公開討論番組『ファイアリング・ライン（Firing Line）』のホスト、ウィリアム・F・バックリー・Jr.だった。「私は彼の声と、傲慢な性格を表現しようとした」とシャトナーは明かしている。

『恋におちたコロンボ』

フォークは続いて、20年以上前に自分が書き始めた脚本に目を向けた。この作品はシーズン1の間に、レヴィンソンとリンクに脚本を改善するようしつこく言ったことから、それほど簡単に思えるなら自分で書いてみろと挑発されたのがきっかけだった。フォークは以前会ったことのある捜査員のことを思い出した。彼は第一容疑者を好きになってしまい、事件捜査に葛藤を覚えたという。「まず、知り合いについて思い出すことから始めた。それほどよく知っているわけではないが、私生活について打ち明けるくらいの知り合いだ」フォークは言う。実際に書き始めてみると、猫が鼠をもてあそぶようなやり取りを維持し、あっと驚く決定的証拠を思いつくのがどれほど難しいか、彼はすぐに気づいた。

ＡＢＣが１９８８年にシリーズを復活させる計画を発表したとき、フォークは自分が書いた脚本のほこりを払い、書き直した。だが当時のエグゼクティブプロデューサーに、まだ修正が必要だと説得された。今ではほかにエグゼクティブプロデューサーはいない。彼はさらに数か月かけて修正を行い、ついに撮影に使えるほどよくなったと思われた。『恋におちたコロンボ』では、美しい中年女性と成人した娘が、自分たちの両方に求愛した口先のうまい色男を殺そうと共謀する。コロンボを欺くため、母親は彼の気を引く。

ふたりは互いに惹かれ合っているようだが、それでもコロンボは彼女を罠にかけなくてはならない。意識してか無意識かはわからないが、フォークの脚本にはそれまでのエピソードの要素が入り込んでいる。不当な扱いを受けた娘のために母親が殺人を犯すのは『死者のメッセージ』からだし、親が子供を守るために供述書へのサインに応じるのは『愛情の計算』、気の毒な犯人を自由にするのは『忘れられたスター』、電気毛布で死体を温め、死亡時刻を遅らせるのは『二枚のドガの絵』、殺人者がコロンボに新しいネクタイを頑として勧めるのは『偶像のレクイエム』からといった具合である。

フォークの脚本は、ミステリとしては型にはまったもので、ドラマとしてもありきたりなものだった――5分ごとに、母親と娘が電話で同じようなやり取りをする、ほぼ同じシーンが出てくる。それでも、ロマンスという切り口はまったく独自のものだった。

この企画を大事にするあまり、フォークは完璧な敵役を登場させたいと思った。探している最中、彼はアカデミー賞女優のフェイ・ダナウェイから連絡を受けた。彼女はＮＢＣからオファーされている新しいシリーズで司法精神医学者を演じるためのアドバイスをほしがったのだ。ダナウェイは回想する。「ピーターに電話したのは、『刑事コロンボ』が、喩えるなら、伝統工芸のようにすべてが確立されたシリーズで、ピーターとその仲間ほどうまくやれる人はいないと思ったから。それでこう訊いたの。『どうやったらシリーズキャラクターをうまく演じられるの？』って。ピーターと話してみて、彼の仕事ぶりと、ひとりの人間としての彼を尊敬した。すると、彼が脚本を送ってきた。彼はそれを書いて、演じられそうな人が見つかるまで取っておいたのね。それは引き出しに何年も入っていた。そして私が読んだ。とても魅力的だと思ったわ」

ダナウェイはその役で世間をあっと言わせた――フォークと完璧に渡り合い、その演技でエミー賞を受賞し、ゴールデングローブ賞にノミネートされた――だが、それは簡単なことではなかった。彼女はまさに、扱いが難しいという評判通りだった。20年にわたってプロダクションの役員たちを恐れさせた俳優フォークは、今ではエグゼクティブプロデューサーであり、それを受け止める立場になっていた。

仕事を離れると、フォークはダナウェイのことを本当に頭にくると言っていたと、ある友人は明かした。「最初の1週間に、彼女は美容師をふたり、メイク係を3人替えた」と、別の仲間は回想している。「彼女は厄介者だった」

ユニバーサルの役員チャーリー・エンゲルはある日、スタジオから緊急連絡を受けた。「ピーターがひどく動揺している。来てくれ」こうした電話は珍しいことではないとエンゲルは言う。「私はセットへ行き、『どうした、ピーター?』と言った。すると彼が『フェイが楽屋から出てこない』と言うんだ。一緒に楽屋へ行くと、彼はこう言った。『彼女を出してくれ』そこで私は言った。『ピーター、きみがこの番組のエグゼクティブプロデューサーだ。それがきみの肩書だ。きみの責任なんだ』彼はノックし、それから私がノックしてフェイに言った。『頼むから出てきてくれ。準備はできている』彼女は出てきたが、どこか笑えたね。あのフォークが自分のことは棚に上げて彼女を急かしていたんだから。誰もがこう言った。『ああ、フェイ・ダナウェイに嫌われるぞ、チャーリー。準備もできていない彼女を楽屋から引っ張り出したんだから』私はこう言った。『無礼なことをするつもりは決してなかったが、これはテレビ番組で、アカデミー賞を取るような映画じゃない。エピソードの撮影のためには、やらなければならないことがあるんだ』と」

フォークはまる3か月かけて、大事な企画のポストプロダクションを監修した。ようやくABCに公開を許可したのは、日曜日の午前3時のことだった。映画『最高のルームメイト』の仕事に取りかかるため、東海岸への飛行機に乗る数時間前のことだ。

『死を呼ぶジグソー』

フォークが『刑事コロンボ』に戻ってきたとき、頼れる物語はひとつしかなかった。ふたつ目の「87分署」ものとなる『はめ絵』である。マクベインによるこの1970年の本では、分署でただひとりの黒人警官、ブラウン刑事が、潜入捜査でさまざまなチンピラや偏屈者から、ばらばらになった写真の断片を手に入れていく。それをつなぎ合わせると、数年前の銀行強盗で盗まれた金の隠し場所が示される。

フォークは宝探しの物語を気に入ったが、細部や含意の多くを変更しなくてはならないのがわかっていた。この小説はわざと攻撃的に書かれていた。人種差別や粗野な言葉にあふれ、大量の流血がある。フォークはまた、『初夜に消えた花嫁』よりも出番の多い、慣れ親しんだ役割をコロンボに与えたかった。『初夜に消えた花嫁』では、オープニングのシーンで妻に言及する以外は、主人公にはユーモアも、茶目っ気も、偽りの困惑も、そのほか確立された特徴は何もなかった。同じく問題なのは、『初夜に消えた花嫁』はチーム捜査の物語で、別の刑事が代わる代わる主役になることだった。

フォークはまた、もっと軽いタッチを求めた。『はめ絵』を『刑事コロンボ』に脚色するに当たって、彼はゲイリー・デイを雇った。71歳の女性脚本家は、ミステリや西部劇と並んで、ディズニー作品の脚色もしていた。最初に、彼女は人種差別の痕跡を一切排除した。それからコロンボを中心人物とし、潜入捜査で複数の変装と人格を演じさせた。ブラウン刑事は彼の相棒に降格させた。これにより、コロンボが彼らしからぬタフガイ的な台詞をふんだんに言ったり、アクションシーンを演じたりできるようになる。主役は銃を振り回し、男の頭をドアに叩きつけ、打ちのめされ、殴られて気絶する。デイはまた、喜劇的な場面も無数に取り入れ、レインコートを着たこの人物が本当はコロンボであることをほのめかす。これには彼が犬と遊ぶために帰ると言う結末も含まれている。

本の結末はとうてい使えるものではなかった。『はめ絵』では、殺人者のアリバイを証言した恋人の口を割らせるため、黒人刑事が深夜に女性のアパートメントを訪れ、本当のことを言わなければレイプされるのでは、と思わせるのだ。フォークは劇的な手がかりを強く推した——ただし、それは少々馬鹿げたものだったが。殺人者の指紋が、犠牲者の家の外にあるパーキングメーターのコインから見つかるというものだ。この手がかりを提供したのは、22歳のリチャード・キャラダインだった。フォークは彼を雇って過去の新聞や雑誌を調べさせ、脚本に取り入れられそうなユニークな手がかりを見つけさせていた。

本から引き継いだのは、切り裂かれた写真から、宝が「オールド・リバー・ロード」の外れに隠されているとわかることだった。フォークは『はめ絵』に印刷されているのと同じ写真を使いたがった。それは誰が聞いても素晴らしいアイデアだった——ロケーションマネージャーを除いては。「どこを探せばいいんです?」彼は文句を言った。そして、一致するような場所探しを、共同プロデューサーのジャック・ホーガーに委任した。

「その仕事は私に回ってきた。外へ出て、そのオールド・リバー・ロードを探す仕事がね」ホーガーは言う。「『幸運を祈るしかない』と思ったよ。そこでアソシエートプロデューサーのリサ・タイゲットを連れて、南カリフォルニアじゅうをドライブした。最後にマリナ・デル・レイの防波堤にたどり着いた。そこには大きな駐車場があって、防波堤まで歩いて行くと、見つけたんだ――その上に道があるのを。そこで写真を撮ってくると、みんな気に入った。ただし、本に出てくるリバー・ロードの写真には、道路上にたくさんの継ぎ目とか裂け目が見えたが、防波堤にはそれがなかった。素材フィルムを見たとき、笑わずにはいられなかった。あの馬鹿げた写真に合わせて、防波堤に裂け目が描いてあったんだ。もちろん、撮影が終わった後には元に戻されたけれどね」

フォークは親友のエド・ベグリー・Jr.を殺人犯役に、妻のシェラを第一容疑者に、そして『死者のギャンブル』で気のあるそぶりを見せる酔っ払いの殺人者を演じたタイン・デイリーを助演に据えた。デイリーは当時のことをこう回想する。「私たちはとても素晴らしい時間を過ごしたので、（ピーターに）もうひとつ出ないかと言われたの。今度は1日だけの仕事で、また別のふしだらな女を演じてほしいって。あのときはふしだらづいていたわね。私たちは1日仕事をした。シーンはふたつ。最後に、ピーターは私の頬にキスをした。長年やっているプロデューサーは、（むっとして）こう言った。『コロンボはそんなことはしない！』って」しかし、キスはそのまま残っている。

今回はインタビュアーに謝る代わりに、フォークは嬉々として、またしても形式を壊したと明かした。主な問題は、フォークがときおり、以前の気のいい警部であることを匂わせながら、いとも簡単に安っぽい悪党に一変してしまうことだ。視聴者には、長年愛してきたコロンボの性格すべてが、刑事が容疑者に見せる演技でしかなかったのでは？　という印象が残った。

視聴者の関心を引きつけ、『死を呼ぶジグソー』はその週で11番目によく見られた番組となった。ABC

は視聴率がわかるのを待ってから『刑事コロンボ』再開の判断をするつもりだった。彼らはフォークに継続を許可した。

・1993〜1994年シーズン

『恋におちたコロンボ』(It's All in the Game)
仮タイトル:Two Women and a Dead Man
撮影開始日:1993年4月27日
出演:ピーター・フォーク、フェイ・ダナウェイ、クローディア・クリスチャン
監督:ヴィンセント・マケヴィティ
エグゼクティブプロデューサー:ピーター・フォーク
制作:クリストファー・セイター
脚本:ピーター・フォーク
放映日:1993年10月31日
順位:26位(13・4ポイント、21シェア)

『4時02分の銃声』(Butterfly in Shades of Grey)
撮影:1993年3月

出演：ピーター・フォーク、ウィリアム・シャトナー、モリー・ヘイガン
監督：デニス・デュガン
エグゼクティブプロデューサー：ピーター・フォーク
制作：クリストファー・セイター
脚本：ピーター・S・フィッシャー
放映日：1994年1月10日
順位：16位（15ポイント、23シェア）

『死を呼ぶジグソー』（Undercover）
仮タイトル：Jigsaw, Columbo Goes Undercover
撮影：1994年2月〜3月
出演：ピーター・フォーク、エド・ベグリー・Jr.、バート・ヤング、シェラ・デニス
監督：ヴィンセント・マケヴィティ
エグゼクティブプロデューサー：ピーター・フォーク
制作：ヴィンセント・マケヴィティ&クリストファー・セイター
脚本：ゲイリー・デイ
原作：『はめ絵』エド・マクベイン（エヴァン・ハンター）
放映日：1994年5月2日

順位：11位（14・1ポイント、22シェア）

『奇妙な助っ人』

1994年の秋までに、フォークはABCのためにさらに3本の『刑事コロンボ』に出演する契約を結んだ。それから1か月も経たないうちに、彼はピーター・フィッシャーから脚本を受け取った。『奇妙な助っ人』では、サラブレッド用牧場の経営者グレアム・マクヴェイが、ギャンブル依存症の弟を殺害し、弟が金を借りている犯罪組織のメンバーに罪を着せようとする。さらに、正当防衛を装い、マクヴェイはそのギャングを殺す。地元の犯罪組織のボス、ヴィンチェンゾ・フォテーリはそれに激怒する。決定的証拠を欠くコロンボは、フォテーリが自ら手を下してしまう前に彼と手を組んで、マクヴェイに自白させようとする。

不幸にも、フォークも自ら手を下すと決め、脚本を書き直した……フィッシャーは困惑する。「長い時間のかかる工程だった」フィッシャーはそう回想する。「ピーターと監督のヴィンス・マケヴィティが物語にあまりに多くの変更を加えたので、筋が通らなくなってしまったんだ。ピーターはすっかりめちゃくちゃにしてしまった。『刑事コロンボ』らしい手がかりにこだわりすぎて、まとまりがつかなくなっていた。手がかりは正しいものでなければならない。僕はちゃんと配置したつもりだったのに、明らかに苛立っていた彼にはそれが見えず、あらゆるものを変えてしまった」

論理のずれとしては、あるシーンで、マクヴェイはコロンボを家から追い出しかねない勢いだった（「いいや駄目だ。その『もうひとつだけ』も断る。じゃあな」)。ところが直後のシーンで、マクヴェイはコロンボと夕食をともにすることに進んで同意するのである。

だが、フォークによる最も残念な削除は、フォテーリの屋敷でのコロンボとフォテーリの長い会話だろう。4ページにわたる会話はプロットとは無関係だが、内輪の冗談やこれまでのエピソードを呼び起こすものが盛り込まれ、長年のファンを喜ばすものだった。コロンボは単刀直入に訊こうとする――ギャングのボスが、殺人犯について話せることを。だが、フォテーリは葉巻を手にとりながら、言葉を濁したり、話題をそらしたりする。フォテーリはコロンボに、前から警官になりたかったのか、年収はいくらなのかと訊く。

フォテーリは続いてこう尋ねる。「そのスーツはいつから着ている?」

「ああ、昔からです」コロンボはほほえむ。

「長年だな」

「長年です」コロンボは繰り返す。

「その靴はいくらだった?」フォテーリは訊く。

「それは……」

「ずっと昔のことか」

「ずっと昔です」コロンボはまた繰り返す。

フォテーリは、彼と妻がやりたくても金がなくてできないことはないかと尋ねる。例えば、クルーズ旅行などだ。

「クルーズには行きましたよ」コロンボは言う。

フォテーリは驚く。「そんな金があるのか……」

「いいえ」コロンボは口を挟む。「金はありません。カミさんがロトくじでクルーズを当てたんです——全部タダでした」

フォテーリは最終的に、コロンボの妻が教会でさまざまな仕事をこなしていることを知る。恵まれない子供たちを助けているのだ。コロンボの抵抗をよそに、フォテーリは彼女が熱心に取り組んでいる慈善事業のために3万ドルの小切手を切ると主張する。「きみは心の狭い頑固者だ。だがそれにもかかわらず、子供たちには3万ドルが贈られる。私が物事を正しく行うおかげでね。さて、きみが何かを学んだか見てみようじゃないか」フォテーリはそう言うと、ウェイターに向かって言う。「彼にスープをお出ししろ——それから、私にアスピリンを持ってきてくれ。この男といると頭が痛くなる」

絶妙なキャスティングとして、フォークはロッド・スタイガーを説得して犯罪組織のボスを演じさせた。だがフォークは、殺人犯役の選択で制作チーム全体を困惑させた。『チアーズ』で、ごく普通のバーの常連客ノームを演じたジョージ・ウェントだ。フィッシャーはこう語る。「ジョージ・ウェントを使うと聞いたとき、こう言ったんだ。『まさか！ これはジャック・キャシディやロバート・ヴォーンのような俳優がやるべきだ。スマートで頭がよく、ハンサムで、物柔らかな人物が。ジョージ・ウェントだって！ からかってるのか？』とね。

冒頭のシーンで、彼は変装して銃を購入する。だがあいにく、ジョージ・ウェントが変装するのは無理だ。彼はひどく目立ってしまう。口ひげをつけて質屋にピストルを買いに行くのだが、やっぱりジョージ・

ウェントなんだ！　彼が犯人役をやると聞いたときから、トラブルになりそうなのはわかっていた」

フィッシャーは引き続きマケヴィティに、フォークに反対するよう懇願した。「ヴィンス、頼むから、彼に言うことをきかせてくれないか？」

「無理だ」とマケヴィティは謝った。「彼は心を決めている」

結局、フィッシャーは何もできないことに気づいた。「それでこう言ったんだ。『いいだろう、僕は名前を取り下げる。きみたちの好きなようにやってくれ』と。それで、彼らはその通りにした」こうしてフィッシャーは『黄金のバックル』でやったように、クレジットを別名のローレンス・ヴァイルに変えた。

『奇妙な助っ人』は、元々は1995年5月7日に放映される予定だった。だがNBCが対抗番組として、『ジュラシック・パーク』をテレビ初放映すると発表したため、ABCは賢明にも『刑事コロンボ』を1日後ろ倒しにした（6800万人以上が『ジュラシック・パーク』にチャンネルを合わせた）。無事に月曜日に放映された『奇妙な助っ人』は、評判はさんざんだったが視聴率は良好だった。

番組が放映されてから5か月後、フォークは脚本家志望のちょい役俳優から、物語を盗用したと非難された。『恋におちたコロンボ』に警察官役で出演したフランク・ディエルシは、クリス・セイターからフォークが脚本を必要としていると聞いた。そこでディエルシは自分で脚本を書き『ギャンブラーを信用するな（Never Trust a Gambler）』というタイトルをつけてセイターに渡した。6か月後、ディエルシは『奇妙な助っ人』のボイストレーナーとして雇われた。そして、制作が終了する頃までに、彼はその作品が自分の脚本に基づいていることに気づいた。彼はフォーク、セイター、マケヴィティ、ABC、ユニバーサルを相手取り、著作権侵害で訴えた。訴訟は結局のところ、彼の作品がコピーされたかどうかは裁定されずに棄却された。ディエルシは自分の脚本の著作権を登録していなかったからだ。

『奇妙な助っ人』（Strange Bedfellows）
撮影：1994年11月～12月
出演：ピーター・フォーク、ジョージ・ウェント、ジェフ・イェーガー
監督：ヴィンセント・マケヴィティ
エグゼクティブプロデューサー：ピーター・フォーク
制作：ヴィンセント・マケヴィティ&クリストファー・セイター
脚本：「ローレンス・ヴァイル」（ピーター・S・フィッシャー）
放映日：1995年5月8日
順位：17位（12・4ポイント、19シェア）

『殺意の斬れ味』

60代後半となったピーター・フォークは、ついにペースを落とすようになった。ほんのわずかに。それでも、ときおり映画やテレビ用映画の仕事をこなした彼は、以前と同じくエネルギッシュだった。ただし、少しだけ忘れっぽくなっていた。「彼はチェーンスモーカーだった」チャーリー・エンゲルは言う。「オフィスで、彼は煙草に火をつけ、灰皿に置く。そして話している間に、最初のがまだ灰皿にあるのに、別の煙

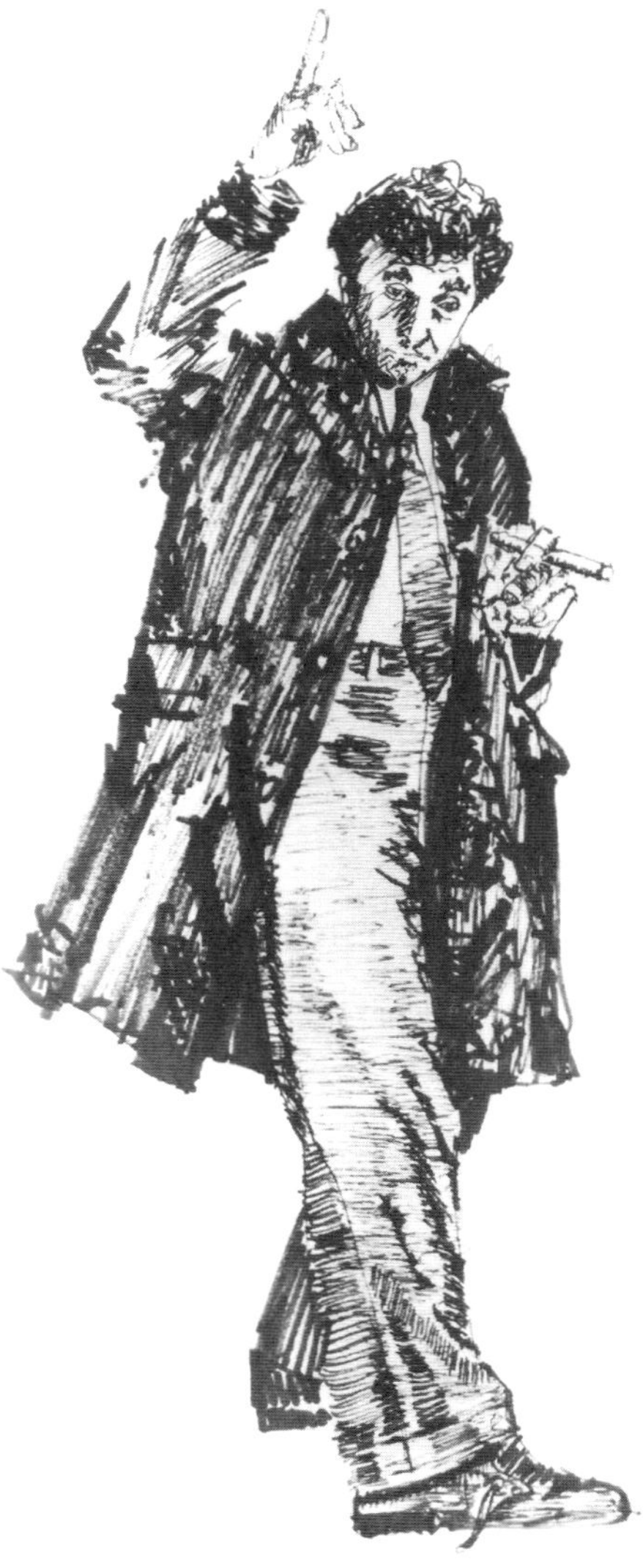

ABCでの放映中、フォークはオフィスのメモ帳に木炭で自画像を描き、「もうひとつだけ……」というキャッチフレーズを書き入れた。［クレジット：ジャック・ホーガー］

草に火をつけるんだ。話し合いをしていて脚本を読んでいないときには、彼は眼鏡を額に押し上げる。それからまた脚本に戻るとき、眼鏡が見つからない。彼は『私の眼鏡は？』と秘書に叫ぶ。もちろん、彼の額に載っているんだ」

『刑事コロンボ』の放映間隔は、次第に広がっていった。ABCはゴーサインを出すのにうるさくなっていた。フォークは番組の中断を、いい脚本がないせいだとしたが、その問題は、2年以上経ってようやく彼がコロンボの衣装に袖を通す準備が整っても、解決しなかったようだ。

ビル・リンクは、『コスビー・ミステリーズ（Cosby Mysteries）』の脚本家のひとり、チャールズ・キップスを推薦した。彼は殺人者をCSI捜査官にすることで、『刑事コロンボ』に科学捜査と手順を取り入れることを提案した。殺人者は手がかりを並べて、コロンボを誤った方向へ導く——彼の愛人の夫へ。この脚本で一番優れている点は、少なくともフォークの妻のシェラにとっては、女性の共犯者というおいしい役があることだった。20年願い続けて、彼女はついに悪役をやるチャンスを手にした。しかも、12着もの素晴らしい服を着ることができる。

フォークは年老いたコロンボを演じるのを楽しみにしていた。キャラクターの忘れっぽさや、その他の風変わりな言動が普通に見えるからだ。ところが、彼の演技は逆効果となった。コロンボがまるでボケたかのように見え始めたのだ。『殺意の斬れ味』で、彼は筋とは無関係に食料品店の袋からバナナを出して配り、その後、贈り物のバスケットからリンゴを配る。行方不明になった猫の広域手配をかける（「なんたって、このヤマの唯一の目撃者かもしれないからね。確保が必要なの！」）。ほかのキャラクターは彼に見下した態度で話しかけ、ひそかに彼を「抜けてる」、「とっぴなやつ」、「変なやつ」などと言う。

何よりよくなかったのは、フォークが元の結末——恋人たちが互いを裏切る——に、終わりを感じられないと考えたことだ。誰も逮捕されないからだ。彼はぎこちない締めくくりを挿入した。6分近くに及ぶそのシーンでは、いくつかの手がかりについて繰り返し説明される。このアイデアが、新しい視聴者にわかりやすくするためか、放映時間を延ばすためか、バーニーを演じるジョン・フィネガンとバーニーの給仕助手を演じるマケヴィティ監督の息子の出番を増やすためかはともかく、まったく不必要なものだった。これほど退屈な結末を持つエピソードはかつてなかった。

ＡＢＣはこのエピソードを『刑事コロンボ』の「25周年スペシャル」として宣伝した。と言っても、『構想の死角』は26年前、『殺人処方箋』は30年近く前のものだった。また、このエピソードは木曜の夜というなじみのない曜日に予定された。高い視聴率を誇る『となりのサインフェルド』や『ＥＲ緊急救命室』のシーズン最終話と真っ向から対決した『殺意の斬れ味』の成績は振るわず、番組を存続させるには、トップに本当に頼れる人材が必要だということを、フォークに改めて思い知らせた。

『殺意の斬れ味』（A Trace of Murder）
撮影：１９９７年2月〜3月
出演：ピーター・フォーク、デヴィッド・ラッシュ、シェラ・デニス、バリー・コービン
監督：ヴィンセント・マケヴィティ
エグゼクティブプロデューサー：ピーター・フォーク
制作：ヴィンセント・マケヴィティ&クリストファー・セイター

脚本：チャールズ・キップス
放映日：1997年5月15日
順位：41位（8・8ポイント、14シェア）

『復讐を抱いて眠れ』

劇作家のジェフリー・ハッチャーは、成功した舞台制作経験を数多く積んできたが、長年のファンとして、『刑事コロンボ』の脚本を書きたいと常々思っていた。共通の友人ダン・ローリアを通じて、彼は脚本の案をフォークに伝えることができた。ハリウッドの葬儀屋が、ゴシップ記者を殺して火葬にする。その記者は、何年も前に彼が女優の死体からダイヤのネックレスを盗んだことをばらすと脅したのだ。ハッチャーは言う。「父を亡くしたとき、葬儀場で葬儀屋と過ごした。ある日、こう訊いたんだ。『何か面白い話はないかい？』と。それでいくつか聞かせてもらった。ペースメーカーの話とかね。そして不意に、『刑事コロンボ』のアイデアが浮かんだんだ。スター向けの有名なハリウッドの葬儀屋を実際には知らなかったが、きっといるはずだ。ニューヨークでは、葬儀場はフランク・E・キャンベル教会と決まっていた。私はそこへ行き、責任者に話を聞いた。素晴らしい内部情報が手に入ったよ」

ハッチャーが驚いたことに、フォークは個人的に電話で、この設定を気に入ったと告げた。「彼は私をロサンゼルスに呼び、ユニバーサルの彼のオフィスで会った」ハッチャーは回想する。「夕食をとり、彼の家へ行った。ガレージを改装した彼のスタジオで作業した。彼のやり方は、アイデアについて話し合い、肉づけするというものだった。それから、彼はストーリーを書くようにと言った。20ページのトリートメントで、報酬は支払われると。そして、トリートメントが固まった段階で、脚本執筆料が支払われた」

フォークは、ほとんどのアクションがハリウッドの葬儀場周辺で展開することを非常に気に入った――それは『刑事コロンボ』にとってまったく新しい舞台であり、遺体の埋葬や火葬の準備工程などに関連したユニークな手がかりを生み出せる可能性を秘めていたからだ。フォークはまた、ドッグが最初の手がかりを見つけるというハッチャーの提案に喜んだ。

ＡＢＣはさらにふたつのエピソードに許可を出した。ひとつ目は１９９８年秋、ふたつ目は１９９９年春に放映される予定だ。だがフォークにはさらに助けが必要だった。クリス・セイターは、引き続きプロデューサーを引き受けたが、8年ぶりにフォークは共同プロデューサー兼監督のヴィンセント・マケヴィティを雇うことができなかった。ヴィンセント・マケヴィティ・Jr.はこう語っている。「父は3度事故に遭い、それから肺炎にかかったんだ。最近では『約束の地（Promised Land）』の（エピソードのひとつの）撮影中に、セットで転倒した。スタジオは『仕事を最後までできなければ、あなたを雇っておくわけにはいかない。それができる人物が10人は待っているのだから』と言った。父は68歳だった。終わりにしたくはなかった――頭の切れは鋭かった――が、体は衰えていた。ずっと働き詰めだったからね」

同じ頃、フォークはクリストファー・プラマーに葬儀屋のエリック・プリンス役を打診していた。プラマーは乗り気だったが、ＡＢＣは彼が要求した価格に尻込みした。そこでフォークは、旧友のパトリック・マクグーハンに、復帰できる健康状態にあるかどうかを確認した。マクグーハンは次の2作の制作を手伝うことに同意し、それには『復讐を抱いて眠れ』の主演・監督・共同エグゼクティブプロデューサーを務めることも含まれていた。

当然ながら、マクグーハンの契約には、脚本の書き直しの許可も入っていた。特に、彼はコロンボと殺人者の両方に、かなり早い段階で相手の狙いに気づくだけの知性を持たせることに神経を集中した。元の脚本では、コロンボは再び葬儀場を訪れると、自分と妻の前払いの葬儀に興味を持っているふりをして、施設内のガイドを希望する。案内係のジェラルドとの長い対談の中で、コロンボは考え込みながら言う。「棺桶の中には、あたしの車よりも高いものがありますね！」ジェラルドは言い返す。「でしたら、お車に埋葬いたしましょうか」ジェラルドは続いてコロンボをツアーに案内し、まず準備室を訪れる。そこでプリンスが質問を小耳に挟み、割って入る。マクグーハンは、この対決をもっと展開の早いものにしたいと考えた。そこで、シーンの最初にプリンスが立ち聞きしていることにし、ジェラルドではなくプリンスが、コロンボの火葬に関する質問に答えるようにした。

コロンボがプリンスへの最後の質問を行うシーンでは、有名タップダンサーの葬儀中に、マクグーハンは年老いたタップダンサーに棺桶のそばでダンスを披露させた。ダンサーがふたりの男の背後で踊ることで、彼らの〝ダンス〟が強調された。

マクグーハンは、わざとらしいユーモアを取り入れたい気持ちを抑えきれなかった。例えば、葬儀屋の大会で流れる古くさい曲（『フォー・ヒズ・ア・ジョリィ・グッド・アンダーテイカー』、『ホエン・ア・ボディ・ミーツ・ア・ボディ』、『ヒール・ビー・バリード・シックス・フィート・アンダー・ホエン・ヒー・ゴーズ……』など）だ。

また一緒に仕事をすることになったフォークとマクグーハンは、素晴らしい時間をともにし、共演するシーンは熱気にあふれた。ハッチャーは言う。「フォークとマクグーハンは息がぴったりだった。彼らがどれだけ楽しんでいるかがわかった。お互いに速球やカーブ、ロブを投げ分けて、何が起こるか試し合っているようだった。彼らは退屈を嫌った。常に緊張感を持っていた」

ある対決場面で、コロンボはプリンスに、彼が有罪なのはわかっていると言う。ただし、証拠がない。そして、プリンスが最後の台詞（「それが火の出るような質問のいいところです。燃え尽きてしまったら、残るのは灰です。灰だけ」）を言っている間に、怒って出ていってしまう。あるテイクで、フォークは少し早くそのシーンから退場してしまい、マクグーハンは空っぽの部屋で締めの一言を口にすることになった。一瞬間があって、マクグーハンは「コロンボ警部？（Have you gone?）」と呼びかける。スタッフは大爆笑した。彼らはこのアドリブを残すことに決めた。だがマクグーハンは後から「コロンボ警部？」を吹き替えなくてはならなかった。元のトラックにはスタッフの笑い声と、アシスタントディレクターの「カット」という声が入っていたからだ。

ドラマの最後のシーン――マクグーハンのキャリアで、最後に実際にスクリーンに登場したシーンとなった――は、それにふさわしく最後のシークエンスショットとなった。霧雨の降る金曜日の夕暮れ、キャストとスタッフは〈ロウリーズ・カリフォルニア・センター〉に集まった。シャッターの下ろされたこの複合レストランは、葬儀場の外観として使われた。コロンボがついに証拠をつきつけ、ふたりの男は最後の対決を行う。パトカーが待つ中、プリンスはコロンボに「ご一緒願えますかな」と尋ねる。

「どちらでも」コロンボは答える。「これはあなたの、葬式です」

ハッチャーの脚本によれば、プリンスは返事をする代わりにひとりでパトカーに近づき、後部座席のドアを開けると、そのまま立ち止まってコロンボを振り返る。間があって、彼は車に乗り込み、ドアを閉める――最後まで反抗的な態度で。マクグーハンは代わりに、より穏やかな同等な態度を見せることにした。彼は「これはあなたの、葬式です」の台詞で幕を下ろし、そぼ降る雨の下、男たちは意味ありげな笑みを交わす。

強力な脚本と互いを引き立て合う演技で活気を取り戻したマクグーハンとフォークは、昔に戻ったかのようだった。『復讐を抱いて眠れ』は、ここ数年で最も生き生きした作品で、かつてのNBC時代を彷彿とさせた。ABCは自信を持って、放映を木曜の夜に予定した。高視聴率のホームコメディやNBCの『ER緊急救命室』、CBSの『Dr.マーク・スローン』、フォックスのワールドシリーズに対抗した『復讐を抱いて眠れ』は、引き離されての4位となった。

『復讐を抱いて眠れ』(Ashes to Ashes)
撮影:1998年3月2日~27日
出演:ピーター・フォーク、パトリック・マクグーハン、ルー・マクラナハン
監督:パトリック・マクグーハン
エグゼクティブプロデューサー:ピーター・フォーク
制作:クリストファー・セイター
共同エグゼクティブプロデューサー:パトリック・マクグーハン
脚本:ジェフリー・ハッチャー

放映日：1998年10月8日
順位：52位（7・4ポイント、12シェア）

『奪われた旋律』

『復讐を抱いて眠れ』の制作中、ユニバーサルはふたりの開発部門ディレクター、ナンシー・マイヤーとロブ・レヴァインに、フォークの脚本探しを手伝わせた。彼らは新しい物語を求め、売り込みに耳を傾け、脚本家を雇い、進捗を管理し、フォークとユニバーサル、ABCに最高の選択肢を提出する。こうした強化策にもかかわらず、次の脚本は彼らとは関係なくフォークのもとに届いた。

ユニバーサルのドキュメンタリー部門の若き制作アシスタントで、映画音楽の熱心なファンであるジェフリー・ケーヴァは、『刑事コロンボ』の脚本を書いてフォークのオフィスに置いていった。それは読まれないまま何か月も経った。ケーヴァはついに、共同プロデューサーのジャック・ホーガーを説得し、書いたものを読んでもらった。ケーヴァの物語『奪われた旋律』では、華やかな映画音楽作曲家パラディーゾが、若い見習いの曲を自分の曲に見せかける。事を公にすると見習いに脅されたパラディーゾは、彼を薬で眠らせ、高層ビルの屋上、貨物エレベーターのシャフトの上に寝かせる。続いてパラディーゾは、エレベーターをゆっくりと上昇させ、その間にコンサートの舞台へ上がる。やがてエレベーターは屋上まで到達し、見習いの体をビルから落とす。

ホーガーは非常に気に入った。刺激的で巧妙な手がかり、おどけたユーモア、映画音楽に関する内輪の秘密、そして昔ながらの『刑事コロンボ』の雰囲気がある。唯一の問題は長さだった。脚本は130ページ以上もあったが、当時の『刑事コロンボ』は98ページほどだった。元編集者のホーガーはケーヴァに協力し、冗長な台詞やシーンをなくして、30ページ削った。ホーガーは続いて、フォークを〝騙して〟それを読ませた。フォークも気に入り、シーズンの次のエピソードに使いたいと考えた。

マクグーハンは監督を引き受けた。フォークは彼にパラディーゾ役もやってほしがったが、『復讐を抱いて眠れ』の直後だったため、マクグーハンはまだ早いと考えた。ホーガーとケーヴァは、ジェレミー・アイアンズを殺人者役にしたかったが、価格帯に合わなかった。ナンシー・マイヤーは、スタンドアップコメディアンのビリー・コノリーを推薦した。「いくつかの作品でビリー・コノリーを見て、派手な作曲家という役を演じるのが想像できました。そこでピーターとパトリックに、彼に目を向けさせたんです」彼女は言った。「私は『Queen Victoria 至上の恋』を彼らに見せました。ビリーはその中で、とてもドラマティックな役を演じていたんです」

このキャスティングにより、犯人役はパラディーゾという謎めいたキャラクターではなく、大酒飲みのスコットランド人、フィンドレー・クロフォードとなった。残念ながら、これはマクグーハンの変更の始まりに過ぎなかった。彼はそれから3週間かけて、徹底的に脚本の質を落とした。

〝滑稽な〟効果として、彼はコロンボが酔っぱらったクロフォードを警官の護衛つきで家まで送るという、無意味なシーンを挿入した。車もシーン全体ものろのろと進み、しょっちゅう止まった。要領を得ないシークエンスは8分近く続いた。レコーディング会議の最中にコロンボがクロフォードを訪ねるシーンでは、マクグーハンは作曲家に、刑事に対して〝メロディー当て〟ゲームを挑ませ、『サイコ』や『ジョーズ』のテーマといったわかりきった曲を演奏させる。コロンボは唖然とする。

ケーヴァの主要な手がかりは、かつて映画スタジオでよく見られた古い産業用エレベーターは、各階を通過するときに耳には聞こえない電気接続を起こすというものだった。彼は、同じ電気回路が録音機材にも使われていた場合、録音機にはエレベーターが別の階に到着する20秒ごとにカチッというかすかな音が入っているはずだと提案したのだ。コロンボは、殺人があった夜の録音から、その音を取り除いた音楽編集者に会いに行く。警部はついに、カチッという音が舞台裏のエレベーターのものであることを突き止め、それが、殺人者が舞台に上がるずっと前に作動した証拠となる。マクグーハンはこの手がかりを完全に削除し、代わりにエレベーターが大きな音を立て、音響技師を驚かせたことにした。奇妙なことに、技師は録音を続行し、この邪魔について後から何も語っていない。

さらに悪いことに、マクグーハンはこのエピソード、特に結末を、もっと芝居がかったものにしようとした。しかしそうすることで、クロフォードを有罪に導くほかの手がかりが割愛されてしまった。フィナーレで、マクグーハンはただ、コロンボに取るに足りない状況証拠についてだらだらと話をさせ、やがてクロフォードが突然自白するようにした。

ケーヴァは、自分の脚本にマクグーハンが何をしたかを知り、精神的に打ちのめされた。それでも敬意から、彼はおとなしく黙っていた。すでにユニバーサルの社員であり、マクグーハンを崇拝していたケーヴァは、制作期間中いつでもセットを見学していいことになっていた。そこで彼は、監督が系統的に脚本を破壊するのを最前列で見せつけられた。マクグーハンは若い脚本家にとって、自分の作品がこれほど徹底的に変更されるのは見るに忍びないことがわかっていたに違いない。撮影が始まってから数日経って、マクグーハンはケーヴァに向かってささやいた。「そろそろ辛くなってきたかね、ジェフ?」

音楽の指揮をするコノリーの演技は、以前『黒のエチュード』で指揮者の犯罪者を演じたジョン・カサヴェテスが見せた、タイミングの合っていない指揮を思わせた。偶然にもこの2作は、ディック・デ・ベネディクティスが『刑事コロンボ』の音楽を担当した最初と最後の作品であった。彼はカサヴェテスやコノリーに予習させる以上のことができなかったのを後悔していた。デ・ベネディクティスはこう説明する。「ジョンとビリーの問題のひとつは、どちらも指揮の仕方を知らなかったことで、僕は監督に、彼らを生で撮らないように提案したかった。彼らが何をしているかわかっていないことが見え見えだからだ。ジョンはオーケストラを前にし、オーケストラはベートーヴェンの交響曲を演奏した。ビリーの場合は映画音楽で、彼はどう指揮をすればいいかわかっていなかった。彼は非常にうまく真似たし、ジョンも同じだった。僕は彼らにほんの少し指導したかったが、監督にこう言われた。『やめてくれ、彼らの好きなようにさせるんだ』とね。彼らは音楽的に一貫していることよりも、ドラマ的に一貫していることを望んだ。そこで、見ているしかなかったが、大いに不満だった」

また、デ・ベネディクティスは『奪われた旋律』の曲にも満足していなかった。「自分の仕事ぶりには不満だった」と彼は言う。「クロフォードが作曲する映画音楽を、ドラマ本体の音楽とは違うものにしようとした。(巨匠が指揮するクラシック音楽と異なる音楽を作った)『黒のエチュード』のように、両方の違いを出したかったが、うまくできたとは思えない。何とかできたのは、クロフォードが作曲したとされるドラマティックな映画音楽の効果を薄めることだった。いつもやっているのとは違って、彼が作曲した音楽と、自分が映画音楽として作曲したものに違いを出したいという自意識が働いたんだ。それが全体の創造性を曇らせ、望んでいたようないい曲が作れなかった」

30年以上前の『プリズナーNo.6』以来、脚本家としてクレジットされてこなかったマクグーハンだが、『奪われた旋律』ではそれを求めた。しかし、このことは手柄を分かち合うというよりも、責任を分散させるものとなったようだ。現に当初は、マクグーハンひとりの名が脚本家として記載され、ケーヴァは単なる原案の提供者となっていた。ケーヴァは正当な報酬を受けるために脚本家組合に嘆願しなければならなかった。彼は自分が書いた物語と同じように、自分の英雄が尊敬の念を抱く新人の手柄を横取りしようとしたことに唖然とした。

撮影は1998年12月下旬に終了し、春には放映される予定だった。だが、ABCの考えは違っていた。『復讐を抱いて眠れ』が、『刑事コロンボ』の新作の中で最低の視聴率を記録したことから、『奪われた旋律』は無期限に棚上げされた。フォークは引き続き、ほかの脚本を発展させようとしていたが、彼がまたレインコートを着られる兆候すら見えなかった。

『奪われた旋律』(Murder with Too Many Notes)
撮影開始日：1998年11月17日
出演：ピーター・フォーク、ビリー・コノリー、リチャード・リーヒル
監督：パトリック・マクグーハン
エグゼクティブプロデューサー：ピーター・フォーク
制作：クリストファー・セイター

共同エグゼクティブプロデューサー：パトリック・マクグーハン
脚本：ジェフリー・ケーヴァ、パトリック・マクグーハン
原案：ジェフリー・ケーヴァ
放映日：２００1年3月12日
順位：24位（8・9ポイント、14シェア）

20 コロンボ最後の事件

『奪われた旋律』の放映が先延ばしにされるにつれ、番組の終焉が色濃くなっていた。チーム・コロンボは、次第に解散していった。長年のメンバーは別の企画に移った。ほかのメンバーは引退を選んだ。フォークは裏庭のスタジオで絵を描いて過ごし、マイナーな映画で脇役を演じたり、いくつかのテレビ用映画で主演を務めたりしていた。

フォークと同様、ナンシー・マイヤーもシリーズ継続の希望を抱いていた。彼女は脚本家のマーク・ブルース・ロージンとバリー・グラッサーを雇った。彼らは『悪に耳を貸すな（Hear No Evil）』の案を出し、執筆を承認された。「これはコロンボが名声とうぬぼれの世界を相手取る、昔ながらの『刑事コロンボ』だ」グラッサーは説明する。「殺人者はバーバラ・カートランドのような、華やかで、非常に成功した歴史ロマンス作家だ。彼女はやがて、セレブの暴露本作家に転身する。彼女は伝記に登場させているセレブたちと同じくらい有名だ。彼女は耳の不自由な女性と知り合うが、実はジャーナリストで、彼女を破滅させる情報を知っていることがわかる。そこで、彼女はジャーナリストを殺す。作家のアリバイは、殺人があった時間に、テレビでラリー・キングのインタビューを受けているというものだった。そこでコロンボは、セット上のラリー・キングを訪ねる。これは素晴らしい場面だ。ピーターはとても気に入っていた」

実際には、ピーターは脚本全体を気に入っていた。ABCも素晴らしいと考え、制作の準備を始めた。ロージンは回想する。「制作されなかった理由は、何人かのスター女優が殺人犯役に興味を示しても、ピーターが同意しなかったことだ。彼は頑としてABCと合意しなかった。彼には彼の考えがあった。彼が提案を受け入れるまで辛抱強く待ったが、結局はあきらめた。とても残念なことだった」

結局、『奪われた旋律』がネットワークに引き渡されて2年以上が経ってから、ABCは2001年3月の、これといって何もない月曜日に放映することにした。CBSとフォックスは再放送の番組を流し、NBCは記憶に残らないテレビ用映画を放映した。それでも期待は薄かった。ところが『奪われた旋律』は堅実な視聴率を記録した。ABCは感心した。精彩に欠ける作品がこれほど好調なら、もっと生き生きとした、人口統計的にターゲットを絞った番組がどうなるか想像はつく。ABCは、市場向けのアイデアにフォークが同意すれば、『刑事コロンボ』にもう一度チャンスを与えようとした。彼らは『ジェシカおばさんの事件簿』の再来には興味がないことをはっきり伝えた。もっと若い視聴者に訴えるような、さまざまな場面に若者が登場するものでなければならなかった。

『殺意のナイトクラブ』

2001年、テレビではリアリティショーが最も流行していた。そこでフォークはスタッフに、実在の番組『ビッグ・ブラザー』を基にした物語を展開するよう指示した。鍵のかかったパーティー会場で殺人が発生する。そこはテレビ番組のために、24時間365日ビデオカメラに録画されていた。捜査に訪れたコロンボも番組の一部となる。リアリティショーを一度も見たことのなかったフォークだが、基本的なアイデアを気に入った。「コロンボのカミさんが家でリアリティショーを見ていたら、そこに夫が登場するというわけだ！」

だがフォークは、脚本家が強力な決定的証拠を思いつくまで、トリートメントを承認しなかった。一方、ABCはフォークに、コロンボが〝レイヴ〟の世界を調べるという案を出した。当時流行っていたダンスパーティーイベントで、テクノミュージック、ストロボライト、幻覚剤が特徴だった。「レイヴというのは聞いたことがなかった」フォークはのちに明かしている。「レイヴの世界について話を聞いたとき、私はこう言った。『ああ、それは素晴らしい。いったいそれは何なんだ？　見当もつかない』とね」

フォークが完全なストーリーに目を通すことを承諾したため、ABCはただちに、新進気鋭の脚本家マイケル・アライモに執筆の許可を出した。『殺意のナイトクラブ』では、レイヴを開催するナイトクラブの経営者が、恋人が元夫の遺体を処分するのを手伝う。クラブの床に設置されている水槽のうちのひとつの下に遺体を隠すのだ。コロンボは最終的に、その水槽にいる魚が、ほかの水槽に比べてずっと少ないことに気づき、遺体を発見する。驚きの結末をフォークに説明するのはアライモに任された、彼は、薄っぺらな手がかりの脚本を没にする、俳優の性癖を知っていた。

アライモは回想する。「彼は左腕を胸に渡し、右腕をそれで支えて、右手を顎に当てた。昔ながらのコロンボの姿勢で、そのまま30秒ほど黙って立っていた……僕は死にたくなっていた。彼に気に入られなかったら、どうすればいいかわからなかったからだ。途方もない緊張の後、ついに彼が言った。『ああ、こいつは素晴らしい！』」

脚本は大急ぎで制作準備に回された。フォークは引退していたジャック・ホーガーを、共同プロデューサーとして誘い出した。だが、そのほかのいつもの仲間――プロデューサーのクリス・セイター、長年仕事をしてきた編集者、セットデコレーター、アートデコレーター、プロダクションデザイナー――は、高齢や病気のため参加できなかった。ＡＢＣはこの機会に、監督のジェフリー・ライナーを始め、もっと若くて進歩的なスタッフを雇った。

ライナーはわざと、これまでのエピソードを見なかった。ＡＢＣがもっと流行に乗った、派手でけばけばしいものを求めていると知っていたからだ。「私は映画を撮るように扱った」彼は言う。「私は独立系映画の出身で、自分のスタイルを持っていた。だから『刑事コロンボ』を撮影することになっても、昔を振り返ろうとすら思わなかった。子供の頃に見て、キャラクターは大好きだったが、今回はナイトライフに関するドラマだ。クリスタル・メソッドに音楽を担当してもらったくらいだ」

撮影が始まる直前には、フォークは75歳になった。それでも、現代的な物語要素を受け入れた。だが現代的なストーリー運びはなかなか受け入れなかった。ライナーは回想する。「彼は年老いつつあって、スタイルに関して衝突した。例えば、こんな冗談を言ったくらいだ。『あらゆるものに、大文字で〝手がかり〟と書いておいたらどうです？』ってね。彼は視聴者にわかるように、本当に手がかりを大きく見せたがった。彼は別世界に足を踏み入れようとしていて、どうしてやりたいようにできないんだと感じていた」

しゃれた現代的な画づくりのため、セットデザイナーは大量のガラス面を使った。水槽のある床から、壁一面が窓になっている家、被害者が天板にぶつかるガラスのコーヒーテーブルまで。コロンボがガラスの家を訪ねるシーンでは、撮影監督は通りの向こうから照明を当て、カメラを引いて横から撮影した。フォークは戸惑った。「照明はどこだ?」と彼は訊いた。

「外です」ライナーが言った。

「なぜ中じゃないんだ?」

「ここではそういう照明だからです」監督は説明した。「周囲の光が十分あるので」

フォークは顔をしかめた。「カメラはなぜあそこにあるんだ?」

「横から撮るためです」

横から? 「みんな、これを見るために金を払っているんだぞ」フォークは自分の顔を指して言い返した。

「ピーター、視聴者はあなたを見るためにお金を払っていません。ネットワーク局で放映されているんですよ。無料なんです」

フォークは以前と同じく活力にあふれ、仕事に熱中した。あらゆることを質問し、自分が納得するまでテイクを重ねた。ライナーにとって最もささいな問題は、フォークが彼を30年前に『アリバイのダイヤル』を監督したジェレミー・ケイガンと間違えることだった。ケイガンの娘は『殺意のナイトクラブ』で、ピンクのボアを巻いたパーティー参加者を演じている。「一緒に仕事を始めたときから、彼は私の名前を一度も正しく呼ばなかった」ライナーは言う。「彼は私を、最初から最後まで『ジェレミー』と呼んだ。しかも彼は大声で怒鳴れる人だったから、『ジェレミー!』と叫ぶんだ。彼は撮影中ずっと私をジェレミーと呼んだ。最初の会議でも『ジェレミー、魚をどう撮影する予定だ?』と言った。でもそのうち、どうでもよくなったよ。べつに気にすることでもない。少なくとも『J』から始まっていたしね」

ABCは出来上がりを気に入った――古典的なコロンボのキャラクターと、現代的な設定やスタイルが完璧に融合しているように見えた。以前のエピソードに比べ、テンポは著しく上がっていた。それに、コマーシャルを入れる余地を増やすべく、ＡＢＣは番組を88分にカットした。ＮＢＣ時代の2時間エピソードに比べ、まる9分短くなった。

ＡＢＣは『殺意のナイトクラブ』を最も早く空いている放送枠である２００３年1月30日に予定した。ポストプロダクションが終わる約1か月後だ。残念ながら、視聴率は低かった。今ではこの番組に、ＡＢＣは1作当たり４００万ドルをかけていた。そのほぼ半分がフォークの取り分だった。落胆したものの、ネットワークは続行の可能性を残した。フォークは引き続き脚本を発展させた。彼は数作の中から、サーカスの物語を選んでいた。ＡＢＣは下着モデルの話のほうを希望した。

『殺意のナイトクラブ』（Columbo Likes the Nightlife）
仮タイトル：Columbo Loves the Nightlife
撮影：２００２年10月〜11月
出演：ピーター・フォーク、マシュー・リス、ジェニファー・スカイ
監督：ジェフリー・ライナー
エグゼクティブプロデューサー：ピーター・フォーク
制作：ジョン・ホイットマン
脚本：マイケル・アライモ
放映日：２００３年1月30日

順位：55位（6ポイント、9シェア）

時が経つにつれ、フォークは自分の——そして警部の——寿命という問題に直面するようになった。彼は常々、コロンボは引退しないと言っていた。年を取るにつれ、この役をより楽に、より自然に演じられるようになっていたからだ。だが今では、キャラクターが引退の危機を迎えているのを感じていた。彼は必死に、あと1作品撮りたいと願った。このキャラクターにふさわしい見送りをしたかったのだ。フォークは、制作されていない脚本の中で最高の作品『悪に耳を貸すな』を取り上げ、自ら警部の最後の冒険として書き直し、『コロンボ最後の事件（Columbo's Last Case）』とタイトルを変えた。だがABCは、この番組とは縁を切った。フォーク、ナンシー・マイヤー、それにユニバーサルのチャーリー・エンゲルはあきらめなかった。彼らは最終回となるこのスペシャルを、USAネットワークをはじめとする他局に売り込んだ。だが、どこも興味を示さなかった。何人かの業界ウォッチャーは、今や80歳になろうとしているフォークの年齢が、現代の視聴者に十分アピールできなかったか、もう1作撮影する厳しさに耐えられなかったと考えている。それから半年と経たないうちに、彼は認知症を発症したと診断された。

「『コロンボ最後の事件』は素晴らしい脚本だったが、彼の健康は衰え、撮影はかなわなかった」エンゲルは深い悔恨とともに語った。「彼は自ら脚本を書いた。それが最後の事件になるはずだった。残念ながら、そこまでこぎつけられなかった」

2011年6月23日にフォークが83歳で亡くなるずっと前に、『刑事コロンボ』は息を引き取っていた。今度は誰がキャラクターを殺したのだろう？　ABCの撤退をはじめ、さまざまな要素が重なった結果に

ユニバーサルスタジオは、2007年9月にピーター・フォークの80歳の誕生日パーティーを開いた。フォークはここで、編成担当部長チャーリー・エンゲルと再会する。エンゲルは『刑事コロンボ』が終わりを迎えることに気づき始めていた。[クレジット：チャーリー・エンゲル]

違いない。

「番組は、送るべき生涯を送ったんだと思うよ」ホーガーは言う。「よくこんなことを言った。『いつになったら、このいまいましい番組作りをやめるんだ?』そして『自然に先細りになって終わっていくのさ』(「先細って消える」を意味するpeter outをピーターの名に引っかけている)と冗談を言った。だいたいその通りになった。ネットワークのせいか、彼の健康状態のせいか、あるいは30年が経って、大衆が別のものを求めたんだろう。時が経って、好みが変わったんだ。ピーターは年を取り、脚本は時代遅れになり、ＡＢＣはほかの番組で手一杯だった」

ほとんどの点で、検視報告書が示したのは『刑事コロンボ』の死因は自然死だったということだ。キャラクターは過ぎ去った時代に作られ、１９７０年代の好みには完璧に合っていた。50年前の大衆文化は、もっと暴力が少なく、上品で、忍耐強いものだった。平均的な視聴者はゆったりと座り、よそ見をせずに、目の前で展開する殺人と、多くの中断やいくつかの回り道を含む2時間の台詞によって、体系的に謎が解明されるのを見て楽しんだ。最盛期の『刑事コロンボ』は、いつになっても魅力的だ。よれよれの刑事はもはや主流ではないかもしれない。けれども、彼の才能を覚えている、あるいは発見することのできる幸運な人々にとって、彼はいつまでも生きている。

解説

町田暁雄（編集・ライター）

「ああ、おどろいた……」――本文を読み終え、このページを開かれた大半の方の頭の中には、いま、何よりもそんな言葉が浮かんでいるのではないでしょうか。２０２１年に本国アメリカで刊行された本書――原題 *Shooting Columbo: The Lives and Deaths of TV's Rumpled Detective*（Bonaventure Press刊。今回の翻訳は２０２５年1月刊行の増補版ペーパーバックを底本としています）は、それだけのインパクトを持つ、まさに〝衝撃的な1冊〟と言ってよいでしょう。

『刑事コロンボ』研究書としての本書の特徴を一言でいえば、「一次資料および関係者へのかつてない徹底的なリサーチが行われた1冊」、ということになります。その徹底ぶりの結果、例えば、スタッフ（候補）としてブライアン・デ・パルマやマーティン・スコセッシ、トム・マンキウィッツ、レン・デイトンといった名が、犯人役候補としてクリストファー・プラマー、レックス・ハリソン、ピーター・ユスティノフ、アンソニー・ホプキンス、ジャック・ウォーデン、ベティ・デイヴィス、アンジェラ・ランズベリーといった驚くべき面々が飛び出してきたり、本放送当時から噂されていた幻の「日本ロケ」計画の詳細や、仕事を干されていたジョナサン・デミ監督を他ならぬピーター・フォークが起用したいきさつ等、嬉しい新情報が数多く語られる一方、「２シーズンを支えた有能なプロデューサーを突然クビにした結果、プロデューサー不在で2か月以上制作が停止」「素材試写を見て〝ここのまばたきがコロンボ的ではない〟との理由で再撮影が決まる制作現場」「どんなジャンルの作品かも確認せずに、原作として購入された《87分署》もの小説」「フォークのアシスタントを含む、まったくの素人3名が脚本を書いたエピソード」等々、トンデモと呼ぶほかにない多くの〝新事実〟もまた、全編を通じて明らかにされていきます。

そのピークは、テレビ局NBCから制作会社ユニバーサルに〝制作予算のお目付け役〟として送り込まれたロバート（ボブ）・メッツラー氏の〈業務日誌〉を基に執筆された、第11章〜第14章（の半ばまで）でしょう。とりわけ、《メルトダウン》と題された第13章で描かれる、「黄金のバックル」というエピソードでの顛末は、にわかには信じられないような崩壊劇であり、逆に「よくぞ我々の知るあの完成版にまで仕上げられたものだ」とさえ感じられるほどです。しかも――本書の、もうひとつの特徴である――「考察や共感、作品論を極力排した、取材記事的な記述」によるクールな筆致が、その内容をさらに容赦なく私たちに叩きつけてきます。

『刑事コロンボ』というシリーズが持つ上質さゆえ、そしてそれを心から楽しみ、愛してきたがゆえに、私たちはそこから逆算して、〝さまざまな軋轢はあるにしても、基本的には知的でクリエイティブで、互いの才能やセンスを讃え合う和気あいあいとした制作現場〟というようなイメージを思い描いてきました。それが、具体例をあげ、次々と否定されていくのですから、おどろくな、ショックを受けるな、というのは、どうしたって無理な相談でありましょう。

では、なぜ本書はこうしたトーンになったのでしょうか。それは主に、著者デイヴィッド・ケーニッヒ氏の経歴とスタンスに拠るものだと思われます。ケーニッヒ氏は大学でジャーナリズムを学び、記者として活躍したのち、『*Mouse Tales: A Behind-the-Ears Look at Disneyland*』（94）を始めとする、ディズニーランドの舞台裏をリサーチした一連の著作で注目を集めました（現在、氏は、執筆活動の他、1922年から続く木材業界の月刊専門誌『Merchant Magazine』等、数誌の編集長を務めているそうです）。ベストセラーとなり、現在までに23刷を数えるという同書では、開園以来の内部構造やスタッフの労働環境、事故、経営方針の変遷など、〝夢の国の裏側〟を長年にわたる元キャストへの取材により初めて紹介。『*Realityland*』（07）では、フロリダのディズニー・ワールド・リゾートの構想と現実とのギャップ、開園からの波乱に満ちた歴史を、建設スタッフや経営陣の証言などから検証。『*The 55ers*』（17）では、1955年のディズニーランド開園当時に働いていた初期キャストたちの証言を中心に、黎明期の現場の空気や草創期の運営文化を丁寧に描写。そして『*The People vs. Disneyland*』（15）では、園内で発生したさまざまな事故・トラブルに対する訴訟や法的問題を取り上げ、60年分にも及ぶ訴訟記録を精査・検証することで、ディズニーランドがいかに多様な法務リスクを抱え、それに対応・進化してきたかという側面に光を当てています。

講演やインタビュー等で、ケーニッヒ氏がくり返し語っている、これらの著作へのスタンスは、およそ次のようなものだそうです。

"I don't write to destroy the magic. I love Disneyland. I write to show the real people who make the magic possible."

（私は夢を壊すために書いているのではありません。私はディズニーランドを愛していて、その魔法

を実現させている〝現実の人々〟の姿を描きたいのです）

ケーニッヒ氏のこのスタンスは――お読みの方はすでにお分かりのとおり――、本書でもまったく変わっていません。徹底した、妥協を許さないジャーナリスト的視点と、対象への深い理解と長年にわたる愛情――この『刑事コロンボとピーター・フォーク』もまた、その両方が見事に結びついた一冊となっているように思われます。「記録者」に徹した（新シリーズ部分では、やや踏み込みが増えますが）、一見ドライすぎるその抑制は、評論家ではなくジャーナリストとしての〝事実に最大限の敬意を払う〟誠実さの顕われともいえるでしょう。

一方で――ここでひとつだけ保留をつけておけば――、本国で「綿密に調査された」「感情を交えず冷静に報告された」「糾弾ではなく、愛情とジャーナリズムの節度によって語られた」等と評されているこのドキュメンタリー的手法には、われわれ読み手側に若干の、あるバイアスが生まれる可能性が想定されるように思われます。

例えば、ケーニッヒ氏の本書での記述には、「新たに分かったこと」の紹介・報告に傾注し、「これまでに既に語られてきたこと」には（おそらくは「読者であるコロンボ・ファンはそれを分かっている」という前提で）触れない、という強い傾向が感じられます。そして、その結果、――おそらくは著者の意図以上に――〝センセーショナルな部分のみが強い印象を残す〟ようになっている、と思われるのです（そのスタンスはまた、ＴＶシリーズ等の作品名や人名を説明なく登場させていることにも顕われているように思います。例えば、３７０ページに「だがあいにく、ジョージ・ウェントが変装するのは無理だ」という妙に断定的な一文があります。これは、ウェント氏が体重110kgを越える巨体の持ち主である、という事実を知っていてこそ、理解し、クスッと笑える、あるいは啞然とすることができるものです）。

本書と並ぶ重要なコロンボ研究書である『*The Columbo Phile: A Casebook*』（邦題：『刑事コロンボの秘密』。のちに『刑事コロンボ レインコートの中のすべて』として再刊）からの引用で、ひとつだけ例を挙げて比較してみたいと思います。1989年、いわゆる〈新シリーズ〉のスタートに合わせて刊行された同書は、テレビ番組の専門家であるマーク・ダウィッドジアク氏によって書かれた、史上初の本格的なコロンボ研究書です。

本書の74ページにある、エミー賞脚本賞に関する件り――スティーヴン・ボチコによるリチャード・レヴィンソンへのやや辛辣な心情吐露のあたり――は、『*The Columbo Phile*』では当のレヴィンソンとボチコ自身の、以下のようなコメントで紹介されています。

『ビルと私は（略）「構想の死角」がファースト・シーズンのナンバー・ワンだと思っていたので、ボチコが受賞するだろうと予想していた。それで取り引きをした。勝利者は、賞を逃した人たちを高価なランチへ招待する、とね。私たちはおいしいランチにありつけると楽しみにしていた。ところが、私たちが受賞（略）してしまった。（略）私の妻は感激のあまり、とりつかれたように拍手していた。でも、それはスティーブンとジャクソンの敗北でもあったので、拍手を止めたんだ』

『私はとても若かった。（略）私はバカじゃない。彼らが天才だとわかっていた。私はまだ26歳だったが、これ以上はないという環境の中に身を置ける幸運をつかんだのだ。（略）それまでの私の人生の中で、最も素晴らしい体験だった。ディック・レビンソンは、私のもっとも仲のよい親友のひとりとなった。私にとって彼は初めての、そして最も影響を受けた恩師のひとりだと思っている。（略）エミー賞を逃したときの落胆は、今でもはっきりと覚えている。でも、ビルとディックのことを思うと、とてもうれしかったのも事実だ」

これらの記述は、出来事や人間関係を別の角度から描いたもので、本書ではその側面は、「読者がすでに知っている」ものとして、ほぼ省略されています。ですので、〝本書の内容は、例えば『レインコートの中のすべて』でのこのような証言を「否定」するものではない〟——という視点を、ぜひ頭の片隅に置いておいていただければ、と思うのです。ケーニッヒ氏が描いたのは、いうなら〝舞台裏の舞台裏〟であり、その意味で2つの研究書は、互いを補い合う存在であるということもできるでしょう。未読の方がいらっしゃいましたら、ぜひ『レインコートの中のすべて』もご一読いただければ、と思います（ただし、89年刊行の同書には、当然ですが〈新シリーズ〉に関する詳しい取材等はありません。１９８９年以降の『刑事コロンボ』に関して、スタッフ・キャストに本格的なインタビューを重ねた研究本は、本書が初めてのものです）。

一次情報を可能な限り掘り起こした本書の登場は、『刑事コロンボ』研究の全体を次のステップへ押し上げる、大きな転機になるものと思われます。例えば、アルフレッド・ヒッチコック監督の映画には、おそらくは100冊を超える研究書が存在しており、その全体像を包括的に扱った数冊を「幹」として、ストーリーボードのみに特化した1冊、ヒロインだけに焦点を当てた1冊、演出手法や編集技法を詳しく分析した1冊など、多様な「枝葉」が理想的な豊かさでその周囲に広がっています。『刑事コロンボ』も、「幹」となる本書の刊行を契機として、今後、さらに多くの枝葉が四方に向け、ぐんぐん延びていくのではないでしょうか。これからの10年、『刑事コロンボ』研究の第2ステージに、大いに期待したいと思います。

最後に、今回の日本語版刊行についてです。まずは何を措いても、翻訳の白須清美氏、そして企画・編集を担当された善元温子氏に、長年のコロンボ・ファンの1人として、心からの感謝と、そして敬意を捧げたいと思います。白須氏は、〝シリーズの流れを踏まえながら、その裏側のみに触れていく〟という把握の難しい本書のマニアックな内容を、分かりやすく、しかもエキサイティングに訳してくださいました。善元さんのご活躍については、さまざまな課題・難題を乗り越えられたその編集手腕とともに、『刑事コロンボとピーター・フォーク』という邦題をつけられたセンスの素晴らしさを讃えたいと思います。一見、シンプルすぎるようにも思えるこのタイトルは、本書の核心を見事に捉えた名邦題といえるからです。

レヴィンソン&リンクという2人の天才によって創造され、ユニバーサルとNBCがテレビの世界で実現させた『刑事コロンボ』という大きな作品——そこに、自ら志願して飛び込んだ俳優ピーター・フォークは、その演技力とチャーミングな魅力、持ち前のこだわりや完全主義によって、シリーズをそれまでには存在しなかった最高のミステリシリーズへと昇華させました。しかし、やがて番組はさまざまな局面を迎え、彼は次々と当初の仲間を失い、自身が制作の実質的なトップに、さらに後には、公式にも番組ただ1

人の〝製作総指揮〟という役割を務めざるを得なくなっていきます。そして、結果的にフォークは、たったひとりで『刑事コロンボ』という巨大な作品と対峙する孤独な存在へと追い込まれていき……本書が語る最大のドラマは、実は、克明に描き出されていくその過程であるといってもよいでしょう。読み終えたあと、本を閉じ、表紙に記された書名を再び目にしたとき、そこに、新たな深い意味が感じられるのではないかと思い設ける所以です。

そしてもうひと方、今回の日本語版刊行の立役者である、ミステリ／映画研究家の小山正氏に、心より感謝を申し上げます。企画段階でのご助力、さらに、レヴィンソン&リンク研究や海外ドラマ研究のエキスパートとしての、そして実際にテレビ局で制作を担当されてきたプロデューサー／ディレクターとしての、事実確認やさまざまな解釈へのご助言は、白須氏、善元氏、そして町田という日本語版制作チームにとって、この上ない後支えとなりました。

さて、邦題について述べましたので、原題についても少しだけ。『*Shooting Columbo: The Lives and Deaths of TV's Rumpled Detective*』というオリジナルのタイトルもまた、著者であるデイヴィッド・ケーニッヒ氏のウィットが感じられる実に洒落たものとなっています（ディズニーランドの内幕を書いた本のタイトルが『*Mouse Tales*』というのも、実に洒落ています）。『シューティング・コロンボ』というのは、その制作現場を追ったドキュメンタリーにふさわしい「コロンボを撮る」という意味なのですが、同時に「コロンボを撃つ」――すなわち、「誰が『刑事コロンボ』を殺したのか」という意味合いをそこに重ねているものです（Lives とDeaths が複数形なのにご注目を）。ちなみにケーニッヒ氏は２０２４年、本書の続編として、撮影に至らなかった〝幻の〟シナリオ19作を紹介・考察した『刑事コロンボ』本の第2弾を刊行。そのタイトルも、本書を踏まえた『*Unshot Columbo*』という、やはり洒落の利いたものになっています（ケーニッヒ氏に伺ったところ、これは盟友であるマーク・ダウィッドジアク氏の発案だそうです）。同書も、この『刑事コロンボとピーター・フォーク』同様、非常に興味深く刺激的な研究書であり、本書がもしご好評をいただければ、日本での刊行も不可能ではないと思われます。この場をお借りし、同志であるコロンボ・ファンの皆さまのご支援を、心よりお願い申し上げる次第です。

追記：今回の作業中、著者であるデイヴィッド・ケーニッヒ氏とメールにてさまざまなやり取りを行いました。その中で、本書への想いと日本のコロンボ・ファンへのメッセージをいただきましたので、以下にご紹介いたします。

日本の皆さんが『刑事コロンボ』に情熱を注いでくださっていることに感激しています。子どもの頃から愛してきたこの番組とキャラクターが、異なる文化圏においてもこれほど大切にされ続けているのは、私にとって言葉にできないほどの喜びです。

『刑事コロンボ』は私の大好きな番組であり、どのように制作されていたのかずっと気になっていました。舞台裏にはきっと興味深い話があるのでは、と思っていたのですが、実際に調べてみると、予想をはるかに超えるドラマや経緯が渦巻いていたことが分かり、驚かされました。私が目指したのは、読者にまるで実際に制作オフィスや撮影現場にいるかのような感覚を味わってもらうことでした。本書を通じ、その感覚を楽しんでいただけたら嬉しく思います。

デイヴィッド・ケーニッヒ

(334) Falk credits McGoohan: Pruett

(335) *Goes to College* changes: Script 8-28 with revisions to 10-3-90

Falk refreshed, Happy Holidays: *The Record* 11-25-90

(338) Danese casting: *LA Times* 4-27-91

19 絶対的権力

(347) Jewel robbery: *Cincinnati Enquirer* 7-25-91

Monkey: *Double Vision* script

Q Link: *I* Link (TAF)

Death Hits the Jackpot changes: Script 6-26 with revisions to 7-16-91

(349) Ed McBain: Dawidziak

No Time to Die changes: Script 9-17, 10-1-91

(350) Re-light finale: *I* Levi

(352) *Q*s Falk: *St. Louis Post-Dispatch* 11-22-92

Q Dawidziak: *Cleveland Plain Dealer* 3-13-92

Stunt Girl: Treatment 1-29-90

(355) *Bird in the Hand* changes: Treatment 1-29-90, Scripts 8-15-90, 11-6-90, 6-7-91, 6-19-92 with revisions to 7-28-92

The special-effects expert who blew up the Rolls-Royce for the picture was able to make the car's hood fly exactly as high as and land precisely where the producers wanted. He also purchased the detonated vehicle and had it refurbished. The interior had already been removed due to fire regulations.

(357) "Rags to Riches": *I* Horger

(359) *Q* Shatner: *Cedar Rapids Gazette* 1-8-94

Q Falk on "I started by remembering a guy": *Wichita Eagle* 10-27-93

(360) *It's All in the Game* changes: Script 2-25-93

(361) *Q* Dunaway: *Indiana Gazette* 7-15-92

Q Daly: *I* Daly (TAF, 10-22-07)

Another change in *Undercover* from the book was increasing the treasure from $750,000 to $4 million.

The *Undercover* propman who supplied a phony newspaper needed a proofreader, misspelling "bizarre" in his headline "Two Die in Bizzarre Double Killing.")

(368) *Strange Bedfellows* changes: Script 9-22, 11-9-94

While in the studio recording his play-by-play, racetrack announcer Trevor Denman was requested by one of the film's editors to slip in a mention of his uncle, a certain Mr. Kunkle. So one of the featured horses in the race became Uncle Kunkle.

(371) Lawsuit: DiElsi v. Falk, et. al., filed 1-23-96

(374) Hiring Kipps: I Kipps

(375) Plummer: I Hatcher

(376) *Ashes to Ashes* changes: Script revisions 3-3-90

"Have you gone?": I Hatcher

(383) "Does it hurt?": "Patrick McGoohan: An Appreciation" by Jeffrey Cava, 3-14-09 (columbo-site.freeuk.com)

Drunk Connolly: *The Scotsman* 3-26-18

20 コロンボ最後の事件

(389) *Q* Alaimo on pop: *The Californian* 1-15-03

(389-392) Unfilmed shows, demise of series: I Engel, I Glasser, I Horger, I Meyer, I Rosin, NY Daily News 3-27-07, Pioneer Press 5-6-07

Hear No Evil was the third project, following *Shooting Script* (1973) and *Last of the Redcoats* (1989), to involve a famous TV talk show host, feature a pivotal scene on their show, and be derailed by Falk as it entered pre-production.

Horger wasn't the lone holdover. He also brought along his longtime associate, Lisa Tygett, as post-production supervisor.

The judge who countermanded the dogs' death sentence was named Judge Metzler, almost certainly a nod to NBC's Bob Metzler, who left the show while *How to Dial a Murder* was in pre-production.

(275) *Conspirators* changes: Script 12-29-77 with revisions to 1-24-78
 Q Revill: *News Herald* 12-2-15
 Falk tantrum: *Courier-Journal* 2-8-78

(276) *Q* Falk on network: *Marshall News Messenger* 2-19-78

15 保留

(281) *Mrs. Columbo: American Film* June 1979, *I* Fischer
 Q Danese: *Fort Lauderdale News* 11-16-78

(284) *Q* Falk on reviving *Columbo: Desert Sun* 8-13-79
 Q Silverman: *Victoria Advocate* 7-15-79
 Q Falk on raincoat: *Missoulian* 8-19-79
 Q Falk on "I'm ready": *Akron Beacon Journal* 11-30-80
 Jimmy Stewart: *Indianapolis Star* 10-14-79
 Q Lafferty: *NY Daily News* 8-29-79
 Q Falk on isn't dead: *Indianapolis News* 6-19-85
 1981 revival plans: *Times Herald* 10-4-81
 1984 revival plans: *Gazette* 12-29-84
 1986 revival plans: *Courier-Post* 3-27-86

16 第二の人生

(288) Spielberg may direct: *Salina Journal* 3-29-88
 Van Scoyk idea: Treatment 1-8-88
 Q Link on Falk's script: *St. Cloud Times* 8-5-88
 The Producers Building at Universal is now known as the John Ford Building. Falk's first-floor oce was the first one on the right upon entering the center doors facing the commissary.

(290) *Q* Simmons on changes: *Northwest Herald* 2-4-89
 Falk insisted that the raincoat he wore when the show was resurrected by ABC was the same one he'd worn through the 1970s, and that he did not retire it until 1992. *TV Guide*, however, reported in 1989 that the raincoat for ABC was an exact copy patterned after the original, aged by staining it with tea and repeatedly running it over with a car in the studio parking lot.

(291) *Q* Falk on cigars: *TV Guide* 2-4-89
 When Falk finally gave up cigarettes in the late 1990s, Columbo continued smoking, sort of. Falk tried to limit the cigar to one scene, and sometimes just held it, without bringing it to his mouth.

(292) *Q* Simmons on "that's not it": *I* D. Simmons
 Murder, Smoke & Mirrors changes: Script 10-2 with revisions to 11-7-88

(294) *Columbo Goes to the Guillotine* changes: Script 7-16-93
 Qs Singer: *I* Singer (TAF, 9-19-12)

(296) *Q* Martinelli: *I* Martinelli (TAF, 2-14-04)

(298) Tuba: *I* Ludwig

(299) Pressure on Simmons: *I* D. Simmons *Grand Deceptions* changes: Script 10-31-88, 2-3-89

(301) Consider Moore: *Austin American- Statesman* 5-22-89
 Consider Douglas, Weaver: *Post-Crescent* 5-31-89

(302) *Q* Danese: *Altoona Mirror* 11-3-89
 Terminations: *I* Martinelli (TAF)

17 基本に戻る

(307) Audience survey, *Qs* Link: *Philadelphia Daily News* 10-26-89

(312) *Double Vision*: Notes 6-19-89, Scripts 12-8-89, 2-1-90, 11-8-90
 Last of the Redcoats: Script 4-10-89

(313) *Q* Link on beeper clue: *I* Link (TAF)

(314) Forensic dentists: *LA Times* 8-24-88

(315) *Agenda for Murder* changes, *Qs* Falk: Pruett

(319) *Rest in Peace, Mrs. Columbo* changes: Scripts 11-9, 12-19-89

(321) *Uneasy Lies the Crown* Scripts 5-9 with revisions to 10-18-74, 2-28 & 3-31-75
 (*Dentist to the Stars*), and 1-8 with revisions to 1-20-90

(323) *Murder in Malibu* changes: Treatment 8-20-88, script 4-19-90

(324) *Q* Grauman: *I* Grauman (TAF, 4-17-09)
 Poetically, the Malibu home in which the murder takes place at is the same residence used as Charles Clay's estate in the similarly derided *Last Salute to the Commodore*.

18 新たな尊敬

(332) *Caution* backstory: *I* Lamppu, *I* Mayo
 Raynell became Falk's personal assistant in 1981 after he signed with Columbia Pictures. Carole Smith—who had been with him since 1968—went to work for John Cassavetes.
 Caution became Mayo and Lamppu's one script credit. Jon Epstein had shown interest in them penning another *Columbo*, but they abandoned the idea once Epstein died, particularly after their relationship with Raynell became strained.

Falk fall: Diary 5-29-75

Car accident: Diary 6-2, 6-3-75, *I* Chambers

Bull footage: Diary 6-3-75

(217) *Q* Metzler on "at this late date": Diary 6-8-75

Marketplace: Diary 6-14-75

Matter of Honor costs: Summary of costs

Forgotten Lady casting: Diary 6-3 to 6-30-75

Q Van Dyke on "second fiddle": Diary 6-30-75

(222) *Walkin' My Baby Back Home* rights: Diary 6-23-75

Broken ankle, Falk *Q*: *Buffalo News* 1-28-03

(223) McGoohan negotiations: Diary 7-1 to 7-11-75

(224) "Blackmailer": Diary 7-11-75

Shooting overlap: Diary 7-24-75

Casting: *I* Chambers

Alicia Chambers did end up moving to New York to pursue acting, but eventually became a high school drama instructor.

Location switch: Diary 7-21, 7-22-75

(224-226) McGoohan changes: Pruett

(226) McGoohan slow, drinking: Diary 8-18-75

Scheduling/looping fight: Diary 9-17, 9-23, 9-24-75

(228) *Now You See Him* long: Diary 6-14-75

Additional shooting *Now You See Him*: Diary 9-18, 12-29-75, *I* Chambers, *I* Cullition

McGoohan hired: Diary 12-10-75

(231) McGoohan on can't "lick the ending": Diary 12-11-75

Casting: Diary 12-16, 12-22-75

Bob Metzler could never get his *Columbo* script produced, but did convince the show to give his son Rick a role in *Last Salute to the Commodore* as Johnny the scuba diver.

(232) *Last Salute to the Commodore* changes: Script 11-14-75, *I* Chambers

13　メルトダウン

(239) *Q* Exec on "half of California," *Q* Falk: *LA Times* 5-17-76

(241) *Fade In* to Japan: Diary 7-8, 7-15-76

(243) *Q* Koenig: *I* Koenig (TAF, 1-14-13)

Fade In to Murder changes: Script 5-25 with revision to 7-12-76

During filming on the backlot, Falk shot scenes near the Jaws exhibit, as tourists rolled by on the Universal Studios tram tour. They, of course, were more excited to see Columbo than the prop Jaws, and would point and cheer. Falk had to call out, "You're supposed to look at the shark!"

Over budget: Diary 8-2-76

(245) Circus story rewrite, *Q* Metzler: Diary 7-21-76

(246) Metzler on May: Diary beginning 6-30-76

Meeting postponed: Diary 8-6-76

(247) *Old Fashioned Murder* changes: *I* Chambers, *I* Fischer, Script 5-10-76

Q on "don't' shoot it": Diary 8-2-76

Location shooting, stylist: Diary 8-16-76

Set change: Diary 8-17-76

(249) *Q* Metzler on unauthorized rehearsal: Diary 8-31-76

(250) *Q* Irving: Diary 9-9-76

(251) *Qs* Holm: *Chicago Tribune* 9-30-76

Metzler confronts Falk: Diary 9-7-76

Q Metzler on "destruction": Diary 8-12-76

(252) *Q* Metzler on Day 30: Diary

(253) Falk to NY: Diary 9-24 to 10-1-76

Lesser of Two Evils: Script 7-23-76 with revisions to 8-24-76

"Tactical errors": Diary 10-4-76

(255) Falk's "thank you": Diary 10-11-76

Chambers termination: *I* Chambers, Diary 10-14-76

Falk was never wild about the notion of sending Columbo to Japan—he thought it too gimmicky—so the idea died with the departure of Chambers.

14　フィクサー

(259) Producer search: Diary 10-14 to 11-29-76

Q Irving on self-respect: Diary 11-4-76

(260) Falk meets Simmons: Diary 12-28-76

(261) Simmons meets Metzler: Diary 1-18-77

(262) Screens old shows: Diary 1-20-77

Simmons' ideas: Diary 2-1-77

(263) Morley: Diary 2-1, 2-23, 2-24-77

Q Metzler on Thompson: Diary 2-24-77

(264) *Try and Catch Me* changes: Script 4-1, 4-5-77

(265) *3 Flats*: Diary 2-9-77

(266) *Q* Falk on Columbo dead: *Dayton Daily News* 1-15-78

(267) *Make Me a Perfect Murder* changes: Script 8-1-77

(268) *Q* Van Devere: *Palm Beach Post* 10-30-77

Lally quits: I Lally Jr. (columbo-site.freeuk.com)

(269) *Murder Under Glass* changes: Van Scoyk notes, script 8-19, 9-12-77

Q Demme: *I* Demme (DGA, Winter 2015)

(271) *How to Dial a Murder* changes: Script 2-18, 11-14 with revisions to 11-22-77

for Chambers included four he would film (*Negative Reaction, By Dawn's Early Light, Playback, Troubled Waters*) and three he would not (Bochco's *Uneasy Lies the Crown*, Brad Radnitz/David Raytiel/ Peter Fischer's *Sugar & Spice & Everything Nice*, and Ted Flicker's *Dead as a Duck*, the latter a rewrite of *Dead Swan*, a *McMillan & Wife* reject).The 12 story ideas were by Henry Garson/Lou Shaw (*Fade In to Murder*), Jim Menzies (*A Case of Immunity*), and Larry Cohen (*An Aptitude for Murder, An Aria for Murder, A+ for Murder, Death Is a Lonely Dance, Murder By a Thoroughbred, Murder Is a Star Vehicle, Murder Is the 8th Lively Art, Murder Is a Sport of Honor [which inspired A Matter of Honor], Murder with a Feminine Touch*, and—with Sue Milburn— *No Tax on Murder*, though Milburn has zero recollection of contributing.)

(170) *Negative Reaction* drama: *TV Guide* 10-26-74
Casting: Memos
Among the actors on Chambers' short list to play ex-con Deschler was Bert Freed, the original Lt. Columbo from *Enough Rope*.
Falk drama: *Miami Herald* 6-22-74, *Des Moines Register* 7-21-74, LA Times 1-19-75
Q attorney on "working conditions": *Miami Herald* 6-22-74

(172) *Q* Sheinberg: *Des Moines Register* 6-28-74
By Dawn's Early Light casting: Memos
Asner: *I* Chambers
Academy search: Bob McCullough memo 5-28-74

(174) Football game: *Uniontown Evening Standard* 10-25-74

(175) Seignious' office: *Charlotte Observer* 8-17-74
McGoohan reworking script: I Chambers, "Patrick McGoohan & *Columbo*" (Peter Falk, Barbara Pruett's McGoohan website)
Q Falk: Pruett

(176) McGoohan saluted: *Charlotte Observer* 10-25-74

(177) Hiring Werner, drinking: *I* Chambers, *Honolulu Advertiser* 3-9-75
Some months after the filming of *Playback*, Everett Chambers received a call from director Stuart Rosenberg, who was considering casting Oskar Werner in his upcoming big-budget film *Voyage of the Damned*. Rosenberg had heard the rumors and wanted to know if "it worked out" with Werner on *Columbo*. Chambers held his tongue, implying a mild endorsement. Werner was given the part—the last movie role he would ever get.

(177) *Playback* changes: Script 5-16-74, *I* Hargrove

(181) Gazzara moves from *Uneasy to Troubled*: Memo 9-20-74
Vancouver trip: *Vancouver Sun* 9-24-74, *I* Chambers
Pacific Far East Line: Letter from LA Kimball 5-24-74

(183) Master key: Letter from Captain JG Clark 8-8-74
Princess Cruise's requests: Memo from Max Hall, Letter from John Nyquist 8-7-74, Letter from Captain JG Clark 8-8-74

(184) Seasick: *I* Chambers, *San Francisco Examiner* 11-6-74
Troubled Waters changes: Script 4-30-74, *Lexington Leader* 7-27-75

(186) *Q* Falk : *Democrat & Chronicle* 9-13-74

(188) Blind man pop: *Columbo Phile*
Considered for *Any Old Port*: Benton notes
Q Hamilton: *Lancaster Sunday News* 2-9-75

11　調停者

(193) Falk's favorites: *Columbus Telegram* 1-30-75
Qs Falk on "interesting," Fischer: *Detroit Free Press* 3-15-75

(194) Irving's crusade, *Qs: San Francisco Examiner* 3-19-75

(195) Day one meetings: Metzler diary 3-26-75

(197) *Case of Immunity* casting: Diary 3-27, 3-31, 4-23-75
Learjet: Diary 3-28, 4-3-75
Storm: Diary 4-3-74, *Intelligencer Journal* 4-14-75
Need more extras: Diary 4-4-75
Survey: Diary 4-8-75

(199) *Now You See Him* changes: Script 1-29-75
Q Sloan: "Young Man with a Dream" (Michael Sloan, Michael-sloan-equalizer.com)
Orson Welles: Diary 4-11-75

(202) Fischer leaves: I Fischer, Diary 4-23-75
Falk tantrums: Diary 4-29, 4-30-75

(204-210) Meeting recapped: Diary, memo 5-1-75

12　船出

(211) Lally scene: Diary 5-2-75

(212) Mankiewicz hired: Diary 5-12, 5-14-75, *My Life as a Mankiewicz: An Insider's Journey through Hollywood* (Tom Mankiewicz, 2012)
Emmy joke: *My Life as a Mankiewicz*

(215) Jorge Rivero: Diary 5-23-75
Emilio Fernández: Diary 5-22, 5-23-75

(216) El teatro, backups: Diary 5-28-75

(94) *Requiem for a Falling Star* changes: Script 8-4 with revisions to 8-25-72

During the exchange between Columbo and the guard at the studio gate, Falk's copy of the *Requiem for a Falling Star* script appears to be sitting on the passenger seat of the Peugeot.

(95) *Étude in Black* to two hours: *I* Hargrove, Script additions 9-5-71

(99) *Double Shock* changes: Script 6-7-72

(99-100) *Q*s Butler: *I* Butler (TAF, 1-14-04)

(102) Raincoat in London: *LA Times* 11-6-72 *Dagger of the Mind* changes: Script 6-1 with revisions to 11-26-72

As scripted, Columbo was supposed to have his revelation about flicking a bead into the umbrella by watching a little old man in the park flicking breadcrumbs to the birds. When it came time to shoot the scene, Falk completely ignored the old man next to him on the park bench.

(105) *Most Dangerous Match* changes: Script 10-9 with revisions to 11-1-72

Q Cohen on giving idea: *Diabolique* 8-24-18

(106) *Q* Cohen on $100,000: *Montreal Gazette* 8-12-75

7 殺しの音楽

(113-114) Paul Glass: *I* Hargrove, *Torn Music: Rejected Film Scores, a Selected History* (Gergely Hubai, 2012)

(115) Scoring *Columbo*: *I* DeBenedictis, *I* Hargrove

(117) *Q* Goldenberg: *Crime and Spy Jazz on Screen Since 1971* (Derrick Bang, 2020)

8 ストライキ

(119) Benton's start: Correspondence 1-73

(121) *Lovely But Lethal* changes: Script 1-24 with revisions to 2-8-73

(123) Ross hired and *Q*s: *I* Ross (TAF, 2-11-98)

(125) *Any Old Port in a Storm* locations: Shooting schedule

Any Old Port changes: Script 2-8 with revisions to 3-12-73

(126) Negotiations with Falk: *Dayton Daily News* 7-30-73, *Post-Star* 8-11-73, *Philadelphia Inquirer* 8-31-73

(128) *Candidate for Crime* changes: Script 2-7 with revisions to 10-22-73

L&L notes: Memo 2-8-73

(135) *Double Exposure* changes: Script 9-25 with revisions to 10-24-73

Q Culp: *Lafayette Daily Advertiser* 4-12-74

(135) *Shooting Script*: *I* Hargrove

To protect his integrity as movie critic for *Time*, Jay Cocks co-wrote *Shooting Script* under the pseudonym Joseph P. Gillis, the hack writer character in *Sunset Boulevard*.

(136) *Publish or Perish* backstory: *I* Hargrove, *I* Fischer

(138) Spillane *Q*s: *The Province* 1-22-74

(139) *Mind Over Mayhem* changes: Script 1-24-73

L&L notes: Memos 1-19, 1-26-73

(141) Ross writes *Swan Song*: *I* Ross (TAF)

Swan Song victim Ida Lupino constantly scowls during her scenes. It wasn't completely an act. During her four days on the set, she was suffering from a cold and recuperating from broken ribs. (It was actually her third appearance since fracturing her ribs; she had just finished a *Streets of San Francisco* and a *Barnaby Jones*, in which she reinjured them.)

(144) Reshooting: *I* Hargrove, *Binghamton Press & Sun-Bulletin* 1-15-74

Scott Dilliard, the WICZ-TV cameraman who filmed Cash's concert in Binghamton, covered for Team *Columbo's* mess-up by telling reporters he "was filling in for an NBC crew that could not arrive on time."

(146) *Friend in Deed* changes: Script 1-3-74

(147) *Q* Levinson on "terrible": *Detroit Free Press* 3-21-74

9 犯行現場

(155) How locations chosen: *TV Guide* 4-20- 74, *LA Times* 8-17-76, *LA Times* 1-2-94

(156) *Lovely But Lethal* fat farm: *TV Guide* 4-20-74

(157) *Negative Reaction: TV Guide* 10-26-74

(160) *Q* Baugh on "gaudy": *LA Times* 8-17-76

(163) *Q* Kline, *Étude* piano, *Double Shock* gym: *TV Guide* 4-20-74

10 前途多難

(165) *Exercise in Fatality* changes: Script 2-11 with revisions to 5-20-74

Ann Coleman, who played the Tricon clerk messed up her first lines of dialogue, but delivered them so quickly, no one noticed. Her flub was left in. She was supposed to tell Columbo to "fill out boxes A, B, C and D. E and F are for company use only." She accidentally said, "For company *policy only*."

(169) Projects waiting: Television Status Report 6-7-74

The seven completed scripts Hargrove and Kibbee left

Smight refuses to finish: *I* Chambers

(60) Albert curses out Falk: *I* Pleshette (TAF 2-9-06)

Overruns: Summary of costs

Q Link on first name: *I* Link (Rap Sheet 10-13-10)

(61-63) *Lady in Waiting* changes: Script 6-2 with revisions to 6-24-71

Suspension: *I* Chambers, production reports especially 7-13-71

Extra Dick Lance—given name: Richard Lanci—got his SAG card from doubling Peter Falk in *Lady in Waiting*, though it would not lead to many speaking roles, just billing as "First Patrolman" (who helps fish the commissioner's wife out of the pool) in Season 3's *A Friend in Deed.*

"Midget wants to direct": Columbo Phile

Numerous sources, including the original treatments themselves and *The Columbo Phile*, give "Ted Leighton" partial story credit on *Lady in Waiting* and *Blueprint for Murder*. L&L occasionally employed the Leighton pseudonym—an amalgamation of their middle names—on projects they were not wholly pleased with. Dawidziak says the credits were taken from the syndication prints of the episodes in the mid-1980s, adding, "The credits as they appear in the book were checked and approved by Universal and William Link. Bill meticulously went through the manuscript line by line, submitting corrections, and he certainly was not shy about that." Yet Leighton's name does not appear on either episode on current prints. Another mystery!

(64) *Suitable for Framing* casting: Memos Gillis: *Journal Gazette* 5-21-88

(65) *Suitable for Framing* changes: Script 6-14-71

(67) *Qs* Falk on filming *Blueprint for Murder: Marion Star* 8-20-71

Blueprint for Murder became Falk's first and only director credit.

When the highway patrolman pulls over Elliott Markham and asks him for his license, the architect hands him a drivers license bearing a photo of Peter Falk—the same photo used on the "Frank Columbo" license. To his credit, the cop does try to hide the photo with his thumb.

An online debate has arisen over whether or not Columbo's true first name is "Frank." He definitely carried around a license signed "Frank Columbo." Yet none of the creative personnel had anything to do with it; they intentionally didn't give him a first name. My opinion: if we're arguing over prop licenses, you can insist Columbo's first name is Frank with the same certitude that Elliott Markham is really Peter Falk.

Blueprint costs: Summary of costs 8-13-71

(70) *Q* Falk on entrapment: *Chicago Tribune* 2-6-72

Give up smoking: *Columbo Phile*

Tramway: *Desert Sentinel* 9-9-71

Short Fuse changes: Script 8-17 with revisions to 8-31-71

(71) *Q* Falk on *Columbo* overload: *Democrat & Chronicle* 11-22-71

(72) Letters from *Columbo* viewers: Gross 11-17-71, Gritanza 10-30-71, Smith 2-15- 71: Levinson collection, AFI

(74) *Q* Bochco on Emmys: *I* Bochco (TAF)

6 しっくりと合う

(80) "Now I trust you": *Stay Tuned*

(81) Q Falk on "high degree of quality": *Daily News-Journal* 9-3-72

(83) *Stitch in Crime* changes: Script 5-22 with revisions to 6-19-72

(87) Replay video camera: *LA Times* 7-7-72 Cassavetes on orchestra: *I* Hargrove

(88) Dog: *I* Chambers

Over the years, reports have erroneously claimed Dog was played by Henry, a basset hound rescued from a Burbank pound by trainer Ray Berwick and featured as a Season 6 regular in *Emergency!* Yet Henry made his *Emergency!* debut in 1976—years after the original Dog had passed—and the brown-and-white hound bears little resemblance to the black-and-white Dog II.

Étude in Black changes: Script 6-7 with revisions to 6-30-72

(89) *Greenhouse Jungle* changes: Script 6-20 with revisions to 7-11-72

The original script called for the victim to drive a Ferrari, but Universal had access to a bright yellow Jaguar that it preferred to send crashing down into the canyon. Film of the crash became stock footage, which Universal repurposed for later shows, including two episodes of *Barnaby Jones.*

(91) "What'd you pay for those shoes?": *Just One More Thing: Stories from My Life* (Peter Falk, 2007)

(93) Lakers: *Palm Beach Post* 8-11-72, Kenosha News 10-16-72

注

– Below represent only a fraction of the sources employed for this book, but do cite all major contributors including those from which a direct quote was taken. Quotes not referred to below were drawn from interviews conducted by the author, by Gergely Hubai (Dick DeBenedictis), or by Dene Kernohan (Jeffrey Hatcher, Charles Kipps, and Nancy Meyer).

I – Interview

Q – Quote

L&L – Levinson and Link

TAF – Television Academy Foundation

WGF – Writers Guild Foundation

For clarity's sake, this book refers to most episodes by their final name, even when discussing stages of production during which they were still operating under another name. These "working titles" are mentioned in the credits for each episode.

2 立案者

(Page 14) L&L's background is drawn from countless sources, particularly *Stay Tuned: An Inside Look at the Making of Prime-Time Television* (Richard Levinson & William Link, 1981) and I Link (Rap Sheet 10-13- 10)

Q Link on "I was told…": *I* Link (WGF)

(17) "Spats" Colombo: *Jewish Journal* 3-3-11 Early career, *Prescription: Murder* origins: *Allentown Morning Call* 6-23-72, 2-5-89; *Philadelphia Inquirer* 1-19-70; I Link (Rap Sheet 10-13-10)

(18) Stage cast vs. L&L, Gregory letter: *Agnes Moorehead on Radio, Stage and Television* (Axel Nissen, 2017)

Since Joseph Cotten's real-life wife was playing his mistress, before every performance she would slip her wedding ring to Cotten's on-stage wife, Agnes Moorehead.

(19) Play review: *Detroit Free Press* 3-20-62

(21) World Premieres, Jennings Lang: *Longview News-Journal* 5-29-66, *Press & Sun Bulletin* 6-4-66

3 刑事

(25) Falk background: *NY Times* 6-25-11

(28) *Q* Falk on *Trials of O'Brien: Advocate- Messenger* 1-9-66

(29) *Q* Falk on running across script: *Sunday Gazette-Mail* 2-6-72

(31) L&L mesmerized by Falk: *The Columbo Phile: A Casebook* (Mark Dawidziak, 1989)

4 契約

(34) Q Link on "our best work": *I* WGF

Q Link on "we became producers": *I* Link (Rap Sheet 10-13-10)

(38) Falk swindled: *I* Hargrove. Hargrove and others credit Falk's pal-turned-investmentadvisor, actor Wayne Rogers (*M*A*S*H*), for encouraging him to do Columbo to get his financial house back in order.

(39) Sheinberg deal: *I* Hargrove

Ransom for a Dead Man changes: Script 10-27 with revisions to 12-22-70, shooting schedule, call sheets, *I* Hargrove

(41) *Q* Falk on brown: *Charlotte Observer* 12-31-72

Falk contended he used his personal raincoat on every show until the 1990s. However, the raincoat he wore in Prescription: Murder is clearly different from the one he wore starting with Ransom for a Dead Man, which has one fewer button, a loop on the left lapel, and no noticeable horizontal seam across the chest and back.The question is—assuming Falk did at some point use his own coat—whether he used his own coat first or second. Second certainly is a possibility, since that's when he started using his own shoes. But to me first makes more sense, since what are the odds he had a raincoat in his closet that looked almost exactly like the one he used earlier?

5 相互不信

(44) Setting show: *I* Hargrove, *Mr. & Mrs. Hollywood: Edie & Lew Wasserman and Their Entertainment Empire* (Kathleen Sharp, 2003), *Stay Tuned*

(46) *Q* Levinson on sympathetic murderers: *LA Times* 2-15-75

(47-48) *Q*s Bochco on his start, fights, underwriting: I Bochco (TAF, 2002)

Battles with Falk: Stay Tuned

(52-53) Metty: *Steven Spielberg: A Biography* (Joseph McBride, 1997)

Did Link kill Levinson?: *I* Link (Rap Sheet 10-13-10)

Murder by the Book changes: Script 5-7 with revisions to 6-1-71

(56) *Dead Weight casting*: Memos 6-71

(57-58) Sick out, delays, Midget: *I* Chambers, production report 6-30-71, shooting schedule, *Stay Tuned*

【著者】
デイヴィッド・ケーニッヒ（David Koenig）
526 Media Groupの編集長。カリフォルニア州立大学フラトン校でジャーナリズムを専攻。『ロサンゼルス・タイムズ』『ニューヨーク・タイムズ』『ウォールストリート・ジャーナル』等数多くのメディアに寄稿している。ベストセラーとなった『*Mouse Tales: A Behind-the Ears Look at Disneyland*』を始めとする著書がある。妻とふたりの子どもたちとともに南カリフォルニアに在住。

【訳者】
白須清美（しらす・きよみ）
英米文学翻訳家。主な訳書にスタンフォード『天使と人の文化史』、ケリガン『写真でたどるアドルフ・ヒトラー』、バークリー『服用禁止』、ディクスン『パンチとジュディ』、ワルダー他『対テロ工作員になった私』、メジャー『ヴィクトリア朝英国の鉄道旅行史』など。

【監修】
町田暁雄（まちだ・あけお）
1963年生まれ。日本推理作家協会、本格ミステリ作家クラブ会員。『刑事コロンボ』関連の書籍の企画、監修が多数ある。著書に『モーツァルト問』(若松茂生と共著)。編著書に『刑事コロンボ読本』など。訳書にリンク『刑事コロンボ13の事件簿　黒衣のリハーサル』、ワイルダー／ダイアモンド『アパートの鍵貸します』。

SHOOTING COLUMBO
by David Koenig

Copyright 2021 by David Koenig
Japanese translation rights arranged with the author
through Tuttle-Mori Agency, Inc., Tokyo

刑事《けいじ》コロンボとピーター・フォーク

その誕生《たんじょう》から終幕《しゅうまく》まで

●

2025年5月8日　第1刷
2025年8月11日　第4刷

著者……………デイヴィッド・ケーニッヒ
訳者……………白須清美《しらすきよみ》
監修……………町田暁雄《まちだあけお》
装幀……………和田悠里《わだゆり》
（カバー画像：Bridgeman Images）
発行者……………成瀬雅人
発行所……………株式会社原書房
〒160-0022 東京都新宿区新宿1-25-13
電話・代表03(3354)0685
振替・00150-6-151594
http://www.harashobo.co.jp
印刷……………新灯印刷株式会社
製本……………東京美術紙工協業組合

© 2025 Kiyomi Shirasu
ISBN 978-4-562-07526-3, Printed in Japan